DANS LA PEAU D'UN…

Du même auteur

Dans la peau d'un Chinois
Éditions Bernard Barrault, 1988
J'ai lu, 1990

Le Ventre de la Chine
Éditions Bernard Barrault, 1990

Dans la peau d'un intouchable
Éditions du Seuil, 1994
Points, 1995

Ma famille chinoise
Éditions du Seuil, 1998

MARC BOULET

DANS LA PEAU D'UN...

ÉDITIONS DU SEUIL
27, rue Jacob, Paris VIe

ISBN 2-02-038072-2

www.seuil.com

Pour Lilly, Paulette et Pierre

NOTE DE L'AUTEUR

Certains noms ont été changés pour préserver la tranquillité et la sécurité des personnages de ce livre.

La Charte du journaliste*, adoptée en 1918 par le Syndicat national des journalistes, et révisée en 1938, définit un code de déontologie : « Un journaliste digne de ce nom [...] s'interdit d'invoquer un titre ou une qualité imaginaires, d'user de moyens déloyaux, pour obtenir une information ou surprendre la bonne foi de quiconque... » Cela signifie-t-il que John Howard Griffin, l'auteur de* Dans la peau d'un Noir[1] *n'est pas un journaliste digne de ce nom ? Et Günter Wallraff, le faux immigré de* Tête de Turc[2], *déshonore-t-il lui aussi la profession de reporter ?*

J'ai rencontré Günter en 1995, à l'occasion d'un dîner chez un ami commun. Nous passâmes la soirée à confronter nos expériences, à envisager de nouvelles impostures. Nous discutâmes de la manière de les écrire, de les raconter à nos lecteurs. Une chose me surprit : pour la première fois, quelqu'un n'admirait pas le prétendu courage dont j'aurais fait preuve pour réaliser mes métamorphoses Dans la peau d'un Chinois *et* Dans la peau d'un intouchable. *La force de Günter devant le danger, devant la souffrance physique et morale ne m'impressionnait pas non plus. Nous nous parlions sans fard ni jalousie, nous appartenions au même « club ».*

En réalité, nous nous connaissions déjà par nos livres. Bien que les thèmes et le style de nos enquêtes fussent différents, nous chérissions les mêmes valeurs d'humanisme, d'une sorte de socia-

1. Publié à Paris par Gallimard en 1962.
2. Publié à Paris par La Découverte en 1986.

lisme libertaire. Nous pensions que la recherche de la vérité autorise un journaliste à se déguiser, c'est-à-dire à piéger et à espionner.

Cette pratique, consistant à se masquer pour mieux démasquer, n'est pas indigne, à mon avis. Elle me semble même indispensable : pour découvrir la réalité d'une société, il faut s'y immerger.

Depuis le début des années quatre-vingt, je travaille comme journaliste en me déguisant et en utilisant de fausses identités. Voici, rassemblés dans ce livre, les récits de mes dix métamorphoses « dans la peau d'un autre » : dix aventures qui ont construit ma carrière professionnelle, dix expériences qui ont tracé ce que j'appelle ma « ligne de vie »...

I

1982

Dans la peau d'un psy

À l'intérieur des hôpitaux psychiatriques soviétiques

Je suis en slip devant des hommes en uniforme. Je rougis d'humiliation. Et il fait froid ce dimanche 4 avril 1982 dans l'aéroport international de Moscou.

Je viens de descendre du Tupolev qui arrive de Paris. Après avoir contrôlé mon passeport, deux douaniers soviétiques m'ont conduit à l'écart dans une petite salle sans mobilier, où ils m'ont fait déshabiller.

Je ne proteste pas. J'ai vingt-deux ans et j'ai le trac. C'est la première fois dans ma jeune carrière de journaliste que je me glisse dans la peau d'un autre. Me prétendant ami de l'URSS, je dois respecter l'autorité communiste. Les douaniers me parlent en anglais pidgin, sans agressivité, sans courtoisie non plus. Ils vident mes poches, palpent les ourlets de mes vêtements, me demandent si je n'introduis pas des roubles clandestinement. Non. Je suis libre. Je retrouve mon groupe dans la salle des bagages.

Mon groupe ? Une délégation, figurez-vous ! Je voyage en compagnie de dix spécialistes français de la santé mentale, tous apôtres du PCF – du moins ils le laissent supposer. Ils se rendent en Union soviétique pour se perfectionner…

Chacun sait que, sous le régime de Brejnev, les hôpitaux psychiatriques servent de prison et de centre de rééducation, ou de torture, pour les dissidents. Selon le magazine américain *Time*[1], un

1. Cf. numéro du 23 juin 1980.

millier d'opposants y sont internés. Officiellement, ils souffrent de schizophrénie, diagnostiquée ainsi : « obsession de transformer la société », « illusions réformistes », « manie de la persécution » ou encore « délire religieux ». Amnesty International souligne que la situation de ces dissidents est encore plus inquiétante que celle des prisonniers du goulag. Considérés comme des malades mentaux, ils sont privés de tous leurs droits et internés pour une durée *indéterminée*, dans l'attente d'une hypothétique guérison.

Dire que je viens d'arriver à Moscou, dans la capitale de l'empire de Brejnev ! Cette aventure a commencé presque par hasard. Au début de l'année, à Paris, je suis tombé sur un prospectus de l'Association France-URSS [2]. Mise en parallèle avec la répression notoire des dissidents, la publicité paraissait à peine croyable : France-URSS proposait un voyage d'étude de deux semaines en Union soviétique pour découvrir « une pratique psychiatrique différente en système socialiste développé ». Les participants pourraient notamment étudier « les contrôles évitant les abus possibles en matière de placement ou d'expertise ».

Quelle audace ! En dépit de leur condamnation en 1977 par l'Association psychiatrique mondiale, les internements de dissidents n'ont cessé de se multiplier.

Comme si de rien n'était, France-URSS organisait donc un voyage d'étude sur la psychiatrie soviétique. Le programme prévoyait la visite d'asiles aux quatre coins du pays, et pour finir celle du tristement célèbre Institut Serbsky. Alléchant programme ! Allez résister à l'envie d'y participer. L'occasion était unique de vérifier si après tout Amnesty International ne colportait pas des mensonges sur l'internement des opposants.

Pour m'inscrire à ce voyage, je rencontrai un premier problème : l'annonce ne s'adressait qu'aux seuls « spécialistes de la santé mentale ». Je devais trouver une astuce. Comment me déguiser en psy-quelque chose, même en infirmier ?

J'entretins un ami psychiatre de mon projet. Sa réponse me surprit :

– Ton problème est facile à résoudre. Dis que tu es en formation analytique à mon cabinet. C'est incontrôlable et irréfutable.

2. Cette association officielle des amitiés franco-soviétiques est chapeautée par l'Intourist, société d'État du tourisme en URSS qui se charge notamment d'organiser les voyages des étrangers, y compris de l'obtention de leurs visas.

– Mais… je n'ai que vingt-deux ans.

– Et alors ? Tu es en formation, tu n'as pas besoin d'avoir de diplômes.

Je suivis son conseil et m'inscrivis sans aucune difficulté au voyage de France-URSS. J'ajoutai sur mon curriculum vitæ que j'étudiais la psychanalyse à l'université Paris VIII de Vincennes, faculté gauchiste dont je connaissais bien les locaux pour y avoir suivi il y a quelques années des cours de cinéma passionnants. Je lus également des ouvrages de psychiatrie et de psychanalyse, et j'appris un peu de vocabulaire médical. Enfin, mon ami psychiatre me fit visiter un asile en banlieue parisienne. Il jugeait indispensable que je m'habitue à voir des « fous » ; il désirait également que je puisse comparer ce que je verrais en URSS avec l'univers psychiatrique français.

À présent, à Moscou, je m'inquiète. Réussirai-je à tenir mon rôle d'assistant psychiatre ? Comprendrai-je les informations techniques qui nous seront communiquées lors des visites d'hôpitaux ? Je me rappelle l'adage : « mieux vaut se taire que trop parler », et j'espère ne pas trahir mon manque de qualifications médicales en bavardant avec mes compagnons de voyage. Pour leur donner une première impression favorable, j'ai épinglé sur ma veste un badge à l'effigie de Lénine. Ils me prennent pour un communiste et je ne le regrette pas. Pour l'instant, mon imposture fonctionne. Personne ne m'a posé de questions pièges sur la psychiatrie.

Le chef de notre délégation s'appelle Pierre Durand. Un sacré numéro ! Depuis que nous avons atterri à Moscou, il déborde d'amabilité avec les policiers et voit partout des miracles du socialisme.

– Inutile de surveiller vos bagages, nous déclare-t-il avec un sourire attendrissant, ici le vol n'existe pas.

Un car nous conduit à l'hôtel Cosmos, dans le centre ville. Tout le long du trajet, Durand, enthousiaste, ne cesse d'attirer notre attention sur les cités grisâtres et les stades. Chaque monument, chaque affiche, la moindre représentation d'ouvriers brandissant faucilles et marteaux le mettent en extase. Je vais vivre deux semaines sous la tutelle du camarade Durand. Je prends le temps de l'observer.

L'homme a une quarantaine d'années, et ce qui frappe, dans son visage, ce sont les poils : une filandreuse barbe brune, semée de reflets argentés. Les yeux en amande qui surplombent cette fourrure brillent d'un enthousiasme dont la flamme finit par inquiéter. En France, le camarade Durand, ami de Jack Ralite[3], est chargé de mission auprès d'un conseil régional. J'ai cru comprendre qu'il supervise[4] les services de santé mentale de la région.

Catherine, sa femme, qui participe également au voyage en tant que psychiatre d'une grande métropole, arbore une jolie coiffure afro et porte une robe baba-cool.

Les huit autres membres de la délégation, trois femmes et cinq hommes, travaillent comme psychiatres, psychologues ou infirmiers dans des établissements de la région parisienne et en province. Depuis que nous sommes sur le sol russe, ils ont adopté un comportement particulier, celui sans doute de communistes en déplacement derrière le Rideau de fer. Indifférents aux gens ordinaires et à leur vie quotidienne, ils parlent comme des membres de la classe dirigeante et rêvent de rencontrer de hauts fonctionnaires soviétiques. Tout en URSS leur semble parfait. Les passants dans les rues sont sales et mal habillés ? Ils attribuent cela à une charmante coutume locale ou au refus, en soi révolutionnaire, de la mode occidentale. Les immeubles ressemblent à des casernes ? C'est la preuve d'un esprit prolétarien dans l'architecture. Le luxe de l'hôtel Cosmos ? Un hymne à la gloire de l'URSS et à la technologie socialiste. Chaque fois, je me demande si mon rôle m'oblige à les approuver ou si je peux laisser échapper une critique, un doute. Je suis plus jeune qu'eux et je me tais. Personne ne s'en étonne.

La vedette de notre groupe, c'est Bruno Martin, un infirmier de vingt-huit ans. Le dos courbé, une bedaine naissante, il porte des jeans. Son visage, comme celui de notre chef, est noyé dans une jungle de poils d'où émerge un long nez busqué. Ses cheveux noirs, longs et emmêlés à la mode hippie, se fondent dans son collier de barbe. Deux autres membres du groupe, Sylvie Leblanc et Pascale Moreau, respectivement infirmière et psychologue, sont ses collègues dans un hôpital psychiatrique de l'Île-de-France. À

3. Ministre communiste de la Santé depuis la victoire de la gauche en 1981, il occupera cette fonction jusqu'en 1983 ; il sera alors nommé ministre de l'Emploi.
4. Il préfère dire qu'il « milite dans les hôpitaux psychiatriques ».

les en croire, Bruno est un militant cégétiste pur et dur. C'est également un inlassable colleur d'affiches du PCF. Il est de toutes les campagnes électorales. Il m'explique qu'il s'informe en lisant *L'Humanité* et *Révolution*. Il aime la salsa, le rock, « enfin toutes les musiques modernes ». Il use à tout bout de champ de l'adjectif « moderne », comme s'il voulait se convaincre que l'on peut être *dans le vent* et communiste à la fois. Mais où est la modernité du communisme, en 1982, après trente années d'invasions soviétiques, en Hongrie, en Tchécoslovaquie, en Afghanistan, et au lendemain du coup de force de Jaruzelski en Pologne ? Est-ce actuel de nier la faillite économique notoire des pays de l'Est ? Est-ce moderne de rester sourd aux récits des dissidents qui dénoncent le goulag ?

À l'hôtel, notre chef me *choisit* Bruno Martin comme camarade de chambre. En tant que benjamins du groupe, il est vrai, nous formons une paire. Mais je me demande si Durand ne désire pas également me placer sous la surveillance d'un communiste intransigeant… Aurait-il des soupçons ?

Dès le lendemain matin, nous entamons notre voyage d'étude par la visite du grand hôpital psychiatrique, dit Numéro quatre, de Moscou. Un car nous y conduit.

Passé une grande herse électrique, nous traversons un parc sans couleurs. Pas de bourgeons aux arbres, pas de fleurs dans les pelouses terreuses, piétinées et desséchées. Sous le ciel bleu, tout semble froid et mort. Défilé de bâtisses grises et trapues. Le car nous arrête devant l'une d'elles : le département pédiatrique de l'Institut de recherches psychiatriques. Curieux décor pour égayer des enfants malades !

Un comité s'est réuni pour nous accueillir : le directeur, M. Sossukalo, son adjoint le professeur Kotov (cent kilos au bas mot), Mme le professeur Verkotagovrad et deux infirmiers en blouse blanche. Une interprète fait les présentations. Après de chaleureuses poignées de main, nos hôtes soviétiques nous entraînent à l'intérieur de l'établissement. Un tapis rouge est tendu sur le sol du couloir. En notre honneur ? Les deux infirmiers ferment le cortège. Ils ne nous quitteront pas des yeux.

– Soixante enfants sont traités dans ce département, explique

Mme Verkotagovrad en s'arrêtant devant des portes closes. Nous soignons leurs troubles mentaux comme dans le monde entier.

Avec une clé qu'elle a sortie de sa poche, elle ouvre une à une les portes, toutes dépourvues de poignées. Les enfants, des garçons uniquement, sont enfermés à cinq ou six par chambre. Ils ont à peine dix ans, et, ma foi, ils me semblent peu atteints. Ils nous regardent en silence, assis immobiles à même les maigres matelas bleus de leurs lits. Ils sont un peu trop calmes, comme s'ils étaient drogués et emprisonnés dans ces cellules depuis trop longtemps.

– Les malades de cette section sont des cas très sérieux, explique le professeur Kotov avec un léger sourire.

J'en doute. Nos hôtes auraient-ils honte de nous montrer qu'il existe en URSS de vrais autistes, profondément perturbés ? En tout cas, la corpulence du professeur Kotov donne du poids à ses paroles. Personne ne le contredit.

Mes compagnons murmurent entre eux. Ils sont déçus par le début de cette première visite, ils n'ont jamais vu des conditions aussi carcérales dans un service de pédopsychiatrie en France. Profitant de la situation pour étoffer mon personnage de communiste convaincu, je rassure Bruno Martin :

– La médecine soviétique ne peut pas être moins humaine que celle des pays capitalistes. La visite nous réserve certainement de meilleures surprises.

En effet...

Nous montons aux étages supérieurs. Nous traversons des salles de classe vides et des espaces de jeux garnis de peluches et de gros cubes. Sur un tableau, des coupures de presse vantent la récente tournée en URSS du général Jaruzelski, dont la photo, fixée à côté, montre un visage dur, émacié, au regard caché derrière des lunettes noires. D'autres photos, de cosmonautes et de héros du socialisme, sont affichées plus loin. Sympathiques exemples pour les enfants. Mes compagnons commencent à retrouver leur enthousiasme. Mme le professeur Verkotagovrad s'arrête alors, et croisant les bras sous son énorme poitrine :

– Nous pratiquons, dit-elle, l'ergothérapie, c'est-à-dire la rééducation par le travail.

J'ai lu dans des communiqués d'Amnesty International qu'il existe en URSS des usines pour handicapés mentaux. Les malades y sont exploités, sous-payés. Il s'agit à l'évidence de rentabiliser leur hospitalisation. La propagande proclame au contraire que « l'insertion industrielle représente la meilleure des thérapies ». Cela signifie-t-il, dans le domaine de la pédiatrie, que l'État soviétique fait trimer des enfants ? Durand, notre chef, demande au professeur Verkotagovrad de nous exposer plus en détail ses techniques de soins. Elle ne répond pas. Philippe, psychiatre et psychanalyste en Bretagne, lance alors, sans réaliser qu'il peut passer pour un provocateur :

– Et la psychanalyse ? La pratiquez-vous ?

– Ah ! s'exclame Pierre Durand en levant les bras au ciel, comme sidéré par la curiosité de Philippe.

– La psychanalyse ? s'étonne le directeur Sossukalo. Pas question de l'utiliser.

Tous les marxistes devraient le savoir : en URSS, la psychanalyse est dénoncée comme une théorie individualiste, idéaliste et petite-bourgeoise. Les livres de Freud, cet obsédé sexuel, y sont introuvables.

– Je vais vous expliquer ce que nous pensons de la psychanalyse, reprend le professeur Kotov. Entrons dans cette salle…

Il pousse une porte et nous invite à prendre place autour de lui sur des chaises. Puis il bourre une pipe, l'allume et tire longuement dessus. Ses yeux pétillent de plaisir.

– Selon Freud, dit-il en caressant sa pipe d'un air malicieux, un homme qui fume avec cet objet manifeste une perversion, un penchant pour l'érotisme oral.

Et il éclate de rire.

Bernard, un autre psychiatre, qui lui aussi exerce en Bretagne, vient à son tour d'allumer une pipe. Kotov le montre du bout de la sienne :

– Selon Freud, Monsieur et moi-même fumerions donc la pipe par érotisme oral.

Nouvel éclat de rire du professeur, relayé par les rires de ses collègues.

– Pourtant, continue-t-il, je suis certain de ne pas souffrir d'érotisme oral. Voilà. Nous ne pouvons pas accepter les théories psychanalytiques.

Mes compagnons, déconcertés, se contentent de sourire. Le professeur Kotov poursuit :

– Je vais vous donner une preuve scientifique du bien-fondé de la position soviétique. En sexologie, nous traitons l'impuissance par les hormones. Nous n'utilisons jamais la psychanalyse. Elle serait inefficace. De même, dans notre hôpital, nous soignons les maladies mentales de manière rationnelle, c'est-à-dire avec des médicaments.

– Quels médicaments ? demande Durand, vivement intéressé.

– Des neuroleptiques.

– Des neuroleptiques ? s'inquiètent plusieurs membres du groupe.

– Oui, des neuroleptiques, répond le professeur d'un ton détaché.

Ici, une parenthèse s'impose. Les neuroleptiques sont de puissants sédatifs, qui agissent sur les psychoses aiguës, les accès d'agressivité, les bouffées délirantes et hallucinatoires. Si, au moment de leur invention, dans les années cinquante, ces molécules ont représenté un incontestable progrès dans le traitement de la schizophrénie [5], elles sont bien souvent administrées de manière abusive, et s'avèrent alors dangereuses. En effet, elles broient la personnalité du malade et le plongent dans un état végétatif comparable à une camisole chimique, provoquant de nombreux effets secondaires, dont le syndrome extra-pyramidal, proche de la maladie de Parkinson. Les neuroleptiques ne doivent donc être prescrits qu'en dernière extrémité et non de manière routinière comme de l'aspirine, même s'ils constituent le moyen le plus facile de calmer un « dément ».

Je comprends à présent l'hébétude et la prostration des enfants que nous avons vus au rez-de-chaussée : les médecins les gavent de neuroleptiques. De quel mal souffrent-ils pour être ainsi torturés ? Cette question, tous les membres de notre délégation doivent se la poser, car les psychiatres occidentaux, par prudence et par crainte des effets secondaires, évitent de soigner les enfants avec des médicaments, *a fortiori* des neuroleptiques, et utilisent de préférence la psychothérapie. Sylvie Leblanc demande au professeur Kotov, non sans un certain courage :

5. Remplaçant les chocs hypoglycémiques à l'insuline, les électrochocs, les lobotomies...

– Les jeunes garçons que nous venons de voir semblent peu atteints. Est-il nécessaire de leur administrer des neuroleptiques ?

Le professeur Kotov tire sur sa pipe. Il dévisage Sylvie.

– Qu'en savez-vous, s'ils sont peu ou très atteints ? On ne reconnaît pas un névrosé à sa tête, répond-il en assenant sa phrase comme une évidence.

Il vient de moucher Sylvie et nous sourit, savourant son succès.

– Les névroses, reprend-il, possèdent leur propre patho-physio-biologie.

Je me sens un peu perdu dans ce jargon. Quoi qu'il en soit, les neuroleptiques sont destinés avant tout aux psychotiques, aux schizophrènes. Conscients de leur maladie et du monde réel, les névrosés peuvent bénéficier de médicaments moins agressifs, tels que les antidépresseurs ou les anxiolytiques[6]. Selon Kotov, les enfants de son service sont névrosés. Pourquoi alors les traiter aux neuroleptiques ? Je voudrais être sûr que quelque chose ne m'échappe pas, que je ne critique pas sans savoir. Mes compagnons doivent également s'interroger sur les contradictions de la psychiatrie soviétique. Je ne pense pas trahir mon rôle d'ami de l'URSS en avouant au professeur Kotov :

– Je ne comprends pas ce que vous entendez par patho-physio-biologie.

– Je veux dire que les névroses sont difficiles à diagnostiquer. Elles ne se traduisent pas par un changement d'apparence extérieure du malade. Par exemple, l'obésité n'est pas la conséquence d'une névrose : on ne grossit pas parce que l'on est névrotique.

Je me retiens de sourire. Kotov nous expose cela avec l'autorité de ses cent kilos. Et les médecins et infirmiers soviétiques qui l'entourent, eux aussi plutôt ronds, l'approuvent en hochant gravement la tête.

– Pourtant, objecte notre collègue Sylvie, toute menue, nous considérons en Occident que trop manger peut être le signe d'une névrose.

Elle est bizarre, Sylvie. Nous ne sommes en URSS que depuis hier et, déjà, elle ne sait plus tenir sa langue. Elle montre de moins en moins de complaisance à l'égard du système soviétique.

6. Tranquillisants contre l'anxiété.

Est-elle vraiment communiste ? Dois-je me méfier d'elle ? À vrai dire, je commence à la trouver sympathique.

J'observe Pierre Durand, notre chef. Il jette un regard mauvais à Sylvie. Le professeur Kotov n'apprécie pas non plus la remarque de notre collègue :

– Vous vous trompez. La corpulence des individus relève d'un problème global de culture. Elle dépend de l'environnement social, de la mode, de l'alimentation. Chez nous, la majorité des femmes ont de l'embonpoint. Cela n'a rien à voir avec une maladie mentale ; au contraire, c'est le signe d'une existence confortable.

– Très juste, approuve Pierre Durand.

– Dans ce cas, professeur, que pensez-vous de la maigreur ? ose insister Sylvie.

– Là, c'est différent ! répond Kotov. Une personne maigre dévie de la norme. Une névrose peut provoquer la maigreur.

Une infirmière énorme est entrée dans la pièce pendant la discussion. Elle reste debout contre la porte et baisse les yeux chaque fois que quelqu'un parle d'obésité ou de maigreur. Elle sait que tous les Français présents la regardent à la dérobée, et plus nous l'observons, plus son visage s'empourpre. Elle est sauvée par les Durand, qui se moquent de Sylvie :

– Tu ferais mieux de te taire plutôt que de poser des questions stupides.

– T'en loupes pas une, toi !

Le docteur Kovalov crée une diversion en pénétrant dans la pièce. Il dirige un service de l'asile et nous invite à passer à l'étage inférieur dans son bureau. La pièce est spacieuse, meublée de fauteuils et décorée d'un portrait de Brejnev, qui, tranchant sur la blancheur du mur, agresse le regard. Kovalov s'installe juste en dessous, le ventre coincé derrière une table de travail vernie et trop bien rangée.

– On dirait qu'il essaie de ressembler à Brejnev, me murmure Sylvie, décidément très mauvais esprit.

Mais elle voit juste. Trapu, crâne carré comme un écrou, cheveux bruns plaqués en arrière, Kovalov pousse le mimétisme jusque dans ses sourcils, très broussailleux. Il dit :

– Nous discutions de la maigreur, n'est-ce pas ? À propos des personnes qui s'écartent de la norme, nous devons faire la différence entre les problèmes d'origine pathologique et les autres.

Il se masse lentement les mains et reprend :

– Pour cela, en psychiatrie, les coutumes et les lois définies par la société servent de critères de référence. Prenez l'exemple de la schizophrénie : comment la dépiste-t-on ?

Personne n'ose répondre à cette question délicate, source de diagnostics abusifs. Nous nous regardons entre Français. Court silence.

– La réponse est simple, déclare Kovalov. Nous dépistons la schizophrénie grâce à l'environnement social du malade. Celui-ci n'arrive pas à travailler. Ses voisins ont du mal à communiquer avec lui. Il vit hors des normes courantes. C'est un parasite.

Le mot *parasite* me fait peur.

– Nous étudions toutes les « hors-normalités » psychiques comme de vraies maladies, continue Kovalov.

Derrière « hors-normalités », il a précisé *psychiques*. Je l'écoute attentivement. Il poursuit :

– Les troubles mentaux s'expliquent par des raisons objectives. Nous ne sommes pas des idéalistes. Nous sommes déterministes. Les conditions d'existence d'un phénomène sont fixées : il n'y a pas d'effet sans cause. Par exemple, un comportement qui s'écarte de la norme produit toujours des pathologies dans le psychisme.

Ce partage manichéen entre « normal bien portant » et « hors-norme malade » me sidère, mais Durand approuve Kovalov. Notre chef parle à la première personne du pluriel, comme s'il exprimait la pensée unanime de notre groupe. Mis en confiance par cette approbation, le gros professeur Kotov nous offre à son tour un effarant spécimen de langue de bois marxiste :

– L'économie et la lutte des classes forgent les têtes, l'être social détermine la conscience. Toute la vie spirituelle part de là, les idéologies, l'art, la folie… Les individus « hors-normes » ne peuvent se soigner eux-mêmes. Heureusement, la société s'en charge.

Quel est le résultat dans cet hôpital de Moscou ? Des gamins gavés de neuroleptiques. Merci, professeur Kotov !

– Et si un enfant refuse de prendre les médicaments ? demande Sylvie, décidément curieuse. S'il se rebelle contre les médecins ?

Kotov écarte les mains et lâche :

– Eh bien, cela confirme son caractère « hors-norme ». Il a vraiment besoin d'être soigné. C'est notre devoir de médecins de le faire.

Nous sortons de l'hôpital. Notre délégation se rassemble devant le car. Durand ne peut s'empêcher de nous dresser un bilan de la visite, en jetant un dernier regard aux bâtisses de l'asile :

– La psychiatrie soviétique fonctionne vraiment bien.

Mes compagnons l'approuvent, y compris Sylvie.

Je ne les comprends pas. Pendant la visite, ils se sont montrés déçus, parfois choqués. Maintenant, à l'extérieur de cette prison pour enfants, ils se prétendent enthousiasmés par la rigueur, l'efficacité et la compassion qui y règnent. Diable ! Comment fonctionnent-ils donc ? Ils ne sont pas aveugles. Alors, amnésiques ? Pourquoi refusent-ils d'émettre une conclusion négative ? Ou bien est-ce moi qui, au cours de la visite, ai attaché trop d'importance à leurs interventions critiques ? Durand mis à part, je n'ai noté que des réactions négatives. Est-ce parce que je n'étais pas réceptif à autre chose, trop horrifié par la froideur des médecins soviétiques, par leurs méthodes et leurs discours de bourreaux d'enfants ? Je me rappelle ce qu'écrivait André Gide, terriblement désillusionné, à son retour d'un voyage en URSS en 1936[7] :

> Parfois en [URSS] le pire accompagne et double le meilleur [...]. Il arrive souvent que le voyageur, selon des convictions préétablies, ne soit sensible qu'à l'un ou qu'à l'autre. Il arrive trop souvent que les amis de l'URSS se refusent à voir le mauvais, ou du moins à le reconnaître ; de sorte que, trop souvent, la vérité sur l'URSS est dite avec haine, et le mensonge avec amour.
>
> [...] Il importe de voir les choses telles qu'elles *sont* et non telles que l'on eût souhaité qu'elles fussent.

Mes compagnons sont communistes avant d'être psy. Ils ne jugent pas le monde avec les mêmes valeurs que moi, notamment en ce qui concerne la place de l'individu dans la société. Je dois affiner mon regard pour mieux les comprendre. Qu'ils critiquent telle ou telle méthode de la psychiatrie soviétique ne signifie pas

7. Cf. *Retour de l'URSS* et *Retouches à mon « Retour de l'URSS »*, Paris, Gallimard, 1936 et 1937.

pour autant que cette thérapeutique est mauvaise. Quelle gymnastique intellectuelle !

Seul Pierre Durand ne se laisse jamais gagner par le doute. Est-ce pour cette raison qu'il dirige notre délégation ? Je frissonne à l'idée qu'il supervise les institutions psychiatriques d'une région française.

Dire qu'en venant en URSS je m'attendais à voir des dissidents torturés dans des asiles... C'est pire : j'ai découvert des enfants, des « innocents », laminés par les neuroleptiques. Consterné, j'essaie de somnoler dans le car qui nous reconduit à l'hôtel.

Je suis réveillé par Bruno Martin, assis près de moi. Il me prend à témoin dans une discussion qui l'oppose à Sylvie. Celle-ci, ayant remarqué une queue devant un magasin de chaussures, en a déduit que l'économie soviétique traversait une crise.

– Tu ne comprends rien à rien, s'enflamme Bruno. S'il y a la queue, c'est bien qu'il y a des chaussures à vendre. Donc l'URSS ne connaît pas de pénurie.

Cette analyse si candide du système soviétique me fait fondre. Je dis à Bruno qu'il a raison.

Nous déjeunons à l'hôtel. Nouvelle friction au sein du groupe. Mais, pour la première fois, j'en suis responsable ; je prends le risque de montrer que je suis un mauvais communiste. Je résume. Un serveur a proposé à Durand de changer au noir 100 francs contre 25 roubles[8]. Notre chef allait-il dénoncer cet employé au maître d'hôtel ? Non, le camarade Durand a semblé un instant succomber à l'appât du gain. Sa femme, le voyant sortir son portefeuille, a mis le holà ! Et moi, puis-je changer un peu d'argent avec ce serveur ? Je marchande et obtiens 30 roubles pour 100 francs. J'ai gagné. Je me suis fait remarquer.

– C'est scandaleux ce que tu fais, grommelle Bruno Martin. C'est ce qui sape une économie.

– C'est ce qui a tué la Pologne ! s'irrite Durand, jaloux de n'avoir pas pu profiter des services du changeur, véritable banque populaire : du peuple au peuple sans intermédiaire.

8. Soit un taux deux fois et demie supérieur à celui des banques.

Je ne réponds pas. J'ai peur et je baisse les yeux.

Je me promets de ne plus agir contre les intérêts de l'Union soviétique. Qu'adviendra-t-il de moi si mes compagnons de voyage découvrent que je suis un faux psy et un vrai journaliste ? Me dénonceront-ils aux autorités ? Plus je les connais, plus je les en crois capables. Je crains d'être accusé d'espionnage ou de schizophrénie. Je viens visiter des hôpitaux psychiatriques, je ne veux pas y être enfermé.

Le lendemain, nous partons en train pour l'Ukraine. À Kharkov, ville industrielle de plus d'un million d'habitants, nous visitons la section psychiatrique de l'Institut de protection des enfants et des adolescents. Des médecins nous pilotent dans un labyrinthe de couloirs, et, comme à Moscou, des infirmières nous surveillent par-derrière. Elles portent d'impressionnantes toques blanches.

Quelle puanteur !

Une odeur de chou pourri mêlée à celle de l'éther. Miasmes de cantine et d'hôpital, mais miasmes tout de même.

Les psychiatres ukrainiens utilisent la physiothérapie pour soigner les enfants : massages, bains, douches... Nous longeons une piscine de dix mètres sur cinq environ. L'eau, couleur tabac, exhale des vapeurs de chlore.

– Le bassin ne possède pas de filtre, explique une infirmière en nous voyant tousser. Nous devons purifier l'eau avec beaucoup de désinfectants.

Aucun enfant ne s'y trouve en ce moment, mais j'imagine un tel bain avec dégoût. Même mes camarades sont gênés :

– Allez, Pascale, je t'y flanque ! ricane Durand, en faisant mine de la pousser.

Il ose plaisanter. Est-ce pour ne pas penser aux enfants qui macèrent tous les jours dans cette saumure ?

Dans la salle voisine, le personnel nous montre une douche : une demi-cage en métal, qui évoque plutôt un engin de torture qu'un dispositif de soins. Un jeune malade peut y être ligoté debout à l'aide de sangles et suspendu à quelques centimètres du sol. En face, est installée une sorte de lance à incendie, un gros Karcher, qui sert à envoyer un jet d'eau sous pression sur le patient. On ne nous propose pas une démonstration *in vivo*, sans doute pour nous éviter d'assister à un spectacle pénible.

– Les douches, comme les massages, soignent les maux de tête des enfants dysthymiques [9], explique une infirmière.

J'imagine le jet d'eau froide, durci par la pression, labourant et plaquant contre la paroi de la cage le corps flasque de l'enfant dépressif. Pour sûr, cela doit le stimuler !

Nous repartons dans le dédale des couloirs de l'Institut. Nous nous arrêtons devant un laboratoire. Un chimiste en blouse blanche nous présente deux petits alambics remplis d'une solution mousseuse.

– Nous préparons nous-mêmes cette potion, à base de réglisse, de miel et de vitamines, nous explique-t-il. Chaque matin, nos malades en boivent une dose. Cela soigne les névroses.

Devant le scepticisme des membres de notre groupe quant à l'efficacité de ce tonique, les pédopsychiatres ukrainiens s'empressent d'ajouter qu'ils prescrivent très généreusement tranquillisants, antidépresseurs, neuroleptiques, chocs à ultrasons, électrochocs et insulinothérapie. Mes compagnons sursautent. Avons-nous bien entendu ?

En Occident, l'insulinothérapie [10] a été abandonnée dans le traitement des adultes, à plus forte raison dans celui des enfants. Cette technique, destinée aux schizophrènes, consiste à provoquer par une injection d'insuline un coma hypoglycémique. La perte de conscience déstructure la personnalité du malade. Ensuite, on lui administre du sucre pour le ranimer. En rouvrant les yeux, il renaît pour ainsi dire à la vie et noue une relation psychothérapeutique maternelle avec l'équipe soignante. Celle-ci le soumet ainsi, pendant trente à soixante jours, à une cure de comas et de réveils quotidiens.

Dans la pratique, les résultats sont décevants. L'insulinothérapie n'agit pas à long terme sur les psychoses, et elle témoigne d'une

9. La dysthymie est une forme de dépression chronique.

10. Appelée aussi « cure de Sakel ». Elle fut inventée dans les années trente par M. Sakel. Il faut noter, à propos de cette vieille conception médicale des vertus des *chocs* pour guérir certaines maladies chroniques – c'est-à-dire de soigner le mal par le mal –, que le prix Nobel de médecine fut décerné en 1927 à J. Wagner von Jauregg, l'inventeur de la malariathérapie. Inoculant le paludisme à des paralytiques, il réduisit leurs troubles mentaux grâce aux terribles accès de fièvre malarienne.

véritable barbarie chez les psychiatres qui l'ordonnent. Piqué à l'insuline alors qu'il n'est pas diabétique, le malade souffre durant sa descente vers le coma : il est secoué de spasmes, sa respiration s'accélère, il transpire abondamment, une épaisse salive coule de sa bouche... L'insulinothérapie l'expose en outre à des complications mortelles : œdème aigu du poumon, effondrement de la pression artérielle, convulsions. Aujourd'hui, en Occident, les neuroleptiques remplacent « avantageusement » ce traitement d'un autre âge.

Même Catherine Durand s'inquiète à l'idée que ses collègues ukrainiens infligent des cures de Sakel à des enfants.

– Je ne suis pas sûre d'avoir bien compris, dit-elle en s'adressant à nos hôtes ; vous dites que vous utilisez l'insuline ?

– Oui, répond une psychiatre avec un large sourire, nous l'utilisons même très fréquemment.

Personne ne commente.

Nous visitons la bibliothèque de l'Institut. Elle ne possède aucun livre de Freud, ni aucun ouvrage de psychanalyse. Nous inspectons une salle de classe pour les malades internés. Quinze enfants d'une dizaine d'années, l'air un peu endormi mais sans plus, attendent, les bras croisés, que le cours reprenne après notre départ.

– Pour dix mille habitants, nous comptons vingt-trois enfants névrosés ou autistes, nous explique la directrice de l'Institut devant les élèves. Les causes de leurs névroses ?... Une émancipation, une imitation ou une réaction face à telle ou telle norme.

Voici de nouveau le discours matérialiste des psychiatres de Moscou : la maladie mentale s'explique par un comportement qui s'écarte de la norme.

– À partir de quel stade la protestation d'un adolescent devient-elle pathologique ? demande Pierre Durand, toujours vivement intéressé.

– Quand elle est disproportionnée par rapport à ce qui la motive, répond la directrice. Dans un tel cas, il faut corriger l'enfant et le rééduquer selon la prophylaxie sociale.

La prophylaxie sociale ? La juxtaposition de ces deux mots, leur simple énonciation, fait déjà mal aux oreilles.

Comme à Moscou, Philippe ose s'enquérir de la place de la psychanalyse dans les soins. Patrick, un autre membre du groupe, éducateur en Provence, s'empresse de le rembarrer :

– Allons ! Tu sais bien ce qu'ils vont te répondre. Ils ont leurs propres pratiques, c'est tout. Pourquoi les embarrasser ?

– Nous n'utilisons pas la psychanalyse, coupe sèchement la directrice.

– Pourtant, insiste Philippe, il existe bien des troubles psychiques qui ont une origine sexuelle…

– Bien sûr.

Je ne résiste pas à la tentation d'intervenir :

– Quelles sont les maladies mentales d'origine sexuelle ?

– La masturbation en est une, répond la directrice en me regardant dans les yeux d'un air on ne peut plus sérieux.

C'est trop ridicule. Mes camarades pouffent de rire. Catherine Durand se permet de charrier sa consœur ukrainienne :

– À partir de combien de fois par jour la masturbation devient-elle pathologique ?

– Voyons, Catherine ! s'exclame son mari, notre chef. Ce n'est pas drôle. Tu ferais mieux de te taire. Tu ne comprends rien.

Pierre Durand n'est pas le seul membre de notre délégation à refuser de voir la réalité soviétique dans toute sa misère. Bruno Martin, mon compagnon de chambre, a lui aussi de belles œillères.

Le soir, à l'hôtel, je constate que la tuyauterie de notre salle de bains chante. C'est une caractéristique de la plomberie des pays communistes, de Berlin-Est à Pékin. Pas de quoi s'inquiéter ! C'est la norme, dirait un psychiatre soviétique. Mais en prime, à Kharkov, pas une goutte d'eau ne sort des robinets. Comment Bruno fera-t-il passer cette pénurie pour une réussite de l'architecture prolétarienne ? Je lui demande de me rejoindre devant le lavabo :

– Viens voir, il n'y a pas d'eau.

– Mais si. C'est parfait. Ça coule ! me répond-il en évitant de regarder.

– Tu rêves ?

– Ça coule… Ça coule et ça coule.

– Tout de même, je le sentirais sur mes mains.

– Dis, tu as vu la douche ?

Il pointe son index vers le pommeau tout rouillé.

– Étonnant ! reprend-il en se forçant à sourire. C'est rustique…

Il n'y a pas de luxe inutile dans cette salle de bains, mais il y a le nécessaire. Qui a dit qu'en URSS la misère régnait ?

Je l'approuve.

Aucun doute, Bruno est un communiste admirable jusque dans l'interprétation des menus détails de la vie quotidienne. Une telle fidélité à l'URSS m'émeut ; mais, en louant les piètres réalisations et l'inhumanité de l'Empire soviétique, c'est-à-dire de l'un des régimes les plus répressifs de cette fin de siècle, Bruno n'est-il pas en train de trahir la cause du vrai socialisme ? Ne s'éloigne-t-il pas des valeurs de progrès – de développement économique, d'égalité sociale et de liberté – pour lesquelles il croit militer en France ?

Je dois taire ces réflexions. Jusqu'où me faudra-t-il approuver Bruno et les autres membres de notre groupe, si je ne veux pas éveiller leurs soupçons ?

Le lendemain. Toujours à Kharkov.

Les Soviétiques ont promis de nous faire visiter le Centre de thérapie industrielle d'un internat psychiatrique pour adolescents. Ce programme est annulé.

– Nous sommes désolés, explique notre guide local, mais une épidémie d'hépatite virale vient d'éclater à l'internat. Ce virus est très contagieux...

Pour notre groupe de médecins et d'infirmiers, la nouvelle est difficile à digérer : les hépatites virales ne se transmettent, d'homme à homme, que par la salive, le sang ou le sperme. Ces maladies ne s'attrapent pas aussi facilement que la grippe. Même Durand proteste contre l'annulation de la visite. Il déteste être mené en bateau, surtout par ses amis soviétiques :

– Quels idiots ! En nous montrant leurs thérapies par le travail, ils auraient eu une chance de ruiner la propagande capitaliste.

– Allons, ne vous fâchez pas, dit la guide avec un sourire conciliant, nous avons prévu en remplacement la visite d'un conservatoire de musique.

L'après-midi, cependant, les Soviétiques organisent dans un salon de notre hôtel une rencontre avec la psychiatre Stritsova, professeur de psychologie légale à l'Institut de perfectionnement médical de Kharkov. Pourquoi diable cette rencontre a-t-elle lieu à l'hôtel ?

– Les hôpitaux et la faculté ne possèdent pas de salle de réunion, explique la guide d'une manière laconique.

Âgée d'une cinquantaine d'années, la camarade Stritsova travaille également dans un asile. Trois colliers de grosses perles pendent entre ses énormes seins. Elle présente une obésité *normale*, de bon aloi. Son menton en galoche et ses cheveux noués en un petit chignon à l'arrière du crâne lui donnent un air de grand-mère sévère. Curieusement, après les présentations, c'est Durand qui lui pose une question directe :

– Camarade, nous essayons de comprendre la nature de votre pratique psychiatrique dans le cadre d'un système socialiste développé. Au fond, comment définiriez-vous la schizophrénie en URSS ?

– En URSS ? s'étonne la camarade. Mais la définition de la schizophrénie est internationale. C'est l'autisme : l'esprit perd contact avec la réalité et il se replie sur son monde intérieur.

Merci ! Un dictionnaire nous en apprendrait autant. Nous implorons des yeux un supplément d'information. La camarade Stritsova ajoute :

– Par ailleurs, nous avons constaté dans notre pratique qu'un schizophrène est déjà atteint avant que l'on puisse dépister son trouble mental.

Bigre ! comment constate-t-on un fait qui n'est pas décelable ? Peu importe à mes compagnons de voyage. La théorie du professeur Stritsova les passionne. Ils sont plusieurs à lui demander :

– Réussissez-vous alors à prévenir le développement de la schizophrénie ?

– Certes, ce n'est pas facile de diagnostiquer le mal avant qu'il ne se manifeste. Mais quand nous pouvons traiter un patient de façon préventive, nous obtenons d'excellents résultats.

Autrement dit, un individu est schizophrène *avant de l'être*. Qui en décide ? Au vu de quels symptômes ? Si je comprends bien, la théorie se résume ainsi : « Vous êtes fou et pourtant rien ne le laisse penser. »

Je réfléchis un instant. Des récits de dissidents, des rapports d'Amnesty International me viennent à l'esprit. Je me souviens de cette phrase : « L'apparente normalité d'un sujet n'empêche pas son internement forcé[11]. » Afin de le soigner préventivement, sans doute !

Le professeur Stritsova ne se moque pas de nous. Au contraire. Je prends cette grand-mère de plus en plus au sérieux. Je reconnais dans son discours l'idée forte de la psychiatrie soviétique. Son inventeur se nomme Andreï Snejnevsky. Ce professeur dirige l'Institut psychiatrique de l'Académie de médecine de Moscou. Il prétend avoir découvert une nouvelle maladie : la schizophrénie latente. Elle peut sommeiller pendant trente ans chez un individu avant d'exploser, parfois sous la forme d'une dissidence politique active. L'écrivain Vladimir Boukovsky, exilé en Occident après de nombreux séjours dans les camps et les hôpitaux psychiatriques soviétiques, arrive à cette conclusion : « Nul ne sait s'il est ou non schizophrène, à moins que le professeur Snejnevsky ne le décrète ! »

Ne nourrissant sans doute plus d'espoir quant à l'utilisation de la psychanalyse en URSS, Philippe, le psychiatre psychanalyste de Bretagne, demande :

– Quels traitements pharmaceutiques administrez-vous aux schizophrènes ?

– Nous utilisons notamment l'insuline et la sulfazine.

Toujours l'insuline ! Mais il y a pire maintenant : la sulfazine[12]. Aucun de mes compagnons ne réagit à ce mot.

La sulfazine est un soluté de soufre utilisé au XIXe siècle pour « soigner » la schizophrénie. L'Occident l'a abandonnée depuis longtemps. Injectée dans les fesses, elle fait monter la température du patient à quarante degrés. Cette poussée de fièvre crée le choc thérapeutique censé « calmer » le malade. La piqûre de soufre, ce lance-flammes planté dans la chair, fait atrocement souffrir. Il y a trois mois, l'hebdomadaire américain *Newsweek*[13] a publié le

11. Cf. Amnesty International, *URSS, les prisonniers d'opinion*, Paris, Éd. Mazarine, 1980.

12. Durand me dira plus tard que le professeur Stritsova n'a jamais parlé de sulfazine. Il prétendra que je confonds la sulfazine avec la sulfadiazine, une molécule appartenant à la famille des sulfamides – des antibiotiques chimiques. La sulfadiazine est indiquée dans le traitement d'infections urinaires ou intestinales ; elle n'a aucun intérêt en psychiatrie, la maladie mentale n'étant pas due à une bactérie ! Je confirme que j'ai entendu à plusieurs reprises le professeur Stritsova parler de sulfazine, jamais de sulfadiazine.

13. Cf. le numéro du 11 janvier 1982. À noter : Nikitin était ingénieur des mines et membre du Parti communiste. Il dénonça l'absence de sécurité dans les mines et se retrouva interné en hôpital psychiatrique.

témoignage d'Aleksei Nikitin, un dissident interné à l'asile de Dniepropetrovsk, au sud de Kharkov :

> La sulfazine, c'est comme une perceuse qui fore à l'intérieur de votre corps, et cela devient de pire en pire, jusqu'à ce que vous ne puissiez plus l'endurer.

La sulfazine est souvent administrée plusieurs jours de suite aux patients des hôpitaux psychiatriques soviétiques. Ce traitement sert de punition pour les moindres actes d'indiscipline. Le mathématicien Leonid Pliouchtch, autre dissident ukrainien, raconte[14] ce qu'il a vu pendant son internement :

> Un des patients appelait les docteurs « Gestapoïstes » *(sic)*. Ils lui prescrivirent des injections de soufre [...]. Ce patient poussa des gémissements pendant vingt-quatre heures ; fou de douleur, il se cachait sous son lit ; de désespoir, il brisa sa vitre et essaya de se couper la gorge avec le verre. Alors il fut de nouveau puni et roué de coups. Il demandait à tout le monde : « Est-ce que je vais mourir ? » C'est seulement quand effectivement il fut sur le point de mourir et qu'un autre patient s'en aperçut qu'on arrêta les piqûres de soufre.

L'Ukraine est tristement réputée pour son usage de la sulfazine. Je ne devrais pas m'étonner que Mme le professeur Stritsova avoue sans vergogne qu'elle prescrit cette torture. Est-ce pour cela que mes compagnons ne réagissent pas ? Ou bien n'ont-ils jamais entendu parler de la sulfazine ? Après tout, ils ne lisent pas les bulletins d'information d'Amnesty International – pure propagande antisoviétique ! Et puis, ce traitement au soufre est si primitif qu'on ne le leur a peut-être jamais enseigné à la faculté de médecine en France ?

Catherine Durand se contente de revenir sur l'insulinothérapie.

– Professeur Stritsova, fait-elle avec un soupir de perplexité, vous utilisez encore l'insuline… malgré l'éventail des médicaments modernes, n'est-ce pas ?

Mme Stritsova la regarde droit dans les yeux et lui répond sans hésiter, fière de sa science rétrograde :

14. Cf. Amnesty International, *URSS, les prisonniers d'opinion*, *op. cit.* Lire aussi, pour plus de détails, le livre de Leonid Pliouchtch : *Dans le carnaval de l'histoire*, Paris, Éd. du Seuil, 1977.

– L'insuline est physiologiquement plus naturelle. Oui, je l'utilise. En outre, l'insulinothérapie entre dans le processus de la schizophrénie.

Tous mes compagnons l'approuvent avec des hochements de tête. C'est effrayant : personne ne connaît avec certitude le processus de la schizophrénie.

– Utilisez-vous aussi les neuroleptiques ? demande Pierre Durand.

– Oui, bien sûr, très souvent.

– Avez-vous découvert dans les gènes de vos patients des anomalies expliquant leur schizophrénie ? poursuit Durand sans une once d'ironie.

– Nous concentrons nos recherches sur ce thème, déclare le professeur Stritsova avec importance. Nous n'avons encore rien décelé de définitif. Nous obtenons plus de résultats dans la pathogenèse que dans l'étiologie.

Traduction : la camarade Stritsova n'a pas découvert la molécule causant la schizophrénie. Elle se contente d'étudier l'évolution de la maladie.

– Ainsi, poursuit-elle, un individu qui a un jumeau schizophrène finit lui-même par développer cette maladie. Nous avons toujours observé un tel processus. D'ailleurs, ce fait est admis par les psychiatres du monde entier.

– Pas du tout, proteste Philippe. Je connais un contre-exemple : deux jumelles, dont l'une n'est pas schizophrène.

– Mais à quel prix thérapeutique ? rétorque Durand.

– Pour notre part, insiste Stritsova, nous avons toujours observé que le jumeau d'un schizophrène finit lui-même par devenir malade.

Durand jette un regard de mépris sur Philippe. Puis, haussant les épaules et se retournant vers la camarade Stritsova, il s'exclame :

– Professeur, vous avez raison. Évidemment !

– Bien sûr qu'elle a raison, puisque selon elle les troubles mentaux sont génétiques ! ricane à mi-voix Sylvie, toujours prompte à douter de la psychiatrie soviétique.

Durand ne se démonte pas. Je le sens assoiffé de connaissances. Est-il désireux de faire appliquer les méthodes du professeur Stritsova dans les hôpitaux psychiatriques qu'il a sous sa tutelle en France ? Après tout, il est venu en URSS pour se perfectionner. En élève studieux, il pose des questions sur place. Il en vient à présent à la prophylaxie :

– Peut-on considérer qu'en URSS, grâce au système politique, il existe une prévention sociale des troubles mentaux ?

– C'est la principale mission assignée à nos hôpitaux et à nos instituts de recherche : la prophylaxie de l'apparition et du développement des maladies mentales. Nous étudions conjointement les troubles des malades et l'état psychique des membres de leurs familles. Nous essayons d'enrayer les névroses et les psychoses contagieuses.

Durand sourit.

Les psychoses contagieuses ! Comment la camarade Stritsova peut-elle proférer des inepties pareilles ?

Je pense au docteur Koryagin, membre de la Commission de contrôle sur l'utilisation abusive de la psychiatrie en URSS. En juin dernier, il a été condamné à douze ans de camp de travail pour « agitation et propagande antisoviétiques ». Il dénonçait cette pratique de « la prophylaxie de l'aggravation mentale », liée à la théorie de la schizophrénie latente du professeur Snejnevsky. C'est sur la base de ce diagnostic que le pouvoir soviétique justifie l'utilisation de la psychiatrie à des fins politiques. Les médecins remplacent la police et la justice en éliminant les dissidents, en les définissant comme des malades ou de futurs malades qu'il faut soigner préventivement en les internant de force. Le docteur Koryagin travaillait lui aussi en Ukraine ; il refusait la charité communiste de sa collègue Stritsova, qui consistait à « guérir » les gens bien portants.

Le soir, après le dîner, le groupe s'attarde au bar de l'hôtel. Sirotant des verres de cognac local, nous bavardons. L'alcool nous monte un peu à la tête. Tous, nous avouons être déçus de n'avoir visité que des institutions pour enfants depuis notre arrivée en URSS. Les autorités locales ont continuellement modifié le programme prévu, comme si elles craignaient de montrer les conditions d'internement des adultes, même à leurs amis communistes français. Ont-elles peur de nous choquer ou ne nous font-elles pas assez confiance ?

– C'est bête, soupire Durand. Les Soviétiques ont tout à perdre en refusant de nous laisser voir leurs hôpitaux pour adultes.

– De leur part, c'est de la paranoïa mal placée, dit Bruno Martin.

– À notre retour en France, reprend Durand, comment pourrons-nous témoigner de ce que nous n'avons pas vu ? Comment pourrons-nous répondre aux campagnes antisoviétiques de la droite et de cette gauche merdeuse, style *Libération*, *Hara-Kiri*, *Le Matin*[15]...

– Tous ces journaux de la gauche soi-disant libérale, renchérit Pascale, la psychologue qui travaille dans le même hôpital psychiatrique que Sylvie Leblanc et Bruno Martin, suent la haine de l'URSS, mais ils sont lus par l'intelligentsia, et c'est bien le problème : leurs lecteurs ont du pouvoir en France.

– La presse petite-bourgeoise, s'excite Durand, colporte des mensonges et tait la vérité. Prenez la RDA[16], par exemple : ce n'est pas une prison d'où la population ne pense qu'à s'enfuir, il y a plus de citoyens d'Allemagne de l'Ouest qui vont en RDA que l'inverse.

Je me garde bien de le contredire. C'est Patrick, le psychiatre de Provence, qui lui lance :

– Tu plaisantes !

– Pas du tout, réplique Durand. Tu n'en sais rien, parce que les médias ne parlent jamais des Allemands de l'Ouest qui vont en RDA. Ils sont dix fois plus nombreux que ceux de l'Est qui passent en Occident.

Durand exagère. Il nous prend pour des imbéciles. Mais peut-être que non, après tout. Il semble trop sûr de lui pour être de mauvaise foi. Je devine sa pensée : il fait référence aux Allemands de l'Ouest qui vont en RDA pour affaires ou pour rendre visite à leurs familles. Ce flux d'Ouest en Est est naturellement plus important, puisqu'il est autorisé. C'est bien la RDA qui a construit le mur de Berlin en 1961, pour empêcher ses citoyens de s'enfuir.

– Moi, dit Bruno Martin, j'ai visité la RDA. La vie est sympa

15. Grand quotidien parisien à l'époque, soutenant le Parti socialiste de François Mitterrand.

16. La République démocratique d'Allemagne, c'est-à-dire l'ancienne Allemagne de l'Est.

là-bas. Il y a plein de jeunes dans les rues. C'est le pays de la liberté.

Tout le monde approuve. Moi aussi, j'ai voyagé en RDA : la première image que je garde de cette Allemagne est celle de groupes de policiers patrouillant dans la gare de Berlin-Est avec des chiens.

Je me tais. Bernard, le psy fumeur de pipe, vient à son tour alimenter notre discussion de café du Commerce :

– Les dirigeants polonais sont des incapables.

– Tu parles des anciens, n'est-ce pas ? s'inquiète Bruno Martin.

– Non. Ce sont tous des incapables.

– Je ne suis pas d'accord. Le général Jaruzelski semble avoir repris la situation en main[17].

Bernard tire sur sa pipe et grimace d'un air sceptique.

Mes « collègues », fatigués, montent dans leurs chambres. Je reste seul au bar avec Pascale Moreau.

Pascale est une jolie brune, toujours de bonne humeur. Elle me plaît. Je crois que je ne la laisse pas indifférente non plus. Elle aime s'asseoir près de moi pendant les repas. Une lueur troublante brille dans ses yeux quand elle me parle. Elle est célibataire, elle a trente-huit ans, presque le double de mon âge, et je suis trop intimidé pour la draguer. Et puis, je risquerais de compromettre mon rôle de psy en nouant une relation intime avec un membre de notre groupe. Alors, nous nous contentons de bavarder de tout et de rien. Elle aime bien se confier à moi.

– Il y a quelques mois, dit-elle, j'ai vu un reportage télévisé sur l'Afghanistan. Les Russes bombardaient au napalm des hôpitaux. Marc, crois-tu que ça puisse être de la désinformation occidentale ?

– Difficile de savoir, dis-je, en espérant la rassurer.

– Tout de même... si ce reportage n'est pas truqué, c'est un coup dur pour l'image de l'URSS. Pouvons-nous cautionner l'intervention soi-disant amicale des camarades soviétiques ?

Je lui souris. Je préfère ne pas répondre à sa question. Ce serait trop dangereux dans ma position, et puis ce n'est pas l'heure de faire souffrir Pascale en alimentant ses inquiétudes à propos du

17. Bruno fait allusion à l'interdiction du syndicat Solidarité et à la proclamation de l'état de guerre en décembre 1981, il y a quatre mois.

régime soviétique. Je ne pense qu'à la serrer dans mes bras et à poser un baiser sur ses lèvres.

J'y renonce.

J'ai pitié de Pascale, de ses scrupules à remettre en cause l'Union soviétique, cet empire qui a trahi la cause révolutionnaire. Oui, voilà ce qui me gêne chez elle, ce qui m'empêche de devenir son amant...

Après un circuit de quelques jours en Arménie et en Géorgie où nous visitons des institutions psychiatriques aussi rétrogrades que celles de Russie et d'Ukraine, nous voici de retour à Moscou, le 15 avril 1982. Nous sommes attendus dans le célèbre Institut Serbsky, officiellement considéré comme le modèle des centres de recherches psychiatriques en URSS. Nombre de dissidents y sont en permanence internés. Ils y attendent l'expertise médico-légale qui les dirigera soit vers le goulag, soit vers l'asile. Je suis étonné que nos hôtes soviétiques n'aient pas annulé la visite de ce haut lieu du maquillage psychiatrique de la répression politique. L'Institut Serbsky est le clou du programme de notre voyage. Allons-nous y rencontrer des prisonniers ?

Que de récits terrifiants ai-je lus sur Serbsky, « lieu de mémoire » du communisme, à l'instar de la place Tiananmen[18] et du mur de Berlin. Se rendre sur place, voir de ses propres yeux ces théâtres où s'est construit le socialisme est une obsession pour un journaliste. Le voyage tient du pèlerinage. On en attend des choses extraordinaires.

À l'idée de visiter Serbsky, je ne dors plus depuis deux nuits. Une excitation mêlée de peur. Pour illustrer mon reportage, je dois réussir à prendre quelques photos de l'asile-prison. Le projet est dangereux. Il me remplit d'une bizarre sensation, angoissante et agréable à la fois. Telle une bouffée d'éther, elle procure un vertige, mais elle éclaircit la pensée et stimule le courage. Voilà pourquoi j'ai peur : je sais que j'aurai l'audace d'essayer de photographier Serbsky, malgré les flics-psychiatres qui y travaillent.

18. Cf. notamment la proclamation par le président Mao de la fondation de la Chine Nouvelle en 1949, puis les défilés de gardes rouges pendant la Révolution culturelle.

Soupçonneront-ils que je suis journaliste ? Découvriront-ils mon imposture ? Me retiendront-ils pour un interrogatoire ?

Le car nous dépose rue Kropotkinski, devant un long mur gris. Derrière cette enceinte s'élève un bâtiment jaunâtre, semblable à une de ces petites usines que l'on trouve en grand nombre à Moscou. C'est l'Institut Serbsky. Nous poussons une porte en bois. Nous pénétrons dans une salle d'attente. Des murs blancs, pas de sièges où s'asseoir.

Un soldat nous escorte. Soudain, le décor change. Nous franchissons une succession de portes blindées, équipées de grosses serrures médiévales que le soldat déverrouille à grand bruit. J'ai les mains moites et la gorge nouée. Du reste, personne ne parle dans notre groupe. Nous débouchons enfin sur une cour intérieure.

Le bâtiment central de la forteresse se dresse derrière un nouveau mur de béton, haut de trois mètres. Des projecteurs et des caméras le surplombent. Tout ce matériel de surveillance est braqué sur l'extérieur du mur, le chemin de ronde où nous sommes rassemblés. Au sommet d'un mât, un minuscule drapeau rouge flotte au vent. Des soldats montent la garde, leur pistolet-mitrailleur à la main, prêts à tirer. Ils ne semblent pas plus âgés que moi et portent des uniformes verts, bien cintrés. Sans doute sont-ils fiers de servir dans l'unité d'élite de Serbsky…

Mes compagnons se regardent en silence. Que pensent-ils ? Seul Bernard exprime son malaise :

– C'est bizarre, murmure-t-il, tous les soldats ont les yeux bridés. On dirait des Mongols.

Il a raison. Je me rappelle soudain avoir lu que les gardes de Serbsky sont recrutés parmi les minorités asiatiques de l'URSS. Parlant mal le russe, ils ne peuvent sympathiser avec les prisonniers. Les épaulettes de leur uniforme sont brodées du sigle *BB*[19], ce qui signifie qu'ils appartiennent aux *Vnoutrennie Voïska*, les « Troupes de l'intérieur », un régiment de choc.

Une semaine avant mon départ pour l'URSS, j'ai rencontré la dissidente Natalia Gorbanevskaïa[20]. Elle vit en exil à Paris, dans un petit appartement envahi par les livres. Elle a été internée à

19. *VV* en caractères latins.
20. Auteur notamment de *Midi, place Rouge*, Paris, Robert Laffont, 1970.

Serbsky, dans ce grand bâtiment devant lequel nous nous trouvons. Elle m'en a fait une description exacte. Je regarde le deuxième étage avec émotion. La jeune poétesse au sourire triste y a été torturée aux neuroleptiques. Je reconnais les fenêtres dont elle m'a parlé. Leurs vitres sont recouvertes de peinture blanche, signe que les conditions d'isolement et de détention sont pires ici que dans une prison ordinaire. « Je grattais avec mes ongles la peinture sur les carreaux pour entrevoir le monde extérieur », m'a expliqué Natalia.

Un de ses poèmes traduit la solitude du dissident abusivement hospitalisé :

> Dans la maison des fous
> Serrez les poings
> Appuyez votre front livide contre le mur
> Tel un visage enfoncé dans la neige.

En 1968, Natalia a participé sur la place Rouge à une manifestation contre l'invasion de la Tchécoslovaquie. Le KGB a ouvert contre elle une longue procédure judiciaire. Elle a été envoyée à l'Institut Serbsky pour y subir des expertises psychiatriques. Déclarée schizophrène, donc irresponsable de ses actes, « commis sous l'empire de la maladie [21] », elle a été internée dans un « hôpital psychiatrique spécial [22] » loin de Moscou pour y être *soignée*. Avant de la libérer, au terme de sa « cure », les flics-psychiatres de Serbsky l'ont une nouvelle fois examinée et ont certifié qu'elle était guérie.

La commission d'experts qui a diagnostiqué la schizophrénie de Natalia était présidée par le professeur Morozov, celui-là même qui nous reçoit dans une salle de conférence située dans un pavillon annexe de la prison. L'homme, un quinquagénaire de belle prestance, a les cheveux argentés, le front haut et des mâchoires carrées. Le rencontrer est un *privilège*. Mes compagnons de voyage, qui ont beaucoup entendu parler de lui en France, semblent à présent intimidés. Ils ne parlent pas. Morozov est une star. Lui-même ne peut ignorer que son nom apparaît dans les récits de dissidents et les rapports d'Amnesty International dès qu'on évoque l'usage de

21. Lire le compte rendu intégral de cette expertise dans le livre de Vladimir Boukovsky : *Une nouvelle maladie mentale en URSS : l'opposition*, Paris, Éd. du Seuil, 1971.
22. Terme officiel pour désigner en réalité une prison psychiatrique.

la psychiatrie à des fins de répression politique. Il se présente à nous comme si nous ignorions qui il est :

– Je dirige l'Institut Serbsky, dit-il avec modestie. Je suis membre de l'Académie de médecine de l'URSS.

M. le Professeur oublie le plus intéressant :

Il préside la Société soviétique de psychiatrie [23].

Il est un des plus fervents disciples de Snejnevsky [24].

Il est aussi général [25] du MVD (ministère de l'Intérieur) et ami intime de Youri Andropov [26], le patron du KGB.

Bref, M. le Professeur Morozov est un des pires tortionnaires d'Union soviétique, c'est-à-dire du monde.

– L'Institut Serbsky a été fondé en 1921, explique-t-il d'une voix douce, afin de déterminer le niveau de responsabilité mentale des criminels. Je considère cette mission – soigner les personnes susceptibles de nuire à la société – comme une œuvre véritablement humanitaire.

Belle charité ! Pas un membre de notre groupe ne réagit. Ou plutôt si : tous affichent un sourire d'acquiescement.

Le général-professeur poursuit son exposé. Pour un peu, je croirais entendre l'homélie dominicale. Serbsky dépend du ministère de la Santé publique. Trois tâches lui sont dévolues : la surveillance des « patients », l'expertise *scientifique* de leur psychisme et l'étude anatomique et biologique de leur cerveau. Tous sont des criminels – « délinquants » politiques ou criminels de droit commun. Ils viennent à Serbsky subir un examen psycholégal. En fonction du compte rendu de Morozov, le tribunal de Moscou les oriente vers une prison ou vers un hôpital psychiatrique. En Occident aussi, la justice fonctionne selon ce schéma de détermination de la responsabilité pénale. Mais le diagnostic de démence n'y est pas détourné à des fins répressives, pour écraser des individus qui pensent différemment de la majorité supposée de la population et qui militent contre l'action du gouvernement.

À Paris, j'ai interrogé Natalia Gorbanevskaïa sur l'influence du

23. Selon le quotidien *Le Monde*, 28 mai 1981.
24. Voir plus haut, p. 32 et 35.
25. Selon Amnesty International, bulletin du 1er août 1977.
26. Andropov dirige le KGB depuis quinze ans. Sept mois plus tard, il remplacera Brejnev à la tête de l'URSS.

KGB dans les expertises de Serbsky. Elle m'a répondu : « C'est simple, le KGB décide de votre sort... Le simple fait qu'il s'intéresse à une personne induit déjà un diagnostic de déviance mentale, de schizophrénie. Les psychiatres officialisent le verdict. »

Pourtant, à entendre le professeur Morozov, son institut jouit d'une totale indépendance :

– Nous ne savons pas à l'avance si un prisonnier souffre d'une maladie mentale, nous assure-t-il. Nous l'observons pendant un mois. Ensuite, une commission se réunit. Pour établir le diagnostic, le psychiatre qui suit le prisonnier est assisté des autres professionnels de l'Institut. Nous atteignons ainsi une objectivité optimale.

Nous écoutons Morozov depuis une demi-heure. Mes compagnons se détendent sur leurs chaises. Certains prennent des notes, d'autres fument. Pascale demande :

– Professeur Morozov, quels tests psychologiques utilisez-vous pour évaluer l'état mental d'un patient ?

– Les mêmes que les vôtres, bien sûr ! répond Morozov avec un sourire à lever toute défiance. Nous les adaptons à notre réalité sociale. Par exemple, nous supprimons les questions religieuses, qui figurent dans les tests américains. Les Soviétiques sont athées. Si un détenu est atteint de délire religieux, nous n'avons pas besoin d'un test pour dépister ce trouble évident.

Je repense à Natalia Gorbanevskaïa, internée pendant trente-cinq jours à Serbsky, avant d'être reconnue irresponsable de ses pensées dissidentes et envoyée pour traitement dans un hôpital psychiatrique. Elle m'a affirmé qu'elle n'avait pas été soumise à de vrais tests psychologiques : « Durant mes séjours à Serbsky, j'ai été isolée dans une cellule. Les médecins se sont contentés de bavarder avec moi et de me faire une électro-encéphalographie... Par contre, les détenus de droit commun subissent des examens poussés. Il s'agit de démasquer ceux qui simulent la folie pour échapper à la prison. Par excès de zèle, les experts se trompent souvent. Ils s'embrouillent, ils en arrivent à déclarer schizophrènes des criminels parfaitement lucides[27].

27. Pour les psychiatres de Serbsky, une trop grande lucidité, une capacité de raisonner ou le refus obstiné de condamner ses propres actes peuvent constituer un symptôme de schizophrénie, de perte de contact psychique avec la réalité sociale, et les menaces d'internement pèsent sur le patient expertisé. Lire plusieurs exemples dans le livre de Vladimir Boukovsky (cf. note 21, p. 40). Le bulletin d'Amnesty

Ce que Morozov appelle la "schizophrénie torpide", c'est en réalité de la schizophrénie stupide de sa part !... Un jour, j'ai réussi à communiquer pendant une heure à travers une porte avec une jeune femme détenue dans la cellule voisine de la mienne. Elle avait tué sa mère. Son amant l'avait aidée, mais elle ne l'avait pas dénoncé, car les crimes perpétrés à plusieurs sont plus sévèrement punis par la loi. La police se doutait que l'amant était complice. Les psychiatres de Serbsky avaient injecté à la jeune femme du sérum de vérité, mais elle n'avait rien avoué... Voilà en quoi peuvent consister leurs expertises médicales ! »

Catherine Durand doit penser que des entretiens psychologiques ne suffisent pas pour repérer avec certitude un schizophrène. Elle demande à Morozov :

– Au cours de vos expertises, testez-vous les neuroleptiques sur les patients ? Les effets de ces médicaments vous aident-ils dans vos diagnostics ?

– Non. Nous ne prescrivons des neuroleptiques qu'une fois le diagnostic établi.

Je crois Morozov. Sur ce point, sa réponse confirme ce que Natalia Gorbanevskaïa m'a raconté : « Lors de mes premiers séjours à Serbsky, les médecins ne m'ont administré aucun neuroleptique. Après l'expertise qui m'a reconnue schizophrène et irresponsable de mes actes, j'ai été internée à l'hôpital psychiatrique spécial de Kazan. Là-bas, on m'a infligé des traitements à l'halopéridol[28]. Les effets secondaires étaient atroces. Ce médicament dont je n'avais pas besoin me faisait souffrir en permanence des malaises de la maladie de Parkinson. Je me sentais brisée, comme enchaînée par une camisole chimique. On ne soignait pas ma prétendue folie, on essayait au contraire de me détruire en me rendant folle pour de vrai. Et j'avais peur de ne pas pouvoir résister, de ne même pas être capable de réaliser à quel moment j'allais perdre la raison... Mais à propos de Serbsky, il faut être juste. C'est lors de

---

International du 1er août 1977 cite les révélations d'un infirmier de Moscou : « Si un détenu proteste et exige le respect de ses droits légaux, le psychiatre peut interpréter ce comportement comme un *délire procédurier*. Si pour quelque raison, le détenu refuse de répondre aux questions, on pourra diagnostiquer un *autisme*. »

28. Puissant et *redoutable* médicament appartenant à la famille des neuroleptiques, indiqué pour les syndromes hallucinatoires et les états d'extrême agitation, ce dont ne souffrait pas Natalia.

la dernière expertise, avant ma libération, que Morozov et ses collègues m'ont torturée aux neuroleptiques. Ils voulaient poursuivre le traitement de l'asile de Kazan. »

Si les psychiatres soviétiques pouvaient soumettre les dissidents en les transformant en robots, je crois qu'ils n'hésiteraient pas à le faire. Pour ces médecins inhumains, ce serait une réussite scientifique. Ils organisent un monde à l'envers dans leurs asiles. Je pense à Jean Pasqualini[29], qui écrivait, à propos des prisonniers dans les camps chinois de réforme par le travail :

> Les pessimistes regardent de l'avant, et les optimistes regardent en arrière.

En URSS, les internés pessimistes pensent aux thérapies de plus en plus dégradantes qui leur seront infligées. Les optimistes, eux, ne peuvent rêver que du passé, du temps où ils étaient libres.

Je m'absente quelques minutes de la salle de conférence pour aller aux toilettes. J'espère pouvoir, à travers une fenêtre, photographier la cour et le bâtiment de détention de Serbsky. Personne ne m'accompagne. Je m'enferme dans un cabinet, monte sur le siège, ouvre une lucarne en haut du mur et je réussis à prendre plusieurs clichés. Ouf ! Quand je reviens dans la salle de conférence, le professeur Morozov continue de dévoiler sa pratique de la psychiatrie. Il se sent en confiance devant les amis de l'URSS que nous sommes. Il déclare avec franchise :

– Vous connaissez certainement les campagnes menées en Occident contre nos diagnostics de schizophrènes dissidents.

Les uns et les autres, nous hochons la tête d'un air compatissant, comme si nous regrettions les condamnations de la psychiatrie soviétique. Je suis trop intimidé pour me conduire différemment.

– Certaines personnes semblent à première vue normales, poursuit le professeur Morozov. Pourtant, de temps à autre, elles émettent des idées démentes, elles souffrent de délires réformateurs. Elles perdent contact avec la réalité et développent un point de vue personnel sur la société. Nous travaillons toujours de manière très scientifique. Nous prenons en charge ces malades lorsqu'ils peuvent devenir dangereux pour la société.

29. Cf. son livre *Prisonnier de Mao*, Paris, Gallimard, 1975.

– Vous faites de la prophylaxie sociale, le félicite Pierre Durand. C'est formidable !

Et revoilà la prophylaxie sociale !

Comment Durand peut-il rester aussi indifférent au sort individuel des dissidents ? Leurs droits civils élémentaires (droit à la liberté et au respect du corps) sont violés, parce qu'ils pensent différemment. Comment Durand ose-t-il se féliciter de leur internement ? Un doute me vient : Morozov et Durand seraient-ils des cyniques ? Ou bien sont-ils eux-mêmes d'authentiques fous, qui veulent guérir des gens qui ne sont pas malades ? La charité de la psychiatrie communiste est-elle de l'antithérapie ?

– La notion de dangerosité est-elle liée à l'environnement social ? s'inquiète tout de même timidement Catherine Durand.

– Bien sûr, répond-il. Prenons un exemple : un homme développe des idées réformatrices. Son désir de transformer la société peut le conduire parfois à avoir envie de tuer quelqu'un. Il devient donc dangereux !

Que de suppositions ! C'est lui, Morozov, qui est dangereux.

Ce n'est pas un médecin, c'est un cannibale.

Pourquoi tairais-je l'effet qu'il me fait ? L'écouter nous expliquer avec bonhomie pourquoi il dévore des cerveaux me donne froid dans le dos. Sans manifester le moindre dégoût, Catherine essaie de faire dévier la discussion :

– Hum ! à propos de la dangerosité des malades ordinaires, non idéologiques…

Pascale lui coupe la parole :

– Professeur, quelle est la nature des idées réformatrices ?

– Le plus souvent, elles consistent à vouloir transformer notre pays socialiste en société capitaliste ou utopique. Les croyances religieuses peuvent aussi être assimilées à des idées réformatrices.

Pascale a le visage crispé. Elle se mordille les lèvres. Elle bégaie :

– Mais… professeur… comment déterminez-vous que des pensées réformatrices ne sont pas normales mais délirantes ?

Pierre Durand éclate de rire. Nous nous regardons les uns les autres, puis nous imitons notre chef. C'est une réaction étrange, incontrôlée et unanime. Je me sens aussi mal à l'aise, aussi emprunté qu'un cochon sur le toit d'un hangar, me souvenant de cette métaphore d'Erskine Caldwell dans son roman *Le Doigt de Dieu*.

Perdons-nous les pédales ? Ou, au contraire, en proie à ses doutes sur le régime soviétique, est-ce Pascale qui oublie que les questions dérangeantes ne doivent pas être posées ? Au mieux, elles sembleront candides dans la bouche d'une amie de l'URSS. Elles peuvent déclencher un rire collectif.

Le professeur Morozov ne sourcille pas. Il répond calmement à Pascale. Plus exactement, il la rassure :

– Il n'y a aucune difficulté à déterminer que des pensées réformatrices sont délirantes.

Un sourire malicieux se dessine sur le visage carré de Morozov. Je suis intrigué.

– À ce propos, poursuit-il d'un ton presque enjoué, s'imaginer que l'on peut individuellement réformer la société soviétique, que l'on peut combattre l'énorme appareil du Parti et du KGB, n'est-ce pas déjà du délire ? N'est-ce pas la preuve que l'on n'a pas conscience des réalités ? C'est de la schizophrénie, la maladie des dissidents.

L'humour de Morozov séduit mes camarades. Certains répètent : « C'est vrai, il faut être fou pour oser s'attaquer au KGB... Là, Morozov marque un point. »

L'ambiance devient presque chaleureuse. Bruno Martin demande :

– Voilà... J'ai une question un peu stupide... pour plaisanter. Professeur, si vous exerciez en France, comment considéreriez-vous les personnes qui combattent le gouvernement... Prenez mon cas : je désire transformer mon pays, y instaurer une société socialiste...

– Mais en France, objecte Sylvie, nous vivons déjà une expérience socialiste depuis un an[30].

– Non ! Je parle du *vrai* socialisme, réplique Bruno. Professeur Morozov, je souhaite donc changer la société capitaliste. Si vous exerciez en France, je devrais passer devant une commission psychiatrique et, selon vos critères, je serais considéré comme dangereux, n'est-ce pas ?

Morozov ne manifeste aucune gêne. Il déclare sur un ton doctoral :

30. Cf. l'élection du président socialiste François Mitterrand le 10 mai 1981 et l'accession au pouvoir d'un gouvernement d'union de la gauche avec des ministres socialistes, radicaux et communistes – dont Jack Ralite, ministre PCF de la Santé et ami de Pierre Durand.

– Si vous n'avez pas d'hallucinations, de scission de la personnalité ou de faiblesse d'esprit, alors vous êtes normal et les fonctions de l'Institut Serbsky s'arrêtent là.

Bruno Martin sourit. Le communisme n'est pas une maladie mentale.

Le professeur Morozov nous remercie pour nos questions et nous suggère d'aller nous promener dans Serbsky. Nous quittons la salle de conférence et longeons le mur d'enceinte du bâtiment central, où sont internés les patients. Le directeur de l'information de l'Institut nous escorte. Il nous explique l'organisation intérieure de cette prison de trois étages. Le rez-de-chaussée est réservé aux délinquants alcooliques.

– Chaque étage correspond à une section, explique le directeur de l'information. Chacune des quatre sections possède une salle commune d'une vingtaine de lits et quelques cellules d'isolement pour les forcenés.

Natalia Gorbanevskaïa m'a raconté que les prisonniers d'opinion sont séparés des droits communs. Le troisième étage, correspondant à la quatrième section, est réservé aux dissidents masculins. Toutes les femmes sont internées en dessous, au deuxième étage. Les détenues politiques sont isolées dans les cellules individuelles destinées aux forcenées.

Je ne peux m'empêcher de scruter le troisième étage, celui des dissidents. Selon Natalia, cette section ne désemplit jamais. Combien de démocrates et de « fous de religion » héberge-t-elle en ce moment ? Une vingtaine ? Une trentaine ? Sont-ils en train de gratter la peinture blanche sur les vitres des fenêtres pour nous voir dans la cour ? Essaient-ils de nous envoyer des signes de détresse ? Je n'aperçois rien ; la peinture est trop opaque.

– Sous ce bâtiment, dit le directeur de l'information, nous avons construit un laboratoire de recherche sur la schizophrénie.

Dans un jargon pseudo-scientifique, il nous expose comment les glaires, les excrétions, les mucosités, le sang et les tissus des dissidents sont préparés, analysés, classés. Dans quel but ?... Mais pour détecter la molécule de la schizophrénie ! M. le directeur nous assure que toute attitude mentale a une origine organique. Personne ne connaît la structure chimique qui déclenche des pensées dissidentes, puis la folie, mais cela ne signifie pas que cette molécule n'existe pas. Selon M. le directeur de l'information de Serbsky, les Soviétiques seront les premiers à la découvrir.

Le directeur ne nous propose malheureusement pas de descendre dans les sous-sols du bâtiment central pour voir de nos propres yeux à quoi ressemblent ces prétendues analyses biologiques de la pensée dissidente. Il nous conduit dans une annexe qui abrite un autre laboratoire, celui de la recherche sur l'alcoolisme. Le local est désert, comme abandonné. Il ne contient aucun matériel médical et de larges plaques de salpêtre pourrissent les murs. Nous déambulons par de longs couloirs. Nous entrons enfin dans une petite pièce où deux infirmières surveillent un rat blanc. Le petit rongeur est couché dans une cage de verre. Il ne bouge pas. Une électrode est fixée sur son crâne, reliée par un fil à un vieil oscilloscope. Nous n'avons pas le temps de demander quel est le but de cette expérience, que déjà le directeur de l'information – ou plus exactement de la *désinformation* – nous invite à passer dans la salle voisine : un réduit tout en longueur et mal éclairé.

Pour un peu, je me croirais dans l'antre du docteur Frankenstein. Un chimiste tient à la main une éprouvette remplie d'un liquide verdâtre, qu'il agite à l'aide d'une pipette.

– Voyez, je remue les glaires d'un de nos patients, nous explique-t-il avec un léger sourire. Je fais cette manipulation pour découvrir les causes de sa psychose.

Tous, nous le regardons, bouche bée. Mais, chez mes compagnons, est-ce de la stupeur ou de l'admiration ?

– Nous analysons ainsi dans nos divers laboratoires les humeurs et les tissus organiques des malades, poursuit-il. Nous essayons d'élucider scientifiquement le mystère de la folie. Dans ce service, nous nous spécialisons dans les troubles mentaux des alcooliques.

– Avez-vous découvert quelque chose ? demande Pierre Durand, toujours aussi intéressé.

– Oui ! Oui ! Nous avons isolé la « catogélamine ». Cette molécule joue un rôle déterminant dans l'attirance d'un individu pour l'alcool.

Il ne précise pas la structure chimique de la mystérieuse catogélamine, et mes compagnons ne s'en inquiètent pas. Ils semblent étourdis. Ils hochent la tête. J'ignore ce qu'ils pensent. Toutefois, les visages de Pierre Durand, de sa femme et de Bruno Martin rayonnent, comme s'ils venaient d'avoir une révélation, sans doute celle qu'ils attendaient de ce voyage en URSS : la preuve que les maladies mentales ont une cause biologique, une origine matérielle. Durand s'extasie :

– Il n'y a pas de doute, les Soviétiques sont les plus forts. Leur approche scientifique de la maladie mentale les place à la pointe de la psychiatrie mondiale. Nous avons tant à apprendre d'eux. Quel dommage que l'information sur leurs pratiques révolutionnaires ne parvienne pas en Occident ! Cela donne le champ libre à toutes les calomnies d'Amnesty International. Quel dommage !...

Le lendemain, nous prenons l'avion pour Paris. Moscou est loin. Je décide de retirer le badge de Lénine, épinglé depuis deux semaines sur ma veste. Peu m'importe de ne plus passer pour un communiste. J'ai besoin de retrouver ma véritable personnalité, de me préparer à revoir ma famille et mes amis.

Dans l'aéroport de Roissy, des haut-parleurs diffusent le tube du groupe Chagrin d'Amour : *Chacun fait c'qui lui plaît.* Après ce voyage dans les asiles soviétiques, je trouve cette chanson épatante. Pierre Durand n'est pas d'accord :

– Ah, voilà bien la France ! ironise-t-il à voix haute afin que nous l'entendions. La France : pays de l'individualisme et du bordel !

Que lui répondre, maintenant que je ne crains plus d'être démasqué ? Est-ce bien utile de le moucher ?

Je le laisse à ses opinions sur l'ordre social et la grandeur de la psychiatrie soviétique. J'espère qu'un jour il aura l'honnêteté de faire son autocritique, à la faveur d'une nouvelle déstalinisation ou de l'effondrement de l'URSS. Par respect pour les souffrances des dissidents, il aura honte en se souvenant de sa conduite pendant ce voyage. « La vérité, fût-elle douloureuse, ne peut blesser que pour guérir », a écrit André Gide. Pierre Durand changera et je ne le hais pas. Je regrette seulement qu'il dirige les institutions psychiatriques d'une région entière. C'est effrayant. En France, un fou de dictature soigne les « fous ».

J'ai la nausée. Je veux quitter notre groupe au plus vite. Je récupère ma valise dans la salle des bagages, puis je salue Pascale et Sylvie, les deux seules personnes dont je me suis senti proche. Sylvie, un sacré petit bout de femme ! Son sens critique m'a souvent étonné. J'ose lui demander si elle est toujours communiste après son voyage en URSS. Elle m'offre la dernière surprise de ce voyage :

– Moi ?... Mais non, je ne suis pas communiste, avoue-t-elle sans baisser la voix, comme libérée elle aussi depuis son arrivée à Paris.

– Alors, que faisais-tu dans le groupe ?

– Je peux te dire la vérité maintenant... Comme tu sais, Bruno Martin travaille dans le même hôpital que moi. Son voyage lui a été payé au titre de la formation permanente. Parfaitement ! Mais les responsables de notre hôpital avaient peu confiance dans son objectivité. Ils m'ont demandé de l'accompagner pour rédiger un contre-rapport.

Bon sang, je n'étais pas le seul espion !

II

1984

Dans la peau d'un stalinien

Deux mois au pays des aigles et des albatros

Bref rappel historique…

En 1984, l'Albanie continue de se réclamer du stalinisme. La fidélité à cette idéologie totalitaire remonte à la fin de la Seconde Guerre mondiale, lorsque Staline interdit à la Yougoslavie d'annexer l'Albanie. Depuis cette époque, le dirigeant albanais Enver Hoxha, toujours au pouvoir, voue une reconnaissance inébranlable au dirigeant soviétique.

En 1948, lors du divorce de Tito avec Staline, Hoxha soutient l'URSS. Une dizaine d'années plus tard, après la mort de Staline et les campagnes de déstalinisation qui secouent les pays de l'Est, l'Albanie rompt avec l'URSS, devenue traître au marxisme-léninisme. Enver Hoxha se rapproche alors des Chinois de Mao, disciples eux aussi de Staline. Une nouvelle rupture se produit en 1977, un an après la mort du « Grand Timonier » : les Albanais se brouillent avec ses successeurs, qui instaurent l'ère révisionniste des Quatre Modernisations et veulent donner des leçons de communisme à Enver Hoxha.

Le XX*e siècle restera peut-être dans l'histoire comme celui de l'expérimentation de l'idéologie marxiste. Dans les années 1980, les pays du bloc soviétique et la Chine évoluent. Ils s'ouvrent et pratiquent le révisionnisme et l'économie de marché. L'Albanie, si souvent surnommée le « pays des aigles*[1] *» par les journalistes*

1. Cliché étymologique rapprochant à tort *Shqipëri* (l'appellation de l'Albanie en albanais) et *shqiponjë* (un aigle), oiseau symbole de liberté et de bravoure. En réalité, *Shqipëri* viendrait du verbe *shqiptoj* (prononcer, parler en langage clair, intelligible). L'albanais, la langue nationale, se dit *shqip* ; et l'Albanie est la patrie des

français, ne renie aucun des enseignements de Marx, Lénine et Staline. Au fil des décennies, le régime albanais s'est replié sur lui-même comme un hérisson, prétendant être le seul défenseur des textes sacrés du communisme. Il a continuellement durci son gouvernement collectiviste et broyé les comportements individuels. La religion étant, selon Marx, l'opium du peuple, l'Albanie se vante d'interdire tous les cultes depuis 1967. Les églises et les mosquées ont été détruites ou transformées en gymnases et en cinémas. L'Albanie est le seul État du monde qui soit officiellement athée .

Aller en Albanie en 1984, c'est partir visiter le musée en plein air du communisme.

Première partie

11 septembre 1984

Si Staline ressuscitait des morts, et que vous lui demandiez s'il existe au ciel un paradis, je crois qu'il répondrait que le paradis se trouve déjà sur la terre : en République populaire socialiste d'Albanie. Parfaitement.

L'Albanie, pays de cocagne...

Depuis mon adolescence, je rêve d'aller là-bas voir de mes propres yeux une société communiste authentique. Ce n'est pas une question de curiosité : j'ai le sentiment qu'il manquera quelque chose à mon existence tant que je n'aurai pas mis le pied en Albanie, tant que je ne saurai pas s'il vaut mieux naître et vivre dans cet éden qu'en France, un peu comme il est essentiel pour un chrétien de se persuader que la vie après la mort le récompensera de toutes les souffrances terrestres.

Je n'ai jamais été marxiste, mais, en tant que libertaire, je suis fasciné par les récits merveilleux qui nous parviennent en Occident

---

Shqiptar (les Albanais), c'est-à-dire celle des hommes qui utilisent un idiome compréhensible entre eux.

à propos de l'Albanie nouvelle. Là-bas, à moins de deux mille kilomètres de Paris – un saut de puce –, le gouvernement populaire aurait par exemple supprimé la notion d'argent. Les transports en commun seraient gratuits. Quelqu'un, il y a une dizaine d'années, me livra cette information *trop belle pour être vraie*. Peu importe qui. À l'époque, je fus ébloui par l'idée que, dans un pays au moins, il n'existât peut-être plus de riches ni de pauvres.

Aujourd'hui, après avoir arpenté la Pologne, l'URSS et la Chine, j'ai de plus en plus de mal à croire en l'égalitarisme collectiviste. En cette année 1984 – celle du roman d'Orwell –, les pays de l'Est sont pour moi des sociétés totalitaires et de pénuries. Est-il possible que je me trompe en oubliant de prendre en considération l'Albanie ? J'ai lu dans les journaux et dans des livres que ce pays de moins de trois millions d'habitants était « le bastion inexpugnable du véritable socialisme et de la révolution ». Selon le mensuel *Le Monde diplomatique* et le quotidien *Le Monde*[2] :

> Le chômage n'existe pas [en Albanie]... C'est le seul pays socialiste où il n'y ait pas de dissidents... Aucun diplomate étranger n'y a jamais eu vent du moindre goulag... De nombreux services y sont gratuits... Il n'y a pas de file d'attente dans les magasins.

Le journaliste Jean Bertolino, président « défroqué » de l'Association des amitiés franco-albanaises, reconnaît lui-même dans une critique[3] amère du régime albanais :

> L'échelle des salaires [...] est en ce moment de un à deux. Sur ce plan précis, l'Albanie est sans conteste l'État le plus égalitaire du monde.

Je citerai enfin la conclusion de la préface du plus sérieux ouvrage[4] d'histoire albanaise, préface signée par Maurice Beaumont, de l'Institut :

2. Cf. *Le Monde diplomatique* de novembre 1980 et *Le Monde* du 14 août 1981. De même, en 1982, les journaux français ont rapporté que, lors des élections législatives, les Albanais ont voté à 100 % (moins une voix – laquelle ?) pour les candidats du « Parti albanais du travail », le parti communiste au pouvoir, dirigé par Enver Hoxha.
3. Cf. son livre, *Albanie. La sentinelle de Staline*, Paris, Éd. du Seuil, 1979.
4. Cf. *Histoire de l'Albanie*, ouvrage collectif, Roanne, Éd. Horvath, 1974.

> Il n'existe guère de pays dont le développement général ait été plus révolutionnaire [que celui de l'Albanie]. En trois décennies ont été opérés des changements dont la réalisation aurait paru impossible en un siècle.

Certes, il ne faut pas trop se fier aux journalistes ni aux mandarins de l'Institut. Comme l'enseigne l'écrivain-voyageur Nicolas Bouvier, « le mieux c'est encore d'y aller voir soi-même en s'attendant au pire... » et en rêvant au meilleur, ajouterai-je.

Justement, je pars demain pour l'Albanie.

Ce pays, à peine plus petit que la Belgique, se situe bien en Europe, entre la Yougoslavie et la Grèce, mais y aller représente un long voyage. Je prendrai l'avion à l'aéroport de Roissy, j'attendrai pendant un après-midi une correspondance à Rome, puis je m'envolerai en direction de Tirana, capitale de la République populaire socialiste d'Albanie.

Je suis excité. J'ai obtenu un visa pour l'Albanie, c'est incroyable, et je pars tous frais payés, *aux frais de la princesse*, ou plus exactement à ceux du peuple albanais, un peuple roi sous la dictature du prolétariat. Le gouvernement de Tirana m'offre une bourse de spécialisation de deux mois dans les studios cinématographiques d'État « Albanie nouvelle ».

Voilà des années que j'attends de pouvoir aller en Albanie, un des pays les plus fermés du monde. Sous le patronage de l'Association des amitiés franco-albanaises, seuls quelques touristes y sont accueillis, en groupe, chaque été. Voyager avec une escorte, pour ne rien voir, sans contact avec la population, ne m'a jamais intéressé. Comment pouvais-je donc réussir à y aller seul ?

J'ai imaginé et essayé plusieurs stratagèmes. Sachant bien que je n'obtiendrais jamais un visa de séjour, j'ai commencé par solliciter un simple visa de transit auprès de plusieurs ambassades d'Albanie de par le monde. J'ai prétendu vouloir effectuer un voyage touristique le long de l'Adriatique, entre la Yougoslavie et la Grèce. Les Albanais ont refusé de me délivrer un laissez-passer, même pour une seule journée. Je me suis ensuite résigné à déposer à l'ambassade d'Albanie à Paris une demande de visa individuel en tant que journaliste pour un magazine musical, et je n'ai obtenu aucune réponse. Désespéré, j'ai étudié des cartes de la Yougoslavie et de l'Albanie, et, en juin 1982, j'ai tenté à deux reprises de franchir la frontière albanaise clandestinement, par le Monténégro, puis par la Macédoine. J'ai échoué chaque fois. Je n'ai jamais eu aussi peur de ma vie. Je me suis égaré dans les montagnes, et des militaires yougoslaves ont fini par me repérer. Ils ont pointé leurs armes vers moi. Prêts à ouvrir le feu, ils m'ont ordonné de repasser de leur côté du *no man's land*. Ils m'ont arrêté, et des policiers m'ont interrogé dans un commissariat.

J'ai risqué ma vie afin de voir l'Albanie. Quelle inconscience ! Je ne connaissais presque rien du monde et je me sentais invincible. J'étais fou. Je ne veux plus y penser. Je préfère vous raconter comment, après tous ces échecs, je me suis assagi. Je suis retourné à la fac pour apprendre des langues orientales, dont l'albanais.

Pour comprendre mon cheminement intellectuel et professionnel, il faut revenir quelques années en arrière. Après des études de cinéma à l'université de Paris VIII, puis à l'École nationale Louis-Lumière, j'ai abandonné en 1980 l'idée de travailler comme cameraman ou comme assistant-réalisateur. À l'âge de vingt ans, j'ai eu soif de parcourir le monde, de rencontrer des gens. Ne disposant d'aucune fortune personnelle, j'ai financé mes voyages en vendant des reportages à des magazines. Je me suis lancé dans le journalisme, en pigiste. Lors de mon premier séjour en Asie, en 1981, je me suis rendu compte que la nécessité de communiquer en anglais ou par le biais d'interprètes était un obstacle à la compréhension des cultures lointaines. J'ai donc décidé d'apprendre le chinois, le coréen et l'albanais, et, pour ce faire, je me suis inscrit à l'automne 1982 à l'Institut des langues orientales.

Pourquoi ai-je choisi ces trois langues ? Parce que les territoires des peuples qui les utilisent sont géographiquement et politiquement divisés depuis la Seconde Guerre mondiale. Une partie vit sous un pouvoir communiste ; l'autre se développe dans le cadre d'une économie capitaliste ou apparentée : la Chine populaire et Taiwan, la Corée du Nord et celle du Sud, l'Albanie et le Kosovo yougoslave. Mes études de langues me permettraient de parler directement avec les gens, de comprendre comment s'articulaient leurs pensées et de comparer l'influence des différents systèmes sociaux sur le vocabulaire, sur le façonnement des mentalités.

L'albanais est un langage sensuel, fait de *s*, de *sh*, de *z* et de *r*, qui roulent sur le bout de la langue. La mélodie est grave, des syllabes mouillées la diluent. Écouter quelqu'un parler albanais me plonge dans une sorte de quiétude. Et puis, cet idiome possède des singularités. Les comparatifs d'infériorité n'existent pas. Dans la vie courante, on ne dira pas : « Untel est moins grand », mais « Untel est plus petit ». Cela explique-t-il la tendance des Albanais à nourrir un complexe de supériorité ? Est-ce le langage qui façonne les mentalités ou l'inverse ? Réfléchir à ce genre de problèmes linguistiques permet de mieux percevoir l'identité d'un peuple.

Au début de cette année 1984, j'ai enfin découvert une combine pour poser un pied en Albanie, avec un vrai visa individuel. Avant chaque rentrée universitaire, le gouvernement albanais octroie des bourses à une poignée d'étudiants français. Diplômé en cinéma, j'ai déposé un projet de perfectionnement dans ce domaine. Pour qu'il soit accepté, je l'ai rédigé dans le plus pur style stalinien. J'ai demandé à effectuer un stage auprès des « camarades réalisateurs et techniciens » des studios cinématographiques Albanie nouvelle. J'ai souhaité étudier le cinéma révolutionnaire, et notamment le rôle du héros populaire dans l'éducation idéologique des masses. Pas mal tourné, n'est-ce pas ?

Ainsi, le gouvernement albanais m'a attribué une bourse de deux mois, et je m'envole demain pour Tirana. Je suis aux anges...

En préparant ma valise, quelque chose commence à m'inquiéter : je triche avec les autorités albanaises. Qu'adviendra-t-il de moi si elles découvrent que je suis un faux stalinien ? Dans la vie quotidienne, comment se conduit un marxiste-léniniste français ? Je dois sans doute apprendre à réciter en public et avec conviction ces slogans de la propagande albanaise :

> Vive la révolution !
> Vive la lutte des classes !
> Longue vie au camarade Enver Hoxha, grand dirigeant bien-aimé du peuple albanais !

12 septembre 1984

L'Albanie, au premier abord, surprend par la propreté et le calme de ses lieux publics. Il y règne une ambiance plutôt triste.

Situé à une dizaine de kilomètres au nord-ouest de la capitale Tirana, l'aéroport de Rinas ressemble à un hangar. Deux Albanais, Arben et Besnik, m'accueillent avec une accolade à ma descente de l'avion. Nous traversons le tarmac, où des soldats en armes se tiennent figés comme des statues. Je ne franchis aucun poste de douane. Besnik m'installe dans une Fiat Polski [5] blanche, et Arben se charge pour moi d'aller faire viser mon passeport, je ne sais dans quel recoin du hangar.

Arben a une trentaine d'années, il travaille comme traducteur de films aux studios Albanie nouvelle. Besnik semble plus âgé avec son visage osseux et buriné. Il est chauffeur professionnel au Bureau des délégations étrangères. Le gouvernement l'a affecté à mon service exclusif pendant les deux mois de mon séjour. Comme un ministre, je disposerai d'une voiture officielle avec chauffeur ! À moi tout seul, je constitue une délégation française venue étudier la cinématographie albanaise. Toutefois, Arben et Besnik me tutoient et m'appellent « camarade Marc ». À cause de mon jeune âge ? Parce qu'ils me croient communiste ? Ou bien parce qu'en albanais le mot « camarade » (*shok*) est également utilisé entre amis, sans connotation politique ? La chaleur humaine d'Arben et de Besnik me plaît.

Nous roulons vers Tirana à près de cent kilomètres à l'heure. La route est goudronnée mais étroite, et Besnik ne lève pas le pied de l'accélérateur. Une main appuyée sur le klaxon, il fonce, se faufilant entre les piétons, les cyclistes et les charrettes qui occupent la chaussée, les frôlant parfois. Cherche-t-il à m'effrayer ?

– Décontracte-toi, me lance Arben. Besnik est un as du volant.

Et mes deux accompagnateurs éclatent de rire. Drôle de comportement pour des officiels staliniens !

Nous pénétrons dans Tirana à la tombée de la nuit. Les rues fourmillent d'hommes et de femmes qui marchent au milieu de

5. Automobile construite en Pologne, sous licence Fiat.

la chaussée comme sur la route de l'aéroport. Et puis, l'éclairage urbain est si faible, inversement proportionnel aux jeux de lumières qui mettent en valeur la vaste place Skanderbeg[6], au pied du Musée national d'histoire, de l'hôtel Tirana et du palais de la Culture. La façade de ce dernier est en marbre blanc, comme celle du célèbre mausolée indien du Taj Mahal. La comparaison ne s'arrête pas là. Le Taj Mahal fut construit pour immortaliser l'amour fou qu'un empereur moghol portait à son épouse, morte prématurément ; le palais de la Culture de Tirana sert à éduquer les masses dans l'amour aveugle du communisme et de l'art prolétarien. Ces deux monuments sont dédiés à l'amour. Mais le premier est tout en rondeurs, avec un dôme en forme de sein, alors que le second ressemble à un gros cube. L'entrée s'orne d'un portrait géant d'Enver Hoxha et la toiture plate est coiffée d'un slogan en lettres rouges, sorte de diadème révolutionnaire :

GLOIRE AU PARTI ALBANAIS DU TRAVAIL.

J'habiterai tout à côté, dans la chambre 203 de l'hôtel Tirana. Je disposerai d'une grande salle de bains individuelle et d'un coin bureau.

L'hôtel Tirana, l'un des deux palaces de la capitale, est l'établissement touristique le plus moderne du pays, selon mes accompagnateurs. C'est un gratte-ciel de luxe, achevé il y a cinq ans à peine. Je m'y sens tout de suite à l'aise, un peu chez moi. Les concierges mal rasés, les tapis déjà élimés, les peintures écaillées et l'ascenseur bringuebalant créent une sympathique atmosphère de pension de famille. Ce cinq-étoiles albanais n'a rien de commun avec les Sheraton et les Méridien du reste du monde, avec leurs dorures impeccables et leurs grooms, dont l'obséquiosité finit par indisposer la clientèle. Le toit de l'hôtel Tirana, à l'instar de celui des autres édifices du centre de la capitale albanaise, est décoré par un mot d'ordre politique. Je m'en souviens précisément :

Appliquons dans la vie les décisions
du VIIIe congrès du Parti albanais du travail.

6. Georges Skanderbeg, héros national qui repoussa les Ottomans au XVe siècle.

Quelle importance ? Ce n'est pas cette phrase de propagande qui m'empêchera de manger ni de dormir sous le toit de l'hôtel.

Arben dîne avec moi. Nous discutons du programme de mon stage aux studios cinématographiques, puis nous sortons pour une promenade digestive. À perte de vue, la foule envahit la ville. Des milliers et des milliers de promeneurs semblent tourner en rond, remontant puis descendant chaque rue sans but apparent. Un ballet. Ils bavardent, se saluent, plaisantent et fument des cigarettes de tabac turc parfumées. Je fredonne pour moi *What a wonderful world* de Louis Armstrong :

I see friends shaking hands
Saying how do you do
They really say
I love you…
And I think to myself
What a wonderful world… Oh yeah[7]*…*

L'air est doux. Je m'entends : l'atmosphère est tiède et sent la campagne, les vacances. Il fait bon marcher en compagnie d'un ami. Arben me prend la main comme le font les autres passants entre personnes du même sexe, en signe de camaraderie. À l'écart dans un parc, assis sur un banc, un couple s'enlace et se caresse. Image universelle.

J'aimerais trouver quelque chose à critiquer à propos de l'Albanie. J'ai le sentiment de me laisser influencer par la chaleur de l'accueil qui m'a été réservé. Piégé par mon personnage de (faux) stalinien, suis-je en train de me convertir au communisme ?

À Tirana, *le fond de l'air est rouge* et me fait du bien. Je découvre un monde de plaisirs. Les soirées sont détendues, conformes à l'image que je me fais d'un paradis terrestre. J'ai trop bu au dîner, je vais me coucher. La sensation de vivre un rêve se poursuivra-t-elle demain au réveil ?

7. « Je vois des amis se serrer la main, se dire comment vas-tu, et ils se disent en réalité je t'aime… Et je pense en moi-même, quel monde merveilleux… Oh ouais… »

13 septembre

L'Albanie est l'un des pays qui produisent le plus de films.

Je n'exagère pas vraiment.

Chaque année, quatorze longs métrages de fiction sont tournés pour une population de trois millions d'habitants : un rapport deux fois plus élevé qu'aux États-Unis, au Japon ou en France.

Toute la production est étatisée, sous l'autorité des studios Albanie nouvelle, construits en 1952 avec l'aide des Soviétiques, dans la banlieue nord de Tirana. Le mot « banlieue » ne doit pas évoquer un quartier satellite qu'on n'atteindrait qu'au terme d'un long trajet. Peuplée de deux cent mille habitants, Tirana est l'une des plus petites capitales d'Europe. Il me suffirait d'une demi-heure de marche pour me rendre aux studios. Mais une voiture et un chauffeur ont été mis à ma disposition : refuser de les utiliser paraîtrait louche et je ne veux surtout pas attirer l'attention.

Le bâtiment principal des studios est une sorte de temple gréco-stalinien. Quatre hautes colonnes de pierre soutiennent un fronton orné de frises, sur l'acrotère duquel se dressent un homme et une femme de pierre, symboles de la prétendue égalité des sexes en Albanie.

Je suis accueilli par Agim, le vice-directeur des studios, qui est également réalisateur de longs métrages. Il a une trentaine d'années et semble ignorer le costume-cravate. Du reste, tous les travailleurs qu'il me présente, dans les bureaux ou les couloirs, lui ressemblent : ils sont vêtus de tee-shirts ou de chemises à col ouvert et sont chaussés de sandales. Rien ne distingue les réalisateurs des scénaristes, des cameramen ou de Besnik, mon chauffeur. Agim me propose de visionner le dernier film de l'un des cinéastes que nous croisons, et convie également Besnik à s'installer avec nous dans la salle de projection.

Étudier des longs métrages de fiction, des documentaires et des dessins animés fait partie de mon programme de deux mois, en parallèle avec ma participation à des tournages. *Appassionata* – du nom de la sonate de Beethoven –, le film projeté ce matin, se regarde comme une bluette. Il raconte l'histoire d'une passion amoureuse entre une fille et un garçon. Thème banal.

Mais, après tout, peut-être n'est-ce pas si banal en Albanie de traiter de l'amour entre les individus ? N'est-ce pas donner dans le romantisme bourgeois ?

Dans mon rôle de stalinien, j'ignore quelle remarque je peux me permettre devant mes hôtes. À la fin de la projection, je choisis la solution de facilité : je félicite le réalisateur pour le découpage de son film, techniquement correct, puis j'insiste sur le réalisme de l'histoire et des personnages. J'ai fait mouche. La dizaine de cinéastes et de techniciens présents dans la salle sourient. Ils m'assurent qu'*Appassionata* a remporté un immense succès auprès du public. L'un d'eux ajoute qu'en matière d'art le réalisme importe au plus haut point, afin de rester en contact avec les masses.

– Nous autres artistes, nous devons nous inspirer de la vie quotidienne des gens, continue-t-il. Nous refusons de produire des films de pure fantaisie, violents ou érotiques. Les films décadents abrutissent le peuple en Occident, pour le plus grand profit des multinationales de Hollywood. En Albanie, nous ne nous soucions pas de la rentabilité d'une œuvre. Grâce au Parti et au camarade Enver Hoxha, seule la création artistique compte.

Cet Albanais parle sans agressivité, d'une voix lente et chantante. Il s'appelle Sokol. Ses réflexions sont importantes pour moi. La direction des studios l'a chargé de me servir de tuteur. En compagnie de Besnik, le chauffeur, et d'Arben, le traducteur-garde du corps pour moitié inutile puisque je parle albanais, Sokol me guidera partout, à Tirana et dans le reste du pays. Il m'aidera à comprendre le cinéma révolutionnaire.

Sokol. L'homme a une quarantaine d'années et des cheveux cendrés, soigneusement peignés. Il est scénariste de documentaires et s'exprime avec préciosité, en arrondissant la bouche en cul-de-poule. Ses légers hochements de tête, ses battements de paupières, la façon dont il lève le petit doigt ou serre le pouce contre son index pour souligner ce qu'il dit, tout cela lui donne un air attachant, presque féminin. Est-il homosexuel ? Sa double personnalité, pudique et raffinée, m'intrigue. Est-il sincère, quand il fustige l'art décadent ?

Après le déjeuner, que nous prenons à l'hôtel, Sokol me laisse quartier libre. Donnant alors congé à Besnik pour l'après-midi et renonçant à la voiture, je pars découvrir Tirana à pied. Seul.

De jour, il faut bien le reconnaître, la capitale albanaise montre un visage austère. Même sous le soleil méditerranéen. Tout semble recouvert de poussière : les rues, les immeubles, les gens. Tout est gris, sans âge. Parfois, tel un mirage, une moto surgit et disparaît en un éclair. Importés d'Italie ou de Tchécoslovaquie, ces bolides rutilants détonnent dans le paysage. Ils ne portent aucun sigle officiel sur leur châssis, et je suppose qu'ils n'appartiennent pas à l'État. Leur présence apparaît comme un signe de richesse dans la société albanaise. Bien plus, ils prouvent que l'Albanie n'est pas aussi coupée qu'il semble du reste du monde, puisque des individus peuvent acheter des biens de consommation à l'étranger.

J'arpente des artères baptisées « rue des Martyrs » ou « boulevard Staline », je m'arrête devant quelques palais datant de l'occupation mussolinienne, je longe des enfilades de HLM. Je quitte les grands axes, je passe derrière le décor, je change de quartier, et soudain les façades des HLM ne sont plus crépies. Ces immeubles de quatre ou cinq étages, construits en briques de terre cuite empilées de guingois et mal jointoyées, semblent inachevés ; pourtant, le linge pendu aux balcons témoigne que des gens y habitent.

Les rues grouillent d'enfants qui jouent. Certains poussent de vieux pneus de vélo à l'aide de bâtons, d'autres, pieds nus, se mesurent à la course ou sautent sur une carriole tirée par un âne. Au pied d'un bloc d'immeubles, les entrées de deux abris souterrains sont dissimulées sous des tôles. Ces installations ont-elles été creusées en prévision d'une guerre ? À chaque carrefour, des slogans peints sur les murs et les palissades, dénonçant la menace qui pèse sur le paradis albanais, exhortent les citoyens à être vigilants et à se préparer à prendre les armes pour défendre la trinité stalinienne – la patrie, le Parti et Enver Hoxha. En voici quelques-uns :

> L'Albanie n'est pas isolée dans le monde, mais encerclée d'ennemis.
> L'armée la plus puissante est celle du peuple en armes.
> Réalisons le plan économique de l'État dans tous les domaines.
> Dans une main la pioche, dans l'autre le fusil.
> Organisation, discipline, émulation.
> La démocratie prolétaire, c'est la véritable démocratie.

> Gloire à la République populaire socialiste d'Albanie.
> Vive le camarade Enver Hoxha, fondateur, organisateur et dirigeant du Parti albanais du travail !

À quoi songent les passants en lisant ces mots d'ordre cent fois par jour ? Pour moi, je finis par douter de leur efficacité, car, à force de les voir, je ne les remarque plus.

Je continue ma balade, je me perds dans un quartier de vieilles maisons basses, couleur de terre, le plus souvent bâties en retrait de la rue, derrière un mur. Autrefois, du temps de l'Empire ottoman, cet écran permettait aux femmes de se déplacer dans les différentes pièces et cours de leurs habitations sans être vues de l'extérieur. Aujourd'hui, les femmes sortent et travaillent en ville. En Albanie, les communistes ont combattu, en quarante ans de pouvoir, plus de coutumes rétrogrades que dans tout autre pays d'Europe de l'Est. L'Albanie nouvelle est vraiment nouvelle, et unique.

Me voilà arrivé devant la gare ferroviaire.

La gare de Tirana !

J'en ai vu, des gares : en Chine, en URSS, en Thaïlande, en Amérique… Mais celle de Tirana ne ressemble à aucune autre. Par sa taille, évidemment ! La gare de Tirana est le plus petit terminus du monde. Imaginez un guichet, puis un quai couvert, bordé de deux voies ferrées. Ne cherchez pas d'autres bâtiments, il n'y en a pas, et c'est aussi fonctionnel ainsi. Des trains vous conduiront au bord de l'Adriatique à Durrës, vers le sud à Fier, vers l'est à Pogradec ou dans le Nord à Shkodër. Mais pas plus loin, jamais hors des frontières du pays. Le réseau ferroviaire albanais n'est pas relié à celui du reste de l'Europe.

Il y a quelques décennies, le train n'existait pas en Albanie. Ce sont les communistes qui ont rêvé d'offrir ce progrès du XIXe siècle à leur paradis socialiste. Depuis trente-sept ans, dans l'espoir de rattraper le temps perdu, ils mobilisent des armées de jeunes « volontaires » pour poser des rails et creuser des tunnels. La propagande ne parle évidemment pas de travaux forcés : elle compare ces « chantiers nationaux de la jeunesse » à de « grandes écoles de l'éducation révolutionnaire ». Cette jeunesse est docile.

17 septembre

Vivre dans la peau d'un stalinien, je trouve cela assez agréable. Ce qui me gêne un peu, c'est de rester en même temps un anticommuniste invétéré. Chaque jour, des petits riens me choquent, me troublent. Comment ne pas les remarquer ? Des idées critiques me traversent l'esprit, que je m'efforce aussitôt d'oublier, comme si je craignais que les Albanais pussent lire dans mes pensées. Peur instinctive ! Je ne pense qu'à me protéger, à ne pas être démasqué. Je vais essayer de ne plus me taire, au moins dans mon journal.

Ce lundi matin, quelque chose cloche pour de bon...

J'ai passé le week-end sur la plage de Durrës, avec Sokol, Arben et Besnik. Ils m'attendent dans notre voiture, pour rentrer à Tirana. L'oreille tendue vers l'autoradio qui diffuse en sourdine une émission italienne, ils ne m'ont pas vu arriver. J'ouvre une portière. Aussitôt, sans dire un mot, Arben déplace le curseur du tuner sur une station albanaise. Est-il interdit d'écouter des programmes occidentaux ? Un étranger ne doit-il pas découvrir que des Albanais le font malgré tout ? Voilà ce qui cloche. Selon Sokol, les Albanais méprisent ce qui vient des pays capitalistes ou révisionnistes ; ils ne jurent que par le Parti du travail et sa propagande.

Je m'assieds dans la voiture sans faire aucune remarque. Je ne veux pas embarrasser mes guides. Et puis, une autre chose m'intrigue : pourquoi les autorités ont-elles affecté trois personnes à mon service, même pour m'accompagner à la plage ? Je ne risque pas de m'échapper – pour aller où ? Mes sbires me suivent-ils pour se surveiller l'un l'autre dans leurs relations avec l'étranger que je suis ?

De retour à Tirana, j'assiste au tournage d'un dessin animé dans les studios cinématographiques. Rien de palpitant. Mais en sortant du travail, après avoir quitté mes accompagnateurs, j'ai envie de m'offrir un goûter dans la pâtisserie *Rinia*[8]. Ses spécialités doivent être exquises, car une centaine de clients se pressent devant le comptoir de vente. Je me trompais. Aujourd'hui, ce magasin ne

8. « La jeunesse », en français.

vend pas de sucreries, mais des Durrësi, une marque locale de cigarettes de qualité supérieure à bout filtre.

Je vois des hommes en acheter trois, quatre ou cinq cartouches. Ils ressortent, les bras chargés de leur trésor, le visage en sueur, se frayant à coups de coudes un passage dans la cohue. Aux passants qui leur demandent sur le trottoir ce qui se passe, ils lancent :

– Il y a un arrivage de Durrësi !

Aussitôt, les badauds se ruent à leur tour à l'intérieur.

Existe-t-il des pénuries en Albanie ? Depuis mon arrivée, je n'ai pas prêté attention à l'approvisionnement des commerces de Tirana. Les épiceries, il est vrai, ne proposent guère plus d'une quinzaine d'articles : lessive, savon, huile, eau-de-vie, pâtes, riz, fromage, confiture..., uniquement des produits de base. Chaque marchandise est commercialisée sous une ou deux présentations. Les rayonnages sont remplis, mais ils le sont par des piles de mêmes pots de marmelade ou de mêmes paquets de nouilles, avec des alignements de mêmes bouteilles d'alcool... Est-ce l'abondance dans la pénurie ?

21 septembre

Beaucoup de choses me plaisent en Albanie.

La boxe, par exemple, y est interdite. Sokol m'a expliqué que le gouvernement considérait ce sport comme inutilement violent. Je partage ce point de vue. Et puis, hier soir, il m'a invité à boire un café dans un « restaurant familial ». Une chouette institution !

Les restaurants familiaux ne servent que les hommes accompagnés de femmes ou d'enfants. Leurs salles sont calmes et propres, les sièges confortables. Ce genre d'établissement a été créé pour inciter les Albanais à sortir en ville avec leurs épouses, lesquelles portaient encore le voile avant la libération du pays par les communistes.

Ne cherchez pas qui, de Sokol ou de moi, a tenu le rôle de la femme pour que nous soyons admis dans le restaurant familial. Sokol a indiqué à un serveur que j'étais un étranger, et cela a suffi.

J'ai déposé auprès de la direction des studios un projet de film documentaire sur l'architecture des maisons traditionnelles de Gjirokastër, une ville historique du sud du pays. Je continue à participer à des tournages de dessins animés et je visionne des films. Ce matin, j'ai étudié le documentaire *Në udhët e vitit 2010* (Sur les routes de l'an 2010). Ce reportage raconte la vie d'un chauffeur de camion qui dépasse toutes les normes en nombre de kilomètres parcourus. En ce moment, qu'il pleuve ou qu'il neige, il effectue son quota de livraisons de l'an 2010.

Pendant la projection, Sokol surveillait mes réactions, et je n'ai pas souri une seule fois à cette ridicule histoire de camionneur héroïque. Je suis en Albanie pour étudier la place du héros dans le cinéma révolutionnaire, je m'y applique avec sérieux. Je ne me risque jamais à dire les plaisanteries qui me traversent l'esprit. Ainsi, je n'ai pas demandé à Sokol s'il existait aussi des Albanais qui se surpassaient en amour, s'ils profitaient déjà du quota de copulations prévu pour l'an 2010. Pourquoi n'existerait-il pas de stakhanovistes du sexe ? Ils pourraient jouer dans le premier film pornographique stalinien...

23 septembre

Second dimanche en Albanie pour la délégation cinématographique française, dont je suis le membre unique. Jour de repos à Vlorë, ville portuaire à trois heures de route de Tirana.

Sokol, Besnik et Arben m'escortent, bien sûr.

À présent, nous formons une vraie équipe. La confiance s'est installée entre nous. Dans la voiture, mes accompagnateurs ne se gênent plus pour écouter les radios italiennes. Au cours d'une promenade à pied, nous osons même, tous ensemble, chaparder des citrons dans un verger. Les fruits brillent comme des boules de Noël sur les arbres. Difficile de résister à la tentation, d'autant que ces agrumes sont introuvables dans le commerce. Arben se glisse le premier sous les branches, Sokol et Besnik lui emboîtent le pas. Je les suis, et, ni vu ni connu, nous remplissons nos poches et nos mouchoirs de citrons. Ce n'est pas du vol. En Albanie, la terre, les champs, les usines, etc., appartiennent à l'État, et l'État, c'est le peuple, n'est-ce pas ?

Ensuite, que faisons-nous ?

Derrière la plantation de citronniers, nous découvrons une plage déserte. C'est trop stupide : nous n'avons pas emporté nos maillots de bain.

– On n'a qu'à se baigner en slip ! lance Besnik.

Nous nous ruons dans l'eau, nous nous éclaboussons et faisons la planche. Les vagues nous bercent. Je ferme les yeux…

Quand je les rouvre, c'est comme un coup de matraque. Le bleu du ciel m'éblouit. La tête me tourne. Je vois des étoiles et des taches sombres, ce n'est pas agréable.

Où suis-je ?

Je m'en souviens. Je fouille des yeux le paysage. Les lumières et les ombres me troublent la vue. Je suis en Albanie. Ancré au-dessus de l'horizon, le soleil irise la surface de la mer. Les montagnes pelées de la presqu'île du Karaburun se cachent dans le contre-jour.

Comme le rappelle son nom à consonance turque, le Karaburun est noir[9]. Le Karaburun fait peur. Combien de secrets recèle cette langue de terre ? Dans les années 1950, les Soviétiques y ont construit une base navale. Les Albanais les en ont expulsés en 1961, lors de la rupture avec Khrouchtchev.

En Albanie, l'histoire contemporaine se lit dans chaque paysage. En prévision d'une invasion étrangère, des milliers de bunkers en béton ont été construits le long des routes, dans les champs, au bord des plages. J'ai oublié de mentionner leur présence. Il y en a partout. On n'y prête pas plus attention qu'aux mouches dans les pays tropicaux. On vit avec eux en permanence, on s'acclimate. On s'albanise sans s'en rendre compte.

DEUXIÈME PARTIE

24 septembre

Ce matin, en franchissant la grille des studios, je croise K., un décorateur. Sokol nous présente. Je dis « bonjour », rien de plus.

9. *Kara* signifie « noir » en turc. Les Ottomans colonisèrent l'Albanie pendant plus de cinq cents ans, de la fin du XIVe au début du XXe siècle.

On me permettra de dissimuler l'identité de K. Sait-on jamais ? les autorités albanaises pourraient mettre la main sur ce journal. K. est mon oncle. Ou, plus exactement, il le deviendra un jour, par alliance. Mais il l'ignore.

Jusqu'à présent, je n'ai pas tout dit de mes rapports avec l'Albanie.

J'ai un secret.

En dehors de mes parents, de ma sœur et d'une poignée d'intimes, personne ne le connaît. Je n'en ai pas parlé aux diplomates de l'ambassade de France à Tirana. Ils nous encadrent et nous protègent, nous autres boursiers français, mais j'ai peur d'une fuite, d'une indiscrétion involontaire de leur part. Je ne veux à aucun prix attirer l'attention de la *Sigurimi*[10] sur mes proches, sur ma future belle-famille albanaise.

Aujourd'hui, je dois révéler mon secret dans ces pages, sinon mon récit ne sera pas le reflet de ce que je ressens.

Je suis fiancé avec la nièce du décorateur K. Elle s'appelle An'. Elle a vingt-deux ans et vit à Los Angeles. Oui, en Californie ! An' est une Américaine d'origine albanaise.

Son grand-père paternel est le beau-frère de K. Entre les deux guerres mondiales, fuyant la misère et le désordre de l'Albanie post-ottomane, il a émigré aux États-Unis avec sa jeune femme. Désireux de s'intégrer et de réussir dans la société américaine, ils cessèrent de pratiquer la religion musulmane, ils se firent naturaliser et ouvrirent un petit fast-food. Ils eurent deux enfants.

Leur fils aîné, le père de An', ne parle pas albanais. Seul, son nom de famille, que je préfère taire pour des raisons de sécurité, le rattache encore à la terre de ses ancêtres. Il est aujourd'hui vice-président d'une des plus grosses sociétés américaines de travaux publics, celle qui a construit le nouvel aéroport de Los Angeles. Les parents de An' sont millionnaires et, en Californie, cela signifie un train de vie supérieur à tout ce qu'un Français moyen peut imaginer : immense résidence de type hacienda et truffée d'appa-

10. La « Sûreté », l'équivalent albanais du KGB. Officiellement, cette police politique est « un organe de la dictature du prolétariat, chargé de la défense de l'ordre socialiste et de l'État face aux activités des ennemis de l'intérieur et de l'extérieur ». Elle travaille dans l'ombre et ses pouvoirs sont illimités, organisant déportations et assassinats, selon certaines rumeurs. Le nom de *Sigurimi*, à lui seul, inspirerait de la terreur chez les Albanais.

reillages électriques, piscine privée avec jacuzzi, automobile pour chaque membre de la famille, dîners dans les restaurants huppés, parties de golf, études des enfants dans les universités les plus chères... L'existence de An' est à des années-lumière de celle de l'oncle K. et des autres membres du clan restés au pays, au paradis des staliniens. Cette réussite sociale, c'est le rêve américain réalisé sur trois générations de petits immigrants albanais. Ils en sont assez fiers. Dans leur esprit, la France est devenue un pays socialiste depuis l'élection de François Mitterrand en 1981. Ils aiment me taquiner, moi le pauvre Français, en vantant les vertus du libéralisme et en condamnant l'utopie de l'égalitarisme.

Pourtant, le grand-père de An' ne critique jamais le dirigeant communiste Enver Hoxha, son ami d'enfance. Et ce n'est pas simplement une question de prudence.

Notre cher Papy n'est pas anglo-saxon. Son visage porte le hâle de la Méditerranée. Il a le caractère autoritaire d'un patriarche, mais le raffinement de sa nonchalance orientale le pousse à faire des digressions et à parler par sous-entendus. Quand je suis à Los Angeles, il bavarde avec moi durant des soirées entières. Je lui offre une occasion unique de pratiquer la langue albanaise dans son exil californien. Il me montre les lettres que lui envoie son copain Enver Hoxha. Il s'enorgueillit de pouvoir lui rendre visite quand il retourne, tous les quatre ou cinq ans, en Albanie, chargé de cadeaux pour ses frères, sœurs, neveux et cousins. Il me raconte qu'Enver Hoxha habite dans une villa, une résidence modeste pour un chef d'État. Lorsqu'ils sont ensemble, les deux vieux amis, le stalinien pur et dur et le père du capitaliste yankee, ne parlent jamais de politique ; dans les lettres qu'ils échangent, non plus. De quoi s'entretiennent-ils ? Ils s'inquiètent mutuellement de leur santé et se remémorent l'époque où, enfants, ils gambadaient dans les ruelles de Gjirokastër[11], leur ville natale. Cela suffit à ces deux personnes âgées pour entretenir des relations et cela leur procure un immense plaisir.

11. Chef-lieu situé à une vingtaine de kilomètres de la Grèce, centre culturel du Sud de l'Albanie. Nombre d'hommes politiques et d'intellectuels y sont nés, notamment l'écrivain Ismaïl Kadaré. Le fait que ce soit le lieu de naissance du grand-père de An' a également motivé mon projet d'y tourner un documentaire sur l'architecture des maisons traditionnelles (cf. p. 67 et 68), mais je n'en ai parlé à personne, bien sûr.

J'aime An'. J'aime sa famille. Et j'aime l'Albanie.

Ô An', je t'adore ! Plus que tout au monde, je dis bien « plus que tout ». Pas pour ton argent, non : pour ta beauté, ton intelligence. Tu es balkanique, ma petite Californienne. Tu es unique.

Notre histoire est troublante. Elle commence comme un conte : « Il était une fois un pauvre Français qui rencontra une belle et riche Américaine… » La scène se déroulait à l'Institut des langues orientales de Paris, lors du premier cours d'albanais de la rentrée 1982. An', qui étudiait alors le français à la Sorbonne, était là en auditrice libre, pour le plaisir. Elle désirait apprendre la langue de ses ancêtres.

Je revois ce premier cours. Assise en face de moi, à la longue table que présidait le lecteur albanais, An' ne me prêtait pas plus d'attention qu'aux cinq autres étudiants. Moi, je n'avais d'yeux que pour elle. Dans les veines de cette Californienne coulait du sang albanais.

Notre rencontre fut vraiment étrange. An' n'était pas maquillée et ses vêtements n'avaient rien de provocant ou de sexy. Elle portait un imperméable gris de qualité, qu'elle n'avait même pas ôté pour s'asseoir, ce qui aurait mis en valeur les formes de son corps. Pourtant, dès l'instant que je la vis, je sentis un choc dans la poitrine, comme si une flèche s'était plantée dans mon cœur, s'y enfonçant toujours plus, tournant sur elle-même pour mieux me torturer et m'exciter. Je tremble à nouveau d'émotion en y repensant. J'avais la bouche sèche, je bégayais quand le prof m'interrogeait et je ne pensais qu'à elle. Comme si les dés de mon destin venaient d'être jetés, je pressentais, inexplicablement, qu'un jour je coucherais avec cette fille, que je jouirais en elle et me viderais de tout mon être, comme si son corps était une pompe d'amour. Je comprenais que, dans un avenir proche, elle et moi ne ferions plus qu'un pour l'éternité. C'était si troublant d'imaginer tout cela en face d'une inconnue. Pourtant, je ne pouvais y renoncer, parce que j'étais persuadé que tout se produirait dans la réalité comme je le pressentais.

Ce fut le cas. Ce fut exquis. Et ça le reste.

An' m'aime et je l'aime. À la folie ! Nous vivons en concubinage, une moitié du temps à Paris, l'autre en Californie. Nos parents nous considèrent comme fiancés. Je pense que d'ici à un an ou deux nous nous marierons, et nous resterons ensemble jusqu'à notre mort. Nous nous le sommes promis. An' m'a même accompagné à Hong Kong en reportage. Nous nous aimons trop peut-être, au point d'en souffrir. Quand nous sommes séparés, nous perdons l'appétit, nous devenons déprimés, nous dépensons des fortunes en téléphone, nous nous écrivons tous les jours.

Pendant mon séjour en Albanie, pour des raisons de sécurité, nous ne pouvons rester en contact. Selon le grand-père de An', le courrier et les communications téléphoniques sont surveillés. Le 12 septembre, An' et moi avons voulu quitter Paris ensemble, par le même aéroport de Roissy. An' est rentrée à Los Angeles et je suis parti en Albanie. Deux semaines se sont écoulées depuis sans aucune nouvelle. Je ne sais même pas si ma chère An' est toujours en vie. Cette inquiétude me ronge. Que deviendrais-je sans elle ?

Ce matin, j'aurais dû demander à l'oncle K. s'il avait reçu une lettre de Los Angeles, s'il avait des nouvelles de An'. Après tout, il a peut-être été informé que je suis le fiancé de sa nièce. Il m'a juste souri en me croisant. Cela signifiait-il quelque chose ? Je ne pouvais pas le questionner devant Sokol. Je pressentais un danger.

Je m'inquiète tant. Dans mon émoi, j'ai omis de décrire An'. C'est une fée. Elle est la femme la plus envoûtante que j'aie jamais rencontrée. Elle a une présence rayonnante, comme si elle possédait un pouvoir surnaturel et bienfaisant à la fois. Ses cheveux auburn moussent de lumière. Ses yeux couleur silex se glissent au tréfonds de votre âme. Son regard vous hypnotise. La vie vous semble alors merveilleuse. Contempler la perfection du visage de An' suffit à vous transporter dans une sorte de ravissement. Les mots *douceur* et *volupté* se font écho dans votre esprit, s'amplifiant au point de vous étourdir. Le monde extérieur n'existe plus, vous frissonnez, vous ne respirez plus.

An' ! En Albanie, je dois me contenter de penser à toi. Plusieurs fois par jour, je ferme les paupières et, pendant de longues minutes, je me représente ton visage façonné par les mains d'un sculpteur : j'admire ton nez de statue grecque, je salive en rêvant d'embrasser tes lèvres, fines et rouges comme une plaie à vif. An', ton goût, ton odeur m'enivrent. Tu sens la vanille. Tu es une fille à croquer. Je t'aime.

Je délire un peu, mais An' me manque trop.

Je dois prendre contact avec les membres de sa famille qui vivent à Tirana. Ils me parleront d'elle, cela me fera du bien, et puis je découvrirai comment vivent les Albanais dans l'intimité, une chance rare pour un étranger. Sokol, Besnik et Arben ne m'ont jamais invité chez eux. Leur description idyllique de la société ne colle guère avec la réalité. Ils n'évoquent jamais les problèmes d'approvisionnement ou la surveillance de la police politique. Je suppose que ma belle-famille ne m'abreuvera pas de propagande.

An' m'a donné le numéro de téléphone de son cousin Genc, âgé comme moi d'une vingtaine d'années. Le père de Genc est le frère cadet du grand-père de An' ; il est également le beau-frère de l'oncle K. En 1982, lors d'un séjour en Albanie, An' a sympathisé avec Genc. Elle a apprécié sa franchise et son ouverture d'esprit. Il était curieux, il lui posait mille questions sur la vie en Occident. An' m'a assuré qu'il serait ravi de me rencontrer, qu'il saurait tenir sa langue et ne parlerait de nos entretiens à personne, pas même à ses amis.

Genc vient de terminer des études d'ingénieur à l'université de Tirana. Célibataire, il habite chez ses parents, comme la majorité des jeunes Albanais. La semaine dernière, j'ai essayé de le joindre au téléphone. C'est son père qui m'a répondu : Genc était absent, il travaillait pour quelques jours sur un chantier de Pogradec, une ville située au bord du lac d'Ohrid, près de la frontière avec la Macédoine yougoslave.

Cet après-midi, j'ai envie d'essayer à nouveau de le contacter. Ce n'est pas une mince affaire : je dois me montrer prudent si je veux garder le secret à propos de ma future belle-famille. Je me rends donc à la poste principale de Tirana, l'un des rares endroits où il existe des cabines téléphoniques. Les appels locaux passés depuis un poste public ne sont sans doute pas placés sur écoute. Je compose le numéro de Genc, j'attends la sonnerie, trois coups... Cette fois, c'est sa mère qui répond. Genc n'est pas rentré de Pogradec. Il y restera jusqu'au début du mois d'octobre. Elle s'étonne que je ne le sache pas, puis elle me demande qui je suis. Je redoutais cette question. Me prend-elle pour un autochtone ? Après tout, je parle albanais sans accent. Je ne veux pas mentir à la femme qui deviendra sans doute ma tante et dont j'attends de l'affection pour sortir de ma solitude. Je lui dis la vérité :

– Je suis le fiancé de votre nièce An'... Vous vous souvenez d'elle, elle habite loin... Elle m'a donné votre numéro de téléphone. Je suis de passage à Tirana, je voulais vous saluer.

Je ne dis pas que je suis français et ne donne pas mon nom. Court silence.

– Très bien, répond mon interlocutrice d'une voix posée. Rappelle-nous dans une quinzaine.

Et elle raccroche. Dire que je la considère déjà un peu comme ma tante, selon la chaleureuse conception albanaise des liens familiaux ! Pourquoi me traite-t-elle si sèchement ? A-t-elle pressenti que la ligne était surveillée ? Je suis bien déçu. Rencontrerai-je Genc un jour ? Vais-je rester seul pendant deux mois, alors que des membres de ma famille habitent à quelques centaines de mètres de mon hôtel, dans une de ces HLM qui enlaidissent la capitale ? Lequel ? Souvent, je me le demande en marchant dans les rues de Tirana. En tant que stalinien, je ne peux même pas me renseigner auprès de Sokol : cela m'obligerait à lui avouer que je suis fiancé avec la fille d'un capitaliste yankee, d'origine albanaise qui plus est. Si Sokol l'apprenait, il me prendrait aussitôt pour un espion et me dénoncerait.

Je vais me soûler pour essayer d'oublier An'. Que faire d'autre à Tirana ? J'achète une bouteille de vodka locale dans une épicerie et regagne ma chambre d'hôtel. Avec les citrons volés à Vlorë, je me prépare une *vodka limon*, comme on dit en albanais. Je trinque avec moi-même et je bois...

Hier, en chapardant les citrons, j'ai bien ri avec Sokol, Besnik et Arben. Bon sang !

Comme je pense à Sokol, je souris en me rappelant les images de *Ta voix, jeunesse*, un documentaire dont il a écrit le scénario et que nous avons visionné ensemble ce matin aux studios. Sokol n'était pas peu fier de me montrer une de ses œuvres. *Ta voix, jeunesse* fait l'éloge de la jeunesse albanaise, qui représente le printemps de la nation socialiste. Après quelques plans d'introduction générale, le film relate les travaux du VIIIe congrès des Jeunesses communistes[12] et se transforme rapidement en un chant à la gloire

12. Nom officiel : Union de la jeunesse albanaise du travail.

d'Enver Hoxha. Pendant vingt-cinq minutes, le spectateur voit plusieurs milliers de personnes scander le prénom du vieux démiurge albanais : « En-ver, En-ver... », tout en applaudissant à s'en faire mal aux mains.

Oui, Sokol a écrit ce scénario... J'en souris encore, et puis, soudain, le cocktail *vodka limon* me prend en traître. Je ne sens plus mes jambes, j'ai le hoquet et sens venir la nausée. Dans mon cerveau, les images du documentaire de Sokol s'accélèrent. Je vois un océan de visages déformés, trempés de sueur, des milliers de bouches qui, semblant gober des mouches, hurlent en direction du spectateur : « En-ver, En-ver, En-ver... » Ainsi s'expriment les jeunes staliniens albanais en congrès. Qui sont-ils dans la vie quotidienne ? Des fous ? Des apparatchiks ? Nombre de ces « jeunes » sont âgés de quarante à cinquante ans. Ces révolutionnaires symbolisent la jeunesse éternelle... Pouah ! Partout dans le pays, des slogans rappellent du reste que leur chef, Enver Hoxha, est immortel :

LE CAMARADE ENVER VIVRA AUSSI LONGTEMPS QUE LES MONTAGNES !

Et voici qu'il apparaît dans le film. Debout sur une estrade, face aux congressistes, il chante et s'applaudit lui-même. Il rayonne de joie. Il assiste à sa propre messe.

Hoxha a fait interdire toutes les religions pour imposer la sienne. Il est venu au monde pour sauver l'Albanie. Il a chassé les puissances impérialistes et créé un paradis terrestre.

Je comprends pourquoi le grand-père de An' ne parle pas de politique, c'est-à-dire de religion, avec Enver Hoxha. Il ne se représente pas le dirigeant albanais sous les traits d'un dieu, il continue de le voir comme un ami d'enfance.

Il n'a pas peur d'Enver, *envers et contre Enver.*

28 septembre

Je viens de vivre quatre jours de plus en Albanie dans la peau d'un stalinien. Soleil et ennui. Rien d'extraordinaire à signaler.

Cet après-midi, Sokol est venu me chercher pour m'emmener

visiter l'exposition « Albanie aujourd'hui », censée présenter les réalisations technologiques du pays depuis sa libération par les communistes. On y voit, paraît-il, un tracteur albanais. La plupart des diplomates étrangers en poste à Tirana prétendent que cet engin est le seul et unique tracteur jamais construit par les Albanais[13]. Dans les campagnes, j'ai aperçu quelques rares tracteurs chinois, équipés de chenilles et non de roues. Ces petits tanks tout rouillés ne circulent pas sur les routes ; ils en abîmeraient le mince revêtement d'asphalte. Pour se déplacer d'un champ à un autre, ils empruntent les difficiles chemins de terre.

Je crois que je ne verrai jamais *le* tracteur albanais. En effet, arrivés devant le bâtiment qui abrite l'exposition, Sokol et moi avons trouvé porte close. Un panneau indiquait : « Fermeture pour une durée indéterminée. » Nous avons demandé à un gardien s'il savait dans combien de jours à peu près l'exposition accueillerait à nouveau le public. Il l'ignorait. N'étant pas au courant des motifs de la fermeture, il ne pouvait nous renseigner sur une éventuelle réouverture. Nous avons haussé les épaules.

Sokol est rentré chez lui, et je suis allé finir la journée dans un cinéma public. On y projetait un vieux film étranger racontant le naufrage du *Titanic*. Doublée en français et sous-titrée en albanais, la copie était amputée de plusieurs séquences. Les images restantes viraient du noir et blanc à la couleur. Les rayures incrustées dans la pellicule explosaient sur l'écran comme un feu d'artifice. Les spectateurs – une cinquantaine, pour la plupart des adolescents – criaient et fumaient. Tout cela ne gênait pas la compréhension de l'intrigue. Le paquebot allait sombrer, je le savais.

30 septembre

Troisième week-end en Albanie. À Durrës. À la mer, comme d'habitude. Deux journées de détente.

Je crois que Sokol n'est pas homosexuel. Il est peut-être bisexuel.

13. Selon l'ambassadeur de France à Tirana, si les Albanais construisaient des tracteurs en série, ils seraient bien trop fiers d'annoncer le chiffre de leur production ; or ils ne le font pas. Quelques personnes m'ont affirmé néanmoins qu'il existerait un second exemplaire de tracteur, exposé au Musée national.

Il a une femme, deux enfants et, surtout, malgré ses manières efféminées, il apprécie les discussions machos.

Je ne porte pas de jugement, je note un fait. Hier soir, dans le restaurant de l'hôtel pour étrangers situé en bord de plage, nous nous amusions, Sokol, Besnik, Arben et moi, à comparer la beauté des femmes qui dînaient aux autres tables : telle Italienne était trop enrobée, telle Française avait le teint trop laiteux, telle Hongroise avait un visage de paysanne ; seule, une Allemande, installée dans un coin de la salle, ralliait tous nos suffrages.

– Cette fille est une sirène, répétait Sokol. Elle est racée. Elle a des cheveux en fils d'or. Et regardez son buste... Elle a tout ce qu'il faut pour rendre un homme heureux. Point. Il n'y a rien à ajouter.

Nous fantasmions entre copains, faute d'avoir quelque chose de plus agréable à faire de notre soirée.

Ce matin, lorgnant l'Allemande qui se fait bronzer en maillot deux-pièces sur la plage, nous sommes déçus :

– Cette fille est un sac d'os, déclare Besnik. Elle n'a rien à se faire peloter.

– Oui, approuve Sokol. La voir à moitié nue n'était pas prévu dans le scénario.

Sokol use volontiers des métaphores cinématographiques, comme si sa vie était un film.

– À vrai dire, soupire-t-il, le corps de cette Allemande ressemble à celui d'un homme... Cette femme me trouble. Je n'ai jamais vu une aussi belle personne.

Toute l'ambiguïté du psychisme de Sokol est là. Nous éclatons de rire.

Nous nous baignons, puis Besnik propose une virée en voiture sur une plage déserte. D'accord. Besnik roule sur le sable, en longeant la mer, direction plein sud. Il accélère. Le fou ! Il s'amuse à foncer dans les vagues. Des gerbes d'eau jaillissent sur notre passage. Soudain, Besnik braque le volant vers les dunes et appuie à fond sur le champignon. La Fiat s'envole en franchissant des bosses. Nous tremblons de peur, nous insultons Besnik. Il vire à droite à la dernière seconde, nous l'applaudissons.

Ça, c'est du rodéo automobile !

3 octobre

« Les jours s'ajoutent aux jours sans rime ni raison, c'est une addition interminable et monotone. »

Cette phrase est de Sartre, dans *La Nausée*. Je suis en train de lire ce roman. Je l'ai emprunté à la bibliothèque de l'ambassade de France. Considéré comme un auteur petit-bourgeois faisant l'éloge de l'individualisme, Sartre n'est ni traduit ni édité en Albanie.

Il faut lire Sartre à Tirana, car une sorte de nausée vous y étouffe. Imaginez une capitale où vous ne réussissez pas à vous faire un seul ami en dehors de vos relations professionnelles. Vous êtes un étranger, un extraterrestre venu de la planète Occident. Vous faites peur. Dans la rue, les gens s'enfuient quand vous leur demandez votre chemin. Ils vous reconnaissent à votre jean, à vos chaussures non rapiécées. Dans les cafés, les clients ne vous adressent pas la parole.

Vous vous habituez à être seul au milieu de la foule, vous vous résignez à vous distraire en solitaire. Dans les cinémas, on projette des bluettes ou des œuvres de propagande, et avec un peu de chance des « rossignols » étrangers amputés de la moitié de leur métrage par la censure. Soudain, une fringale de lecture s'empare de vous : vous vous précipitez dans les quatre ou cinq librairies de la capitale. Rien n'est plus décourageant. Vous découvrez des vitrines et des rayonnages à moitié vides, ou plus exactement à moitié garnis par les œuvres d'Enver Hoxha et les *Statuts du Parti albanais du travail*, reliés en maroquin rouge. Les romans de Dritëro Agolli et d'Ismaïl Kadaré[14] ne sont jamais disponibles. Un instant, vous songez à vous rabattre sur l'achat d'un dictionnaire : une telle lecture réussirait à vous occuper pendant une semaine. Inutile de rêver : même les dictionnaires de langue albanaise sont épuisés. Rien n'est plus déprimant.

Il existe bien un dancing dans la cave de mon hôtel, mais chaque soir la piste reste déserte : qui oserait, en s'y aventurant, prendre le risque de passer pour décadent ? De même, la plupart des musées sont fermés. Ceux qui restent ouverts présentent des reproductions d'œuvres disséminées à l'étranger ou bien des objets sans intérêt.

14. Les deux plus célèbres romanciers albanais contemporains.

Vivre à Tirana, cela ne vaut pas la peine... Je déraille. Je referme *La Nausée*.

Je toussote, je me cure le nez, je me fais cadeau d'une cigarette, je me coupe les ongles des orteils. Puis, je lâche un pet... Cela me distrait un moment. Bon sang, je ne sais pas quoi faire. Pourquoi ne pas m'offrir une sieste ? Après une journée de travail, ne serait-ce pas mérité ? Chaque matin et chaque après-midi, je visionne des kilomètres de pellicules à la gloire du Parti et d'Enver Hoxha. Même les dessins animés contiennent des messages destinés à l'éducation des masses : construire le socialisme, défendre la patrie, respecter des règles d'hygiène... Hier matin, aux studios, j'ai fait organiser une projection de quatre dessins animés en présence de l'ambassadeur de France, cinéphile passionné. Lors d'un déjeuner dans sa résidence, il y a deux semaines, il m'avait demandé de le mettre en relation avec des cinéastes albanais.

Pour me remercier, il m'autorise à utiliser la valise diplomatique pour mon courrier. Je vais écrire à An', enfin je me sentirai exister. Je remettrai ma lettre d'amour sous enveloppe cachetée à Son Excellence l'ambassadeur. Je vais prendre ce risque. Il faut bien finir par se fier à quelqu'un.

5 octobre

Je suis à Shkodër, la troisième ville d'Albanie, au nord du pays. Les soixante et onze mille habitants de cette préfecture peuvent apercevoir le Monténégro yougoslave de l'autre côté d'un immense lac frontalier. Autrefois, Shkodër était catholique. La splendeur de ses vieilles demeures de pierre témoigne de la richesse passée des bourgeois chrétiens.

Seuls Sokol et Besnik m'accompagnent. Nous assisterons à des tournages. Arben est resté à Tirana ; il doit sous-titrer un nouveau film. Cette réduction du nombre de mes gardes signifierait-elle que les autorités croient sérieusement à mon personnage de stalinien ?

Dans le hall de notre hôtel, nous retrouvons Piro Milkani, le réalisateur de *Zonja nga qyteti* (La femme de la ville), une satire désopilante des préjugés des citadins à l'égard des paysans. Le film a remporté un immense succès populaire et Piro Milkani est aujourd'hui une star. Tout le monde connaît son nom, car l'Albanie est un petit pays. Il est venu à Shkodër pour tourner plusieurs séquences de son prochain film. Après-demain, j'irai le voir travailler sur les bords du lac.

Âgé d'une quarantaine d'années, grand et blagueur, Piro Milkani n'a rien d'un apparatchik ou d'un artiste prétentieux. C'est un ami de mon professeur d'albanais à Paris. Quand je lui propose de partager notre coffre de pastèques, il accepte avec un large sourire. Il n'oublie pas de convier son équipe, une vingtaine de techniciens et d'acteurs, à nous rejoindre près de la voiture, sur le parking de l'hôtel.

J'ai écrit « notre coffre de pastèques ». En effet, cet après-midi en venant de Tirana, une vingtaine de kilomètres avant d'arriver à Shkodër, j'ai demandé à faire une halte au bord d'un champ de pastèques. Ce que j'espérais s'est produit : incapable de résister à la tentation, Besnik s'est approché des deux garçons qui surveillaient les plantations. Il leur a expliqué que nous étions une délégation cinématographique française. Comme l'exige l'hospitalité albanaise, les jeunes paysans ont insisté pour remplir le coffre de notre Fiat d'une dizaine de melons d'eau.

À présent, sur le parking, Besnik fait le fier en distribuant notre butin aux membres de l'équipe du célèbre Piro Milkani. Notre attroupement attire les badauds. Soyez les bienvenus ! Nous avons assez de pastèques pour en offrir une tranche à tout le monde. Chacun mord dans la sienne à pleines dents. Une belle communion. Nous crachons les graines sur le bitume, le jus sucré ruisselle sur nos mentons, nous nous régalons, nous rions. La fête !

6 octobre

Ce matin, j'assiste au tournage d'un documentaire de propagande. Je dois tenir mon rôle de stalinien, ne pas contredire Sokol dans ses explications. Ce n'est pas trop difficile.

Nous nous trouvons dans une gorge du fleuve Drin, à une trentaine de kilomètres en amont de Shkodër. Une équipe des studios y réalise un reportage sur le chantier du barrage de Koman, baptisé « Centrale Enver Hoxha », ce qui est logique puisque cet ouvrage, capable de produire 600 000 kilowatts, sera la plus puissante centrale hydroélectrique d'Albanie. La digue mesure 150 mètres de hauteur. Elle pourra retenir 450 millions de mètres cubes d'eau. CGE-Alsthom fournit la technologie, les turbines, les alternateurs, pour un montant de 336 millions de francs. C'est le plus gros contrat jamais signé entre l'Albanie et la France.

Il ne faut pas le répéter à voix haute.

Avec sa sensibilité d'artiste officiel, Sokol me présente une autre réalité. Nous sommes venus assister au tournage d'un documentaire, il m'en résume le scénario :

– Ce barrage, qui porte le nom de notre dirigeant bien-aimé Enver Hoxha, les Albanais le construisent eux-mêmes, sans aide étrangère. Le documentaire prend l'exemple de ce gigantesque chantier pour montrer l'ardeur au travail et le génie de notre petit peuple. Nous avons choisi la voie du marxisme-léninisme et celle-ci nous permet d'accomplir des exploits. En suivant le principe de compter sur nos propres forces, en refusant toute compromission avec les pays capitalistes, nous restons libres.

Je ne contredis pas Sokol et ne formule aucune remarque à propos des cinq ouvriers qui, allongés derrière nous sur des poutres de fer, se prélassent au soleil. J'étudie comment travaille l'équipe de cinéma.

Livré à lui-même, le cameraman filme l'entrée du tunnel de vidange du barrage. Une vingtaine d'ouvriers le regardent en fumant, appuyés contre les pieds des projecteurs. Pendant ce temps, le réalisateur, les machinistes et les preneurs de son tiennent une conférence avec Besnik devant le coffre de notre Fiat, une conférence-dégustation autour des pastèques restantes.

Nous quittons le chantier vers onze heures, afin de ne pas manquer le service du déjeuner dans notre hôtel de Shkodër. En chemin, Besnik s'arrête devant un magasin de village pour acheter des chaussettes. Il n'y en a pas, mais Sokol achète cinq bobines de fil de coton blanc tout à fait ordinaire. Il sifflote gaiement. Je m'étonne :

– Pourquoi achètes-tu du fil dans ce village ? N'en trouve-t-on pas à Tirana ?

Il sursaute et ouvre de grands yeux. Besnik répond à sa place :

– Bien sûr qu'on vend du fil à Tirana ! Mais on ne sait jamais. Il peut y avoir une rupture de stock. Alors, autant en acheter ici. Du fil à coudre, on en trouve partout en Albanie, même dans les plus petits villages, tu l'as vu. Ce n'est pas comme ça en France, hein ? Les paysans sont des laissés-pour-compte dans les sociétés capitalistes.

Besnik pense-t-il vraiment ce qu'il dit ? Je me tais. C'est le cadet de mes soucis. Si Enver Hoxha décrétait que les chiens sont des chats, je crois que je serais capable de l'approuver. Cela ne changerait rien à la réalité du monde. J'ai envie de me laisser vivre. Le plus sage est de remplir mon devoir de stalinien, c'est-à-dire me conduire comme Sokol et Besnik, comme si l'Albanie était un paradis sur terre : toute autre vérité est inavouable, irréelle.

7 octobre

À Shkodër, il pleut des cordes. Le tournage du film de Piro Milkani est reporté. Dommage.

Nous rentrons à Tirana.

9 octobre

Je sens que quelque chose a vraiment changé au fond de moi.

Je le regrette, mais je ne peux plus lutter. Je perds mon appétit de vivre et ma curiosité de tout expérimenter, de tout comprendre, en allant droit au but, à cent à l'heure, *à bout de souffle*. Je deviens un jeune homme discipliné, sans doute ce que l'on appelle un bon stalinien.

Par exemple, je renonce à formuler la moindre critique sur quoi que ce soit : Sokol, Besnik et Arben ont toujours réponse à tout.

Une boutique ou un musée sont-ils fermés ? Ce n'est pas vrai : ces établissements sont ouverts au public, sauf en ce moment précis. Jean-Marie Masselin[15], liquidé d'une balle dans la tête il y a trois mois ? Ce n'est la faute de personne ; en tout cas, le meurtre

15. En juin 1984, ce moniteur français du village du Club Méditerranée de l'île de Corfou s'approcha des côtes albanaises pour y pratiquer la pêche sous-marine. Des gardes-côtes albanais l'arrêtèrent et, quelques jours plus tard, son cadavre fut récupéré, flottant en mer, par des marins grecs.

ne peut être imputé à un soldat albanais : le pouvoir marxiste-léniniste ne permettrait jamais qu'on tue un braconnier français. L'absence de poivrières sur les tables des restaurants serait-elle le signe d'une pénurie ? Non ! Simplement les Albanais n'aiment pas le poivre quand ils mangent en ville. Au cours d'un repas, je trouve une mouche morte dans mon assiette : je dois avoir eu une vision ! Si j'affirme que les boucheries de Tirana ne vendent que des paquets de viande hachée, c'est que j'ai mal regardé leurs étalages. De plus, en Albanie, le filet de bœuf serait à peine plus cher que la viande hachée. La population peut s'approvisionner sans se soucier des prix. Elle préfère le goût et la texture de la viande hachée, et les boucheries, toutes des entreprises d'État au service du peuple, hachent donc la plupart des quartiers de viande. Mais, selon mes accompagnateurs, si quelqu'un désirait acheter du filet, il le pourrait.

Il le pourrait, s'il le *désirait*... Je ne prétendrais pas vraiment le contraire. Il faut être fou pour penser à acheter du filet, dans un pays où, tout le monde le sait, les boucheries n'en proposent jamais.

À Shkodër, j'ai feuilleté le livre d'or de l'hôtel où nous logions. Il y a deux mois, un groupe de touristes français y a écrit :

> Bonne nourriture. Excellent service. Vive la construction glorieuse de l'Albanie socialiste avec à sa tête le camarade Enver Hoxha !
> Août 84. Association des amitiés franco-albanaises.

Ainsi doit s'exprimer un étranger. Et peu importe qu'il y croie ou non. Jour après jour, le pouvoir marxiste-léniniste nous apprend à *faire comme si* l'Albanie était un paradis. Je veux donner un exemple de la modification de ma personnalité, de ma passivité.

Demain, je dois partir à Gjirokastër. Les studios cinématographiques ont accepté mon projet de documentaire sur l'architecture de cette ville. Ils paieront les frais de mon déplacement et me fourniront de la pellicule. Pour réaliser mon film, j'utiliserai une technique inspirée de celle du dessin animé. Je ne le tournerai pas avec une caméra, je me servirai d'un appareil photo. Je commencerai par photographier les rues et les maisons de Gjirokastër, et, de retour en France, je réutiliserai ces clichés sous un banc-titre. Je les filmerai image par image pour les relier dans une continuité scénarisée qui souligne les formes, les couleurs et l'histoire de l'architecture de la ville.

La pellicule de cinéma n'est pas tout à fait semblable à celle utilisée en photographie. Il y a quelques jours, les studios m'ont donc donné un bout de film est-allemand pour réaliser à Shkodër et à Tirana des essais de sensibilité et de filtrage avec mon appareil photo. Eh bien, ce matin, à mon arrivée aux studios, quand Sokol me remet ces essais développés, je ne réagis pas en découvrant que certaines images ont été coupées sur la bande de film. Ont-elles été censurées par le laboratoire ? Je me souviens de les avoir prises en plein jour, dans une ruelle du centre ville de Tirana, non loin de mon hôtel. Elles ne représentaient pas une base militaire, mais des vendeuses à la sauvette. Je ne voyais rien d'immoral dans leurs petits trafics. Je trouvais leur manège plutôt comique. Ces vieilles femmes ne trafiquaient pas des revues pornographiques ou de la drogue. Elles proposaient sous le manteau des bottes de persil et des têtes d'ail.

À présent, en regardant mon film censuré, j'évalue mieux la réalité de la société albanaise. Selon la propagande, le commerce privé, *a fortiori* le marché noir, n'existe pas. Il est donc impossible que l'image irréelle de vendeuses à la sauvette puisse être chimiquement révélée sur une pellicule. Agron, le sympathique quinquagénaire qui dirige le laboratoire, ne m'a pas censuré ; ses ciseaux ont corrigé une erreur. Protester serait mal perçu. Je fais l'idiot, je prie Sokol de remercier le camarade Agron pour le développement de mon film.

J'essaie d'être un bon communiste. Pour me récompenser, Teuta, une secrétaire des studios, me remet en fin de matinée une enveloppe contenant 150 lekë (environ 150 francs) en billets de banque, soit le quart du salaire mensuel d'un scénariste. Je ne me plains pas de cette maigre allocation, au contraire. Je ne suis qu'un boursier, je n'ai aucun frais, toutes mes notes de restaurants, de transports, d'hôtels sont payées par l'État, sans limitation de montant. Je me contente de parapher des factures qui sont adressées à la comptabilité des studios. Même mes consommations de cigarettes et d'alcool sont prises en charge.

Déjà l'heure du déjeuner. Besnik propose de me reconduire en voiture à mon hôtel. Il sourit avec malice, se frotte les mains et me dit :

– Marc, mon camarade français, tu vois que notre gouvernement ne t'oublie pas. Tu viens de toucher ta première paie socialiste. Je suis bien content. Que vas-tu faire de tout cet argent ?

Je l'ignore. 150 lekë ne constituent pas une fortune, mais il n'y a rien à acheter dans les magasins albanais. Avec 150 lekë en poche, je suis pauvre et riche à la fois. Je réponds à Besnik :

– Je n'ai besoin de rien. C'est sans doute cela le communisme.

Soudain, une idée me traverse l'esprit :

– Et si je te donnais mon argent, me laisserais-tu conduire cette voiture ?

– Non, tu aurais un accident. Tu finirais en prison.

Je ne peux que l'approuver. Conduire en Albanie est dangereux. Les piétons marchent au milieu de la chaussée, sur les routes comme sur les chemins de terre. Ils ne savent pas qu'ils risquent d'être renversés : ils ont si peu l'occasion d'être dépassés par des véhicules à moteur ! Ils se croient encore au temps des voitures à cheval. Chaque jour, Besnik manque d'écraser des hommes.

– D'ailleurs, as-tu un permis de conduire ? continue-t-il.

– Et toi ? À la vitesse où tu pousses notre Fiat, je me demande si tu n'as pas plutôt un permis de tuer...

– Bien sûr que j'ai un permis de conduire, réplique-t-il en éclatant de rire.

J'aime Besnik. Je peux plaisanter avec lui, sans aucune retenue. Il sort de la poche-revolver de son pantalon une feuille de papier gribouillée à l'encre noire. Il me la tend avec fierté :

– Lis ça ! *Permis de conduire, valable pour n'importe quel genre de véhicule.*

Je vérifie. Il y a bien écrit : *valable pour n'importe quel genre de véhicule.* Est-ce possible ? Je demande :

– Ton permis est-il valable pour conduire un autobus ?

– Oui.

– Et pour un camion ?

– Bien sûr. Je suis un chauffeur professionnel. Mon permis est valable pour tous les véhicules. Nous autres Albanais, nous savons tout conduire.

L'assurance de Besnik m'agace. Je réfléchis, je veux lui clouer le bec. Je dis :

– Et pour un avion, ton permis est-il valable ?

– Un avion ? Hum... Je ne crois pas. Un avion, ce n'est pas un véhicule.

– Tiens donc ! Mais passons... Ton permis est-il valable pour un tank ?

Besnik sourit.

– Et pour un âne, ton permis est-il valable ?

– Tu fais le malin. Monte en voiture ! Tu vas voir ce que vaut un chauffeur albanais. Regarde mon pied gauche, je ne le bougerai pas. Je te ramène à ton hôtel sans utiliser la pédale d'embrayage. Je ne calerai pas.

Et Besnik tourne la clé de contact. Et il donne des gaz.

Sans débrayer, il manipule le levier de vitesses. Il enclenche la première, la deuxième, la troisième... Nous roulons. Des bruits de ferraille éclatent sous le capot de notre Fiat et les piétons se retournent sur notre passage. Besnik rigole. Je l'applaudis. Le bougre, il va bousiller le moteur. On s'en tape. Cette voiture appartient à l'État.

L'après-midi, je ne travaille pas aux studios. Sokol appelle ça une demi-journée de repos. Nous l'avons méritée, selon lui, mais je ne lui ai pas demandé comment nous avions gagné cette récompense.

Je me balade en autobus, direction le quartier du Nouveau Tirana, à un quart d'heure de trajet. La carrosserie du véhicule est renforcée avec du contre-plaqué. Les sièges sont défoncés, inutilisables. Cela ne me gêne pas ; l'autobus transporte tant de voyageurs, debout, qui se frottent corps contre corps, que personne ne pourrait trouver la place de s'asseoir. Nous longeons un stade. Des milliers d'adolescents y répètent la parade de la prochaine Fête nationale du 29 novembre, jour de la libération de l'Albanie par les communistes en 1944. Ils s'entraînent à soulever des pancartes au-dessus de leurs têtes, autant d'éléments d'un portrait géant d'Enver Hoxha. Ils assemblent un puzzle humain de la taille du terrain de football.

Je suis arrivé dans le Nouveau Tirana. Rien d'extraordinaire. Juste des pâtés de HLM. Comme dans les quartiers plus anciens de la capitale, les façades sont laissées à moitié crépies. En Albanie, être neuf ne signifie pas être en parfait état de finition. *I ri*

(« neuf » ou « jeune » en français) est l'adjectif le plus éculé de l'Albanie *nouvelle*. Je crois qu'il ne faudrait pas le traduire dans les textes de propagande. Il ne veut rien dire du tout. Il n'apporte aucune information. Sa sonorité ne sert qu'à allonger et à embellir les phrases. Sans qu'il y ait une contradiction, il peut qualifier les membres quinquagénaires des Jeunesses communistes.

Je rentre à l'hôtel.

12 octobre

Il ne se passe rien dans ma vie. Comment raconter ce néant ? Pour donner du rythme à mon journal, je pourrais faire mousser quelques événements insignifiants. Non. Je veux essayer de ne pas déformer la réalité.

Pour ce qui est d'être peinard, je ne l'ai jamais été autant qu'en Albanie. Ce n'est pas Sokol qui me bousculera, qui m'incitera à bouger et à rechercher un peu d'imprévu. Nous vivons ensemble depuis un mois. Sokol ne dissimule plus son tempérament. C'est l'homme le plus paresseux que je connaisse. Quand nous sommes en dehors de Tirana, il suggère toujours que nous nous offrions une pause ou une sieste avant d'aller où que ce soit – visiter un monument, nous promener, boire un verre dans un café. Tout le fatigue. Ce n'est pas un poil, c'est une forêt qu'il a dans la main. Il peut tout juste réunir assez d'énergie pour s'allonger sur le sable d'une plage ou pour monter se coucher dans une chambre d'hôtel. L'écouter envisager une sieste, d'une voix très douce, en hochant la tête, me donne envie de bâiller. Je finis par accepter de me reposer moi aussi.

Et alors ? Quel mal y a-t-il à se la couler douce ? Je l'ignore. Je sais que Sokol a au moins deux raisons d'être si nonchalant.

Commençons par la première. Sokol vit dans un système où la collectivité orchestre la vie de chaque individu : logement attribué par l'État, journée de travail obligatoire de sept heures du matin à quinze heures de l'après-midi, puis repos mérité, absentéisme interdit mais non puni, productivité encouragée mais non récompensée… Aucune ambition de carrière, aucun désir de gagner plus d'argent ne ronge Sokol. Il n'en parle jamais. Il sait qu'il ne pourrait rien obtenir de plus ni de moins que ce qu'il a, sans devenir membre du Parti – engagement d'opportuniste magouilleur qui l'exposerait à être sanctionné lors de chaque purge politique décidée par Enver Hoxha. Après tout, la paresse de Sokol est peut-être une forme de sagesse. Pour ne pas s'attirer d'ennuis en sortant du moule social, mon ami artiste cultive la nonchalance et le manque d'initiative.

Une existence à l'albanaise peut séduire un Occidental. Moi aussi, je suis assez tire-au-flanc. En France, je n'ai jamais travaillé comme salarié. J'apprécie mon indépendance de pigiste. Je n'ai de comptes à rendre à aucun rédacteur en chef, et je prends mon temps, souvent plusieurs mois, pour réaliser chaque reportage. Ne pas me presser pour recueillir des informations, c'est ma technique, mon seul luxe. Je gagne moins que le SMIC, mais je me contente de trois fois rien. Pour rencontrer des marginaux, quand je bourlingue en Asie, je préfère les dortoirs aux hôtels cinq étoiles que fréquentent la plupart des journalistes. J'ai la chance de n'avoir aucune exigence de confort. Je ne me plains pas.

En 1983, le magazine *VSD* m'a proposé une enquête sur les décharges clandestines de déchets industriels en France. Le sujet n'était pas mauvais, mais il ne m'intéressait pas. J'ai accepté la commande pour toucher une pige et je me sentais dans la peau d'un prostitué. Depuis cette expérience, j'ai décidé de ne plus effectuer que des reportages qui me fassent palpiter.

Je refuse de consumer mon existence à travailler pour gagner de l'argent, c'est-à-dire de quoi *mieux* vivre. Je n'ai qu'une vie, ce serait stupide de la gâcher. Je ne veux faire que ce qui me plaît, par exemple passer deux mois en Albanie dans la peau d'un stalinien. Je l'ai évoqué un peu plus haut : manquer de confort et d'argent ne m'inquiète point. Je crois que l'instinct de survie me poussera toujours à trouver les moyens de me sortir des pires galères. Je pourrais voler plutôt que de mourir de faim. Et puis, les sociétés humaines ont créé des sortes de filets de sécurité, des coutumes familiales d'entraide, des lois, aujourd'hui des minima sociaux, qui protègent plus ou moins chaque individu contre les revers de l'existence. Vivre en collectivité nous garantit de quoi subsister, sans efforts, sans soucis. En être conscient, voilà ce qui inspire et rapproche ma paresse et celle de Sokol.

Pourtant, Sokol et moi sommes différents. Je recherche les aventures ; Sokol les déteste. Nos démarches s'opposent. Ma paresse est une manière de fuir le stress de la société occidentale de consommation ; celle de Sokol le fait se conformer jusqu'à l'extrême au rythme de vie albanais. S'il était né à Paris, serait-il un battant ? Et moi, dans la peau d'un Albanais, qui serais-je ? Un tire-au-flanc dans la norme ou un militant contre-révolutionnaire pro-occidental ?

Une seconde raison incite à présent Sokol à s'offrir des siestes : la chaleur du climat du sud de l'Albanie. Depuis deux jours, je suis à Gjirokastër[16] avec Sokol et Besnik pour y réaliser mon documentaire. Il faudrait être fou pour sortir dans les rues en plein soleil.

Perchée à quatre cents mètres d'altitude, Gjirokastër, la ville natale d'Enver Hoxha et du grand-père de An', porte le surnom de *cité forteresse*. Ses maisons de pierre blanche datent du début du XVIIIe siècle. Elles sont immenses et abritées derrière de hauts murs. Elles ressemblent à de petites citadelles au pied du château fort de l'ancien seigneur de la ville. La frontière grecque est à une vingtaine de kilomètres au sud. Seuls les contrebandiers se risquent à la franchir. Chaque année, plusieurs d'entre eux tombent sous les balles des gardes-frontière albanais. Les organes de propagande ne taisent pas cette information.

Gjirokastër est la sentinelle méridionale du stalinisme, la dernière préfecture albanaise avant le monde décadent et capitaliste. Gjirokastër, c'est l'enfer au paradis, du moins par la chaleur qui y règne. Prisonniers de cette cocotte-minute, vingt-deux mille habitants mijotent dans leur sueur. Sokol, Besnik et moi, de même.

Chaque sieste finit par me rendre fou. Après une heure de repos, je ne supporte plus de transpirer immobile sur mon lit. J'ai besoin de m'aérer, quitte à respirer de l'air brûlant. Chaque jour, en milieu de matinée et d'après-midi, je vais réveiller Sokol dans sa chambre. Je le supplie de sortir en ville. Je lui rappelle que j'ai un film à réaliser. Il finit par accepter de m'accompagner. Il n'a pas le droit de me laisser partir seul à la découverte de Gjirokastër.

Il est vrai que le tournage de mon documentaire sur l'architec-

16. Cf. note 11, p. 71.

ture locale n'est qu'un subterfuge pour pénétrer dans des maisons particulières. Je parle couramment albanais, je suis fiancé à la petite-fille d'un émigré et je séjourne depuis un mois dans le paradis d'Enver Hoxha. Pourtant, l'Albanie reste un pays mystérieux pour moi. Je ne sais pas comment vivent les gens chez eux. C'est la première chose dont il faut s'informer pour comprendre une société. Tout le reste, c'est du bavardage de journaliste.

Depuis deux jours, je reprends donc à zéro mon étude de l'Albanie. Réaliser un documentaire sur l'architecture, voilà une excellente combine. Sans craindre de passer pour un curieux ou d'attirer des soupçons sur mon identité de stalinien, je peux obliger Sokol à me conduire dans des maisons sous prétexte de les photographier. Après tout, c'est le but officiel de mon déplacement à Gjirokastër.

Hier matin, nous avons commencé par visiter plusieurs maisons dont les occupants avaient été prévenus de mon passage par le gouvernement de Gjirokastër. J'aurais préféré frapper à leurs portes à l'improviste, les surprendre dans leur intimité, ne pas leur laisser le temps d'effectuer un peu de rangement et de maquiller la réalité.

Le bâtiment principal de la seconde maison que nous avons visitée, une immense demeure en pierre taillée, a été transformé par les autorités communistes en musée de l'architecture locale. On a relogé les anciens propriétaires dans l'annexe, qui servait autrefois de grange.

J'ai pris quelques photos à l'extérieur, puis deux vieilles femmes, les maîtresses de la maison, nous ont invités, Sokol et moi, à boire un café dans le salon de leur nouvelle habitation. La pièce, d'une quinzaine de mètres carrés, est meublée d'un canapé, de trois fauteuils et d'un buffet en contre-plaqué, dont le dessus est encombré de bibelots et de verroterie. Les murs sont blanchis à la chaux. Sur l'un d'eux est accrochée la photo en noir et blanc d'une vieille femme portant une fillette dans les bras. Aucun appareil électroménager n'est visible dans le salon, mais dans le fond, au pied d'un escalier, j'ai aperçu un mortier en pierre pour moudre le café.

La pièce ayant été préparée pour me recevoir, je n'en ai déduit aucune hypothèse concernant les conditions de vie des Albanais. Installé à côté de Sokol sur le canapé, dégustant un excellent café turc[17] accompagné d'un verre de marc distillé avec les raisins qui poussaient dans la cour de la maison, je me suis laissé aller à écouter, sans trop réfléchir, les deux vieilles, qui me vantaient le confort de leur existence dans cette grange réaménagée.

– L'État a payé tous les travaux, insista l'une d'elles. Camarade français, regardez comme tout est moderne dans notre nouveau logement.

Elles n'exprimaient aucun regret d'avoir été expulsées de leur petit palais de famille, aujourd'hui transformé en musée. Cela m'a surpris. Sokol m'a expliqué, souriant :

– Cette ancienne grange est beaucoup plus confortable. L'État y a installé l'eau et l'électricité, et les pièces y sont petites. Elles sont faciles à nettoyer et à chauffer. La grande demeure était froide en hiver et chaude en été. Marc, tu vois comment notre gouvernement prend soin du bien-être de la population.

L'une des vieilles femmes a froncé les sourcils. Soucieuse de rétablir une vérité que sa mémoire embellissait peut-être, elle a lancé à Sokol :

– Mais pas du tout ! Vous vous trompez : notre ancienne demeure familiale était parfaitement isolée. Quand nous y habitions, il y faisait chaud en hiver et frais en été.

Sokol a gardé le silence pendant une minute. Pouvait-il laisser deux vieilles femmes suggérer qu'elles étaient aussi heureuses avant la Libération qu'aujourd'hui ? Il a bégayé :

– Ce que je veux dire... n'est-ce pas..., c'est que la nouvelle maison exige moins de travaux d'entretien que l'ancienne. Elle est donc plus agréable à habiter. Vous menez une existence plus confortable aujourd'hui.

Les vieilles femmes ont acquiescé en secouant la tête de gauche à droite, comme on fait dans les Balkans pour approuver quelqu'un. Pour moi, j'étais toujours aussi ignorant des conditions de vie et de l'intimité des Albanais.

Il m'a fallu quelques instants pour saisir l'importance de la conversation à laquelle je venais d'assister. Elle me faisait soudain comprendre que, contrairement à ce que proclame la propagande,

17. À la différence de l'expresso, le café à la turque se prépare en faisant directement bouillir la poudre de café dans de l'eau sucrée. Cette décoction est servie dans de petites tasses, telle quelle, sans être filtrée.

quand ils sont entre eux, les Albanais ne louent pas d'une seule et même voix le grand dirigeant bien-aimé Enver Hoxha. Ils ne s'accordent pas sur les bienfaits apportés par le régime communiste. Même s'ils n'osent pas l'exprimer devant un étranger comme moi, certains regrettent le passé.

Hier après-midi et ce matin, nous avons poursuivi nos visites. En chemin, prétextant des photos à prendre, j'ai proposé à Sokol de pénétrer dans des habitations où je n'étais pas attendu.

Chaque fois, Sokol a essayé de me dissuader de déranger les gens. Comme si je m'apprêtais à les cambrioler, il me tirait brutalement par le bras pour que je ne frappe pas aux portes. Peine perdue ! De l'intérieur, les gens entendaient et remarquaient notre présence dans la rue. Ils sortaient à notre rencontre, nous souriaient et acceptaient que je photographie leurs maisons et leurs cours, puis ils nous conviaient à entrer chez eux pour bavarder autour d'un café. J'obligeais Sokol à accepter.

La toute première fois, Sokol a été difficile à convaincre. Je ne voulais à aucun prix renoncer à voir l'intérieur d'une *vraie* maison albanaise. Je traînais dans la cour. Pouvais-je prétexter une envie d'aller aux toilettes pour pénétrer dans le logement ? Non. Sokol proposerait de me raccompagner à notre hôtel. Soudain, j'ai aperçu un robinet au fond de la cour. Une ruse a germé dans mon esprit : il s'agissait de demander de l'eau à boire. Par cette chaleur, Sokol ne pouvait pas me refuser d'étancher ma soif. Tout en soupirant, il a autorisé le locataire de la maison, un homme d'une cinquantaine d'années, à aller me chercher un verre. J'ai profité de cet instant pour m'approcher du robinet. En passant devant deux portes aux trois quarts ouvertes sur la cour, j'ai réussi à regarder à l'intérieur du logement.

Je me conduisais comme un voyeur et je me suis senti misérable. J'avais espéré découvrir un décor exotique ou communiste, des posters d'Enver Hoxha punaisés aux murs, par exemple, et ce que je voyais ne satisfaisait pas ma curiosité.

Derrière la première porte, j'ai entrevu une sorte de cuisine : les murs étaient maculés de traînées grasses ; des miettes de pain luisaient sur le sol de béton ; des assiettes sales et des bouteilles vides étaient empilées sur une étagère, à côté d'un petit réchaud à pétrole. Mes yeux se sont attardés sur une table jonchée d'épluchures de légumes, puis ils ont glissé sur un lit recouvert d'un drap. Sans doute s'y asseyait-on dans la journée pour manger. Il n'y avait pas d'évier dans la pièce. Les habitants de cette maison faisaient-ils leur vaisselle sous le robinet de la cour, en plein air ?

Dans l'embrasure de la seconde porte, je n'ai rien distingué du tout. La pièce était plongée dans l'obscurité.

En m'apportant un verre, le maître de la maison m'a tendu aussi une bouteille de marc. Il voulait avoir mon sentiment sur cette eau-de-vie qu'il avait lui-même fabriquée. J'ai compris alors que la distillation privée est une activité répandue en Albanie, un savoir-faire dont chaque maisonnée s'enorgueillit. L'homme a insisté pour que j'entre chez lui, prétendant que je ne pouvais pas déguster son marc comme ça, debout au milieu de la cour. Un refus aurait été considéré comme une marque de mépris : un étranger venu de l'Occident lointain pouvait tout de même lui accorder un quart d'heure de son temps !

Sokol a compris la situation. Sans dire un mot, il s'est précipité dans la maison par la porte qui donnait sur la pièce obscure. Il a allumé une ampoule électrique et inspecté sans doute les lieux, puis il est ressorti et m'a fait signe de le suivre à l'intérieur. Il faut croire que tout lui avait semblé conforme au cadre de vie théorique d'un Albanais. Je ne verrais rien qui contredise ce que la propagande raconte du bonheur de vivre en Albanie.

La pièce dans laquelle j'ai pénétré était meublée d'un canapé et de deux fauteuils, le mobilier habituel, à ce détail près que le rembourrage des coussins était déformé et gardait l'empreinte de plusieurs paires de fesses. Sur une table basse, un cendrier rempli de mégots. Dans un coin, une machine à laver importée, de marque Indesit. La présence d'un tel appareil n'était pas vraiment extraordinaire en cette fin de XXe siècle. Pourtant, un détail me troubla : aucune canalisation, aucun robinet n'était visible dans la pièce. Sans alimentation en eau, à quoi pouvait bien servir cette machine à laver ? À embellir le décor ? À montrer la richesse et la modernité de cette famille ?

Ce salon, destiné à recevoir des amis, semblait trop vide. Je me rappelais le désordre et la saleté que j'avais aperçus dans la cuisine, à côté. Notre hôte m'a indiqué qu'il y avait deux chambres au premier étage. Je me demandais à quoi elles ressemblaient. Un petit escalier y menait, mais le maître de maison ne m'a pas proposé de monter, pas plus qu'il ne m'a présenté les membres de sa famille. Il a prétendu qu'ils étaient tous au travail ou à l'école.

Nous avons visité ainsi à l'improviste cinq autres maisons traditionnelles, en pierre de taille. Selon nos hôtes, grands-parents, parents, enfants et parfois tantes, oncles et neveux habitaient tous ensemble, en clan, sous le même toit. Ces logements étaient banals et peu meublés. Leur décoration se résumait à quelques bibelots alignés sur un buffet, à un cendrier ou à un napperon de dentelle sur une table et à la photographie d'un aïeul au regard grave accrochée sur un mur. Dans une chambre, j'ai souri au camarade Enver Hoxha, accroché en photo au-dessus du lit. Dans la salle à manger d'une autre maison, je me suis assoupi en regardant deux poissons rouges tourner en rond dans un bocal d'eau verdâtre. Nulle part je n'ai vu un livre ou une plante verte. Ces intérieurs n'étaient ni vraiment sales ni vraiment misérables. Tristes et interchangeables, ils donnaient l'impression que n'importe quel citoyen de Gjirokastër pourrait y emménager et se sentir aussitôt chez lui, sans avoir rien à modifier.

En réalité, ces intérieurs n'étaient peut-être pas si interchangeables pour un Albanais. Certaines familles possédaient un téléviseur noir et blanc, d'autres un réfrigérateur ou une machine à laver, mais jamais les trois à la fois. Chacun de ces objets coûtait l'équivalent de plusieurs mois de salaire : 3 000 lekë (trois mille francs, soit six mois de salaire) pour un réfrigérateur, mais la moitié seulement pour une machine à laver – une acquisition subventionnée par l'État afin d'alléger les corvées des femmes, afin d'élever leur condition, m'expliqua Sokol. Le choix d'acheter tel ou tel appareil électroménager en premier était la marque des individualités, le signe de priorités différentes dans la recherche du bien-être au sein d'une société communiste. Cela me réjouissait.

Quant à la manière dont on m'a reçu dans ces maisons où nous entrions à l'improviste, je dois dire que partout l'accueil a été chaleureux. On m'a offert du café, de l'eau-de-vie et quelques friandises, des noix, des loukoums, des raisins. J'ai découvert l'hospitalité des Albanais : quarante-cinq ans de stalinisme ne semblaient pas avoir modifié cette tradition balkanique de recevoir les gens de passage comme des amis. On ne m'a jamais fait sentir que je dérangeais. Au contraire. Ce matin, pour me retenir plus longtemps chez lui, un homme a envoyé son fils me cueillir une grenade sur un arbre qui poussait dans un minuscule jardin, derrière la maison. Il m'a prié de la manger. Il savait bien que cela me prendrait un certain temps. La grenade est un fruit de la taille d'un petit melon, constitué de centaines de pépins rouges. Il faut les sucer et les recracher. Le jus sucré vous ruisselle sur le menton, et il faut sans cesse s'essuyer avec un mouchoir. J'ignore comment le maître de cette maison a deviné que la grenade était un de mes fruits préférés. Peut-être est-ce le fruit par excellence, l'un des meilleurs du monde pour tous les hommes : il se savoure graine par graine, remplissant seconde après seconde votre bouche d'un nectar, et le plaisir va crescendo jusqu'à vous procurer un orgasme buccal. Je n'ai pu résister à la tentation de goûter une grenade de Gjirokastër. Celle-ci était encore plus juteuse que toutes celles que j'avais mangées ailleurs. J'ai essayé de ne pas tacher ma chemise en crachant les pépins. Je ne voulais pas faire rire de moi, et ma dégustation a duré plus d'un quart d'heure.

Le maître de maison avait réussi à prolonger notre rencontre. Dans quel but ? Comme dans les autres familles, il m'a posé des questions sur la France et sur le documentaire que je réalisais à Gjirokastër. Il m'a félicité pour ma connaissance de l'albanais. Il a accepté de parler de sa propre vie, un peu, mais pas trop. Il était né dans cette maison et il avait trois enfants. Il était mécanicien dans un garage appartenant à l'État, comme toutes les entreprises albanaises. Aujourd'hui, souffrant d'un mal de tête, il n'était pas allé travaillé. Il vénère le camarade Enver Hoxha et il s'enorgueillit même d'être l'un de ses cousins éloignés.

Écouter tout cela ne m'a rien appris.

Depuis deux jours, je n'entendais que ce genre de propos. Tout le monde semblait être ami d'enfance ou cousin d'Enver Hoxha. Mensonge peut-être, ou simple exagération, après tout plausible : le dirigeant albanais a grandi à Gjirokastër. Si quelqu'un m'avait raconté qu'il s'était battu ou disputé avec Enver Hoxha, voilà un fait qui m'aurait étonné. Pourtant, n'avoir pas que des amis aurait dû me sembler une chose logique et très normale dans la vie d'un homme, surtout dans celle d'un politicien devenu chef d'État.

J'ai résumé ce que j'ai fait depuis deux jours, et je n'ai rien à ajouter.

Je ne visite plus de maisons.

J'ai un souci.

En cette fin de matinée du 12 octobre, mon appareil photo est inutilisable. Le mécanisme d'entraînement est bloqué par un bout de pellicule déchirée. Je ne peux plus réaliser mon documentaire. Sokol vient de monter se reposer dans sa chambre d'hôtel et Besnik me conduit en voiture chez un horloger. J'espère y emprunter un tournevis de précision, car les quincailleries de Gjirokastër n'en vendent pas. Il s'agit de démonter le boîtier de mon appareil pour en extraire le film.

Je n'ai pas de chance. La boutique de l'horloger est fermée. J'aurais dû m'y attendre. Besnik a une idée. Il m'emmène dans un atelier de réparations de machines à écrire.

Deux ouvriers en bleu de travail, deux solides gaillards aux grosses mains noires de cambouis, saisissent mon appareil, le posent sur un établi et s'apprêtent à faire sauter la fermeture du boîtier avec un énorme tournevis de menuisier, dont ils se servent comme d'un pied-de-biche. Ces brutes vont casser mon appareil. Je proteste.

– Ne t'inquiète pas ! lance Besnik en me tapotant l'épaule. Tu vas voir, ces camarades sont des experts en mécanique de précision. Laisse-les faire. Ils vont remettre ton appareil à neuf.

À neuf ? Je n'en crois rien.

Certes, depuis un mois, j'ai eu l'occasion de remarquer la débrouillardise des Albanais quand ils rafistolent avec des fils de fer, des cartons et des planches les carrosseries de leurs vieux camions russes ou chinois. Besnik m'a également raconté que ses collègues mécanos réussissent à maintenir en état de circuler des véhicules dont le compteur affiche plus d'un million de kilomètres parcourus. Néanmoins, je ne fais aucune confiance aux deux spécialistes en machines à écrire pour réparer le mécanisme de précision qui fait fonctionner un appareil photo. Je me demande s'ils savent ce que signifie le mot *précision*. Les Albanais sont sympathiques et serviables, mais ils ont un petit défaut : ils ont tendance à sous-estimer les difficultés.

Je récupère mon appareil, je remercie les deux « experts » de leur bonne volonté et je sors avec Besnik de l'atelier.

Besnik a une nouvelle idée. Il me conduit à l'hôpital municipal.

Dans le service de chirurgie, je trouve mon bonheur, de quoi ouvrir le ventre de mon appareil : un bistouri dont j'utilise la pointe en guise de tournevis. Puis, à l'aide d'une petite pince de chirurgien, j'extrais le film déchiré du pignon d'entraînement. Au préalable, sans en demander la permission à l'infirmière qui nous reçoit, comme si ce qu'il faisait était naturel, Besnik a redressé les becs tout déformés de la pince en les appuyant sur une table en métal.

Croyez-moi, je n'aimerais pas être opéré à Gjirokastër, même des amygdales. En Albanie, on utilise chaque chose sans limite d'usure. Rien n'est jeté, pas même le matériel chirurgical. Tout peut être retapé. La preuve, nous avons réussi à bricoler mon appareil photo. Même le stalinisme, une idéologie périmée partout ailleurs dans le monde, est encore viable en Albanie.

En rentrant à l'hôtel, Besnik et moi passons en voiture devant un magasin d'alimentation. Sur le trottoir, une cinquantaine de personnes semblent faire la queue. Je demande à Besnik :

– Pourquoi ces gens font-ils la queue ?

Besnik prend un air étonné :

– Ils ne font pas la queue, ils sont là comme ça.

Je n'insiste pas. Je baisse la vitre de la voiture et prends une photo. Cela me permet de vérifier que mon appareil fonctionne. Et puis, je veux mettre à l'épreuve Agron, le chef du laboratoire des studios cinématographiques. Je me demande s'il censurera mon cliché de cette queue qui, officiellement, n'en est pas une. Son coup de ciseaux sera logique, puisque la queue ne doit pas exister.

Besnik gare la Fiat dans le centre ville, près de l'hôtel, et nous nous promenons le long des vieilles ruelles pavées en attendant l'heure de réveiller Sokol pour déjeuner ensemble.

À un carrefour surnommé le « Col du Bazar », trois vieillards bavardent en égrenant des chapelets. Je demande à Besnik s'ils sont musulmans.

– Non, répond-il sans hésiter. La religion n'existe plus en Albanie, tu le sais bien. Ces vieux jouent avec des chapelets pour s'occuper les mains, c'est tout.

Je ne le contredis pas. J'ignore ce que pensent ces vieillards au fond d'eux-mêmes. Nous continuons de marcher. Je m'arrête devant un magasin de vêtements. Une *fletë rrufe* est affichée dans la vitrine.

La *fletë rrufe*, ou « feuille-foudre » en français, est une spécialité albanaise. Ce n'est pas une variante balkanique de millefeuille – un magasin de vêtements ne vend pas de gâteaux ! Ce n'est pas non plus un cache-sexe lumineux, ni une sorte de pagne. La feuille-foudre est un outil d'agitation politique entre les mains de la dictature démocratique du prolétariat. À dire vrai, les Albanais ont importé un moyen d'expression chinois très utilisé pendant la Grande Révolution culturelle, mais il faut nier cette origine depuis que la Chine est devenue un empire révisionniste. La feuille-foudre est un *dazibao*, journal mural placardé dans les lieux publics par des individus ou des groupes. Chaque feuille-foudre fustige nommément les ennemis de classe, les parasites et les contre-révolutionnaires d'un quartier précis, d'une école ou d'une usine, ceux qui écoutent par exemple les radios étrangères. Utilisant la même technique de communication, il existe aussi des *fletë luftarake*, des « feuilles combatives » : celles-ci félicitent les citoyens méritants.

N'importe qui peut rédiger des feuilles-foudre. Le plus souvent, elles sont manuscrites. Elles sont collées au pied de l'immeuble de celui que l'on veut désigner à la vindicte populaire, ou bien elles sont apposées sur la devanture d'un magasin, à la vue de toute la population. Je ne sais pas si des Albanais osent les arracher.

Ces affiches font penser aux *Wanted* du Far West américain. J'en ai aperçu une ou deux dans chaque ville albanaise où je suis passé. Elles me donnent la chair de poule. Elles témoignent d'un ordre social d'un autre âge, fondé sur la terreur de la délation, la jalousie et les règlements de comptes.

La feuille-foudre que je lis ce matin dénonce des ouvriers qui ne remplissent pas leur norme de travail. Elle est signée par un « Groupe de contrôle des citoyens ». Celui-ci exige une explication de la part des accusés.

Besnik hausse les épaules et me fait signe de rentrer à l'hôtel. C'est l'heure de déjeuner, donc de réveiller Sokol. Peut-être que j'attache trop d'importance à ces feuilles-foudre ? Peut-être que toute l'agitation politique, tous les slogans, toute la propagande, oui, peut-être que tout cela n'est qu'une immense plaisanterie ? Ou une drogue hallucinogène ? Juste pour se donner l'illusion que l'Albanie est un pays communiste, vivant sous la dictature du prolétariat.

Ah ! l'Albanie, le joli paradis virtuel !

15 octobre

Je suis à Sarandë, un petit port de douze mille habitants, situé au bord de la mer Ionienne.

À l'aube, du balcon de ma chambre d'hôtel, je distingue les côtes de l'île grecque de Corfou, à une dizaine de kilomètres à vol d'oiseau. Là-bas, les gens vivent dans une société occidentale. Je veux dire qu'ils ne craignent pas d'être dénoncés par une feuille-foudre. Je suppose qu'ils font leurs courses dans des magasins bien approvisionnés et qu'ils peuvent s'amuser en dansant le rock dans des discothèques… Un tel univers peut-il réellement exister à quelques encablures de l'Albanie ? Je n'arrive pas à imaginer les rues des villages de Corfou. Est-il possible qu'il n'y ait pas de slogans politiques affichés à tous les carrefours ?

En ce moment, combien d'Albanais laissent vagabonder leurs pensées en scrutant les côtes de Corfou ? Chaque matin, l'île surgit à l'horizon. Heureusement, le phénomène ne dure pas assez longtemps pour me permettre de me rappeler et de regretter la douceur de vivre en Occident : le soleil monte dans le ciel et des nappes de brume de chaleur s'étirent au-dessus de la mer. Corfou disparaît du paysage, Corfou n'était qu'un mirage. L'Occident n'existe plus. Comment puis-je en rêver ?

Depuis deux jours, Sokol, Besnik et moi, nous nous reposons à Sarandë. Mes deux compères m'invitent à faire la tournée des cafés et des restaurants du district. Ils s'y enrichissent sur mon compte. Ils achètent des paquets et des paquets de Durrësi[18] en les faisant inscrire sur mes notes de consommations. Les studios paieront.

18. Marque locale de cigarettes à bout filtre et de qualité supérieure (cf. p. 67).

On peut s'interroger sur la mesquinerie d'une telle combine. Un paquet de Durrësi coûte 3 lekë (3 francs). Sokol et Besnik ont détourné chacun une vingtaine de paquets. En les revendant à leurs voisins et amis de Tirana, ils gagneront chacun 60 lekë, l'équivalent de deux journées de salaire.

Les tricheurs ! Les menteurs !

Chaque jour, ils me bassinent avec la haute moralité communiste des Albanais. J'ai envie de dénoncer leur trafic. Je pourrais rédiger une feuille-foudre, je la collerais dans le hall de notre hôtel.

J'écrirais :

> Les camarades Sokol et Besnik ont commis un grave délit contre la propriété collective en détournant les fonds de l'État pour se livrer au marché noir des cigarettes... De plus, ils donnent une image négative de la société albanaise à l'étudiant français qu'ils accompagnent. Ils trahissent la haute mission d'échange culturel avec la France que les studios cinématographiques Albanie nouvelle leur ont confiée, sous la direction éclairée du Parti et du bien-aimé dirigeant Enver Hoxha... Jusqu'à quand poursuivront-ils leurs agissements ?...
> Sokol et Besnik, combien de temps continuerez-vous à déshonorer votre pays ? Quelle punition méritez-vous ? Etc.

En affichant une feuille-foudre, j'utiliserais les méthodes staliniennes dont Sokol et Besnik ne cessent de se faire les chantres. Ils seraient sanctionnés, mais je leur rendrais service. Je leur permettrais de faire leur autocritique et d'être rééduqués.

Mais la relation de confiance et d'amitié qui me lie à Sokol et à Besnik m'interdit de les dénoncer dans une feuille-foudre. Je préfère sourire en les voyant détourner des paquets de cigarettes. L'Albanie ne souffre pas seulement d'une pénurie de biens de consommation, elle traverse aussi une crise morale. Et c'est tant mieux. Un peu de délinquance rend la société albanaise plus humaine, plus vivable. J'ai lu quelque part que les poissons ne peuvent pas respirer dans l'eau distillée...

Ce matin, après le petit déjeuner et un ultime approvisionnement en cigarettes Durrësi, nous décidons de rentrer à Tirana. Ce voyage de trois cents kilomètres s'annonce comme une expédition d'une journée, car par endroits les routes ne sont pas asphaltées.

Entre Sarandë et Vlorë, nous roulons sur la corniche de la côte Ionienne. Des plantations d'agrumes habillent les montagnes. Leurs terrasses plongent dans la mer. Le mélange du vert et du bleu m'éblouit. Besnik gare la voiture à un endroit où la chaussée s'élargit entre deux rochers, et nous sortons nous dégourdir les jambes.

– Marc, admire ces terrasses ! dit Besnik en balayant le paysage d'un geste de la main. Elles sont belles. La jeunesse albanaise les a construites avec des pioches et des pelles. Connais-tu l'histoire de ces terrasses ?

– Non.

– Avant 1966, ces montagnes n'étaient que des tas de cailloux. Rien n'y poussait. Et puis, cette année-là, lors de sa tournée d'inspection de la construction du socialisme dans le sud de l'Albanie, le camarade Enver Hoxha a fait une halte sur la route où nous nous trouvons en ce moment. Il a regardé les montagnes et a déclaré : « Ici, les agrumes pousseront. » La jeunesse albanaise a entendu ces paroles. Des milliers de volontaires se sont aussitôt mobilisés pour construire des terrasses, des canaux d'irrigation et planter des arbres, et, comme l'avait prédit le camarade Enver, les agrumes ont poussé. Un peu plus loin, au bord de la route, un monument commémore la réalisation de ces travaux. Ils constituent une œuvre de la jeunesse sous la direction éclairée du camarade Enver.

Je reste muet.

C'est la première fois que Besnik s'exprime avec un tel lyrisme. Sacré Besnik ! Il m'épate.

Dans les Balkans, on aime jouer de l'accordéon. Dommage que Besnik n'en ait pas un à sa disposition en ce moment : il pourrait mettre son baratin en musique. S'il n'était pas chauffeur, il ferait un excellent bouffon. Il pourrait, par exemple, composer des ballades à la gloire des pets d'Enver Hoxha, autant de vents divins qui insufflent aux Albanais l'énergie nécessaire pour construire la patrie avec une trempe d'acier. La patrie ? Dites plutôt la « papatrie » ! comme l'écrivait Henri Michaux dans *Un barbare en Asie*, à propos de je ne sais plus quel pays totalitaire. Officiellement, Enver Hoxha ne prétend pas être le père de l'Albanie nouvelle, mais la propagande l'appelle avec affection « Tonton Enver ». Ma foi, il n'y a guère de différence.

L'histoire des terrasses m'amuse.

En 1966, Mao Zedong et Enver Hoxha filaient le parfait amour. L'Albanie était le phare de la révolution en Europe. Les camarades chinois lui offraient des usines et des barrages clés en main, des camions, des tracteurs... La Grande Révolution culturelle embrasait la Chine. Avez-vous entendu parler de Dazhai[19] ? Situé à quelques centaines de kilomètres au sud-ouest de Pékin, ce village servait à l'époque de modèle à l'agriculture chinoise. Comptant sur leur propres forces, comme le demandait le président Mao, les paysans de Dazhai nivelaient et déplaçaient des montagnes arides. Avec des pelles et des pioches, ils construisaient des terrasses et des canaux d'irrigation, puis ils semaient des céréales, et leurs récoltes dépassaient toutes les normes.

Le parallèle entre Dazhai et les plantations d'agrumes du nord de Sarandë s'impose. Enver Hoxha n'est ni un agronome novateur, ni un dieu. Il n'a eu aucune vision. Il a répété en public les conseils des experts chinois envoyés en Albanie.

Je ne dis rien à Besnik ni à Sokol. Je me contente de sourire en pensant à Dazhai. Peu importe que mes compagnons connaissent ou non l'existence de ce village. En Albanie, les fables semblent plus vraies que la réalité. Un peu plus loin sur la route de Sarandë à Vlorë, un monument rappelle et *prouve* que le passage du Tonton Enver a fait pousser des agrumes, n'est-ce pas ? Besnik me le confirme. Il propose d'aller nous y recueillir. À quoi bon discuter ?

16 octobre

Enver Hoxha est né le 16 octobre 1908.

L'Albanie célèbre le soixante-seizième anniversaire de son dirigeant bien-aimé et immortel.

Dès hier soir, les autorités ont projeté le documentaire *Tungjatjeta shoku Enver Hoxha !* (Salut, camarade Enver Hoxha !) sur un des murs du palais de la Culture, devant la grande place du centre de Tirana. Ce spectacle en plein air était gratuit. Une foule de plusieurs milliers de personnes y assistait debout et en silence, comme à une cérémonie religieuse.

19. Je visiterai Dazhai en 1997. Cf. mon livre *Ma famille chinoise*, Paris, Éd. du Seuil, 1998.

Tous ces Albanais étaient-ils vraiment intéressés par ce film sur la vie de révolutionnaire du Tonton Enver, ou bien étaient-ils venus pour tuer le temps, faute d'avoir mieux à faire de leur soirée ? Ou encore, à la veille d'un 16 octobre, s'étaient-ils rassemblés par habitude ? Peut-être voulaient-ils participer à la vie sociale, de la même façon que beaucoup de Français aiment sortir et se retrouver en collectivité à l'occasion des feux d'artifice et des bals du 14 Juillet ?

Moi non plus, je ne voulais pas me sentir exclu de la communauté des habitants de Tirana, et j'ai assisté à la projection en plein air. Moi non plus, je n'avais rien de mieux à faire. Moi aussi, le film m'intéressait. Sur l'écran géant, Tonton Enver expliquait que Mehmet Shehu [20] était un espion à la solde des titistes, du KGB et de la CIA. Des trois à la fois, rien que ça ! Je connaissais cette version officielle de la trahison de Mehmet Shehu, mais je n'avais jamais vu ni entendu Enver Hoxha l'énoncer. Quel culot ! Les paroles d'Enver sont la vérité, envers et contre toute vraisemblance. Oui, *Enver est contre toute vraisemblance* !

Oublions Enver Hoxha et la célébration de son anniversaire. Je pense à ma famille albanaise.

Hier, avant la projection, je suis allé à la poste faire une nouvelle tentative pour joindre Genc au téléphone. Il n'était pas rentré à Tirana. C'est sa mère qui a répondu. Elle a reconnu ma voix et n'a pas raccroché. J'ai deviné qu'elle souriait en me parlant. Je crois qu'elle a compris qu'elle deviendrait un jour ma tante. Elle a proposé de me rencontrer cet après-midi dans un café, en compagnie de son mari, mon futur oncle.

Ils sont à l'heure. Je ne les ai jamais vus, mais je les reconnais : le père de Genc ressemble au grand-père de An', son frère aîné. Ils ont choisi de s'asseoir à une petite table ronde, dans le fond de la salle. Nous pourrons bavarder à l'écart des autres clients.

Les parents de Genc ont une soixantaine d'années. Ils me serrent dans leurs bras pour m'accueillir et me sourient. Ils attendent que je me présente. Je décide de ne rien leur cacher. Je leur explique que je suis

20. Officiellement, ce Premier ministre albanais complota pendant des décennies contre l'Albanie socialiste. En 1981, sa trahison fut découverte et il se suicida pour échapper à la justice populaire. Selon les diplomates étrangers en poste à Tirana, Mehmet Shehu fut liquidé lors d'une dispute avec Enver Hoxha. Rien ne permet d'affirmer que Mehmet Shehu était réellement un espion.

fiancé avec An', que je vis avec elle la moitié du temps en Californie et le reste en France. Je les appelle « tante » et « oncle », et je leur parle du grand-père de An' et de toute notre famille américaine. Je leur explique que j'ai obtenu une bourse de deux mois pour étudier le cinéma albanais. Je leur avoue ne pas être un vrai stalinien et que je me sens seul et désorienté en Albanie. Ils hochent la tête d'un air compatissant. Je dis :

– Je suis si heureux de vous rencontrer. Je peux enfin parler avec quelqu'un à cœur ouvert sans avoir peur d'être dénoncé.

Mon oncle pose son index sur ses lèvres pour me faire signe de rester prudent. Je m'inquiète, je tremble, je me retourne pour vérifier que les clients et le personnel du café ne me surveillent pas. J'hésite à ouvrir la bouche. Je pense à An', ma chérie. Je m'entends déclarer à mon oncle et à ma tante :

– An' me manque. Je l'aime tant ! Vous ne pouvez pas savoir comme je suis heureux de rencontrer à Tirana des membres de sa famille.

– Nous aussi, nous voulions te connaître, dit mon oncle. Nous n'osions pas te proposer un rendez-vous… Il ne faut parler à personne de notre entretien.

– Je le sais.

Nous nous regardons en silence, nous évaluons la confiance mutuelle que nous pouvons nous accorder. Ma tante penche la tête au-dessus de la table pour se rapprocher de moi et murmure :

– Parle-nous encore de la famille de An'. Comment vivent-ils en Amérique ? Sont-ils heureux ? En bonne santé ? Travaillent-ils ? Nous recevons si peu de lettres, et celles-ci sont ouvertes par la poste albanaise. Le sais-tu ?

– Je le sais.

Baissant la voix à mon tour, je décris la maison des parents de An' à Los Angeles, j'évoque leur train de vie de millionnaires, leurs professions, leurs passe-temps. Ma tante et mon oncle écoutent sans m'interrompre une seule fois. Tout les intéresse. Ce dont j'aime le plus parler, c'est de An' elle-même, pour me donner l'illusion que je suis près d'elle. Je raconte que j'ai voyagé en sa compagnie en Asie, au Mexique et au Kosovo[21].

21. Province autonome à l'époque, rattachée à la République de Serbie, à l'intérieur de la Fédération yougoslave. 80 % des habitants – appelés Kosovars – apparte-

– Au Kosovo ? s'étonne mon oncle. Comment vivent les Kosovars ? Sont-ils plus riches que les Albanais d'Albanie ?

– Oui, les Kosovars sont plus riches. Mais depuis quelques années, à cause de la dévaluation du dinar yougoslave, leur pouvoir d'achat diminue. Une crise économique sévit au Kosovo. Par exemple, nous ne trouvions guère de viande à acheter dans les boucheries. Dans les épiceries, l'huile végétale était rationnée...

Mon oncle me coupe la parole :

– Ici aussi, en Albanie, c'est difficile de faire des courses. La viande et l'huile d'olive sont rationnées. Les magasins manquent de presque tout, et ce que nous trouvons à acheter est le plus souvent de mauvaise qualité.

– Vraiment ? Mes accompagnateurs prétendent le contraire.

– Ne les écoute pas. Ils n'ont pas le droit de te dire la vérité.

Sokol, Besnik, Arben et consorts n'ont pas cessé de me mentir. Je fais confiance à mon oncle. Il soupire avec un léger sourire d'impuissance :

– Allons, Marc, cessons de parler de politique. Après-demain, Genc rentrera à Tirana. Tu viendras nous rendre visite chez nous.

– Est-ce possible ? Je ne veux pas vous attirer des ennuis.

– Viens après le coucher du soleil. Fais attention à ne pas être suivi. Et puis, il faut éviter de nous téléphoner. C'est tout. Comprends-tu ?

– D'accord.

Mon oncle sort de la poche de sa chemisette un bout de papier. Il me le montre :

– Voici notre adresse. Apprends-la par cœur.

Je lis plusieurs fois le bout de papier, et mon oncle le replace dans sa poche. Il dit :

– Je ne peux pas te laisser nos coordonnées par écrit. Un de tes accompagnateurs pourrait les trouver en fouillant dans tes affaires.

– Je ne comprends pas.

– Au restaurant, par exemple, quand tu t'absentes pour aller aux toilettes, il ne faut pas oublier ta veste ou un sac sur une chaise. La

---

naient à l'ethnie albanaise, soit environ 1 400 000 personnes, ce qui équivalait à près de la moitié de la population de l'Albanie. J'ai étudié la langue albanaise au Kosovo, au cours de plusieurs séjours, notamment avec An'.

police demande à tes accompagnateurs de t'espionner. Il ne faut pas leur en vouloir. Sois prudent, et tu n'auras aucun problème. Surtout, ne laisse rien traîner dans ta chambre d'hôtel. Tu dois savoir que la police inspecte régulièrement les logements de tous les étrangers, y compris ceux des diplomates, à leur insu bien sûr. En Albanie, seul ton cerveau est une cachette fiable.

18 octobre

Comme convenu, j'attends le coucher du soleil pour me rendre chez Genc. Je fais des détours en empruntant des rues perpendiculaires au chemin le plus court, je change plusieurs fois de trottoir, je veux m'assurer que je ne suis pas suivi.

Genc habite au deuxième étage d'une HLM, comme il en existe des milliers à Tirana, avec leurs façades crépies en partie. Genc partage un appartement de trois pièces avec ses parents et son frère cadet. Ce logement ne ressemble pas à ceux que j'ai visités à Gjirokastër. Il y règne une atmosphère douillette : une immense peau d'ours sert de tapis dans le salon, des livres sont rangés sur des étagères, des posters de paysages sont accrochés aux murs, et les chaises et les tables sont en bois verni, une touche de luxe. Un tel aménagement coûte cher pour des Albanais. Je n'ignore pas que, chaque fois qu'il vient en Albanie, le grand-père de An' donne de l'argent au père de Genc. Cela suffit-il à expliquer la décoration de cet appartement ? Je sais aussi que le grand-père de An' parle de sa vie californienne au père de Genc. Lui a-t-il communiqué un goût occidental pour le raffinement ?

J'offre quelques cadeaux aux parents de Genc : des oranges, des citrons, de la poudre de cacao, des tablettes de chocolat à croquer et une poignée de stylos Bic. En France, ces produits pourraient être apportés à des prisonniers. En Albanie, ils représentent des trésors pour toute la population. Ils sont introuvables dans les magasins. Sous divers prétextes, j'ai passé la journée à les quémander auprès des cuisiniers de mon hôtel – le restaurant est correctement approvisionné afin de pouvoir satisfaire les étrangers. J'ai eu du mal à obtenir du cacao en poudre. J'ai expliqué au chef cuisinier que j'avais besoin de chocolat sous cette présentation pour en saupoudrer des tartines dans ma chambre. J'ai prétendu que j'aimais prendre ce genre de goûter au milieu de l'après-midi. Quant aux stylos, je les ai dérobés dans la bibliothèque de l'ambassade de France.

Pour me remercier, ma tante m'embrasse. Elle regarde la poudre de cacao en poussant de petits « oh ! oh ! » d'étonnement, comme si elle avait oublié cette denrée de base depuis des années. Elle ne cache pas son émotion. Je me sens à l'aise chez eux. Je suis en famille après tout.

Mon cousin Genc est beau gosse. Il est grand et mince et ressemble à un jeune Scandinave, avec des cheveux blonds et bouclés. Il n'a pas le teint poussiéreux des autres jeunes de Tirana. Son visage lisse respire la santé.

Genc est ingénieur dans l'industrie minière[22]. Il représente ce que les Albanais appellent un intellectuel, c'est-à-dire quelqu'un qui travaille avec son cerveau, par opposition aux ouvriers et aux paysans. La lutte des classes existe en Albanie, mais ce n'est pas le moment d'approfondir ce sujet.

Assis côte à côte sur le canapé du salon, nous sirotons un café en bavardant. Comme ses parents il y a deux jours, Genc m'interroge sur ma vie aux États-Unis et en France. Je n'aime pas me répéter. Je ne souhaite pas passer pour un perroquet, car mon oncle et ma tante s'affairent dans la cuisine et m'écoutent de loin. Je demande à Genc ce qu'il désire connaître à propos de l'Occident.

– Tout, absolument tout m'intéresse, répond-il. Tiens, parle-moi de la musique que les jeunes écoutent !

– En ce moment, la musique en vogue, c'est la *new wave*. Ce terme signifie « nouvelle vague ».

– *New wave ?* dit-il en reprenant l'expression anglaise. À quoi ressemble cette musique ?

– Elle est issue du punk rock. Le punk rock était à la mode à la fin des années soixante-dix.

– Punk ? Que signifie ce mot ?

Genc semble tout ignorer des mouvements culturels occidentaux, comme s'il vivait sur une planète à des années-lumière de

22. Le sous-sol albanais renferme de nombreuses richesses : chrome, cuivre, ferronickel, charbon, pétrole... L'Albanie d'Enver Hoxha est à cette époque le troisième producteur mondial de minerai de chrome.

mon univers. Je me sens gêné. Comment éviter de rabaisser mon cousin en étalant mon « savoir » ? J'essaie de m'exprimer avec simplicité :

– En anglais, le mot *punk* signifie « pourri ». Le punk rock était une musique à la fois révolutionnaire et décadente. Les paroles des chansons punks tournaient en dérision certaines valeurs sociales, comme la famille, l'armée, la religion, l'amour... Le rythme et les mélodies du punk rock produisaient une sorte de chaos sonore, d'où ce qualificatif de *punk* rock, c'est-à-dire de rock « pourri ». La démarche contestataire du punk rock s'inspirait de celle du rock'n'roll des origines, dans les années cinquante.

– Marc, qu'est-ce que le disco ?

Et me voici lancé dans un nouvel exposé. Pour décrire ce qu'est le disco, je suis amené à préciser le sens des mots « musique soul » et « jazz ». Pour parler de la civilisation occidentale avec Genc, je dois définir chaque terme moderne en remontant dans le passé. Les Albanais ont *vraiment* été coupés du reste du monde pendant un demi-siècle.

Ce soir, Genc et moi discutons de l'Occident. Genc a soif de connaissances. Il profite de ma visite. Je n'ai pas envie de le priver de cette chance de s'informer. J'attendrai notre prochaine rencontre pour l'interroger à mon tour sur l'Albanie.

TROISIÈME PARTIE

21 octobre

Il m'arrive d'être malade en voiture. C'est pourquoi je préfère voyager en train. C'est bien mon droit.

Non, ça ne l'est plus quand on est dans la peau d'un stalinien.

Avant-hier, Sokol et Besnik ont refusé de me laisser prendre le train entre Tirana et Pogradec, une ville construite au bord du lac d'Ohrid, sur la frontière albano-yougoslave. Nous devions nous y rendre pour assister au tournage d'un long métrage. Je savais qu'une ligne de chemin de fer desservait cette région montagneuse. J'ai donc proposé à Sokol de me rendre à Pogradec en train, plutôt que d'y être conduit par Besnik dans notre Fiat. Je préférais ne pas être ballotté pendant une demi-journée sur des routes en lacets et risquer de vomir.

– Tu ne dois pas prendre le train, m'a répondu Sokol. Tu ne dois prendre aucun transport public. La délégation française que tu représentes dispose d'une voiture officielle. Il faut l'utiliser pour tous tes déplacements.

En écoutant Sokol, je me suis souvenu de Jian Zhenxiao, l'interprète qui m'avait escorté lors de mon premier voyage en Chine, il y a trois ans, en 1981. Le gouvernement chinois, qui m'avait invité en tant que journaliste, avait mis à ma disposition une limousine pour que je puisse me déplacer confortablement dans les grandes villes. Pourtant, j'avais préféré utiliser les transports en commun dans l'espoir de partager un peu le quotidien de la population *en train de construire le socialisme à la chinoise, le socialisme des Quatre modernisations*. Jian Zhenxiao avait été obligé de me suivre dans des autobus bondés et il s'en était plaint ainsi : « Avec les masses, ce n'est pas le contact physique qui compte mais le contact idéologique. »

Comme il me considère comme son ami, Sokol m'a parlé en évitant la langue de bois. Il a invoqué des raisons économiques pour refuser de me laisser prendre un transport collectif. Je lui ai rétorqué :

– Je ne désire gêner personne et je ne veux imposer aucune dépense supplémentaire au gouvernement albanais. Je paierai mon billet de train avec mon argent personnel. Besnik et toi, vous pourrez prendre la voiture. Nous nous retrouverons à la gare de Pogradec.

– Je te dis que tu ne dois pas prendre le train.

– Pourquoi pas ? Je suis malade en voiture. La route de Pogradec est si mauvaise, je vais vomir.

– Non. Tu te fais des idées. Besnik conduira doucement... Crois-moi, personne n'aime voyager en train. Je suis ton accompagnateur, je sais ce qui est le mieux pour toi. C'est pourquoi nous irons à Pogradec en voiture.

Je n'ai rien répliqué. Je m'étais senti mal à l'aise quand Sokol avait affirmé savoir mieux que moi ce qui était bon pour moi. Pour la première fois de ma vie, quelqu'un prétendait faire mon bonheur contre ma volonté, refusant de prendre en considération mes besoins et mes désirs. En Chine, malgré les jérémiades de mon interprète, j'avais obtenu l'autorisation d'emprunter des transports collectifs comme un citoyen ordinaire, j'avais réussi à rester moi-même. En Albanie, c'était impossible.

Avant-hier, j'ai donc réalisé que je n'étais plus un homme libre. Je n'avais même pas le droit d'exprimer des goûts personnels. Je n'avais aucun droit dans mon rôle d'ami étranger du gouvernement. Pour devenir un stalinien heureux, je n'avais que des devoirs : celui de voyager dans une voiture officielle comme un apparatchik, celui de manger dans les meilleurs restaurants alors que la population souffrait de la disette, celui de fumer à volonté les meilleures cigarettes du pays, celui de m'offrir des siestes comme tout travailleur qui se respecte…

En France, j'ai toujours eu soif de tout expérimenter. J'ai toujours essayé d'inventer mon existence à partir de ce que je *pouvais* entreprendre et non de la construire avec ce que je *devais* me contenter de faire pour m'insérer dans la société. Si j'avais pu me satisfaire d'être dans la norme, de moisir dans la routine, d'occuper un emploi stable – journaliste salarié dans un magazine, par exemple –, d'avoir une femme et des enfants, je ne me serais pas exposé au risque de venir en Albanie déguisé en stalinien. Je n'aurais pas connu Sokol, et, paradoxalement, je n'aurais pas été contraint d'adopter cette ligne de vie que je refusais : renoncer à mes fantaisies, à ma curiosité, m'accommoder d'une tranquillité heureuse, n'avoir qu'une succession d'obligations protocolaires et de règles de conduite à respecter.

Pouvais-je lutter contre cette métamorphose passive ? À quoi bon palabrer avec Sokol à propos de ce qui n'était pour lui qu'une lubie ?

Une sensation d'épuisement m'a terrassé. Soudain, je n'avais plus envie de rien. Je n'étais plus aussi sûr d'aimer voyager en train. J'ai accepté de partir en voiture.

Et j'ai été malade comme un chien !

Depuis deux jours, Sokol, Besnik et moi sommes donc à Pogradec pour assister au tournage d'un long métrage. Nous travaillons avec une ferveur de révolutionnaires albanais. Hier, pour nous mettre en forme, nous avons commencé par visiter un élevage de truites, puis un grand verger dans une ferme collective. Les directeurs de ces entreprises d'État nous ont offert six poissons – deux par personne – et un cageot de pommes. Le cuisinier de notre hôtel nous a préparé les truites pour le déjeuner. Nous nous sommes régalés et avons vidé deux bouteilles d'un vin blanc du pays. Pour digérer et préserver notre moral, nous nous sommes octroyé une longue sieste en grignotant des pommes et en fumant. Comme le dit Sokol sans sourire, « travailler en tant que cinéaste à la construction du socialisme implique une noble et lourde responsabilité éducative vis-à-vis des masses, et cette mission d'artiste requiert une longue préparation mentale et physique ». Le soir venu, nous nous sommes enfin sentis capables de sortir nous promener dans le centre de Pogradec, jusqu'à une rue où avait lieu le tournage. Ce matin, nous y sommes retournés. Nous ne chômons pas. Nous ne manquons pas d'énergie. Nous sommes de bons staliniens. Le bien-aimé camarade Enver Hoxha peut être fier de nous.

Ne me demandez pas quel est le thème de ce long métrage. Je l'ignore. Et cela ne m'intéresse pas d'interroger le réalisateur pour découvrir qu'il filme une histoire d'amour à l'eau de rose ou une œuvre de propagande à la gloire d'un stakhanoviste. Peut-être s'agit-il des deux à la fois... Je suis venu à Pogradec pour assister à un tournage, non pour étudier des scénarios. Je dois observer les techniques utilisées par les cinéastes albanais. Cette mission me suffit.

L'équipe de tournage comprend une trentaine de techniciens. Trop nombreux pour être efficaces, ils se gênent les uns les autres, comme si personne ne savait exactement quelle tâche lui incombait. Certains jouent au train avec le chariot du travelling, d'autres fument ou passent devant la caméra pendant les prises. Le réalisateur ne les réprimande pas. À plusieurs reprises, un machiniste a fait tomber un projecteur contre lequel il s'appuyait pour se reposer. Et puis, les badauds vont et viennent sur le plateau sans que nul ne les chasse. Ils se promènent en projetant des ombres. Le chef opérateur s'en fout : il est trop occupé à peler des pommes pour toute l'équipe à l'aide d'un canif de poche, en s'appliquant à ne faire qu'un seul ruban de la queue jusqu'au trognon. J'ignore quelles sont ses compétences en matière d'éclairage, mais, bon sang ! ce chef opérateur-là pourrait gagner un concours mondial d'épluchage de pommes. Son assistant se dévoue pour aller ajuster l'ouverture du diaphragme de la caméra ; je le regarde, en souriant, procéder au réglage. Il mesure la quantité de lumière en dirigeant sa cellule photo en dépit du bon sens, comme un amateur. Je comprends pourquoi les longs métrages albanais sont souvent mal éclairés : ou trop sombres, ou trop clairs, ou déséquilibrés en couleurs.

Il règne sur le plateau une joyeuse cacophonie, qui interdit à l'ingénieur du son d'enregistrer les dialogues en direct. Pour tourner un plan, le réalisateur crie « moteur ! », la caméra démarre, personne ne se tait et l'ingénieur du son se contente de capter un son témoin qui servira de repère pour postsynchroniser le film en studio.

Ce matin, l'équipe ne tourne que six plans en l'espace de quatre heures, dont un champ-contrechamp et un plan de coupe. En quittant le plateau, je ne peux m'empêcher de glisser à Sokol :

– Ces techniciens travaillent lentement.

Il me regarde en fronçant les sourcils.

– Tu as tort de les critiquer ainsi, dit-il. Pourquoi ne devraient-ils pas prendre le temps de vivre ? Ils ont raison. Tu sais, je connais un réalisateur des studios Albanie nouvelle qui travaille vite. Il se conduit comme un tyran avec son équipe. Il rend la vie impossible à tout le monde, il ne fait preuve d'aucune tolérance… Je parle, bien sûr, de tolérance positive et non pas de tolérance négative.

– Je ne saisis pas la différence.

Surpris, Sokol écarquille les yeux pendant quelques secondes. Il décide de m'expliquer un concept évident pour un Albanais :

– La tolérance négative consiste à accepter toutes les idées. Cela s'appelle le libéralisme bourgeois. Par la tolérance positive, au contraire, on s'efforce de comprendre les problèmes matériels et de santé des autres personnes. Par exemple, si tu te sens fatigué, ton chef tolère que tu travailles moins sans que ta paie soit diminuée. Ou bien, si ta fille a un rhume, tu peux prendre un jour de congé pour t'occuper d'elle à la maison.

J'ai compris. Les Albanais se comportent en révolutionnaires. Ils pensent au rebours des Occidentaux.

Par exemple, le nom de Mehmet Shehu [23] – ce Premier ministre « félon » qui fut second dans la hiérarchie du Parti pendant plus de trente ans – a disparu de la plupart des publications albanaises.

23. Cf. note 20, p. 104.

Comme si ce héros de la révolution communiste n'avait jamais existé, les photos le représentant sont introuvables. Quant aux images officielles d'archives où Mehmet Shehu figure au milieu d'un groupe de personnalités, elles sont retouchées de manière à gommer sa présence. Ne pas censurer le nom et les photos de Mehmet Shehu, c'est-à-dire accepter que l'Histoire ne soit pas récrite, serait faire preuve de tolérance négative. De même, Agron, le chef laborantin des studios qui a censuré mon film d'essais : il a su ne pas céder à la tolérance négative, c'est-à-dire ne pas tolérer les clichés contre-révolutionnaires, qui contredisent les affirmations de la propagande.

Mieux vaut en rire...

Les cinéastes albanais sont de vrais artistes révolutionnaires. Ils bouleversent les règles techniques de l'industrie du cinéma. Ils ne produisent pas des images léchées de style hollywoodien. Ils travaillent en amateurs, pour le plaisir et dans la bonne humeur. En Albanie, dans tous les domaines, ce qui est révolutionnaire n'est pas ce que je croyais. L'incompétence et l'absentéisme des travailleurs dans les entreprises, la pénurie dans les magasins, le marché noir, la pauvreté généralisée, la non-liberté officielle de la presse, le flicage de la population, la délation publique institutionnalisée par le recours aux feuilles-foudre, la lenteur du rythme de vie, la « tolérance positive », etc., tout cela rompt avec les traditions économiques et sociales des démocraties bourgeoises. Voilà ce qui est vraiment révolutionnaire dans le paradis d'Enver Hoxha.

23 octobre

Je suis piégé dans la peau d'un stalinien.

Je suis déprimé. Je suis las de tout.

Comme l'a écrit Peter Cheney dans son roman *Comment qu'elle est !*, « je me sens tellement bas que je ne sais pas ce qui me retient de me trancher la gorge. Comme ça, je ne me tracasserais plus pour rien – sauf pour ma gorge ».

Je suis de retour à Tirana. Ce soir, je rencontre mon cousin Genc. Le revoir me fait penser à An', ma chérie albano-californienne. Me rappeler le doux visage de An' me donne un peu d'énergie et réveille ma curiosité, le désir de connaître cette société albanaise où vit ma future belle-famille.

Je retrouve Genc devant l'ancienne mosquée, au centre de la capitale. Nous nous serrons la main et nous rentrons dans le cortège des dizaines de milliers de badauds qui arpentent les rues dès la nuit tombée. Pour nous retrouver seuls, entre jeunes, sans la présence de mon oncle et de ma tante restés à l'appartement, la meilleure solution c'est justement de nous fondre dans la foule. Nous nous promenons et bavardons en albanais. Personne ne fait attention à nous.

Ce soir, nous discutons de l'existence de mon cousin, de l'Albanie. Je lui demande :

– As-tu une fiancée ?

– Je viens de rompre...

Genc se tait pendant une longue minute. Il marche en regardant ses pieds. Il ne semble pas souhaiter m'en dire plus, comme si la blessure de la séparation le faisait souffrir. Il me prend la main et poursuit :

– L'amour libre n'existe pas en Albanie.

– Qu'entends-tu par « amour libre » ? Est-ce la liberté d'avoir des relations sexuelles avant le mariage, autant que l'on veut ?

– Non... pas exactement. Est-ce comme cela en Occident ?

Les rues de Tirana sont mal éclairées, néanmoins je devine que Genc rougit. Peut-être est-il gêné de parler de sexe avec le fiancé de sa cousine ? Je murmure :

– Je ne raconterai pas notre conversation à An'. Fais-moi confiance. Nous sommes entre garçons.

Il sourit. Je repose ma question, je la généralise un peu, pour permettre à Genc de répondre avec une certaine distance.

– Que signifie l'expression « amour libre » en Albanie ?

– À mon avis, cela représente un amour naturel, une relation qui soit partagée, ni entravée ni arrangée par des tiers. À Tirana, les mœurs sont un peu plus évoluées qu'à la campagne, car nous recevons les chaînes de télévision italiennes. Les gens commencent à admettre que l'on puisse tomber amoureux. Les mentalités évoluent, mais très lentement. Dans le quotidien, les relations entre filles et garçons ne changent guère. Tu ne peux pas imaginer ce qu'il est difficile d'être jeune. La famille, les voisins, les collègues, la police surveillent chacun de tes mouvements. Si une fille se promène dans la rue avec un garçon, les gens pensent aussitôt qu'ils vont se marier.

– Les relations sexuelles en dehors du mariage existent-elles ?

– Oui. En cachette. C'est considéré comme décadent. C'est même dangereux. Tu peux être critiqué par la police ou tes collègues.

Je n'ose pas lui demander s'il a déjà pris le risque de faire l'amour avec une femme. Je change de sujet. Je me rappelle que l'homosexualité est considérée comme une maladie mentale en Union soviétique, la terre natale du stalinisme.

– Et l'homosexualité, dis-je, existe-t-elle en Albanie ?

– Oui, mais elle est très rare, car elle est considérée comme un crime, passible d'une peine de prison. C'est écrit dans la loi.

Nous marchons pendant quelques centaines de mètres sans parler. Je suis abasourdi. Je n'arrive pas à croire qu'en cette fin de XXe siècle, au cœur de l'Europe transformée par la libération des mœurs, un gouvernement ose officiellement persécuter les homosexuels.

– Cela dit, reprend Genc pour me rassurer, tous les homosexuels ne sont pas emprisonnés. Un de nos chorégraphes de ballet est homosexuel et il est toujours en liberté. C'est le meilleur danseur albanais. Personne ne désire l'ennuyer.

Je pense à Sokol. Est-il bisexuel ? Je n'ai pas résolu cette énigme. Genc peut-il m'aider ?

– Un de mes accompagnateurs s'appelle Sokol, dis-je. Il travaille comme scénariste pour les studios cinématographiques. C'est un collègue de notre oncle K. [24], le décorateur.

– Mais je vois qui c'est ! s'exclame Genc. C'est un type assez maniéré d'une quarantaine d'années.

– Tu le connais ?

– Bah, je vois juste qui c'est.

J'hésite un instant avant de reprendre la parole. J'ai peur de me montrer inconvenant, de perdre la face devant Genc. Tant pis, je pose la question qui me brûle les lèvres :

– Aime-t-il les hommes ?

– C'est possible.

24. Cf. p. 69 et suivantes.

Genc réfléchit. Connaît-il l'intimité de Sokol, sans être son ami ? Tirana semble n'être qu'un village ; la vie de chaque habitant n'a de secret pour personne. Genc continue :

– Il s'est marié il y a huit ans avec une femme de vingt ans plus jeune que lui. Attendre quarante ans pour prendre une épouse n'est pas fréquent en Albanie. Il n'est pas impossible que Sokol soit homosexuel ; ou bien il a eu des relations avec des femmes en tant que célibataire. En tout cas, il a mené une existence anormale.

– C'est un sacré flemmard.

Genc éclate de rire.

– Voyons, Marc, lance-t-il, tous les employés des studios sont des champions de paresse. Ils sont très heureux de travailler là-bas. Pas pour le prestige, comme on pourrait le croire, mais à cause du faible rendement que le gouvernement exige d'eux. Ils sont fiers de leur improductivité ; ils en plaisantent. Leurs places sont enviées.

Genc hausse les épaules et poursuit :

– En Albanie, travailler n'intéresse pas les gens. Tout le monde ne pense qu'à tirer au flanc. Les ouvriers ne sont pas du tout motivés financièrement. Quand ils sont à l'usine, ils ne songent qu'à dormir, pour oublier la misère quotidienne. Ils ne croient à rien, ils sont las de tout. Ils ne prennent même pas soin de leurs outils. Une de mes amies travaille dans une usine de textile qui a acheté un métier à tisser ultramoderne en France. Un technicien français a installé la machine. Quand il l'a mise en route, elle avait un rendement normal de quatre-vingt-cinq pour cent. Un mois après le départ du Français, sa productivité est passée à trente pour cent, puis elle est tombée en panne. Le technicien français est revenu pour la réparer. Il a commencé par demander un marteau et des clous pour fermer la porte du local où était entreposée la machine : les ouvriers de l'usine avaient l'habitude de venir se reposer dans cet atelier qui était moins bruyant ; ils buvaient et fumaient, utilisant le châssis de la machine en guise de comptoir et de cendrier : ils y posaient leurs verres d'eau-de-vie et y écrasaient leurs mégots. Ils s'appuyaient sur la machine, déréglant des boutons. Ils ne voyaient aucun mal dans leur conduite et refusaient d'être sermonnés par le Français. Par mégarde, quelqu'un a même laissé tomber un briquet en métal dans la machine : cet incident a détruit plusieurs circuits électroniques. Et puis, le Français s'est étonné que de nombreux voyants aient disparu : des ouvriers ont sans doute trouvé que ces petites ampoules multicolores étaient jolies. Ils les ont dérobées pour les montrer à leur famille et décorer la vitrine du buffet de leur salon. Pour réparer la chaîne de sa moto, un autre ouvrier a démonté une partie du système de transmission du métier à tisser. Il a volé un maillon qui servait d'attache rapide. Ce genre de pièces détachées est introuvable en Albanie. Quelle misère !

Je ne sais que dire. Quand Genc s'exprime, tout semble négatif. Ses critiques dépassent en noirceur ce que m'inspirait jusqu'ici la société albanaise. Son discours me déroute. Je ne suis plus habitué à une telle franchise. Je ne trouve aucun mot pour approuver mon cousin. Je commence à souhaiter qu'il modère ses propos, ne serait-ce que pour notre sécurité. J'ai peur qu'un policier dissimulé dans la foule des promeneurs surprenne notre conversation. J'ai envie de passer à quelque chose de positif, je lui demande :

– Les travailleurs albanais bénéficient de congés payés, n'est-ce pas ?

– Oui. Nous avons droit à quinze jours de vacances. Cependant, les travailleurs qui exercent un métier éprouvant, tels que les mineurs, jouissent d'un mois de repos.

Genc sourit.

– Pour garder le contact avec les masses laborieuses, poursuit-il, les artistes, les cadres et les ingénieurs comme moi-même doivent effectuer chaque année un mois de « travaux physiques ». Quelle blague !

– Comment se déroule ce mois ?

– On t'envoie par exemple entretenir un parc public. En général, ce travail manuel n'est pas contraignant. C'est une occasion de te la couler douce, encore un peu plus, en étant déchargé de toute responsabilité. Nous, les intellectuels, nous attendons avec impatience ce mois de vacances supplémentaire.

Je parle à Genc de mes accrochages avec Sokol, de la censure de mes films, de l'impossibilité de voyager en train...

– Il ne faut pas te plaindre, dit-il. Tu dois te montrer fort et garder tes frustrations pour toi. Il est inutile de te rebeller, car tu ne feras qu'aggraver tes problèmes. Tes guides auront toujours raison. Crois-moi, je vis depuis plus de vingt ans dans ce pays. Toi, tu n'es ici que depuis un mois et demi. Il te reste encore deux semaines à tirer, ce n'est pas si difficile de t'écraser.

Genc me lance un clin d'œil complice.

– Moi, continue-t-il, je suis né à Tirana. Je n'ai aucun espoir de partir à l'étranger, je mourrai en Albanie. Je vis comme une taupe, je me terre, je ne critique rien en public. Au lycée, j'étais encore insouciant et je parlais avec mon cœur. J'étais accusé d'individualisme. J'ai eu du mal à entrer à l'université. Maintenant, je me tais. Si tu veux te frayer un chemin dans ce système, il faut savoir te soumettre, ne plus exister, ne plus communiquer sincèrement avec les autres. Tu dois même te méfier de tes amis et de ta famille. Toi, tu es un étranger. Je peux te faire confiance, n'est-ce pas ?

Genc me regarde. Je lui serre la main pour le rassurer.

– Heureusement, reprend-il, j'aime mon métier. Je travaille depuis un an et j'apprends encore des choses. Je n'ai pas eu le temps de m'ennuyer. Mais dans cinq ans, comme tout le monde, je me résignerai à dormir, à boire et à fumer à l'usine. En Albanie, une réunion de travail ne peut se dérouler sans que soient offertes des tournées d'eau-de-vie et de cigarettes. Les Albanais consomment trop d'alcool et de cigarettes. Sais-tu pourquoi ?

– Pour noyer leur déprime dans l'ivresse, je suppose.

– Pas vraiment. Ils boivent et fument pour s'occuper, pour le plaisir de réussir à faire quelque chose d'agréable et de personnel. Ce qui compte avant tout, ce n'est pas la recherche d'une ivresse. Nous autres Albanais, nous disons que nous buvons et fumons juste pour vider quelques verres et produire un peu de fumée. Boire et fumer sont des distractions positives dans la mentalité collective. Moi aussi, dans quelques années, je trinquerai à longueur de journée avec mes collègues. Je m'amuserai à faire des ronds de fumée pour tuer le temps qui me reste à vivre. Cette certitude me donne la nausée.

Genc a raison. Les mots avec lesquels Sokol et Besnik me proposent le plus souvent de fumer me reviennent en mémoire. Ils ne disent pas : « Fumons ! » Ils préfèrent plaisanter ainsi : « Faisons un peu de fumée ! »

Genc soupire :

– Vivre en Albanie, c'est vivre en enfer ! Quarante ans de libération communiste, quelle foutaise !

Je voudrais lui demander ce qu'il pense d'Enver Hoxha. Mais puis-je espérer une réponse sincère ? Osera-t-il critiquer le père de l'Albanie nouvelle ? Toute remise en cause des réalisations du grand démiurge est aussi taboue en Albanie que le doute sur la virginité de Marie dans la religion catholique. Ma question paralysera-t-elle l'intelligence de Genc ? Je tente ma chance :

– Tous les Albanais aiment Enver Hoxha, n'est-ce pas ?

Genc blêmit. Il se retourne et dévisage les promeneurs autour de nous. Il tremble de peur. Il se penche vers mon oreille et murmure :

– Il passe pour être notre « grand leader bien-aimé ». La propagande ferait mieux de le présenter comme notre « vieux tyran détesté ». Personne n'ose le dire, mais tout le monde le pense. Quand va-t-il se décider à mourir ? Des slogans répètent qu'il est immortel. C'est absurde.

– Selon la propagande, dis-je en baissant la voix à mon tour, le camarade Enver s'y connaît en agriculture, en économie, en métallurgie, en chimie, en médecine... Chaque réalisation industrielle est le fruit de son génie. Je me demande si le gouvernement prend les Albanais pour des idiots en assenant de pareilles énormités.

– Le gouvernement nous prend pour des idiots.

Nous marchons en silence pendant un grand quart d'heure. Je ne pense qu'à Genc. J'admire sa force de caractère. Il survit comme une taupe, mais il reste lucide. Comment puis-je l'aider ? En lui donnant de l'argent ? Il se vexerait. De retour en France, pourrai-je lui écrire ? Non, la police ouvre le courrier en provenance de l'étranger. Dois-je simplement conseiller à mon cousin de ne plus réfléchir et d'accepter tel quel le discours de la propagande ?

Nous sommes arrivés au pied de son immeuble. Nous nous embrassons.

– Bonne chance ! lui dis-je pour tout encouragement.

– Merci. Ne t'inquiète pas pour moi. Je survivrai, comme une taupe !

Et il disparaît dans l'escalier de son immeuble. Il ne m'a pas proposé un autre rendez-vous. A-t-il peur de me rencontrer à nouveau ?

Je ne reverrai jamais mon cousin.

Je suis seul.

26 octobre

J'ai repris mes habitudes de travail aux studios. Chaque matin, je visionne les mêmes longs métrages de propagande, puis je rentre me reposer.

Avant-hier, en déjeunant au restaurant de l'hôtel Dajti – l'autre palace de la capitale albanaise, encore plus luxueux que l'hôtel Tirana –, j'ai partagé ma table avec une jeune Italienne spécialisée en criminologie. Nous avons sympathisé. Depuis, nous passons nos après-midi et nos soirées ensemble.

Elle s'appelle Laura et vient d'arriver en Albanie. Elle n'est pas encore déprimée. Elle a une trentaine d'années. Elle ne se maquille pas et porte de fines lunettes qui lui donnent un air d'intellectuelle austère. Ce n'est qu'une apparence : Laura aime boire, manger et plaisanter. Sa compagnie est délicieuse.

Que vient faire une criminologue occidentale à Tirana ? Le gouvernement albanais lui a attribué une bourse de deux mois. Elle désire étudier le système pénal stalinien. Au fil de nos conversations, je comprends que Laura a un passé de gauchiste en Italie. J'ignore si elle est marxiste. Nous nous méfions l'un de l'autre, je crois. Nous nous contentons d'ironiser sur la propagande communiste.

Laura ne parlant pas albanais m'a demandé de lui traduire quelques articles du Code pénal. J'ai accepté, trop heureux d'avoir quelque chose de nouveau à faire.

Nous travaillons dans le bar désert de l'hôtel Dajti – son accès est interdit aux Albanais. Les lois du paradis d'Enver Hoxha sont stupéfiantes. Nous ne nous lassons pas de les découvrir. Souvent, elles nous donnent la chair de poule.

Tout d'abord, la justice albanaise est de nature idéologique. Une infraction à la loi se définit comme un acte mettant en danger l'ordre socialiste. L'article 16 du Code pénal stipule :

> Dans le cadre de la lutte des classes, la condamnation à une peine est un moyen de contrainte politique et idéologique de l'État socialiste.

Plus loin, l'article 44 me met en garde :

> Les citoyens étrangers qui commettent des crimes à l'étranger sont reconnus pénalement responsables si les conséquences de ces crimes sont ressenties à l'intérieur du territoire albanais.

À mon retour en France, je ne dois pas faire publier ce journal. J'y divulguerais des informations confidentielles sur la société albanaise. Cela nuirait aux relations franco-albanaises et à l'image d'Enver Hoxha, c'est-à-dire à celle de l'Albanie tout entière. Si je retournais en Albanie, un tribunal pourrait m'accuser d'espionnage, un crime puni de mort.

Je commande un verre d'eau-de-vie au barman de l'hôtel Dajti et le bois cul sec : cela me décontracte. Je traduis à Laura l'article 47 :

> La trahison envers la patrie est le crime le plus grave qui puisse être commis. Tout acte essayant de renverser la dictature du prolétariat et tout acte dirigé contre l'indépendance nationale, la défense nationale et la sécurité extérieure de la République populaire socialiste d'Albanie s'appelle une trahison. Sont par exemple des trahisons :
> – L'organisation ou la participation à des révoltes ayant pour but de renverser l'État socialiste et le Parti albanais du travail, en tant que seule et unique force politique directrice de l'État et de la société [...].
> – La création de sociétés secrètes et d'autres institutions économiques et financières étrangères ou mixtes en association avec des entreprises et des États capitalistes, bourgeois ou révisionnistes, ainsi que l'acceptation de crédits auprès de ces organismes [...].
> – L'évasion en dehors du pays, tout comme le refus de revenir au pays par une personne qui a été envoyée en mission ou a été temporairement autorisée à se rendre à l'étranger [...].
> La trahison envers la patrie est sanctionnée par une condamnation allant de dix ans de prison à la peine de mort.

En franchissant clandestinement une frontière, on s'évade d'Albanie. Évasion rime avec prison. Le Code pénal reconnaît que les Albanais sont emprisonnés dans leur paradis stalinien. La libération communiste ne les a donc pas rendus libres.

Pêle-mêle, voici encore quelques articles de loi albanaise :

> Article 192 : Les relations intimes avec une femme en dehors des liens du mariage sont sanctionnées par la rééducation au moyen du travail ou par une peine allant jusqu'à un an d'emprisonnement.

> Article 193 : Les relations conjugales et simultanées avec deux ou plusieurs femmes sont sanctionnées par la rééducation au moyen du travail ou par une peine allant jusqu'à deux ans d'emprisonnement.

> Article 209 : De la fuite des parasites devant le travail *(sic)*. En cas de récidive, le non-respect par les [citoyens] parasites d'une décision des organes de l'État quant à leur insertion dans le monde du travail est sanctionné par la rééducation au moyen du travail et par une peine allant jusqu'à deux ans d'emprisonnement.

Sans commentaire.

En vertu de l'internationalisme prolétarien, un article de loi dont j'ai oublié de noter le numéro précise que les crimes dirigés contre les autres pays socialistes et les mouvements révolutionnaires sont punis comme s'ils étaient perpétrés contre l'Albanie. Je me permets de rappeler que l'article 44 cité plus haut spécifie que les crimes commis à l'étranger peuvent être sanctionnés par la justice albanaise.

Militer en France contre l'usage abusif de la psychiatrie en URSS devient par exemple un crime albanais d'agitation antisocialiste. Quelle est la peine encourue ? De trois à dix ans d'internement dans une geôle albanaise.

L'Albanie se veut le phare de la révolution mondiale qui émancipera toutes les classes opprimées. L'Albanie interdit déjà de s'exprimer en homme *libre* en France. À propos, la France existe-t-elle encore ?

Je ne sais plus.

Ce dont je suis certain, c'est que je mérite la prison pour m'être fait passer pour stalinien. Et puis, j'ai caché aux autorités que j'avais de la famille à Tirana. J'ai sans doute conspiré en compagnie de Genc… Combien d'années d'emprisonnement risque-t-il lui-même ? Je tais mon inquiétude devant Laura.

Je vide un nouveau verre d'eau-de-vie et j'en commande un autre. L'alcool me chauffe les joues. Je deviens gai, malgré moi.

28 octobre

Être heureux, malgré soi !

Je me contente de suivre les conseils de Genc en approuvant tout ce que dit Sokol. Celui-ci essaie de me rendre heureux, malgré moi. Je suis un jouet, un animal captif… Tiens ! cet après-midi, au lieu de faire la sieste, je vais visiter mes semblables au zoo de Tirana.

À l'image du territoire albanais, cette ménagerie est minuscule. Le guichet de vente des billets est fermé, et l'entrée est libre. D'ailleurs, je ne croise pas un humain dans ce zoo. J'y observe tout de même quelques bêtes : un loup, un mouton, un aigle, des lapins. Ils puent et leurs corps sont couverts de plaques d'eczéma. Ils somnolent dans de petites cages sombres, remplies d'excréments. Ces animaux appartiennent à des espèces indigènes. Comment en serait-il autrement ? L'Albanie nouvelle est un pays qui refuse toute présence étrangère.

Les animaux du zoo de Tirana sont clochardisés. Ils sont emprisonnés dans les mêmes conditions que les Albanais. Ils sont albanisés, stalinisés.

Enver Hoxha contrôle tout.

4 novembre

Moi aussi, je suis albanisé. À présent, je me sens à l'aise dans ma peau de stalinien. Tout m'indiffère.

Je vis à l'écoute des nouvelles que diffuse Radio Tirana. Je connais le nom des nouveaux héros du travail et suis informé de la réalisation de la norme dans telle ou telle usine. J'entends parler de la révolution nicaraguayenne et de la répression au Salvador, de la résistance afghane contre les révisionnistes soviétiques, de la guerre du Liban, de la ségrégation raciale en Afrique du Sud. Aux quatre coins du monde, les peuples sont opprimés. Ils se soulèvent, ils prennent les armes. Seuls les Albanais vivent en paix : ils ont la chance d'habiter dans un paradis.

Mercredi dernier, Indira Gandhi, Premier ministre de l'Inde, a été assassinée par ses gardes du corps. L'information, qui concerne tout de même un pays de près d'un milliard d'habitants, mérite-t-elle d'être rapportée par la presse ? Apparemment pas...

J'ai appris la nouvelle avec deux jours de retard, en bavardant avec un diplomate français dans le hall de mon hôtel. Et alors ? Dois-je regretter de n'avoir pas pu verser de larmes à chaud ? Dois-je m'inquiéter des bouleversements géopolitiques qui menacent l'Asie ? Non. Je vis parmi les Albanais. Je n'habite ni à l'étranger ni dans une ambassade. Que m'importe que Mme Gandhi soit morte ou vivante ? Pour être franc, je n'en ai rien à faire. Boire, manger et fumer afin de tuer le temps le plus agréablement possible, voilà ce qui m'intéresse depuis une semaine.

Ce midi, par exemple, en rentrant d'un week-end passé dans le nord du pays, je constate que ma chambre d'hôtel a été fouillée durant mon absence, sans aucun doute par des agents de la *Sigurimi*[25]. Ils ont arraché la serrure de la valise que j'avais laissée sur mon lit. Ils ont mis mes affaires sens dessus dessous. Il y a encore peu de temps, je me serais plaint à Sokol d'un tel viol de mon intimité. J'aurais essayé d'obtenir des explications. Maintenant, je m'en moque. Je n'ai plus aucun honneur d'homme libre à défendre. Je préfère ripailler avec Sokol. Plus question de nous empoisonner l'existence, de chicaner sur des problèmes contre lesquels nous ne pouvons lutter.

De même, je ne proteste pas quand Sokol me remet le tirage de mon film sur Gjirokastër. J'attends ces images depuis trois semaines et, comme je pouvais m'y attendre, quatre clichés ont été censurés. Ils représentaient une station d'essence délabrée, une charrette tirée par un cheval, des enfants en guenilles jouant dans la rue et des ouvriers couchés à plat ventre dans un jardin public, à l'ombre d'un panneau affichant le slogan : « Appliquez dans la vie les décisions historiques du VIIIe congrès du Parti albanais du travail ! »

Les censeurs des studios cinématographiques peuvent brûler mes images de charrette, de mômes, de travailleurs... Les imbéciles ! Ils se rendent ridicules.

25. Cf. note 10, p. 70.

6 novembre

Demain, je rentre en France. Je n'en veux pas aux Albanais pour les vexations qu'ils m'infligent.

Pauvres Albatros !

« Albatros » est le surnom que donnent aux Albanais certains diplomates français en poste à Tirana. Imaginez le vol majestueux d'une colonie de ces grands oiseaux. Ils planent, ils ne battent pas des ailes – serait-ce trop fatigant ou inutile ? Les albatros survolent ainsi les océans, en poussant des cris déchirants. Les Albanais les imitent : ils se laissent porter par l'existence avec fierté et insouciance, comme en apesanteur, et ils braillent que leur pays est un paradis et représente le phare de la révolution mondiale à venir.

Pauvres Albatros !

Comment leur en vouloir ? On ne peut pas reprocher à un fou d'être fou. Les Albanais vivent dans leur univers, en autarcie, à la manière des schizophrènes. Ils le sont. En Occident, certaines personnes se prennent pour Napoléon ou Jésus-Christ ; les Albanais, eux, se vantent d'être un peuple courageux et guerrier, doté d'une longue tradition d'honneur. Ce n'est qu'un fantasme né dans leurs esprits malades.

L'histoire de l'Albanie peut se résumer à une succession de colonisations étrangères, durant lesquelles les habitants ont collaboré avec tous leurs envahisseurs. Pendant plus de cinq siècles, les Turcs ont occupé le pays. À l'inverse des autres populations[26] du Sud-Est de l'Europe qui furent également colonisées, les Albanais ont accepté de se convertir à l'islam – la religion de la soumission. Ils ont fourni à la Sublime Porte de hauts fonctionnaires et ont été l'un des derniers peuples à se libérer du joug ottoman. Puis, au cours de la première moitié du XXe siècle, l'Albanie est tombée sous la tutelle des fascistes de Mussolini. La propagande communiste prétend que l'immense majorité des Albanais a résisté. C'est faux ! Ils se sont accommodés du nouvel ordre social et ont coopéré avec l'occupant – les partisans albanais étaient rares et formaient des

26. C'est-à-dire les Grecs, les Roumains et les peuples slaves des Balkans – mis à part les Bosniaques qui s'islamisèrent comme les Albanais.

groupuscules qui s'entre-déchiraient. De même, depuis la fin de la Seconde Guerre mondiale, les Albanais acceptent la dictature d'Enver Hoxha. Leur servilité traditionnelle explique l'absence de mouvements dissidents en Albanie. Sans doute seront-ils le dernier peuple d'Europe à renverser le pouvoir communiste…

Les Albanais sont des couards. Voilà la réalité de leur caractère national. Leur avenir est sans espoir.

Ai-je le droit d'écrire cela ?

J'ai longtemps hésité avant de m'y décider. J'en tremble d'émotion. Je souhaite me tromper, car j'aime les Albanais. Puissent-ils un jour inventer une troisième voie, qui ne soit ni celle du capitalisme ni celle du marxisme, pour construire un paradis terrestre.

Les Albanais sont des hédonistes. Et tant mieux, s'ils ne sont ni belliqueux ni travailleurs. J'envie leur nonchalance, leur sens de l'hospitalité et de l'humour. J'apprécie leur littérature, leur musique, leur nourriture… Je ne regrette pas d'avoir consacré plusieurs années de ma vie à apprendre leur langue. Je suis heureux d'être fiancé à une femme de leur sang. Et puis, ce voyage dans la peau d'un stalinien me satisfait. Il m'a enseigné la nonchalance, qui est une forme de la sagesse. De retour en France, je crois que je conserverai un regard albanais pour surmonter avec calme les aléas de l'existence.

Je reste pro-albanais envers et contre tout, *envers et contre Enver Hoxha.*

7 novembre

Mon séjour en Albanie se termine aujourd'hui. Vers dix heures, je monterai dans un avion roumain qui fait escale à Tirana.

L'Albanie ne sera bientôt plus qu'un souvenir au fond de ma mémoire. Elle redeviendra un pays isolé et inaccessible au cœur de l'Europe. De nouveau, je ne pourrai que fantasmer sur ce paradis stalinien. Et puis, je devrai réapprendre à vivre dans le monde occidental : faire mes courses dans des magasins approvisionnés, ne plus craindre d'être suivi dans la rue, décider moi-même ce que je veux ou ne veux pas faire, payer ce que je consomme dans les restaurants… Je ne serai plus un stalinien. Il me faudra redevenir

Marc Boulet. La France me semble lointaine. L'existence incertaine qui m'y attend me fait peur.

J'imagine comment se déroulera mon départ. Sokol, Besnik et Arben m'escorteront jusqu'à l'aéroport. Comme lors de mon arrivée, l'un d'eux remplira les formalités de police et de douane à ma place. Ils m'offriront de boire un dernier verre d'eau-de-vie à la buvette. Je ne refuserai pas. L'avion atterrira sans doute en retard. Nous aurons le temps de vider d'autres verres pour passer le temps. Au moment de nous séparer, nous nous embrasserons et nous promettrons de conserver un souvenir inoubliable de notre rencontre. Nous jurerons peut-être de nous revoir dans un futur proche, tout en sachant que cela sera impossible. Ensuite, mon avion décollera. Les montagnes albanaises disparaîtront de mon horizon, tandis que Sokol, Besnik et Arben retourneront vers leur sieste.

Et voilà ! Mon départ se déroule exactement comme je viens de l'imaginer.

Je me sens vide. Je ne sais plus qui je suis. Une sorte de migraine obscurcit mes pensées. J'essaie de me rappeler le début de cette aventure. Une idée me traverse l'esprit : si Staline ressuscitait et s'il essayait de me parler de sa conception du paradis, je crois que je lui botterais les fesses pour le renvoyer dans sa tombe.

III

1985

Dans la peau d'un protestant

La chasse au dragon

La Cité murée, *cette verrue à la face de Hong Kong, restera comme un exemple de sujet idéal pour un journaliste. Tous les ingrédients permettant de réussir un grand reportage de société y sont réunis : la politique, le sexe, la drogue, la religion, le jeu, la mafia, le travail, la violence, le danger… La vraie vie, en bref!*

En 1898, lors de la cession des Nouveaux Territoires *de Hong Kong à la Grande-Bretagne, le gouvernement de Pékin a conservé le droit d'administrer dans la future colonie britannique une enclave de 2,6 hectares : la vieille Cité murée située sur la presqu'île de Kowloon. Un an plus tard, les Britanniques en ont chassé les fonctionnaires chinois sans pour autant les remplacer. Ensuite, au cours de la Seconde Guerre mondiale, les Japonais se sont contentés de raser les murailles de cette ville traditionnelle chinoise, et cela n'a rien changé à son statut d'autonomie. Au fil des décennies, ses habitants ont bâti de nouveaux immeubles, les uns contre les autres, puis les uns sur les autres. Ils n'avaient besoin d'aucun permis de construire.*

Au début des années 1980, à l'époque où je me lance dans le journalisme, la Cité murée continue de n'être gérée par aucun État. Ce territoire sans gouvernement me fascine. Aucune loi n'y sévit, tout y est permis. Une véritable société anarchique y subsiste à quelques mètres de Hong Kong et du monde policé de la fin du XX*e* *siècle.*

En 1984, je ne résiste plus à la tentation d'aller fouiner dans la Cité murée *et d'y étudier la vie quotidienne de ses cinquante mille habitants. À mon retour en France, le magazine* L'Écho des savanes *publie mon reportage sous le titre : « La cité de tous les dangers ». En juin 1985, je retourne dans la Cité murée pour y réaliser un documentaire*[1] *produit par l'agence de presse Gamma. Christian Cascio, un cameraman français, m'accompagne. Notre équipe doit introduire une grosse caméra professionnelle dans l'enfer de la Cité murée et y filmer d'innombrables séquences. Pouvons-nous réussir à tourner chaque plan en caméra cachée ? Je sais d'avance que nous serons vite repérés par la population. Une ruse germe dans mon esprit de journaliste : je décide de me glisser dans la peau d'un protestant. Je gagne la confiance et la protection d'une missionnaire anglaise qui travaille depuis dix-neuf ans dans la Cité murée en portant secours aux drogués et aux prostituées. Sous le prétexte de réaliser un « film chrétien », je réussis à pénétrer dans les bordels, les tripots, les ateliers de contrefaçons. Christian Cascio me suit avec sa caméra. Dans mon rôle de protestant, je suis obligé de prier ; je bénis des clochards et des gangsters afin que le Saint-Esprit remplisse leurs âmes ; je suis censé les aider à racheter leurs péchés. Voici le récit de cette troisième métamorphose…*

*

Je n'oublierai jamais ma première impression de la Citée murée. Je m'y étais aventuré seul, sans guide, ce dimanche matin du 17 juin 1984. La peur me desséchait la bouche au point que je n'arrivais plus à saliver.

Le pâté d'immeubles de la Cité murée ressemblait à une ville futuriste de bande dessinée, à une monstrueuse termitière de béton. Aucun plan d'urbanisme n'existait. Telles les pièces d'un jeu de Lego, les bâtiments, les abris, les cabanons, les logements hétéroclites s'empilaient les uns sur les autres et formaient un bloc compact et multicolore d'une cinquantaine de mètres de hauteur. Ce nid d'hommes était construit au-dessus d'un labyrinthe de venelles où la lumière du jour ne descendait pas. Deux personnes ne pouvaient pas se croiser dans ces galeries sans se mettre de

1. Cf. *La Cité murée*, film en couleurs de dix-huit minutes, réalisé par Marc Boulet, images de Christian Cascio, montage de Jean-Loup Chirol, copyright Gamma Télévision, Paris, 1985.

côté. Je risquais de m'y égarer et de me faire rosser. Si un inconnu surgissait pour voler mon portefeuille ou me poignarder, il ne commettrait même pas un crime, car aucune loi n'existait dans cette ville.

Quelques jours plus tôt, un officier du service de presse du gouvernement de Hong Kong m'avait mis en garde, me prévenant que je risquais ma vie en pénétrant dans la Cité murée. En cas de problème, la police de Hong Kong ne viendrait pas à mon secours. À l'intérieur du territoire autonome de la Cité murée, elle n'avait pas le droit de faire respecter l'ordre britannique, d'appréhender par exemple les trafiquants de drogue ou les proxénètes : ces activités étaient permises. Rien n'était interdit. Cette situation d'anarchie, de liberté absolue, créait-elle un système social de rêve ou de cauchemar ?

Ce 17 juin 1984, en me faufilant dans la Cité murée par une venelle dont l'entrée marquait la frontière avec le quartier commerçant et moderne de l'aéroport international de Hong Kong, j'eus l'impression de poser le pied sur une autre planète. Tel un astronaute, je m'aventurais au péril de ma vie dans un monde inconnu. Je perdais mes repères.

Tout d'abord, l'absence de lumière m'aveugla. Je m'arrêtai un instant pour m'accoutumer à l'obscurité. La ruelle mesurait moins d'un mètre cinquante de large. Je ne pouvais pas y rester immobile, car j'attirais sur moi l'attention des nombreux passants obligés de me bousculer pour se frayer un chemin. Comme des colonies de fourmis, ils allaient et venaient d'un pas rapide. Ils semblaient posséder des antennes pour voir dans le noir. Je décidai de me guider en fixant les taches blafardes qu'émettaient de rares tubes fluo sous-voltés, installés sur les murs en guise d'éclairage public. Un bruit assourdissant envahissait la ruelle. Les cabinets de dentistes non patentés, les ateliers de tisserands et de menuisiers, les épiceries-tripots où l'on jouait de l'argent au mah-jong [2], les fabriques de jouets et de boulettes de poisson laissaient leurs portes ouvertes. Le son des meuleuses, des scies électriques, des machines à vapeur résonnait dans la galerie. Au loin, des chiens aboyaient. Était-ce les cris des animaux que l'on battait à mort

2. Jeu de dominos chinois.

pour attendrir leur chair selon une coutume locale ? À Hong Kong, la consommation de viande canine était prohibée, mais j'avais lu dans la presse que des restaurants de chien subsistaient à l'intérieur de la Cité murée.

Mon pied buta contre quelque chose de mou. Je baissai les yeux et vis un chat crevé. Le petit cadavre gisait au milieu de la venelle. Des rats dévoraient ses tripes en couinant. Ils ne s'enfuirent pas devant moi. Je rassemblai mon courage et les enjambai.

Plus je progressais dans la Cité murée, plus le sol de la galerie était jonché de trognons de légumes, de bouts de papiers et de sacs plastiques déchirés. Des cafards gros comme des petites tortues fourmillaient dans ces détritus et couraient sur les murs suintants. Une boue verdâtre et filante commençait à coller à la semelle de mes chaussures. La venelle devenait une sorte d'égout, dans lequel des allées encore plus étroites et plus sombres déversaient des ruisseaux de fange. Je ne pouvais fuir nulle part. Je marchais au centre d'un cloaque où se retrouvaient les ordures des cinquante mille habitants de la Cité murée. Je mis un mouchoir sur ma bouche dans l'espoir de filtrer les odeurs de pourriture et d'excréments. Je me forçai à ne plus regarder par terre.

Je sentis des gouttes tomber sur mon crâne. Je levai les yeux. Des tuyaux d'eau et des faisceaux de câbles électriques serpentaient sur les murs. Des paquets d'ordures y pendouillaient. Sans doute les habitants vidaient-ils leurs poubelles par les fenêtres, quelques mètres plus haut dans les ténèbres de la termitière... Je savais que le gouvernement de Hong Kong ne fournissait ni eau ni électricité à la Cité murée. Ses canalisations couvertes de détritus étaient alimentées par des branchements pirates effectués à l'extérieur. L'eau et l'électricité étaient revendues plus cher aux habitants et aux entreprises de la Cité murée.

De grosses gouttes de sueur ruisselaient sur mon visage. J'étouffais dans cette chaleur d'étuve. Je pressai le pas et, enfin, quelques minutes plus tard, me retrouvai en nage dans un quartier commerçant de Hong Kong, un monde ordinaire. Je venais de traverser la Cité murée.

Cette fois, ce fut la lumière du soleil qui m'aveugla. Je savourai le picotement dans mes yeux, le plaisir de pouvoir être de nouveau ébloui, et je respirai à pleins poumons. J'étais en vie. J'étais heureux.

Les jours suivants, j'y retournai. Parcourant la cité en long et en large, je me familiarisai avec le décor. Ma peur et mon dégoût s'estompèrent. Je me sentis à l'aise pour sympathiser avec des habitants et réaliser des interviews. J'appris que la Cité murée était « gouvernée » par des triades [3] et par un comité d'action sociale du voisinage : le *Jiefang fuli shiye cujin weiyuanhui*, patronné par la Chine populaire. Il prétendait s'occuper de l'éclairage public et du nettoyage des venelles. À ma grande surprise, les bénévoles de ce comité, des sympathisants communistes, tenaient en outre le rôle de notaires. Ils enregistraient les transactions immobilières et délivraient des certificats de propriété. La société anarchique de la Cité murée reconnaissait le droit à la propriété individuelle.

Les véritables maîtres du lieu étaient les triades, c'est-à-dire les mafias chinoises. Deux gangs ennemis se partageaient la termitière : le *14 K* régnait sur la moitié ouest, le *Ging Yu* sur la moitié est. Sur leur territoire, chacun d'eux contrôlait le trafic de drogue, la prostitution, les salles de jeux, le racket des entreprises, les restaurants de viande de chien, les règlements de comptes…

Le *14 K* était un gang de dimension internationale, beaucoup plus connu que le *Ging Yu*. Le *14 K* était sans doute la triade la plus puissante du monde. Selon des estimations de police, elle comptait cent mille membres dispersés sur les cinq continents, dont soixante mille à Hong Kong.

Le *14 K* avait été fondé en 1947 à Canton par Kot Siuwong, un général de l'armée nationaliste du Guomindang, afin de combattre les communistes et de restaurer le pouvoir de Chiang Kaï-shek sur l'ensemble du continent chinois. Cette démarche s'inscrivait dans la tradition d'action politique de la Triade originelle du XVIIe siècle.

3. Les triades chinoises sont des organisations clandestines. Elles se réclament de la Triade originelle, une société secrète créée au XVIIe siècle en Chine pour renverser la dynastie mandchoue des Qing et rétablir le pouvoir des empereurs autochtones Ming d'ethnie han. De nos jours, les triades ne poursuivent plus d'objectifs politiques. Ces sociétés secrètes chinoises, dont les membres sont toujours unis par d'anciens rites d'initiation et par des serments de fraternité et d'obéissance, concentrent leur puissance dans des activités criminelles. Elles fonctionnent un peu à la manière des mafias italiennes, d'où leur surnom de « mafias chinoises ». Le mot européen « triade » fait référence au triangle qui sert de symbole aux sociétés secrètes chinoises. Celui-ci représente la relation existant entre la terre, le ciel et l'être humain. À propos de l'histoire des triades, lire le livre de référence de l'inspecteur de police britannique W. P. Morgan, *Triad Societies in Hong Kong*, publié par The Government Printer, à Hong Kong, en 1960 et en 1982.

En 1949, après la victoire finale de Mao Zedong, les membres du *14 K* se réfugièrent à Hong Kong et à Taiwan, où ils se livrèrent à des activités criminelles. Le *14 K* tirait son nom de l'adresse de son quartier général historique, au numéro 14 de la rue Po Wah, à Canton. La lettre *K* faisait référence au symbole – en anglais – de carat, désignant la pureté de l'or, le métal le plus précieux pour un Chinois.

En 1985, pour réaliser mon documentaire sur le monde hors-la-loi de la Cité murée, j'espère disposer d'un atout : la bénédiction de Jackie Pullinger, une missionnaire anglaise d'une quarantaine d'années. Je l'ai rencontrée l'an dernier, au cours de mon reportage pour *L'Écho des savanes*. Depuis dix-neuf ans, elle œuvre dans la Cité murée. Elle évangélise les gangsters et les prostituées. En les faisant prier, elle les aide à se sevrer de la drogue sans douleur. Sa méthode [4] consiste à remplacer la consommation d'opium et d'héroïne par la pratique de la religion, une autre drogue en quelque sorte.

Je sais comment sympathiser avec Jackie Pullinger : en me métamorphosant en protestant. J'expose mon projet à Christian Cascio, le cameraman d'une vingtaine d'années qui m'accompagne durant ce nouveau voyage à Hong Kong :

– Sans protection, nous ne réussirons pas à filmer dans la Cité murée. Je connais une missionnaire protestante qui y travaille. Elle s'appelle Jackie Pullinger. Elle parle couramment le dialecte cantonais. Les habitants et les chefs des triades la respectent. Je vais lui faire croire que je suis moi aussi un dévot protestant. Je vais lui raconter que Dieu m'a envoyé avec un cameraman afin de filmer les miracles de l'amour divin jusque dans la Cité murée. Je demanderai à cette missionnaire de nous aider auprès des membres des triades à remplir notre sainte mission de réaliser un documentaire chrétien.

Christian éclate de rire.

– Tu n'es pas sérieux ! s'exclame-t-il. Cette missionnaire ne gobera jamais ton baratin. Elle ne nous aidera pas. Au contraire, elle se méfiera de nous.

4. Lire à ce propos le livre de Jackie Pullinger, *La Cité interdite*, Lillebonne, Éd. Foi et Victoire, 1984.

– Tu as sans doute raison. Néanmoins, pour convaincre Jackie Pullinger de nous épauler, il n'y a qu'une solution : je dois me faire passer pour un fou de Jésus. Je veux essayer.

Christian me regarde d'un air inquiet. Nous nous entendons bien tous les deux. En dehors du travail, le goût de la bonne chère, du rock, de la drague, des voyages, des virées nocturnes… nous rapproche. Christian semble ne pas me reconnaître.

– Marc, tu ne crois pas en Dieu. Seras-tu capable de débiter des bondieuseries devant cette missionnaire ? Tu ne paraîtras pas sincère.

– C'est un risque à courir.

– Comme tu veux, soupire Christian. Après tout, c'est toi le réalisateur, tu peux agir comme tu le sens. Mais ne compte pas sur moi pour prier devant la missionnaire.

– Ne t'inquiète pas. C'est *mon* film que nous allons tourner, n'est-ce pas ? Il suffira que moi seul prétende avoir entendu un appel de Dieu. Je dirai à la missionnaire que tu ne m'accompagnes qu'en tant que technicien. Tu te contenteras de tenir la caméra.

Dès notre arrivée à Hong Kong, nous rendons visite à Jackie Pullinger dans un foyer pour toxicomanes qu'elle a installé dans le quartier de Mongkok, à plusieurs kilomètres de la Cité murée et de la tentation d'y commettre des péchés. Jackie est une blonde athlétique. Elle porte aujourd'hui une longue jupe marron et un tee-shirt trop ample qui dissimule la forme de ses seins. Rien moins qu'érotique… Jackie n'a pas changé. Soutenir son regard m'indispose toujours autant. Elle ne sait pas parler aux gens sans les fixer droit dans les yeux. Et ses yeux à elle ressemblent à deux billes lumineuses. J'ai l'impression qu'ils perçoivent des choses invisibles pour le commun des êtres humains. Je me demande s'ils peuvent voir à l'intérieur de mon cerveau et y lire mes pensées. Je l'avoue, Jackie me fait un peu peur. Son regard fait songer à celui d'un schizophrène, à celui de quelqu'un qui vit dans ses fantasmes. Peut-être est-ce le cas ? Peut-être souffre-t-elle d'hallucinations religieuses ? Un article paru le 25 mars 1980 dans le très sérieux quotidien américain *Wall Street Journal* la surnommait : « l'Ange de la Cité murée ». Non, Jackie n'est pas une folle mais une sainte ou un ange, sans doute, et je n'ai pas l'habitude d'en rencontrer.

Elle se souvient de notre rencontre, il y a un an. Pour me saluer, elle m'embrasse en me gratifiant d'un « Que Dieu te bénisse, je suis si heureuse de te revoir ». Je lui retourne la bénédiction et lui demande par politesse des nouvelles de son travail d'évangélisation dans la Cité murée, puis je me résous à lui avouer le motif de mon retour à Hong Kong :

– Jackie, l'année dernière, j'ai été très impressionné par l'œuvre que tu accomplissais dans la Cité murée. J'ai pris conscience du pouvoir absolu de Dieu. En rentrant à Paris, j'ai voulu prier avec des gens qui partageaient ta conception généreuse et ouverte de la foi chrétienne. J'ai commencé à fréquenter un temple protestant.

– Comment s'appelle-t-il ? dit Jackie.

Je lui donne le nom d'un temple évangélique que j'ai repéré d'avance. Il est situé rue Turgot, dans le IXe arrondissement. Jackie hoche la tête sans me quitter des yeux. Je me force à soutenir son regard lumineux d'extraterrestre. Je crains d'être démasqué au milieu de tous mes mensonges. Christian se tient en retrait sans mot dire. Je poursuis avec calme :

– Jackie, c'est incroyable, il y a quelques mois, j'ai entendu le Saint-Esprit me suggérer de réaliser un film à propos de la Cité murée. Il me répétait que Dieu aimait tous les hommes sur la terre, y compris ceux qui vivent dans les ténèbres de la Cité murée. Le Saint-Esprit désirait que je témoigne, par le son et l'image, des miracles que représente la conversion des gangsters, des prostituées et des drogués les plus endurcis du monde. J'avais envie de faire ce film, mais je ne savais pas où trouver l'argent nécessaire. Eh bien, deux semaines plus tard, un producteur français m'a contacté. Il avait lu le reportage que j'avais publié dans un magazine l'automne dernier à propos de la Cité murée. Il m'a proposé de financer un documentaire sur le même sujet en me laissant carte blanche pour écrire le scénario. Cela prouvait que Dieu tenait à ce que je réalise ce film. Il m'en donnait les moyens.

Jackie sourit d'un air béat, presque niais. Elle ne me considère pas comme un imposteur. Bien plus, mon histoire la fascine. Je la connais assez, j'ai lu son livre, et je sais qu'elle croit dur comme fer que des hommes sains d'esprit peuvent entendre des voix divines. Elle-même répète qu'elle communique plusieurs fois par jour avec Dieu, le Saint-Esprit et consorts. Devant Jackie, je me sens à l'aise dans mon rôle de fou de Dieu. Je reprends d'un ton grave :

– J'ai tout de suite pensé à toi, Jackie, et à ta mission... Dieu désire que je filme ton travail pour prouver au monde entier ce dont son amour est capable. Je dois filmer les gangsters et les prostituées de la Cité murée que tu as sauvés du péché grâce au message de la Bible. Je pense qu'il sera également utile de tourner quelques séquences auprès de criminels qui ne se sont pas encore convertis. Je veux montrer à quoi ressemble l'enfer de la Cité murée. Réussir à s'en échapper constitue un vrai miracle.

– Ton projet est fantastique. Que Dieu te bénisse dans ce travail ! Comment puis-je t'aider ? demande Jackie.

– J'ai besoin de filmer dans la Cité avec une grosse caméra professionnelle. Peux-tu intervenir en ma faveur auprès des membres des triades ? Peux-tu obtenir l'autorisation qu'ils me laissent filmer des drogués ? Et puis, je souhaite réaliser une séquence à l'intérieur d'un bordel. Est-ce possible ?

Jackie me dévisage en fronçant les sourcils, comme si je commençais à la choquer. Je m'empresse d'ajouter :

– C'est Dieu qui m'a procuré l'argent pour tourner ce documentaire. S'il me dicte de filmer dans des bordels, je dois lui obéir. Dieu est mon seul guide.

J'ai de la peine à croire que mes lèvres ont prononcé ces paroles délirantes. Je me suis laissé emporter par mon rôle de protestant. Suis-je crédible ? Jackie me serre dans ses bras. Je me laisse faire, je suis inquiet. Elle dit en souriant :

– Que Dieu te bénisse ! Ce que tu me demandes est difficile à organiser. Les triades contrôlent la Cité murée, en toute impunité, et je suis certaine qu'elles se moquent de la motivation religieuse de ton film. Je vais parler à Bibi, un de mes assistants chinois. Il t'aidera. Il a été membre du gang *Ging Yu*. Je lui dirai de prendre contact avec ses anciens camarades... Ils exigeront peut-être que tu les paies avant de te permettre de filmer des drogués et des prostituées. Qu'en penses-tu ?

J'hésite avant de répondre. Suis-je naïf ou trop novice dans le métier de journaliste ? Acheter une interview ou une séance de prises de vue me gêne. Cela fausserait le jeu en créant une relation d'argent entre le reporter et son sujet. Cela pourrait revenir à mettre en scène la réalité, en prenant le risque d'en déformer certains aspects. Je n'ai jamais payé pour mener à bien un reportage. Je me sens vierge, un peu désorienté. Que faire ? Dans l'immédiat, je dois étouffer mes scrupules. Je dis à Jackie :

– Je suis prêt à payer. L'argent de la production de ce film ne m'appartient pas. C'est l'argent de Dieu. S'Il veut que je le donne à des criminels, je me plie à Sa volonté.

– D'accord, nous en rediscuterons... À présent, je dois aller à la rencontre de clochards qui vivent près de l'aéroport de Hong Kong. Je leur parlerai de la vie de Jésus. Veux-tu m'accompagner ? Ton cameraman pourra nous filmer en train de prier. Viens-tu ?

Ai-je le choix si je veux continuer d'illusionner Jackie ? J'accepte son invitation en me forçant à sourire.

J'ai gagné la confiance de Jackie. Je suis soulagé de savoir que je réussirai à réaliser toutes les séquences de mon documentaire. Néanmoins, je dois tenir mon rôle de dévot jusqu'à la fin du tournage. La perspective de prier me déprime. Je ne crois en aucune puissance surnaturelle, ni en Dieu ni en Jésus ni en Bouddha... Prier me semble un pur gaspillage d'énergie, presque une folie.

Sous une bretelle d'autoroute qui contourne l'aéroport, Jackie et moi sacrifions donc un après-midi ensoleillé à parler de la sainte Bible avec trois clochards. Nous sommes tous assis sur un matelas éventré. Je me demande si nous ne cassons pas les pieds à ces sans-logis avec les aventures de Jésus. Ils sont polis. Ils sont sans doute intimidés par le fait que nous, des Blancs, nous daignons nous intéresser à eux, et ils ne nous chassent pas. Ils nous laissent les baratiner et les bénir. Et puis, voici le moment d'imposer les mains sur la tête de chacun de ces Chinois, de leur faire espérer que, Jackie et moi, nous sommes des magiciens qui invoquent le Saint-Esprit pour guérir leurs maladies et les sortir de la misère. Christian tourne autour de nous avec sa caméra. D'un air moqueur, il me lance un clin d'œil. Le faux frère ! Il s'amuse à me filmer en train de lancer des bénédictions. Il trouve que je joue mon rôle de dévot avec conviction.

Le plus étonnant, c'est que, lorsque nous quittons les clochards, ils nous remercient de notre visite, comme si le Saint-Esprit était descendu en eux et les avait soulagés d'une manière ou d'une autre. Ensuite, nous filons à deux pas, dans la Cité murée. Jackie doit diriger une réunion de prière dans un petit local qu'elle loue au cœur de la termitière. Une vingtaine de gangsters et de prostituées nous y attendent en quête d'une rédemption et d'une nouvelle existence guidée par le christianisme.

Jackie n'est pas un pasteur ordinaire. Elle ne donne pas d'ordre, elle ne prononce pas de sermon. Elle demande à chacun de chanter, puis de prier avec son cœur et ses propres mots, pour qui bon lui semble. Des petits groupes se forment dans notre assemblée et, sur les conseils de Jackie, me voici à nouveau en train d'imposer les mains sur le crâne d'un Chinois. Cet adolescent appartient au gang *14 K*. Il souhaite arrêter de se droguer. Il espère que je parviendrai à le délivrer du démon de l'héroïne en insufflant en lui le Saint-Esprit grâce à mes prétendus pouvoirs mystiques. La technique d'imposition des mains s'apprend vite : il suffit de promener mes doigts tendus au-dessus de la chevelure de l'homme que je bénis. Toucher le crâne créerait un contact physique ambigu. Je ne cherche pas à montrer de tendresse, j'essaie d'invoquer les forces divines, et prie pour le jeune gangster à voix haute. Je dis des *Notre père qui êtes aux cieux* et des litanies : « Jésus t'aime, Jésus te sauvera, Jésus est mort pour toi, Alléluia... » Je me répète, je m'embrouille. Peu importe, personne ne comprend le français dans la salle, mis à part Christian. Celui-ci filme la réunion et me fait des clins d'œil pour signaler que tout se passe bien.

Je pourrais prier en albanais, en latin ou répéter à l'infini un même mot, personne ne s'en soucierait. Jackie est une adepte du « parler en langues ». Cette technique de prière consiste à dire tout ce qui vous traverse l'esprit, vraiment tout et sans réfléchir. Devant moi, cinq ou six personnes parlent en langues. Elles sourient en fermant les yeux et lancent des suites incohérentes de syllabes en créant un brouhaha inquiétant dans le local. Je crois distinguer les sons suivants :

– Ah kala pi touma... sec sou to .... to to la sou sou gola...

Selon Jackie, ce n'est pas du cantonais mais un langage divin, inspiré par le Saint-Esprit à ceux qui prient avec ferveur. Elle encourage ses recrues à user sans modération de ce don du ciel afin d'entrer en communication avec Dieu. Certains dévots réussissent, *a posteriori*, à interpréter les phrases incompréhensibles du parler en langues.

Un peu plus tard, au cours de la réunion, une prostituée d'une vingtaine d'années racontera devant l'assistance qu'elle a compris ce que Jackie scandait en lui imposant les mains : elle évoquait un homme, européen, vêtu d'une tunique blanche éblouissante. Il était beau. Il invitait la prostituée à monter avec lui au sommet d'une montagne. Il lui répétait qu'il l'aimait et désirait sauver son âme.

– Jésus t'a parlé, dit Jackie. Il veut que tu le suives, que tu renonces à vivre dans la Cité murée.

Revenons au jeune gangster pour lequel je suis en train de prier. Je le bénis pendant une dizaine de minutes. Ensuite, je m'occupe d'une prostituée aux dents cassées, puis d'une mère maquerelle, puis d'un vieux toxicomane qui dirige un tripot. Mes « clients » appartiennent tous aux redoutables triades – *14 K* ou *Ging Yu* – et ils me tendent leurs crânes pour que j'y impose les mains. Leurs visages s'illuminent quand ils m'entendent prier. Par moments, je me sens sur le point de pouffer de rire tant la naïveté de ces délinquants endurcis me met mal à l'aise. Pensent-ils que je possède des pouvoirs surnaturels ? Sont-ils si désespérés, si décidés à changer de vie, qu'ils sont prêts à croire en n'importe quoi ? J'étouffe mon rire en retenant mon souffle, puis je me force à respirer profondément. Je conserve mon sang-froid. Je reprends mes invocations de Jésus et du Saint-Esprit. Je pense au film que Christian et moi sommes en train de réaliser. Tout marche au poil.

À la fin de la réunion, Jackie m'appelle à l'écart pour me présenter à un Chinois qui vient d'entrer dans la salle. Il a mon âge. Il porte un tee-shirt, des jeans et des chaussures de tennis. En bref, il pourrait avoir l'allure d'un jeune homme à la mode... s'il n'était à moitié chauve. Il a l'air d'un jeune vieillard, comme si, à vingt-cinq ans, il avait déjà traversé de nombreuses épreuves, comme s'il était usé par la vie à l'intérieur de la Cité murée. Jackie s'entretient avec lui à voix basse. Elle lui expose sans doute la motivation divine de mon documentaire, car ils me regardent tous les deux en souriant.

– Voici Bibi ! me dit Jackie. Je t'ai déjà parlé de lui. Il accepte de t'aider à obtenir une autorisation de tournage dans un bordel. Il te protégera. Et puis, si tu veux filmer des gens en train de se droguer dans la Cité murée, Bibi essaiera d'arranger cela.

Nous nous serrons la main. Bibi parle anglais. D'une voix grave, il m'explique qu'il a quitté le gang *Ging Yu* pour se convertir au christianisme. Il ne se drogue plus, il ne rackette plus les commerçants de la Cité murée, il ne vole plus, il ne couche plus avec des prostituées, il ne règle plus ses comptes au couteau. Il prie et travaille avec Jackie. Il essaie de convaincre ses anciens camarades du gang *Ging Yu* de renoncer au péché. Il épaule ceux qui tentent de changer de vie en suivant les enseignements de la Bible. Il les encadre dans les foyers pour nouveaux convertis que Jackie a créés à l'extérieur de la Cité murée. Bibi a vécu deux existences : celle d'un gangster et celle d'un missionnaire. Et il n'a plus beaucoup de cheveux.

Bibi promet de parler de mon documentaire à plusieurs responsables de la triade *Ging Yu*. Bibi doute qu'ils me laissent filmer dans un de leurs bordels. Il me communiquera leur réponse dans quelques jours. Je le remercie. Je patienterai. Je n'ai rien à perdre en faisant confiance à Bibi et à Jackie.

Je viens de décrire les activités religieuses de Jackie et j'ai l'impression que mon récit manque d'objectivité. Je me sens un peu coupable. Jackie m'aide du mieux qu'elle peut, et je ricane d'elle. C'est plus fort que moi.

Comment pourrais-je être objectif ? Je ne crois pas en Dieu. Je suis ce que je suis. Je décris le monde tel que je le vois. Pourquoi un journaliste serait-il condamné à l'objectivité ? Au contraire, s'il ne veut pas se mentir à lui-même ni déformer la réalité de ce qu'il vit, il a le droit à la subjectivité. Un reporter ne peut pas rester neutre. S'il prétendait y parvenir, je l'accuserais de manquer de cœur ou d'être un truqueur. D'avance, je m'excuse auprès de Jackie si je la tourne en ridicule, mais je ne renie pas une ligne de ce que j'ai écrit. J'espère que, dans sa bonté, elle me pardonnera. Que Dieu, s'Il existe, la bénisse…

Quelques jours s'écoulent sans que je reçoive de nouvelles de Bibi. En attendant qu'il nous contacte, Christian et moi travaillons à l'intérieur de la Cité murée en compagnie d'un interprète chinois que nous avons engagé à Hong Kong. Nous tournons de nombreux plans montrant l'architecture anarchique de la termitière, nous filmons des joueurs de mah-jong dans un tripot, nous interviewons le directeur du *Jiefang fuli shiye cujin weiyuanhui*[5], ce comité d'action sociale qui remplit les fonctions d'une étude de notaire. Sans dissimuler notre caméra, nous pénétrons dans des fabriques de jouets, où des enfants et des femmes transpirent devant des machines bruyantes qui moulent des bras de poupées et des pneus de modèles réduits d'automobiles. Les patrons nous expliquent qu'ils se sont installés dans la Cité murée pour échapper à la législation hongkongaise sur le travail. Ici, ils n'ont pas besoin de cacher les enfants qu'ils emploient, et ils sous-paient leur main-d'œuvre en toute impunité. Ils dirigent leurs entreprises en véritables esclavagistes. Certes, ils versent une redevance aux triades, mais ce racket leur coûte moins cher que les taxes et les patentes qu'ils devraient acquitter partout ailleurs dans le monde.

Nous nous glissons à l'intérieur d'un minuscule atelier où sont fabriquées de fausses montres suisses Tissot et Rado. Elles seront revendues à Hong Kong, en Europe et en Amérique. Assis devant des établis, un homme, une femme et leurs deux enfants assemblent comme à la chaîne ces contrefaçons. Ils effectuent des gestes minutieux et automatiques. Ils utilisent de petits outils d'horlogerie et s'usent les yeux en famille. Ils ne nous chassent pas, ils sont trop préoccupés par leur rendement. Ils nous laissent filmer leur activité de faussaires comme s'ils n'avaient rien à craindre. Dans la Cité murée, ils n'enfreignent aucune loi.

Mon film prend forme. Christian et moi sommes assez satisfaits. Parfois, quelqu'un nous interpelle d'un air menaçant : « Vous n'avez pas le droit de filmer dans la Cité murée. Foutez le camp ! » Nous répondons que nous travaillons avec Jackie Pullinger, et l'inconnu nous laisse tranquilles. Jackie est notre ange gardien. Sans la protection que procure le simple fait de prononcer son nom, nous aurions sans doute été plus d'une fois roués de coups et chassés de la Cité murée.

Chaque soir, je joue mon rôle de dévot chrétien. Je rejoins Jackie dans son local et je bénis des hors-la-loi. Cela devient une routine. Je ne me sens plus ridicule en imposant les mains. Christian, lui aussi, s'est habitué à ma métamorphose. Il ne ricane plus de moi.

5. Cf. p. 135.

Un matin, Bibi vient nous chercher à notre hôtel. Ses anciens camarades de la triade *Ging Yu* nous autorisent à filmer les séquences fortes de mon documentaire, celles qui traitent de la drogue et de la prostitution. Pour faire entrer notre caméra dans un bordel, nous devrons payer 1 000 Hong Kong dollars (environ 1 000 francs) à un souteneur. D'accord. Je confie cette somme à Bibi, et nous nous rendons tous ensemble dans la Cité murée.

Bibi commence par nous faire rencontrer un de ses anciens compagnons de défonce. Ce Chinois, âgé d'une trentaine d'années, est vêtu d'un polo sale, son teint est cireux. Il se drogue depuis l'adolescence et refuse d'être sevré par Jackie Pullinger. Il ne veut pas se convertir au christianisme. Il reste accroupi dans une galerie de moins d'un mètre de large, la tête appuyée contre un mur ruisselant d'humidité. Il passe ses journées à cet endroit. Des gens circulent devant lui et ne lui prêtent aucune attention. Le connaissent-ils ? Le considèrent-ils comme un homme normal, c'est-à-dire à sa place dans cet enfer ?

Bibi nous traduit ce qu'il dit en cantonais à son ami. Il lui explique que le grand frère – le patron – de la triade *Ging Yu* désire que nous le filmions en train de *chasser le dragon*, expression qui désigne la manière la plus populaire de se droguer dans la Cité murée. Selon Bibi, son ami excelle dans la *chasse au dragon*, le seul plaisir qui lui donne encore envie de rester en vie.

Le toxicomane ne proteste pas. Il semble fatigué de tout. Il reste immobile pendant quelques minutes et nous attendons en silence.

Bibi finit par lui dire en nous désignant, Christian et moi :

– Veux-tu montrer à ces journalistes étrangers comment tu *chasses le dragon* ? Tu es un expert.

L'homme hausse les épaules.

– Vas-y, montre-nous ! insiste Bibi. As-tu ce qu'il faut ?

L'homme redresse la tête, soupire, se frotte les cuisses et sort tout un attirail de la pochette de son polo : un tortillon de papier hygiénique, un briquet, un bout de feuille d'aluminium d'une dizaine de centimètres de long, le fourreau d'une petite boîte d'allumettes et un sachet d'héroïne. Il dépose quelques grammes de la poudre blanche sur la feuille d'alu et insère le fourreau de boîte d'allumettes entre ses lèvres. Il ne s'inquiète pas de la présence de notre caméra. Avec le briquet, il met le feu au tortillon de papier hygiénique, puis, de sa main gauche, place la feuille d'alu sous sa bouche. Tenant dans sa main droite le tortillon enflammé, il chauffe par-dessous la feuille d'alu. Très vite, les cristaux de drogue se liquéfient en brunissant. Ils se caramélisent et dégagent des vapeurs que le toxicomane pourchasse et aspire à l'aide du fourreau de boîte d'allumettes coincé dans sa bouche. Voilà ce que les habitants de la Cité murée appellent *chasser le dragon*.

La scène se déroule sous le regard indifférent des passants qui vont et viennent dans la galerie. Par l'intermédiaire de Bibi, Christian demande au toxicomane de recommencer à se droguer afin de pouvoir le filmer sous plusieurs angles. Les prises de vues durent une demi-heure. Je m'impatiente. Et s'il venait à se sentir mal ? Et si quelqu'un finissait par surgir dans la galerie en nous ordonnant de déguerpir, en nous jetant des pierres ? Je m'inquiète. Je ne pense qu'à fuir cet endroit.

Christian vient de couper le moteur de sa caméra. Je remercie le toxicomane pour sa démonstration. Il se lève sans me regarder, s'appuie contre un mur, ne me répond pas. Il semble *parti* sous l'effet des vapeurs d'héroïne. Pouvons-nous le laisser seul dans cet état ? Je me souviens que je suis censé jouer le rôle d'un chrétien devant Bibi. Je lance en anglais au toxicomane :

– Que Dieu te bénisse ! Jésus t'aime !

Et je le laisse planer en paix. Je propose à Bibi et à Christian de nous en aller.

Quelques centaines de mètres plus loin dans le labyrinthe des galeries, Bibi nous présente à un proxénète du gang *Ging Yu*. Celui-ci accepte de nous faire visiter un de ses bordels, installé dans un appartement de deux chambres, dans les hauteurs de l'immense bloc d'immeubles qui constitue la termitière de la Cité murée. Pour y accéder, il faut emprunter un escalier jonché d'ordures. Une telle saleté ne me surprend plus maintenant, même devant la porte d'un lieu de plaisir. Elle ne repousse pas les clients qui montent s'offrir un moment d'amour. Ils sont trop habitués à la crasse et à la pourriture. D'ailleurs, il est intéressant d'adopter leur point de vue : ce ne sont pas les marches de l'escalier qu'ils viennent caresser ! Je suppose qu'ils ne s'intéressent qu'aux filles sur lesquelles ils vont s'allonger. Mais peut-être pas... Dans l'entrée du bordel, placé bien en vue sur une étagère, un autel miniature permet aux clients et aux prostituées de faire une prière et quelques offrandes à leurs ancêtres, au Bouddha et à diverses divinités chinoises. Des bâtons d'encens brûlent sur l'autel, des bananes y sont déposées. C'est donc que les personnes qui vont et viennent ici vénèrent des dieux ; ils ne pensent pas qu'au sexe.

Moi, ce qui m'étonne, c'est la propreté du proxénète. Il ne ressemble à aucun des autres habitants de la Cité murée que j'ai rencontrés. Il ne sent ni la transpiration, ni l'odeur de poubelles caractéristique des lieux. Il est parfumé à l'eau de Cologne, ses cheveux sont mis en plis, il porte une chemise Lacoste et un pantalon blancs et sans une tache, rien d'extravagant en fait. Son vrai luxe consiste à réussir à ne pas se salir en vivant ici.

Le proxénète a à peu près mon âge – peut-être quelques années de plus – et des petites balafres sur le visage. Cicatrices de coups de couteau ? Vivantes décorations témoignant de batailles livrées contre des triades rivales… Dans ce bordel-là, il emploie deux femmes. Elles sont vêtues de pyjamas à fleurs, semblables à ceux qu'aiment porter les grand-mères chinoises.

Mais, justement, ces prostituées sont peut-être des grand-mères. Elles sont bedonnantes, et de profondes rides vieillissent leurs visages. Je ne parviens pas à deviner leur âge. Elles ne sont pas de la première fraîcheur et semblent si *usées* qu'elles pourraient au mieux passer pour les tantes du proxénète. Ces malheureuses sont les prostituées les plus laides que j'aie jamais vues en Asie.

Pour l'heure, elles n'ont pas de client. Le proxénète leur demande de nous faire visiter leurs chambres. Je devrais plutôt écrire : « leurs cagibis », car chacune de ces pièces mesure moins de quatre mètres carrés. Un lit, une table et un petit ventilateur les meublent. C'est tout. Le proxénète ordonne à une des femmes de s'étendre sur le lit et de s'y laisser filmer. Elle n'obéit pas. Il insiste d'une voix douce, mais ferme :

– Laisse-toi filmer… N'aie pas peur… Tu me connais, n'est-ce pas ? Tu sais que je n'ai jamais fait de mal à qui que ce soit. Je ne fais que du bien. C'est connu. Fais-moi confiance !

La prostituée lui sourit. Elle s'allonge sur le lit en rougissant. A-t-elle honte d'être filmée par des journalistes ?

Le proxénète me propose de faire l'amour à cette vieille femme.

Je refuse poliment, je ne désire vexer personne. Je dois continuer à jouer mon rôle de dévot devant Bibi, mais je ne le regrette pas. Tout cela me dégoûte.

Tandis que Christian se promène dans le petit appartement et filme ce qu'il veut, le proxénète m'offre des litchis. Nous bavardons debout, sur un ton amical, mais je ne parviens pas à me détendre. Mes yeux ne peuvent quitter les deux femmes. Comme elles sont laides et soumises ! Je suis gêné, je perds le fil de mes pensées et oublie de poser à mon interlocuteur la moitié des questions que j'avais prévues. J'apprends tout de même qu'une passe coûte 50 Hong Kong dollars (50 francs). Pour ce tarif de misère, chaque prostituée couche avec une dizaine de clients par jour. Un tel rythme est-il normal dans un bordel asiatique de dernière classe ? Est-ce douloureux d'avoir autant de rapports sexuels ? Je l'ignore, je ne suis ni une femme ni un spécialiste de la prostitution, et je n'ose pas me renseigner auprès des prostituées et de leur souteneur.

Pour les remercier de nous avoir accueillis, je leur lance, fidèle à mon image :

– Que Dieu vous bénisse ! Jésus vous aime !

Et je sors avec Christian et Bibi.

Nous nous promenons dans les galeries de la Cité murée. Je n'arrive pas à chasser de mon esprit les deux prostituées que nous venons de laisser. Pour l'équivalent de 50 francs, ces grand-mères acceptent de livrer leur corps à des inconnus. Se prostitueront-elles jusqu'à leur mort ?

50 francs la passe.

Eh bien, pour certains hommes de la Cité murée, c'est encore trop cher payé, car ils peuvent – ou préfèrent – assouvir leurs besoins sexuels en se passant de femme. Et ce n'est pas de masturbation ni d'homosexualité qu'il s'agit... À quelques centaines de mètres du bordel, en regardant par hasard à travers la lucarne d'un petit atelier installé dans une cave, nous apercevons un vieux Chinois en train de s'accoupler avec un chien. Accroupi entre deux métiers à tisser, l'homme a relevé la queue de l'animal et il le prend par-derrière. Ils semblent y trouver tous deux un égal plaisir. Bibi rougit. Christian et moi blêmissons d'horreur. Sans nous faire voir, nous filmons tout de même ce coït. Nous enregistrons la preuve que nous ne sommes pas en train de délirer ou de faire un cauchemar.

Consterné, ne sachant plus du tout ce qui est normal et ce qui ne l'est pas, j'ai besoin de prendre les choses à la rigolade. Des pensées d'une obscénité inouïe fusent dans mon esprit. Je m'entends les murmurer à Christian.

J'ai besoin de tourner la situation en dérision. Cela me soulage un instant. Alors, je peux réfléchir. Je m'interroge. En ce moment, dans l'enfer de la Cité murée, d'autres hommes s'accouplent-ils avec des animaux ? Combien sont-ils en train de faire l'amour ainsi ?

Faire l'amour… Cette expression garde-t-elle un sens ?

POSTFACE

Je me suis glissé dans la peau d'un protestant en 1985, il y a une quinzaine d'années, déjà ! Je ne pourrai jamais retourner sur les lieux de cette métamorphose. Aujourd'hui, la Cité murée n'existe plus.

Les travaux de démolition de cette termitière ont été achevés en 1994, sous l'administration coloniale des Britanniques et avec l'accord du gouvernement de Pékin, trois ans avant la rétrocession de Hong Kong à la Chine – la rétrocession en douceur d'un territoire riche et « propre », sans aucune verrue. Sur le terrain vague de l'ancienne Cité murée, un parc a été construit. Un joli parc, avec des pagodes, des bassins et des arbres. Chaque week-end, des enfants y jouent, des amoureux s'y promènent..

IV

1985

Dans la peau d'un Chinois

Makitt, capitale du haschisch

Mes aventures dans la peau d'un Chinois sont peut-être celles qui sont les plus connues du public. Toutefois, le récit qui suit n'est pas un résumé ni une compilation d'extraits de mon livre Dans la peau d'un Chinois[1]. *Il est inédit et retrace par le menu ma toute première métamorphose en Chinois, ma vie quotidienne dans cette nouvelle peau et mes relations avec le paysan ouïgour qui m'hébergea. Un tel témoignage « ethnologique » n'avait pas sa place dans mon livre* Dans la peau d'un Chinois. *J'écrirai ici quelques lignes pour m'expliquer…*

À l'époque de la publication de Dans la peau d'un Chinois, *un an avant les événements de Tienanmen du printemps 1989, la Chine était considérée par l'opinion occidentale comme un pays situé sur une autre planète, où les habitants, les Chinois, ne pensaient pas comme les autres êtres humains et n'avaient pas non plus les mêmes besoins ni les mêmes désirs, notamment en matière de liberté et de droits de l'homme. Avant le 4 juin 1989, Deng Xiaoping, l'architecte de l'ouverture de la Chine, était également perçu à tort comme une sorte de communiste libéral, presque un démocrate.*

Que de bêtises et de contrevérités ont été assenées à propos de la Chine !

Mes métamorphoses en Chinois m'ont permis de voir – ou plutôt de vivre – la Chine de l'intérieur. Je me suis plongé dans le bain, et la Chine n'a plus été un pays exotique pour moi. Ainsi, je me suis « sinisé ». Dans mon ouvrage Dans la peau d'un Chinois, *je*

1. Publié en 1988, à Paris, par les Éd. Bernard Barrault.

n'ai guère raconté mon évolution psychologique personnelle, car celle-ci me semblait un peu inutile, voire hors sujet. Pour réussir à brosser un tableau simple et honnête de la Chine contemporaine, je ne voulais pas davantage me perdre dans des digressions idéologiques, économiques et psychologiques. Il me semblait nécessaire de ne parler que de la Chine « à l'état brut », pour montrer son vrai visage, et je préférais me consacrer en toute humilité à rapporter les informations sociales que j'avais recueillies depuis 1981, que ce fût dans la peau d'un Français ou ensuite dans celle d'un Chinois. Il était avant tout urgent d'essayer de balayer les images d'Épinal qui obnubilaient l'Occident à propos de la Chine.

Dans mon livre Dans la peau d'un Chinois, *je me contentais donc d'aller à l'essentiel, c'est-à-dire aux faits marquants, en désirant prouver ce qui me tenait le plus à cœur : les Chinois étaient des hommes comme les autres, et non des extraterrestres. Ils avaient par exemple les mêmes rêves et les mêmes vices. Ainsi, je révélais qu'il existait en Chine des prostituées et des drogués, ce qui me semblait normal après tout dans une société humaine. J'abordais les thèmes de la corruption, de la famille, des vacances, des stars de cinéma et de rock, de la presse, des dissidents, de la cruauté du système judiciaire, du nationalisme, du pouvoir autocratique de Deng Xiaoping... En réalité, tous ces sujets ne contenaient aucune information sensationnelle, et ils n'auraient étonné personne si seulement l'Occident avait regardé la Chine comme une dictature ordinaire. De même, le massacre du 4 juin 1989 n'aurait jamais dû provoquer un tel choc dans les esprits occidentaux, car il était prévisible et même cohérent avec le style de dictature post-maoïste de l'ère des « Quatre Modernisations ». Celle-ci refusait depuis déjà plus de dix ans, à l'époque, de mettre en place une cinquième modernisation constituée par la démocratie. Elle instaurait chaque année de nouvelles campagnes de répressions et de nouvelles lois liberticides*[2].

Je dois le reconnaître : je fus surpris par l'intérêt que suscita mon livre Dans la peau d'un Chinois *auprès des médias et du public français. Je ne m'attendais pas à avoir écrit un « best-seller ».*

2. Notamment la révision de la Constitution en 1982, supprimant le droit de grève et celui d'afficher des *dazibaos* (cf. p. 99 à propos de ces journaux muraux, un moyen d'expression qui n'était pas contrôlé par l'État).

À présent, dans le cadre de ce recueil de métamorphoses, le moment est venu de publier le récit détaillé de ma première expérience dans la peau d'un Chinois – en Ouïgour –, au cours de l'automne 1985. En 1986 et 1987, je m'étais à nouveau et beaucoup plus longuement travesti en Chinois – en Kazakh cette fois et en utilisant une fausse pièce d'identité. Néanmoins, la première métamorphose de 1985 fut celle qui me marqua le plus. Elle correspondit à mon apprentissage de la sinité et à ma découverte des véritables et misérables conditions de vie des Chinois. Et puis, elle amorça un virage dans ma carrière de journaliste-caméléon. Au début de cette aventure, je m'étais déguisé en Chinois afin de pouvoir aller enquêter sur la production du haschisch dans une région interdite aux étrangers. Ensuite, au fil des jours, en vivant dans ma nouvelle peau chinoise, je compris que ma métamorphose pouvait constituer en elle-même un sujet de reportage, sans doute plus « fort » que celui de la filière chinoise de la drogue sur lequel je travaillais pour le compte de l'hebdomadaire VSD. *Ce sujet dans le sujet pouvait se résumer ainsi : comment se sentait-on dans la peau d'un Chinois ? Je réalisai que* se glisser dans la peau d'un autre *n'était pas seulement une technique pour réaliser des reportages difficiles.* Se glisser dans la peau d'un autre *constituait déjà un formidable sujet en soi. Cette conviction ne me quitta plus par la suite dans le choix et la réalisation de nouvelles enquêtes.*

Voilà pourquoi, aujourd'hui, je choisis de faire publier le récit détaillé de cette toute première métamorphose en Chinois.

*

Je vous écris du Far West chinois, et c'est le trou du cul du monde. Je me trouve à plus de quatre mille kilomètres de Pékin, à Kashgar, une vieille ville de la province du Xinjiang. Depuis 1949, sous la dictature des communistes, la Chine est redevenue un empire ; et ses colonies sont le Tibet, la Mongolie-Extérieure et le Xinjiang. Le Xinjiang, c'est-à-dire « les Nouvelles Frontières » en français, correspond à ce que certains géographes occidentaux nomment le Turkestan chinois. Grand comme trois fois la France, ce désert est peuplé en majorité d'« hommes blancs » qui parlent des langues turques. Originaires de Pékin, de Shanghai, de Xian et de tous les districts de l'Est et du Centre de la Chine, les Hans, les Chinois « jaunes », ne sont que des colons dans les oasis du Xinjiang. Avec le soutien du gouvernement, ils arrivent chaque année par dizaines et dizaines de milliers. Ils apportent avec eux la civilisation socialiste et les technologies modernes. Ils construisent des casernes, des HLM, des routes, des aéroports et des hôpitaux, ils ouvrent des commerces, ils forent des puits de pétrole, ils pratiquent des essais nucléaires...

J'ai lu dans un livre de propagande chinoise que le Xinjiang était la région du monde la plus éloignée de la mer. Moi, en tout cas, je sais que Kashgar, cette cité située à mi-chemin entre l'Asie et l'Europe sur l'ancienne route de la soie, est le trou du cul du monde. Parfaitement. Kashgar est au monde ce que le trou du cul est à l'homme : à la fois le centre et l'extrémité.

Imaginez que la Terre ait la forme d'un entonnoir. Les cinq continents en constitueraient le cône. À l'extrémité de celui-ci, sur le goulot, se trouverait un endroit d'où le voyageur ne pourrait plus aller de l'avant sans tomber dans le vide, telle une goutte d'eau quittant sa bouteille. Kashgar est ce lieu, et les civilisations asiatiques et européennes, jaunes et blanches, s'y mélangent depuis plus de deux mille ans.

De Kashgar, le voyageur peut rebrousser chemin en réescaladant les parois de l'entonnoir du monde dans une direction ou dans une autre, et remonter vers la Chine ou vers l'Europe – *via* le Pakistan, l'Afghanistan ou l'URSS. Il peut ainsi continuer son périple sur les traces des caravanes de la route de la soie. Mais celui qui désire véritablement poursuivre son chemin ne s'éloigne pas de la Kashgarie. Il fait un petit pas vers l'est et plonge dans un au-delà inconnu. Au péril de sa vie, il pénètre dans le Taklamakan, ce désert inhabité dont le nom signifie « Celui qui y entre n'en ressort pas ». Mêmes les rivières du Xinjiang ne réussissent pas à traverser le Taklamakan. Elles viennent s'assécher dans ses sables mortels. Elles ne se jettent dans aucune mer. Elles quittent notre monde elles aussi en s'écoulant par le centre de l'entonnoir.

J'ai toujours rêvé d'atteindre le bout du monde. C'est chose faite. Je suis à Kashgar depuis deux jours, depuis le 4 octobre 1985. J'imaginais qu'au bout du monde je verrais des choses extraordinaires. Je ne suis pas déçu. Kashgar est une cité musulmane, même si une statue géante du président Mao trône au centre de la ville. Ici, au fin fond de la Chine nouvelle, moins de dix ans après la fin de la Grande Révolution culturelle prolétarienne, les femmes portent sur la tête un voile long et épais. Ce suaire marron, noir ou blanc leur couvre même les yeux, le nez et la bouche. Tels des fantômes, elles hantent le labyrinthe des ruelles boueuses du bazar. Elles sont partout présentes, et pourtant je ne les vois jamais. Je veux dire que je ne vois jamais à quoi elles ressemblent, si elles sont belles ou laides, si elles sourient ou pleurent. Je ne suis même pas sûr qu'elles aient un visage humain. Leurs hommes me font également un peu peur. Ils portent des poignards à la ceinture. Ils utilisent ces armes, non pour se trucider entre eux, mais pour débiter des melons et des quartiers de mouton. Tel est leur passe-temps favori : acheter dans une échoppe un melon ou un morceau de viande grillée ou bouillie et le dévorer dans la rue, comme des barbares. Ils aiment aussi s'asseoir dans une gargote et y siroter un verre de thé pendant une heure ou deux entre amis. Ils appartiennent à l'ethnie ouïgoure, sont de race blanche et de nationalité chinoise. Quelques-uns ont les cheveux blonds et les yeux bleus. Je sais bien que la Chine est un pays pluriethnique, mais ne voir que des faciès européens au cœur d'une ville chinoise m'étonne à chaque instant. Depuis deux jours, je ne sais plus si je suis en Asie ou en Europe. J'ai l'impression d'être un explorateur découvrant une nouvelle contrée. Je me sens tout excité. Suis-je en train de connaître l'ivresse du bout du monde comme les alpinistes l'ivresse des sommets ?

Pourquoi suis-je venu à Kashgar ?

Je veux y enquêter sur le trafic des stupéfiants. Peu d'Occidentaux le savent, mais la drogue circule ouvertement en Chine communiste, au nez et à la barbe de la police, y compris à Pékin où un bloc de vingt grammes de haschisch de la meilleure qualité ne coûte que l'équivalent d'une dizaine de francs français. Le haschisch est produit au Xinjiang. Un ami trafiquant ouïgour résidant à Pékin m'a donné l'adresse de sa famille à Kashgar. Il m'a assuré que son père m'aiderait à remonter la filière chinoise de la drogue.

Dès mon arrivée, je suis parti à la recherche de ce contact. Après avoir erré pendant une demi-journée dans le bazar, j'ai réussi à rencontrer le père de mon ami. Je lui ai parlé de mon reportage. Il a répondu qu'il n'avait pas le temps de m'aider. Peut-être a-t-il eu peur d'avoir des ennuis avec la police ?

Des bruits alarmistes circulent à Kashgar : la semaine dernière, deux touristes occidentaux, pris avec du haschisch sur eux, auraient dénoncé le Ouïgour qui leur a vendu la drogue. Celui-ci risquerait une peine de dix ans de prison pour avoir traficoté avec des étrangers et donné ainsi une image négative des Chinois, officiellement libérés par les communistes du vice de la drogue depuis trois décennies. Les gens de Kashgar ne font plus confiance aux étrangers. Je les comprends.

Mais le père de mon ami m'a donné une idée en or : il m'a suggéré de me déguiser en Ouïgour afin de pouvoir me rendre à Makitt, une oasis à deux cents kilomètres de là.

Makitt serait le plus grand centre de production de haschisch, mais la région est interdite aux étrangers. Je dois absolument me métamorphoser en Chinois blanc. Je sais que je finirai en prison si quelqu'un découvre ma supercherie et avertit la police. Je serai jugé comme un espion ou comme un trafiquant de drogue. J'accepte de courir ce risque. Ce n'est pas une question de courage, mais plutôt de conscience professionnelle. Je n'ai aucun autre choix si je veux mener à bien mon enquête.

C'est sans doute un peu fou de me lancer dans une telle aventure, car je n'ai aucune idée de la vie et des dangers qui m'attendent à Makitt. Je ne connais personne là-bas. Je ne sais même pas s'il y existe un hôtel où dormir, un restaurant ou même une épicerie où trouver de quoi manger. Je me retrouverai seul dans une oasis perdue au milieu du désert.

Bien sûr, j'ai peur, et je me rassure en répétant : « Qui vivra verra ! Ne t'inquiète pas inutilement. » Grâce à mon déguisement, je pense réussir à ressembler à un jeune Ouïgour de la ville qui retourne en visite dans sa famille restée à la campagne. En Chine, les gens voyagent souvent pour de telles raisons, et je ne devrais pas attirer l'attention.

Dans le choix de mes habits chinois, je veille à ne pas me laisser guider par mes propres goûts, à porter par exemple du coton, fibre beaucoup moins populaire que le synthétique. J'essaie de suivre la mode ouïgoure. Dans les boutiques du bazar, j'achète une vilaine chemise à pois et à col très large, un pantalon gris, un poignard, une casquette marron, un petit sac de voyage en plastique noir et une paire de chaussures d'occasion en cuir, rapiécées et puantes. Mais cette garde-robe ne suffira pas à faire de moi un Chinois. Dans chaque pays, les gens ont une manière à eux de porter les vêtements. Le citoyen lambda de la pauvre Chine communiste n'est pas très soigné et tolère quelques taches de gras et de terre sur ses vêtements qu'il ne lave d'ailleurs pas très souvent, comme par crainte de les user. Heureusement, les Chinois transpirent peu et ne sentent pas mauvais.

Ainsi, un Chinois tiré à quatre épingles détonnerait dans le décor, et il est très important pour moi de ne pas attirer l'attention d'une manière ou d'une autre. Une erreur dans mon déguisement me conduirait en prison. Je ne néglige aucun détail, si déplaisant soit-il. Je dois paraître aussi poussiéreux que la majorité des Ouïgours. Je patine donc mes nouveaux vêtements en les frottant sur la terre battue d'une route. Je suis un peu dégoûté en les enfilant, mais ma métamorphose ne sera crédible que si je suis « sale ».

Je suis presque prêt. Comme la plupart des musulmans, les hommes ouïgours portent la moustache. Je dois la laisser pousser pendant quelques jours et je pourrai partir à Makitt dans la peau d'un Chinois.

Comment aller à Makitt ? Je me renseigne sur le prix d'un âne ou d'un chameau. Ce moyen de transport est encore utilisé au Xinjiang. Il permet de se déplacer librement dans le désert, jusque dans les endroits les plus reculés, là où n'existe aucune piste carrossable. Atteindre Makitt à dos de chameau serait une véritable aventure. Mais, d'une part, je ne sais pas monter à cheval, d'autre part, la question du fourrage poserait un vrai problème. J'abandonne l'idée d'acheter un animal. Je prendrai l'autocar et, pour plus de sécurité, je prétendrai être sourd-muet. Je ne veux pas risquer de me dévoiler par quelque maladresse de langage. Une fois à Makitt, je me débrouillerai comme je pourrai. D'ailleurs, je possède un petit atout : grâce à mes études d'albanais, je connais du vocabulaire d'origine turque qui est également utilisé au Xinjiang. Le moment venu, je pourrai donc communiquer en chinois ou en pidgin turc avec les habitants du désert.

Ce matin, je pars pour Makitt. J'ai quitté mon hôtel pour étrangers avant l'aube. C'est à la faveur de l'obscurité que je suis né dans la peau d'un Chinois. Une fine moustache orne mon visage. En me regardant dans les vitres de la gare routière de Kashgar, j'ai du mal à me reconnaître. Qui suis-je coiffé de cette casquette crasseuse et bouffante qui durcit mes traits ? Le plus important est de ne pas éveiller les soupçons, et, comme un vrai mâle, je n'ai pas oublié d'accrocher mon poignard à un passant de mon pantalon. Mon déguisement fonctionne à merveille. Les gens ne se retournent pas pour me suivre des yeux, comme lorsque je portais mes vêtements d'Occidental, propres et de couleurs vives. Personne ne me regarde, ce qui est vraiment nouveau pour moi, car, en Chine, les étrangers sont plus vus qu'ils ne voient eux-mêmes les Chinois. Je devrais trouver cela rassurant de n'exciter aucune curiosité. Au contraire, je me sens perdu et anonyme dans la foule des voyageurs. Je redécouvre la Chine de l'intérieur. Il me faut maintenant apprendre à vivre dans ma peau de Chinois.

Le car pour Makitt quitte Kashgar aux premières lueurs du jour. Ce véhicule est si vieux et si rouillé que c'est miracle qu'il tienne encore debout. Il danse sur les nids-de-poules de la piste, et son moteur patine et tousse des bruits métalliques chaque fois que le chauffeur change de vitesse. D'un moment à l'autre, c'est sûr, il va s'enliser dans le sable ou se disloquer. D'oasis en oasis, il se traîne à quinze ou vingt kilomètres à l'heure et me fait manger la poussière du désert par ses vitres disjointes. De gros baluchons et une dizaine de bicyclettes sont arrimés sur le toit. À l'intérieur, s'entassent une cinquantaine de passagers, en majorité des paysans ouïgours. La moitié d'entre eux voyagent debout. Secoués par les soubresauts du car, ils se contentent de grimacer quand leurs crânes heurtent le plafond de la carrosserie. Ils sont résignés. Ils ont des visages burinés et rougeauds. Certains sont bossus. D'autres sont plus ou moins goitreux, comme si, dans les oasis où ils habitent, ils souffraient de je ne sais quelle forme de malnutrition. Ils semblent misérables.

Personnellement, je ne me plains pas. En montant dans le car, j'ai joué des coudes et des épaules, à la chinoise, et j'ai réussi à squatter un siège. J'ignore combien d'heures durera le voyage jusqu'à Makitt, mais j'ai emporté dans mon sac quelques galettes de pain ouïgour[3] pour calmer mon estomac en cas de besoin.

Pour le moment, je n'ai plus la tête à l'inquiétude. Je me sens comme un combattant en première ligne. Je ne peux pas faire marche arrière, et le danger d'être démasqué catalyse mon énergie et mon sens de l'observation. J'ai grand besoin de cette overdose d'adrénaline, car je suis mal à l'aise dans ma nouvelle peau. Ce rôle de pauvre Ouïgour m'impose de ne plus suivre les règles de la courtoisie occidentale ni les habitudes que j'ai prises depuis l'enfance.

Quand le car fait une halte pour permettre aux voyageurs de descendre se dégourdir les jambes, j'imite le comportement des gens qui m'entourent. Pour commencer, un Chinois ne doit pas être poli ni se soucier des autres, quitte à les bousculer ou à leur souffler au visage la fumée de sa cigarette. Cela ne signifie pourtant pas marcher en se pressant, ni montrer un caractère dynamique ou agressif. Ainsi, je me déplace d'un pas lourd. Quand je m'assieds au bord de la route, je m'accroupis à la chinoise, les pieds fermement plantés comme deux pieux, c'est-à-dire les talons posés bien à plat sur le sol. Cette position n'est pas facile à tenir pour un Occidental. Avant de quitter Kashgar, je me suis donc entraîné à m'accroupir à la chinoise. Je sais garder mon équilibre aussi longtemps qu'il le faut, même si cela continue de me donner des crampes dans les mollets. Enfin, comme les autres passagers du car, je crache entre mes pieds, je me gratte à tout bout de champ les bras et les jambes, et je me cure les narines. Quand je mange une tranche de pastèque pour me rafraîchir, j'essuie mes doigts ruisselants de jus sur ma chemise.

Au fond, je ne déteste pas tant que cela jouer mon rôle de Chinois. J'aime la nouveauté et les contraintes. Celles-ci m'obligent à me surpasser et me permettent de mieux me connaître. Je n'ai pas prononcé un mot depuis Kashgar, et je découvre que cela ne me pèse pas. En fait, je n'avais rien à dire. Je réalise que je parle le plus souvent pour ne rien dire. La parole est un moyen d'expression galvaudé. On ne réalise pas comme il est formidable.

3. Appelé *nan* et cuit dans un four vertical tandoori, comme un des pains traditionnels indiens. Grâce à la sécheresse du climat du Xinjiang, il se conserve plusieurs jours tout en restant délicieux. En voyage, les Ouïgours s'en nourrissent.

Il faudrait apprendre à se taire en même temps que l'on apprend à parler. Cette maxime du philosophe chinois Laozi me revient en mémoire : « Celui qui sait ne parle pas, celui qui parle ne sait pas. » Je me suis habitué à me taire : est-ce le début d'un apprentissage de la sagesse ?

Ce qui est difficile dans ma métamorphose, c'est de prétendre être sourd. À la différence de la vue, l'ouïe est un sens que nous ne pouvons pas dominer. Il nous rend esclaves de la pollution sonore. Si l'on ferme les paupières, on perd la vision tout en contrôlant la situation. Par contre, si on se bouche les oreilles, on continue de percevoir des sons et on sursaute au premier bruit strident. Voilà mon problème : que le chauffeur du car klaxonne ou freine en faisant crisser les pneus, que les autres passagers m'interpellent, se querellent ou chantent, je ne dois jamais sursauter ni me retourner pour voir d'où vient le boucan que j'entends *malgré moi*. Au début du voyage, je me suis laissé surprendre plusieurs fois. Les passagers autour de moi m'ont regardé bizarrement, car je venais de leur expliquer par gestes que j'étais sourd-muet. J'ai immédiatement grimacé et toussoté pour faire croire que j'étais en train de réagir à autre chose qu'à un bruit. Le mieux pour ne pas me trahir, c'est encore de dormir...

Un coup de frein brutal me réveille. Le chauffeur a pilé devant un troupeau de chèvres qui traversaient la piste de terre où notre car traîne sa carcasse déglinguée. Je regarde d'un œil comateux des haies de peupliers qui ondulent au vent sur l'écran bleu du ciel. Elles annoncent que nous allons entrer dans une oasis. Le paysage n'est pas vraiment verdoyant, mais nous venons de rouler, pendant les deux dernières heures, à travers une étendue désertique, sable et rocaille à perte de vue. Voir à nouveau des arbres et des animaux me donne des picotements. Émerveillé comme un nouveau-né, je me redresse sur mon siège. Croyez-moi, j'ouvre grands les yeux. Je savoure ce paysage banal, car je sais que je ne reverrai peut-être pas un îlot de verdure et de vie avant plusieurs heures.

Vers seize heures, le car s'arrête sur le parking d'une gare routière. Suis-je arrivé à Makitt ?

J'entends le chauffeur expliquer aux passagers que nous sommes à Shache, une oasis située à une soixantaine de kilomètres de

Makitt. Nous y passerons la nuit et repartirons demain avant l'aube.

Quelle déception ! Depuis Kashgar, nous n'avons parcouru qu'une centaine de kilomètres. J'espérais atteindre Makitt aujourd'hui, car, sur la carte du Xinjiang, ce trajet de deux cents kilomètres semblait un saut de puce. Je surestimais l'état des routes et des transports en commun chinois.

Je ne voyage pas pour battre un record de vitesse. D'habitude, j'aime prendre mon temps, ce qui me permet d'observer le monde. Néanmoins, cette fois, je voulais atteindre ma destination au plus vite. Dormir une nuit dans une gare routière multiplie les risques d'être démasqué.

Me voilà donc coincé à Shache. Que faire ? Je suis les autres passagers jusqu'aux dortoirs de la gare routière. N'étant plus étranger, je ne bénéficie plus d'aucun passe-droit et, comme un Chinois, je dois faire la queue devant un guichet en jouant des coudes et des épaules pour conserver mon rang. J'achète un ticket pour un lit, puis je sors me promener. Je préfère ne pas attendre la tombée de la nuit en compagnie des autres voyageurs.

Une surprise m'attend : derrière la gare, je découvre des champs de marijuana – la plante dont le haschisch est extrait. Aucun mur, aucune haie ne les dissimule. Ce sont de petites parcelles d'un are, mais tout de même de véritables plantations. Les paysans de Shache cultivent la drogue comme ils font pousser les céréales, à la vue de tous. Je ne suis pas venu enquêter pour rien dans cette région. Je suppose qu'à Makitt, cette capitale du haschisch, les champs de marijuana seront plus grands et encore plus verdoyants. L'excitation réveille mon estomac. Je vais essayer de calmer ma faim.

Quelques dizaines de masures ont été construites autour des dortoirs en briques de la gare routière. Voilà le centre de Shache ! Et il n'y a pas grand-chose à ajouter. Arpentant les allées poussiéreuses de l'oasis, je cherche et ne trouve aucune de ces rôtisseries ouïgoures, si populaires à Kashgar, qui enfument des rues entières et où l'on peut déguster de succulentes brochettes de mouton au cumin et au paprika. Toujours à Kashgar, une multitude de restaurants musulmans attirent les clients en suspendant une belle carcasse de bœuf à leur porte. On y sert des nouilles – façonnées sans couteau, en effilant la pâte avec les mains –, des soupes, des pots-pourris[4] de légumes sautés et des morceaux de viande coriace à vous briser les dents. C'est une nourriture grossière, mais qui se laisse manger. C'est le principal. Les habitants de l'oasis de Shache sont-ils trop pauvres pour dîner hors de chez eux et offrir du travail à des restaurateurs ?

Je finis par découvrir une gargote tenue par un jeune couple de Chinois hans, des colons jaunes aux yeux bridés. Ils portent des « costumes Mao » maculés d'immenses taches de gras. Accrochée sur un mur de leur petit établissement de terre battue, une pancarte sale énumère en chinois les mets qui sont servis. Toujours bouche cousue, je passe ma commande à la patronne : mon index pointe sur le menu les caractères « viande » et « riz blanc », car je suis incapable de déchiffrer les autres idéogrammes griffonnés à la craie.

Je suis un idiot ! Affamé par une journée de jeûne, j'ai oublié que les Hans consomment surtout du porc, et c'est évidemment du porc que ce restaurant han de Shache me sert : une pleine assiette de lard sauté où je ne distingue que deux ou trois cubes de viande. Dire que je suis censé être un Chinois ouïgour, c'est-à-dire un musulman ! Dois-je refuser mon plat en mimant que je n'ai plus faim ? Ou bien, puis-je passer pour un musulman qui mange du cochon ? C'est à moi de décider.

J'ai trop faim. Je choisis de manger. C'est encore ce qui attirera le moins l'attention. Je dîne en cinq sec, le nez dans mon bol de riz, puis je rentre au dortoir. Le soleil se couche à l'horizon, c'est l'heure de dormir pour moi aussi. Caché dans un lit, je serai en sécurité.

Cinq Ouïgours partagent avec moi une grande chambre sans toilettes. Des lits-cages rouillés la meublent. À côté de la porte d'entrée, sur le sol en ciment, trône un crachoir ébréché en faïence blanche. Il est à moitié rempli d'un liquide mousseux où flottent des mégots de cigarette. Depuis combien de mois n'a-t-il pas été vidé ? Ignorant mes camarades de chambrée qui bavardent en fumant, je me déchausse et me couche tout habillé. Je me tapis sous une couette qui empeste les pieds, comme si tout le canton de

4. Recette caractéristique de la cuisine ouïgoure qui est à la fois d'inspiration nomade et sédentaire, « barbare et civilisée », c'est-à-dire turco-mongole, chinoise et indienne, un vrai pot-pourri ! Les Hans, les Chinois jaunes, ne mélangent presque jamais plusieurs variétés de légumes pour les accommoder en sautés.

Shache l'avait utilisée avant moi. Quelle importance après tout ? Ce que je redoute, c'est que mes camarades m'invitent à participer à leurs bavardages. Je leur tourne le dos et les entends m'offrir une cigarette et me demander de quel village je viens. Ensuite, ils veulent savoir si je possède une montre et si je peux leur donner l'heure. Moi, le sourd-muet, je ne peux même pas sursauter en les entendant m'interpeller d'une voix criarde, encore moins leur dire de me foutre la paix. Ils finissent par se lasser, et je m'assoupis en pensant à la journée qui m'attend demain. Atteindrai-je jamais Makitt ? Serai-je démasqué ? La police m'arrêtera-t-elle ? Quelle tournure prendra mon existence ?

Je l'avoue, j'ai envie de vivre des choses extraordinaires. C'est l'ambition d'accomplir un exploit qui survivra à ma mort, un truc qui pourra rappeler mon existence aux futures générations de voyageurs et de journalistes, qui me fait prendre ces risques. Quand ils se rendront à un endroit où je suis passé, disons à Makitt, ils penseront peut-être à moi. Je me vois en nouveau René Caillié, ce Français qui au XIXe siècle, déguisé en Arabe, fut le premier Occidental à gagner Tombouctou et à en revenir sain et sauf [5]. Serai-je, en faux Chinois, le premier étranger [6] à visiter la capitale du haschisch ?

La journée du lendemain commence mal. Le car roule depuis cinq longues heures et nous ne sommes toujours pas arrivés à Makitt. Bon sang, combien de jours nous faudra-t-il pour parcourir ces ultimes soixante kilomètres ? Suis-je monté dans le bon car ? Où me conduit-il ?

La piste de Kashgar à Shache ne nous permettait pas de rouler à plus de vingt kilomètres à l'heure. Je n'imaginais pas que puisse exister une route plus mauvaise encore, mais, entre Shache et Makitt, on ne peut même plus dire que le car se traîne, il va au pas, ou presque. Le plus souvent, la piste disparaît sous une mer de

5. Lire le livre *Voyage à Tombouctou* que René Caillié écrivit à son retour en France, en 1830. Il a été réédité de nombreuses fois, notamment chez Maspero, à Paris, en 1979, 1982 et 1985.

6. Ella Maillart et Peter Fleming ont traversé le Xinjiang il y a cinquante ans, mais à ma connaissance, ils ne sont pas passés à Makitt. À propos de leur fantastique voyage, il faut lire *Oasis interdites*, le récit d'Ella Maillart, publié à Paris par Grasset, en 1937.

sable, et le chauffeur navigue à vue, en se repérant grâce aux haies de peupliers et aux plantations de maïs et de coton qui dessinent des taches vertes sur l'horizon. Elles signalent la présence de la moindre oasis. Il est vrai que la piste de Shache à Makitt correspond à ce rebord de l'entonnoir du monde situé à quelques millimètres de Kashgar sur une carte de Chine. Fallait-il s'attendre à trouver une autoroute sur le trou du cul du monde ? Juste à notre droite, commence le néant du Taklamakan, cette immensité inhabitée et absolument désertique dont personne ne revient. Sur notre gauche, en revanche, à quelques heures de marche, coule le Tarim, un fleuve long de deux mille kilomètres. Il ne se jette dans aucune mer et finit par aller mourir dans le Taklamakan. Pour le moment, je ne vois pas le Tarim, mais je devine sa présence : là où il passe, les arbres et les champs sont plus nombreux et plus verts. Le célèbre historien René Grousset l'a comparé à un Nil ou à un Euphrate moribonds. Il coule dans une Mésopotamie chinoise en voie de désertification, mais « là où l'irrigation est encore possible, l'agriculture et le jardinage voient leurs moindres efforts récompensés [7] ».

Le soleil tape sur la tôle du car et nous cuisons comme dans une étuve. Les vitres qui ferment mal laissent passer un air qui ne nous apporte aucune fraîcheur. Nous respirons les nuages de poussière que le car soulève en rebondissant de dos-d'âne en dos-d'âne. Depuis hier matin, j'ai avalé deux cents kilomètres de sable et de terre. Indigeste. Je suis lessivé. J'ai les fesses et les reins en compote.

Comme dit l'écrivain-routard Nicolas Bouvier, « on voyage pour que les choses surviennent et changent ; sans quoi on resterait chez soi ». C'est pourquoi j'ai choisi d'être journaliste reporter à l'étranger, et non dans une rédaction à Paris. Voyager est une activité formidable, et c'est ce que je sais le mieux faire. D'habitude, cela ne me fatigue pas, mais au contraire m'emplit d'énergie. La curiosité me tient en éveil. En voyage, je recueille en un jour autant d'informations nouvelles qu'en un mois à Paris, et chaque instant semble se dilater pour me permettre de le vivre au maximum. En parcourant la terre, j'ai l'impression de vieillir moins vite, à la manière d'un astronaute qui, propulsé assez vite et assez

7. Cf. René Grousset, *Histoire de la Chine*, Paris, Fayard, 1942.

longtemps dans le Cosmos, reviendrait de cette vertigineuse croisière moins âgé que les gens restés sur Terre[8]. On dit que les voyages forment la jeunesse, on peut même ajouter qu'ils la conservent... Mais, pfff... À présent, je ne crois plus en rien. J'en ai assez. Je me sens vieux, à moitié mort.

Soudain, je reprends goût à la vie. Mon cœur se remplit de joie : le car vient d'entrer dans Makitt. Je quitte les autres passagers et pars seul à pied, au hasard.

Il est midi. Me voici donc à Makitt, sorte de cantonnement dont les maisons basses en terre s'alignent sur un quadrillage de rues. Makitt est une oasis brun clair, sans couleurs, sans palmiers, sans âme. Elle est déserte. Le soleil au zénith la bombarde sans pitié et cloître les habitants chez eux. La capitale du haschisch n'a pas de charme. J'ai l'impression d'être déjà venu ici, dans ce vilain bourg qui ressemble à tous les vilains bourgs de Chine, si caractéristiques de l'urbanisme communiste.

Makitt est une caserne. À chaque carrefour, des haut-parleurs installés sur des poteaux crachent le programme en chinois de la Radio du peuple. Pendant leur sieste, les gens subissent un lavage de cerveau venu de Pékin. Ces messages de propagande ne m'intéressent guère, mais ils m'inquiètent. Ils résonnent dans les rues vides et décuplent la sensation d'un flicage serré. Par prudence, je décide de quitter le centre de l'oasis.

La touffeur du désert pèse une tonne sur mes épaules, mais j'accélère le pas, comme si je savais où j'allais, comme si j'étais un habitant du coin, à l'aise sous ce climat. Je ne veux pas donner l'impression de vagabonder, au cas où quelqu'un me surveillerait à la dérobée. Pour le moment, il importe de repérer les lieux. Je longe des champs de coton et de maïs, puis je découvre des parcelles de marijuana d'un vert éblouissant sous les torrents de lumière que déverse le soleil. Les plantes sont plus hautes qu'à Shache. Ellcs atteignent jusqu'à trois mètres. Je me sens comme un nain à côté. Il y a de quoi perdre le souffle devant ces forêts de marijuana.

8. Cf. la dilatation du temps dans la théorie de la relativité. Une horloge dans un système en mouvement ralentit par rapport aux autres horloges. Ainsi, pour un observateur en déplacement, le temps n'a pas la même mesure que pour un observateur immobile.

Qui n'a jamais fumé de cette drogue ignore ce que peut représenter une *belle* plantation de marijuana. Moi, je pense à mon reportage et je suis aux anges : j'ai vraiment bien fait de venir à Makitt enquêter sur la production chinoise de stupéfiants.

Je me promène de champ en champ, et quand le jour commence à tomber, le froid piquant des nuits de désert balaie la canicule sans transition. Je réalise que je dois trouver un endroit où dormir coûte que coûte, sans pour autant atterrir dans la prison du commissariat. J'ai appris, au cours de mes voyages, que chaque problème finit toujours par se résoudre. Confiant, je décide de rentrer dans le bourg, et un miracle se produit. Un vrai miracle !

Je croise un Ouïgour qui revient lui aussi des champs, une houe à la main. La nuit le pousse et il se hâte. Il a une trentaine d'années. Il porte sur la tête la calotte blanche des musulmans. Une grosse moustache descend le long de ses lèvres. Il m'inspire confiance. Je vais prendre un risque fou : je vais lui demander de m'aider. D'un air détaché, je le salue à la musulmane, en plaçant la main droite sur mon cœur :

– *Salaam alekum !*[9]

– *Alekum salaam !* répond-il.

Et il poursuit son chemin. Je le rattrape et lui parle en chinois, en espérant qu'il me comprendra :

– Puis-je vous parler ?

Il s'arrête et me regarde sans méfiance. Il pose sa houe et s'assied sur un talus. Je le suis et murmure :

– Je ne suis pas chinois. Je suis étranger… Je suis français.

Il ne semble pas étonné et me sourit. Je ne veux surtout pas lui dire que je suis journaliste, un fouineur pour la plupart des gens. Un mensonge abracadabrant me vient à l'esprit. Je n'ai pas le temps de réfléchir davantage. Je m'entends dire :

– Mon père est paysan. Il veut se lancer dans la culture de la marijuana et la production du haschisch. Il dit que ça rapporte, mais nous ne savons pas fabriquer le haschisch en France. Il m'a envoyé à Makitt pour apprendre cette technique. Pouvez-vous m'aider ?

9. Expression arabe signifiant : « Que la paix soit avec vous ! » Les musulmans du monde entier l'utilisent pour se saluer.

Cette histoire est-elle vraisemblable ? Franchement, si quelqu'un me la racontait, moi je n'y croirais pas ; mais je ne suis pas un paysan ouïgour. Mon interlocuteur continue de me sourire, ses grands yeux sont pleins de bonté. Il ne semble voir nulle extravagance dans ma fable. Pour lui, en cette fin de XXe siècle, est-il plausible qu'un père envoie son fils à l'autre bout du monde pour apprendre une technique agricole ? Me respecte-t-il parce que j'obéis à mon père ? Il ne me demande pas comment je sais que Makitt est la capitale du haschisch. Pense-t-il que c'est connu du monde entier ? Tout semble clair dans son esprit. Il dit simplement :

– La récolte de la marijuana n'aura pas lieu avant quinze jours.

Il parle de la marijuana sans baisser la voix, comme s'il s'agissait d'une plante banale. Il me faut quelques instants avant de comprendre que, pour les gens de Makitt, je ne passe pas pour un dépravé ou un délinquant en me renseignant sur la culture de la marijuana. Je suis un peu dans la position d'un Japonais se rendant à Bordeaux pour visiter les vignobles. Il ne rencontrerait aucune difficulté pour étudier la vinification. De même, à Makitt, les Ouïgours me montreront tout naturellement comment ils fabriquent leur haschisch à partir de la marijuana. Mais il me faut attendre la récolte. Je savais qu'elle avait lieu en automne au Xinjiang, je ne voulais pas être en retard et je suis venu bien trop tôt. Quelle poisse ! Comment vivre ici pendant quinze jours... Dans les rues ? Dans les champs ? Je serai repéré, si je ne suis pas mort de froid avant, ou de soif, ou de faim... Je dis au paysan ouïgour :

– Makitt est une ville interdite aux étrangers. La police m'arrêtera si je vais à l'hôtel. Où puis-je me cacher jusqu'à la récolte de la marijuana ?

– Tu peux venir chez moi. Je te cacherai.

Il ne me connaît pas, je ne suis rien pour lui et, sans hésiter, il propose de m'héberger. Tant de gentillesse m'impressionne. Est-ce cela l'hospitalité du désert ? Je suis convaincu que ce paysan ne me tend pas de piège. J'accepte son invitation. Il plisse les yeux avec douceur, et un sentiment de culpabilité m'envahit. Je serai une charge pour ce pauvre paysan. Je lui dis :

– Je vous paierai.

– Je ne veux pas d'argent, répond-il en fronçant les sourcils comme s'il allait se vexer.

Cet homme est un saint. En me cachant, il prend le risque d'avoir des ennuis avec la police, et il accepte cette situation en refusant d'en tirer profit. Voilà le récit fidèle et véridique de notre rencontre. Qui osera maintenant prétendre que les Chinois ne pensent qu'à l'argent ?

Mon nouvel ami s'appelle Mehmet. Il habite une maison sommairement construite de briques de terre, au milieu d'une cour de sable, derrière de hauts murs, à l'écart de la rue. Je serai en sécurité dans cette ferme. Elle compte trois pièces : une première chambre où Mehmet vit avec sa femme et leur gamin de six ans, une deuxième réservée aux invités, et enfin une troisième qui sert d'étable à trois brebis qui, la nuit, procurent un peu de chaleur à toute la maisonnée. Le sol et les lits sont en terre battue, les murs ne sont pas même peints à la chaux. Il n'y a ni eau courante ni électricité. Ce logis est particulièrement sale et misérable... mais, à Makitt, un tel cadre de vie est sans doute banal.

La femme de Mehmet, grande et brune, ne porte pas le voile mais un simple foulard à fleurs coquettement noué en arrière sur sa chevelure bouclée. Elle ne parle que le ouïgour, et je ne comprends pas ce qu'elle me dit. Néanmoins, elle me sourit de bon cœur, d'un large sourire, et plusieurs dents en or étincellent à la lumière de la bougie qu'elle tient à la main. Je suis le bienvenu, et Mehmet désire fêter mon arrivée chez lui. Il me laisse dans la chambre d'invité et sort chercher quelque part une bouteille d'alcool. Est-ce un prétexte pour me laisser en compagnie de sa femme assise dans la pièce à côté, sur le bord du lit où dort profondément leur garçon ? Cette pensée me traverse l'esprit à cause de Marco Polo, dont nous venons de parler. Mon hôte m'a demandé comment je m'appelais, et je lui ai expliqué que mon prénom était le même que celui du célèbre marchand vénitien. J'aimais l'idée que Mehmet me perçoive comme un descendant spirituel de Marco Polo... Voici ce que Marco Polo a écrit à propos des traditions d'hospitalité dans certaines régions du Xinjiang :

> [Un homme de ce pays] se réjouit quand un étranger vient habiter dans sa maison, et il commande à sa femme de satisfaire les désirs

> de cet étranger. Ensuite, il sort, il s'en va et ne rentre pas chez lui avant de savoir que l'étranger est reparti. Ainsi, celui-ci peut se soulager autant qu'il lui plaît avec la femme, car ce sont de belles femmes. [Les gens de ce pays] se font un grand honneur [de prêter leurs femmes] et ils n'en éprouvent aucune honte[10]...

La femme de Mehmet est silencieuse. Attend-elle que je l'appelle selon la tradition ? Que dois-je faire ?

Je tremble d'émotion et de timidité. Quelques minutes s'écoulent ainsi, puis Mehmet revient avec un demi-litre d'eau-de-vie et un gobelet en plastique. Je m'étais trompé : mon hôte n'avait pas l'intention de m'offrir sa femme. Tant mieux ! Il décapsule la bouteille et me verse un doigt d'eau-de-vie. Je bois, puis sans rincer le verre il s'en sert une rasade. Nous buvons ainsi à tour de rôle. C'est la fête !

Un ami de Mehmet entre et se joint à nous. Lui non plus ne semble pas surpris quand Mehmet lui explique qui je suis et pourquoi je suis venu à Makitt. Nous vidons la bouteille et Mehmet en apporte une autre. Cette eau-de-vie doit titrer au moins cinquante degrés. Elle me brûle l'estomac et la tête. Elle circule à toute vitesse dans mes veines, elle me tétanise. Je n'ai pas envie de me coucher, mais les murs dansent devant mes yeux. Heureusement, Mehmet et son ami me tiennent en éveil. Ils ne semblent pas décidés à me laisser seul en compagnie de ma nausée. Ils sont excités de bavarder avec moi, l'étranger. Ils m'offrent du haschisch. Je suis ivre, et leur proposition directe ne m'étonne pas. Je dis juste :

– Vous fumez du haschisch tous les soirs ?

– Ici, à Makitt, répond Mehmet, les gens en fument dix à quinze cigarettes par jour. Ce n'est pas mauvais pour la santé. Ma mère fume et elle aura soixante ans l'hiver prochain.

Je lui demande si les Hans, ces Chinois jaunes, fument eux aussi.

– Bien sûr que non ! Les Hans ne vivent pas comme nous autres, les Ouïgours. Ils mangent du porc, tu sais. Ils sont sales et voleurs. Nous les considérons comme des étrangers, de mauvais étrangers, précise-t-il. Ils sont arrivés ici en 1954, pour nous colo-

10. Traduction en français moderne d'un extrait du *Livre des Merveilles* de Marco Polo.

niser et nous imposer le communisme. Ils ne représentent qu'un quart de la population de Makitt, et, crois-moi, ils ne se promènent pas la nuit dans les rues. Ils ont peur de nous.

Je ne le contredis pas. Je remarque que lorsque Mehmet parle des Hans, il étire ses paupières avec ses doigts pour me montrer comment les Hans ont les yeux bridés, comme si cela était une tare, comme si ces Chinois jaunes n'étaient pas des hommes ordinaires. Je comprends qu'il me considère comme son égal, précisément parce que je n'ai pas les yeux bridés. Si j'avais été japonais ou coréen, m'aurait-il accueilli chez lui ? J'en doute. Il se serait méfié, car il affirme à présent que tous les communistes et tous les policiers de Makitt appartiennent à l'ethnie han, celle des hommes aux yeux bridés.

– Nous, les Ouïgours, nous détestons les Hans ! lance-t-il, avant de cracher par terre avec dégoût.

Il me raconte que les Hans l'ont emprisonné en 1967 pendant six mois pour avoir écouté la radio soviétique. Il ne le leur pardonne pas. Il ne se considère pas comme un délinquant.

– Quelle est ta religion ? me demande Mehmet, comme s'il voulait changer de sujet et ne plus évoquer de mauvais souvenirs.

J'ai été baptisé, mais je ne crois pas en Dieu. Pour moi, toutes les religions se valent. Je ne veux pas dire à Mehmet que je suis athée ou d'origine chrétienne : il devinerait que je mange du porc et je baisserais dans son estime. Je réponds :

– Je suis musulman.

– C'est bien, dit Mehmet.

– Je ne devrais pas boire d'alcool, mais...

– Ce n'est pas grave, coupe Mehmet. Il faut bien profiter de la vie, n'est-ce pas ?

Mehmet n'est plus tendu comme lorsqu'il parlait des Hans. Je suis content que mon mensonge lui fasse plaisir. Il sourit et propose de boire un dernier verre avant d'aller nous coucher.

Le lendemain, peu avant l'aube, je m'éveille en sursaut. Dans la rue qui longe la ferme de Mehmet, les haut-parleurs commencent à diffuser les programmes de la Radio du peuple. J'ai l'impression d'entendre hurler : « Réveillez-vous, camarades ! Vite ! Plus vite ! » Je me lève et je rejoins Mehmet, sa femme et leur fils dans leur chambre. Ils sont déjà debout, en train de se débarbouiller à tour de rôle au-dessus d'une cuvette en plastique. Je les imite. Ensuite, la femme de Mehmet nous sert des nouilles dans des bols. Nous prenons ce petit déjeuner, puis j'accompagne Mehmet aux champs.

Je ne répéterai jamais assez que la marijuana pousse partout à Makitt. En parcelles de quelques ares, mais aussi le long des plantations de maïs et de coton. Pour la marijuana, les Ouïgours mettent à profit chaque mètre carré de terre. Nous nous glissons, Mehmet et moi, entre les hautes tiges. Nous écartons les branchages, et les pieds mâles libèrent des nuages de pollen qui me font tousser.

Dans le lointain, la Radio du peuple continue de brailler. Le gouvernement ne fournit pas l'électricité à chaque maison, mais il alimente les haut-parleurs publics. N'existe-t-il que deux choses importantes à Makitt : la drogue et la propagande des haut-parleurs ? Quelle oasis de rêve !

Le soleil commence à chauffer et la rosée fume sur les feuilles de marijuana. Elles exhalent une lourde odeur de noisette fraîche et de chocolat. La tête me tourne un peu. Je propose à Mehmet de nous reposer un instant.

Nous nous allongeons à l'ombre d'une haie d'herbe odoriférante, confortablement installés, les pieds au soleil, et Mehmet me donne ma première leçon de culture de marijuana. Il casse une tige, en décortique la tête et me montre des graines dans sa main ouverte.

– Les pieds femelles produisent des graines, explique-t-il. Ils sont plus riches en résine de haschisch. Les pieds mâles ne valent pas grand-chose. D'ailleurs, si on a le temps, on les arrache en cours de saison afin qu'ils ne fécondent pas les plants femelles. On obtient ainsi une marijuana de meilleure qualité… Regarde ces graines : elles sont encore vertes. Dans quinze jours, elles noirciront, ce qui indiquera que la marijuana est mûre. Entre le semis, en avril, et la récolte, en octobre ou novembre, il faut compter six mois de culture. C'est assez long, mais c'est une plante qui pousse toute seule.

Un proverbe affirme qu'il est difficile d'attraper un chat noir dans une pièce sombre, surtout quand il n'y est pas. L'inverse est tout aussi exact. À Makitt, il est facile d'enquêter sur la drogue. La marijuana pousse partout, et Mehmet m'aide au-delà de mes espérances. Je l'écoute avec délices, comme un enfant boit les paroles de son père. Je suis en sécurité à côté de lui. Sa seule présence est un bonheur. Il ne me fait jamais sentir que je le dérange, et il s'occupe de moi avec beaucoup de générosité et de patience. Je ne comprends pas pourquoi. C'est un mystère, mais cela ne m'inquiète pas. Mehmet me fascine. Quand il me regarde, c'est toujours droit dans les yeux. Cet homme ne semble nourrir aucune arrière-pensée. Sa bonté donne un vrai sens au mot « hospitalité ».

Les jours passent. Je souhaite et ne souhaite pas que l'on récolte la marijuana au plus vite. Mon reportage terminé, je devrai rentrer en France et je n'en ai pas envie. Ici, à Makitt, rien ne me tracasse. Pour tuer le temps, je suis Mehmet aux champs, ou bien il m'apprend à tresser des paniers en osier dans la cour de sa maison. Le soir, nous faisons une petite fête avec son ami et nous jouons aux cartes. Je me laisse vivre comme un Chinois. En bref, je me sinise.

Moi d'ordinaire si actif, je ne me reconnais plus. Je deviens une énigme pour moi-même. Ma propre odeur a changé. Comme je ne peux pas me doucher, je sens la crasse. Est-ce ainsi que l'on commence à se sentir chinois, en se *sentant* ? Je suis très sensible à l'hygiène corporelle. Le matin, j'aime enfiler des sous-vêtements propres. La fraîcheur du linge sur ma peau me procure une sensation exquise pour commencer une nouvelle journée. C'est un besoin pour moi. Depuis que je suis à Makitt, je n'ai pas changé de vêtements et je me lave la figure au-dessus d'une bassine avec le torchon sale qu'utilise toute la famille de Mehmet. Je ne me dégoûte pas, et cela me surprend.

Détail trivial, mais très important : les toilettes consistent en un trou à même le sable, d'une vingtaine de centimètres de profondeur, à l'abri derrière un muret au fond de la cour. Le soleil du désert fait office de désinfectant. Comme un Chinois, je m'y habitue, et c'est tant mieux, car mes intestins me contraignent à visiter cet endroit plusieurs fois par jour. Comme toute la famille de Mehmet, je souffre de terribles maux de ventre.

Ce n'est pas étonnant, car nous buvons l'eau trouble et amère de la mare voisine de la ferme. Nous n'avons pas le choix : il n'existe aucun autre point d'eau. Nous devons donc vivre avec ce mal de ventre, ce qui n'est pas si pénible.

Trois fois par jour, à chaque repas, la femme de Mehmet cuisine un plat unique de spaghettis. Elle les assaisonne avec des tomates et des lamelles de chou. Elle les façonne elle-même, selon la tradition ouïgoure, sans couteau ni rouleau, à la main, en étirant une boule de pâte du bout des doigts. Je m'y exerce sans succès et me retrouve les mains engluées dans un magma de farine et d'eau. La femme de Mehmet est une championne dans la fabrication artisanale des spaghettis ; elle semble avoir fait ça toute sa vie, et en la regardant préparer nos repas j'assiste à un spectacle de prestidigitateur. Malheureusement, elle les fait cuire beaucoup trop et les sert toujours avec la même sauce : des tomates et du chou, encore et encore… Au début de mon séjour, cette nourriture monotone me coupait l'appétit. Je conservais des goûts et des exigences de Français. Après avoir perdu plusieurs kilos, l'appétit m'est revenu, impérieux, et je ne boude plus la cuisine de « Mme Mehmet ». J'attends avec impatience l'heure de ces repas où la quantité prime sur la qualité.

Mehmet est musulman, pourtant il boit et se drogue. Sa capacité à se défoncer est surprenante. Il n'exagérait pas, le premier soir de notre rencontre, quand il affirmait fumer dix à quinze joints par jour, comme tous les gens d'ici. À tout moment, je le vois fumer, chez lui ou dans la rue, seul ou en compagnie. Il me fait soudain penser aux personnages du roman de Jack Kerouac, *Sur la route*, et je me dis que cet écrivain américain aurait aimé Makitt. Mehmet lui aurait plu. Comme moi, il serait tombé en admiration devant le spectacle de Mehmet se roulant un joint *à la mode de Makitt*. Pour commencer, il déchire un petit rectangle de dix centimètres sur cinq dans une feuille du *Quotidien du peuple*, l'organe officiel du Parti communiste chinois, puis le roule, le plie en forme de pipe et le bourre d'un mélange de tabac et de haschisch. Il prétend que l'encre d'imprimerie renforce le pouvoir de la drogue, et, sans tousser, il savoure à pleins poumons chaque joint.

– C'est notre manière, à Makitt, de consommer le *Quotidien du peuple*, plaisante-t-il.

Il ne se gêne pas pour fumer en public. Je lui ai demandé s'il ne craignait pas d'être repéré par la police. Il m'a expliqué :

– Les flics sont des Hans. Si jamais ils m'accusaient de consommer de la drogue, je leur répondrais qu'ils se trompent. Ils ne savent pas reconnaître l'odeur du haschisch. Les Hans croient que nous autres, les Ouïgours, nous fumons une sorte de tabac local. Il existe tant de variétés différentes de tabac en Chine !

La drogue compte dans la vie de Mehmet, mais elle ne l'empêche ni de travailler, ni de se conduire en bon père de famille, ni de conserver toute sa lucidité. Il ne semble pas dépendant. Les joints qu'il fume à longueur de journée ne semblent pas faire plus d'effet que de banales cigarettes ou du café. Pourtant, en France, mon ami serait considéré comme un « drogué ». Mehmet est un brave type, simple et honnête, parfaitement inséré dans sa communauté, un type comme il en naît depuis la nuit des temps dans l'oasis de Makitt.

Beaucoup de choses restent incompréhensibles et invisibles pour moi dans la capitale du haschisch. En même temps, je m'y sens chez moi et je me demande si le monde extérieur existe encore. Je ne reçois pas d'information de Pékin ni d'ailleurs. Je ne lis aucun journal et ne prête aucune attention aux programmes des haut-parleurs publics. Que se passe-t-il en France en cet automne 1985 ? Que font mes parents en ce moment ? Je n'en sais rien et, pour être franc, je ne me sens plus d'attache avec mon pays natal. J'ai l'impression que, dans le monde, il n'existe que Makitt, Mehmet, sa famille, ses amis, et moi au centre du tableau. Notre vie quotidienne est la seule chose qui compte pour moi. Tout le reste m'indiffère.

Est-ce le climat du désert et l'isolement dans lequel je vis qui m'ont transformé à ce point en une seule semaine ? Suis-je en train de perdre le sens des réalités ?

Mehmet, je le sais, ne me veut que du bien. S'il le désirait, il pourrait me tuer dans sa ferme, s'emparer de mon appareil photo et de l'argent que je cache sur moi : l'équivalent de quelques milliers de francs, ce qui représente une fortune ici. Personne n'en saurait rien. Personne ne partirait à ma recherche jusqu'ici. En quittant Kashgar, en me métamorphosant en Chinois, j'ai effacé Marc Boulet. La police ne retrouverait pas ma trace. Elle ne serait d'aucune aide pour mes parents qui ignorent eux-mêmes où je me trouve dans le vaste désert du Xinjiang.

Un pressentiment absurde s'insinue en moi : je ne quitterai plus jamais Makitt. Cette idée me réveille chaque nuit, et je m'inquiète pendant une heure ou deux, avant de retrouver le sommeil. Makitt est une oasis tranquille, ses habitants sont charmants, mais, si je devais pour une raison ou une autre y rester jusqu'à ma mort, trouverais-je cet endroit toujours aussi agréable ?

En fait, il me faut admettre que le reste du monde continue d'exister. J'en ai la preuve ce soir : Mehmet nous emmène, son fils et moi, à une séance de cinéma en plein air. Le film projeté sur un drap, sur la place centrale, vient de Pékin ou de Shanghai ou de quelque autre ville chinoise, peu importe. Il vient d'ailleurs. Voilà la preuve que le reste du monde existe encore.

Ce film est un mélo chinois de cape et d'épée, sans autre intérêt que celui de nous avoir donné une occasion de sortir ce soir, comme les autres habitants de l'oasis, serrés devant l'écran de fortune. À la fin du spectacle, j'invite Mehmet et son fils à manger quelques œufs durs. Des marchands ambulants en vendent dans la rue. À Paris, leurs confrères proposent aux passants des marrons chauds ou des cornets de glace. À Makitt, ce sont les œufs durs qui excitent la gourmandise. Nous nous régalons. Un délice !

Que signifie « se siniser » ? Est-ce, pour moi, ne plus avoir peur de m'être glissé dans la peau d'un Chinois ? Est-ce s'habituer à de rudes conditions de vie ? Est-ce se sentir chez soi dans un village chinois ? Est-ce être intégré dans une communauté ? Est-ce percevoir le monde extérieur comme un univers lointain, étranger et exotique ? Je crois que je remplis tous ces critères. Cela ne me réjouit pas mais ne me désole pas non plus. Je n'y peux rien. Je subis tout ce qui m'arrive. Je dois attendre la récolte de la marijuana, et j'attends. C'est tout.

Pourquoi suis-je donc venu enquêter en Chine sur la drogue ? Cette question me trotte à nouveau dans la tête. J'ai dit que j'aime voyager. C'est vrai, mais cette explication ne me satisfait plus. À Makitt, j'ai les journées entières pour réfléchir et je viens d'assembler un coin du puzzle de ma vie... Comme la plupart des gens, je pourrais travailler dans mon pays natal et voyager à l'étranger pour les vacances : à Hawaii, à Makitt ou ailleurs. De plus, connaissant mieux la France que la Chine, je suis *a priori* plus compétent pour remonter une filière française de drogue que pour jouer les Chinois à Makitt. Mais voilà... Quand je suis en France, je manque de curiosité, j'ai la désagréable impression de tout connaître, de ne rien avoir à apprendre de neuf. Je m'estime incapable d'exercer mon métier de journaliste en France. Pour gagner ma vie, je dois voyager. J'ai besoin d'être stimulé, de prendre des risques. C'est un plaisir *et* une obligation.

Où serais-je en ce moment si je n'étais pas venu à Makitt y risquer ma vie en me faisant passer pour un Chinois ? Serais-je en vacances ? En train de paresser sur une plage tropicale, un verre de rhum-Coca glacé dans une main et la cuisse d'une jolie fille à la peau couleur de miel dans l'autre ? À Makitt, je lézarde, mais ce n'est pas pareil...

Pour être franc, une autre raison m'a poussé à remonter la filière chinoise de la drogue. En juillet dernier, j'ai rompu avec An', ma fiancée américano-albanaise[11]. Je me suis retrouvé seul et un peu égaré. Pendant deux ans et demi, vivre avec elle entre la France et la Californie avait suffi à me rendre heureux, mais cela n'était plus possible. J'ai décidé alors de partir très loin et de me lancer dans une grande aventure. J'ai imaginé qu'en me plaçant dans des situations dangereuses je n'aurais plus le temps de penser à An'. Voilà pourquoi je suis venu enquêter en Chine sur la drogue : pour oublier un amour. Il y a six mois encore, je ne me serais jamais métamorphosé en Chinois, je n'aurais pas pris le risque d'être arrêté et séparé de ma fiancée pendant plusieurs années. Sans notre rupture, ce récit n'existerait pas.

Je suis fait. À l'aube, les flics ont débarqué chez Mehmet. Ils m'ont menotté, puis conduit sur la place de Makitt, et l'un d'eux va me trancher la gorge en public. Je vais mourir. Ai-je eu tort de croire que je pouvais impunément me déguiser en Chinois ? Sans doute... Mais je ne regrette rien. Nous devons tous mourir un jour ou l'autre.

Ils ont accroché une pancarte autour de mon cou. Il y est écrit en gros caractères chinois que je suis « UN ESPION ». Les badauds me crachent au visage. Je ne peux pas m'essuyer puisque j'ai les

11. Cf., *supra*, ma métamorphose *Dans la peau d'un stalinien*, p. 70.

mains attachées dans le dos. Cela m'est indifférent. Une seule chose me préoccupe encore : j'ai peur de souffrir en me vidant de mon sang, une fois que le bourreau, un Han de mon âge, m'aura coupé la carotide. Je lui ai demandé pourquoi il allait me trancher la gorge au lieu de m'exécuter d'une balle dans la tête, comme l'exige la loi chinoise pour les criminels. Il m'a répondu que ma vie de Blanc ne valait même pas le prix d'une balle, puis il m'a giflé. Il veut m'assommer et me saigner comme un porc.

À présent, il affûte un long couteau sur une pierre. Il ne se presse pas. Ça y est. Il s'approche de moi, bascule ma tête en arrière en tirant sur mes cheveux. J'entends les spectateurs applaudir. Le fil de la lame glisse sur ma pomme d'Adam…

J'ai fait ce cauchemar la nuit dernière. Je viens de le revivre en sentant le rasoir du barbier de Makitt sur mon visage. Je sursaute et porte instinctivement une main sur ma gorge. Mehmet m'a emmené avec lui chez le barbier. Il m'a présenté comme son cousin sourd-muet, venu de Kashgar lui rendre visite. C'est ainsi qu'il m'introduit auprès des gens que nous rencontrons dans la rue ou aux champs et qui ne sont pas des amis proches. Aujourd'hui, Mehmet fait circoncire son fils et nous veut rasés de frais pour l'occasion.

Au moment de l'opération rituelle, je préfère sortir me promener pour ne pas gêner mes hôtes. Dommage. Je ne pourrai pas témoigner du déroulement d'une telle cérémonie chez les Ouïgours de Makitt. En rentrant à la ferme, je vais saluer le fils de Mehmet. Ce petit bonhomme est allongé sur le lit de terre où il dort chaque nuit avec ses parents et il me sourit. S'il souffre, il le cache bien. La couette qui le recouvre est soulevée au-dessus de son ventre grâce à une corde fixée au plafond. Ce tableau est touchant : Mehmet a installé le sexe douloureux de son fils sous une sorte de tente, afin que la plaie à vif ne soit pas en contact avec le tissu.

Le lendemain, nous récoltons enfin la marijuana. Abliz, un cousin de Mehmet, nous aide. Nous coupons les tiges supérieures de chaque plante femelle et nous les entassons dans des sacs de toile. Mehmet est content car les têtes de marijuana sont bien mûres et gluantes de résine cannabique. Elles nous poissent les mains et le soleil nous matraque le crâne. Nous travaillons en prenant notre temps. Nous ne nous cachons pas. Nous n'avons rien à craindre de la police.

Je sais que les policiers hans ne savent pas reconnaître l'odeur du haschisch. Ils n'interdisent pas non plus la culture de la marijuana. Bon sang, à quoi croient-ils que sert cette plante ? Selon Mehmet, ils pensent que les Ouïgours se contentent d'en récolter les graines pour nourrir les pigeons. Pourquoi pas ? Après tout, la marijuana est une variété de chanvre, dont les graines, le chènevis, sont très appréciées des oiseaux. En France, elles sont en vente libre dans les animaleries.

Je ne crois qu'à moitié à l'explication de Mehmet. Je n'arrive pas à imaginer les policiers si dupes : à Makitt, il n'y a guère de pigeons pour consommer toute la production des innombrables champs de marijuana.

Je pense plutôt que cette police han, perçue comme une force d'occupation coloniale, ferme les yeux sur les coutumes des Ouïgours. À Kashgar, le gouvernement communiste laisse les femmes porter le voile ; à Makitt, il tolère que les paysans produisent de la drogue. Il essaie de se faire oublier des populations locales. Il ne veut pas les mécontenter davantage et provoquer des émeutes dans cette région frontalière et stratégique du Xinjiang. Ainsi dépénalisée, la culture de la marijuana n'intéresse pas les réseaux criminels. Le haschisch devient un produit agricole bon marché[12] qui circule jusqu'à Pékin librement et sans être coupé d'ersatz plus ou moins nocifs. Tout compte fait, la police chinoise est sans doute moins naïve que ne le croient les Ouïgours et fait preuve d'intelligence en n'interdisant pas la culture de la marijuana.

Tout en travaillant, je bavarde avec Mehmet et son cousin Abliz. Soudain, ce dernier me déclare qu'il aime les Français.

– Pourquoi ? dis-je, un peu surpris.

– Parce que Platini est français.

La célébrité du footballeur est parvenue jusqu'aux oreilles des paysans de Makitt ! Je demande à Abliz s'il connaît également les noms de Mitterrand ou de Delon. Non, il n'a jamais entendu parler de ces personnes. Certains noms franchissent les frontières mieux

12. À Makitt, au prix de gros, le kilo de haschisch se vend 25 yuans, soit un peu moins de 50 francs à l'époque.

que d'autres. Pour Abliz, la France n'évoque que la patrie de Platini. Malheureusement, le football ne m'intéresse pas et je ne sais rien de ses vedettes. Abliz s'en étonne. En tant que Français, je devrais être au courant des performances de Platini, au même titre qu'un Chinois connaît les grandes lignes de la vie de Mao Zedong. Pour être agréable à Abliz, je brode des banalités sur le surdoué du ballon rond, sur l'entraînement et le salaire d'une star du foot.

Nous avons fauché une centaine de kilos de tiges femelles et les transportons sur le toit plat de la maison de Mehmet. Nous les étalons afin qu'elles sèchent au soleil pendant cinq ou six jours. Mehmet espère en tirer trois kilos de haschisch. Il me montrera comment…

Je dois donc à nouveau attendre. Les journées passent, et la diarrhée chronique du fils de Mehmet se transforme en dysenterie sanguinolente. En convalescence depuis sa circoncision, résiste-t-il moins aux maladies ? Ses parents s'inquiètent, mais n'appellent aucun médecin. Ils préfèrent recourir à la magie : la femme de Mehmet chauffe les fesses du gamin avec une bougie et psalmodie des incantations.

J'assiste à la scène, et j'ignore si c'est la flamme ou la bougie ou les incantations ou les trois à la fois qui possèdent un pouvoir surnaturel, mais le fils de Mehmet se sent mieux. Mehmet, sa femme et son fils ne s'étonnent pas de ce miracle. Pour eux, tout est parfaitement clair : la magie opère. Les Ouïgours de l'oasis de Makitt, capitale du haschisch, vivent dans un monde où la méfiance, la méchanceté, le stress, la science moderne et les antibiotiques n'ont pas leur place.

Un matin, Mehmet m'annonce que la marijuana est sèche.

– Il est temps de préparer le haschisch. Ça, c'est le travail de ma femme.

Elle s'installe dans la cour de la ferme et commence par émietter quelques brassées de tiges de marijuana sur une bâche en plastique. À l'aide de tamis de plus en plus fins, elle sépare les débris de feuilles et les particules de résine cannabique. Elle obtient une poudre plus fine que de la farine, que la brise commence à disperser. Les yeux et la gorge me picotent. Mehmet me dit :

– Regarde, la poudre colle sur mes doigts. Elle peut s'agglutiner. Elle ne contient aucun déchet. C'est du haschisch. Il suffit de le laisser s'aérer et s'humidifier sur le toit de la maison pendant trois jours et trois nuits. Ensuite, nous pourrons le presser et le mouler.

La production du haschisch est artisanale. J'imaginais que le raffinage de la marijuana nécessitait des connaissances scientifiques et du matériel de laboratoire, du genre de celui que les chimistes utilisent pour extraire l'héroïne à partir de l'opium. Je ne soupçonnais pas qu'il était si simple de fabriquer de quoi se droguer.

Serait-ce vraiment si facile pour un néophyte ? Pour faire du pain, il suffit en théorie de disposer d'un peu d'eau, de farine, de sel et de levain, mais pour réussir à faire lever la pâte, il faut beaucoup de savoir-faire. En va-t-il de même pour travailler la marijuana ?

Quelques jours plus tard, j'aide Mehmet à mouler la poudre en plaquettes et en boules. Il a tenu sa promesse : il m'a hébergé et m'a montré comment il produisait du haschisch. Comment puis-je le remercier avant de lui dire adieu ? J'ai envie d'offrir un jouet à son fils. Mehmet est trop pauvre pour lui en acheter un.

Dans le centre de Makitt, un magasin tenu par des Hans vend de la vaisselle, du savon, de l'alcool, des crayons et d'autres produits courants. Un joli ballon est exposé sur un rayon. Voilà un chouette cadeau pour le fils de Mehmet. Il sera fou de joie et il invitera ses copains à jouer au foot. J'imagine les rires et les cris des gamins dans les rues de Makitt. Ils feront un peu de concurrence aux haut-parleurs publics. Cette idée me fait sourire. Mais l'inquiétude l'emporte : quelqu'un demandera au fils de Mehmet où il a trouvé ce ballon tout neuf... les enfants ne savent guère mentir... le fils de Mehmet avouera qu'un étranger le lui a offert...

Je renonce à acheter le ballon. À la place, je fais l'acquisition d'un énorme quartier de bœuf auprès d'un boucher ambulant. Mehmet, sa femme et son fils adorent la viande, mais elle est beaucoup trop chère pour leur bourse. Ce soir, nous ferons un festin. Ce sera notre repas d'adieu, car je pars demain. Ensemble, nous serons heureux une dernière fois. Je sais que demain, au moment de nous séparer, je ne trouverai pas les mots assez forts pour exprimer ma gratitude à Mehmet.

Devrai-je simplement lui dire « merci » ?

Oui, MERCI, en lettres majuscules. Le bon Mehmet lira l'émotion dans mon regard, la sentira dans ma voix. Des larmes mouilleront nos yeux.

MERCI, Mehmet !

Si jamais vous passez par Makitt, dans un an ou dans un siècle, je vous en prie, allez saluer Mehmet ou ses descendants. Dites-leur que je ne les oublierai jamais. Dites-leur encore : « MERCI ! » Dites-le-leur des milliers de fois. Je ne l'ai pas assez fait quand je vivais près d'eux. À présent, assis dans l'autocar qui me reconduit vers Kashgar, je le regrette.

Je joue à nouveau le rôle d'un sourd-muet, mais je me sens parfaitement à l'aise parmi les autres passagers. Sans réfléchir, je me comporte comme eux, comme un Chinois ordinaire.

Je suis devenu chinois au fond de moi-même. Cette métamorphose me marquera-t-elle pour la vie ?

V

1986

Dans la peau d'un fiancé

J'ai acheté une femme
pour une poignée de dollars

Un après-midi de début janvier 1996. J'ai rendez-vous avec François Siégel, le directeur de l'hebdomadaire VSD. *Il a beaucoup aimé ma précédente enquête,* Dans la peau d'un Chinois, *et désire discuter de mes projets de reportages. C'est la première fois que je me trouve en tête à tête avec ce grand patron de presse. J'ai l'intention de saisir cette chance pour proposer la réalisation d'une métamorphose assez spéciale, où je me placerai moi-même au centre de l'enquête. Depuis mon aventure à Makitt, chez les producteurs chinois de drogue, j'ai compris que se glisser dans la peau d'un autre n'est pas seulement un moyen d'espionner, pour obtenir des informations. Raconter ma vie quotidienne au cours d'une métamorphose, étudier mes réactions, telles celles d'un cobaye, constituent en soi un sujet de papier.*

Ma prochaine métamorphose, j'ai envie de la réaliser aux Philippines, cet archipel d'Asie que la presse occidentale considère comme une foire au sexe, un pays de prostituées et de proxénètes. « Les trottoirs de Manille », selon un reportage qui porte ce titre et qui fut diffusé sur la première chaîne de télévision française en 1981, attireraient des hordes d'Occidentaux lubriques. En toute impunité et pour l'équivalent de quelques dizaines de francs, ils assouviraient leurs fantasmes avec des prostitués de tous sexes et de tous âges, y compris avec des enfants, et des agences matrimoniales vendraient des femmes sur catalogue. Ces cabinets d'entremetteurs, à la différence des proxénètes, ne loueraient pas les femmes pour une passe ou une nuit, mais les céderaient à jamais, pour la vie, vendraient chaque Philippina de leur « écurie ». Les traitant comme des esclaves, ils les obligeraient à épouser des Australiens, des Japonais, des Français...

J'ai une idée de reportage sur les agences matrimoniales des Philippines, mais je n'ai jamais osé en parler à quiconque. Comme je l'ai expliqué plus haut, la métamorphose que j'envisage d'entreprendre est assez spéciale. Elle bouleversera ma vie intime. Puis-je encore tergiverser ? D'un air blasé, François Siégel a écouté mon exposé sur l'industrie du sexe aux Philippines. Il jette un œil sur sa montre, puis me regarde avec impatience en pianotant sur la table. Nous sommes seuls dans son bureau, et je sais que je peux compter sur sa discrétion, même s'il refuse de financer mon reportage. Je lui dis :

– Voilà, mon idée part d'un constat simple : j'ai vingt-six ans et je suis célibataire, sans engagement sentimental d'aucune sorte. J'ai le profil parfait pour me glisser dans la peau d'un candidat au mariage. Je... je pourrais m'inscrire dans ces agences matrimoniales et y acheter une femme. Ainsi, je pourrais enquêter de l'intérieur sur ce marché des Philippinas. Et puis, la beauté des Asiatiques me touche et je pourrai sincèrement me mettre à la place d'un de ces Occidentaux qui achètent leur épouse à Manille.

François Siégel sourit pour la première fois depuis le début de notre entretien.

– Continuez, dit-il.

Je lui explique pourquoi, sur ce sujet qui risque bien de traiter de la prostitution, il me semble très important de tenir le rôle d'un candidat au mariage en toute sincérité et sans a priori. *La presse raconte des choses horribles à propos des trottoirs de Manille, et je ne dois pas me laisser influencer. Trop souvent, peut-être par facilité, les journalistes se satisfont en collectant des informations qui confirment des idées préconçues dans l'opinion publique. Ils cherchent à voir et à montrer ce qu'ils croient* a priori, *alors qu'ils devraient faire l'inverse, se débarrasser de tout préjugé et oser croire ce qu'ils voient. Je veux voir de mes propres yeux comment travaillent les agences matrimoniales des Philippines. Je veux tester sur moi-même leurs « services ». Alors, je pourrai témoigner... Par exemple, les femmes que proposent les agences matrimoniales sont-elles en réalité des prostituées ? Celles-ci sont-elles belles, jeunes, éduquées, pauvres... ? Pourquoi acceptent-elles d'être*

« vendues » à des Occidentaux ? Sont-elles traitées comme des bonnes à tout faire ? Des histoires d'amour peuvent-elles naître ? Réussirai-je à acheter une femme qui me plaise ? Que pensera-t-elle de moi ? Comment vivrons-nous ensemble au quotidien ?... Mon but n'est pas de me poser en juge, ni en détracteur, ni en laudateur. À vingt-six ans, j'ai juste envie de me glisser dans la peau d'un client d'agence matrimoniale et de vivre cette nouvelle aventure à fond, en compulsant par exemple les catalogues des agences avec tout mon cœur, en espérant tomber amoureux. Ensuite, je témoignerai sur ce marché aux femmes en racontant ma propre expérience sous la forme d'un reportage.

– J'espère bien rencontrer la femme de ma vie, dis-je à François Siégel pour conclure. Ce serait formidable, n'est-ce pas ?

François Siégel fronce les sourcils. Quelque chose le gêne dans mon projet.

– Que ferez-vous de cette femme que vous aurez achetée, une fois que vous aurez terminé votre enquête ? me demande-t-il. Vous la laisserez tomber, n'est-ce pas ? Ce ne serait pas élégant.

Je n'ai pas réfléchi à ce problème, sans doute parce que la solution est évidente. Sans hésiter, je réponds :

– Si je trouve la femme de ma vie, je l'épouserai, bien sûr. Je la ramènerai en France. Je serais stupide d'agir autrement. Je suis sincère, je jouerai mon rôle de candidat au mariage jusqu'au bout. Faites-moi confiance.

– Dans ces conditions, je suis preneur. Je prends vos frais à ma charge. Allez aux Philippines. Et je vous souhaite d'y trouver l'amour. J'attends de vous lire avec impatience.

À partir de ma longue métamorphose en fiancé, j'écrirai pour VSD *un article de dix feuillets, correspondant au format d'un reportage de magazine. Ce texte paraîtra en juin 1986, alors que je travaille en Chine, toujours pour* VSD, *et que je ne peux contrôler le choix et la mise en page des illustrations. Ainsi, à mon retour, je découvrirai avec stupeur qu'un rédacteur en chef adjoint de* VSD *a publié en ouverture de mon papier la photo de la plus laide des femmes que j'ai rencontrées à Manille, en la légendant comme si elle était « ma » Perla, la Philippina élue de mon cœur. Il m'expliquera qu'il jugeait indécent de montrer que l'on pouvait acheter une jolie femme pour moins de 500 francs. Sans commentaire !*

Aujourd'hui, dans le présent recueil de mes métamorphoses, je me résous à laisser imprimer le récit intégral et inédit de ce reportage si spécial. « Dans la peau d'un fiancé » fut le plus agréable à réaliser de ma vie, et pourtant, il me fit tant souffrir. Le souvenir des Philippines me hantera pendant des années...

Première partie

Perla m'a abandonné. Demain, je quitte Manille. J'aurais sans doute dû me conduire autrement ou être plus méfiant. Je ne sais quoi dire. À quel moment les choses ont-elles mal tourné entre nous ? J'ai besoin de décortiquer les trois mois que je viens de vivre aux Philippines, ce lupanar de l'Occident.

Quelle différence y a-t-il entre un touriste sexuel et un touriste ordinaire ? Le premier voyage pour le sexe facile et il n'a que cette idée en tête. Pour le second, se déplacer est un but en soi : il veut voir des paysages, des monuments... Ce qui ne lui interdit pas une aventure si l'occasion se présente. Pour le premier, le sexe est une drogue. Il n'hésite pas à parcourir dix mille kilomètres pour aller échanger des tréponèmes et des gonocoques avec les peuples du tiers-monde. Il contribue à la rencontre des *syphilisations* plutôt qu'à celle des civilisations.

Aux Philippines, les touristes sexuels sont plus nombreux que les autres. Et ce n'est pas étonnant. Il n'y a pas grand-chose à voir dans ce pays. Manille, la capitale, est une mégapole[1] sans musées, sans monuments dignes d'intérêt, mis à part le cimetière chinois – qui n'est justement pas philippin. Manille ne ressemble ni à Bangkok, ni à Hong Kong, ni à Pékin... Manille ne ressemble à rien, car il n'y a rien, rien du tout. Les bâtiments et les rues n'ont aucun caractère historique, aucun cachet architectural, de sorte que l'étranger de passage est tout de suite contraint de s'intéresser aux gens, par exemple aux prostituées.

1. Environ neuf millions d'habitants.

La société philippina, quelle jolie mosaïque ! Composé en majorité d'une population d'origine malaise, mais aussi d'aborigènes *negritos*, de métis arabes, chinois, espagnols et américains, ce cocktail de soixante millions d'individus convertis au christianisme ou à l'islam peuple l'archipel des 7 107 îles qui forment le territoire des Philippines. Allez donc y chercher une identité nationale ! Ce pays a été une sorte de couvent pendant plus de trois cents ans d'occupation hispanique, puis, en 1896, il fut vendu par l'Espagne aux États-Unis pour 20 millions de dollars. Durant la première moitié du XXe siècle, la colonisation américaine y importa le système démocratique, des lois complexes et la culture hollywoodienne. Pour résumer, on pourrait dire de l'archipel des Philippines qu'il est les « États-Unis de l'Europe du tiers-monde ».

Les Philippins ont la peau jaune et les yeux bridés. La comparaison avec les autres peuples d'Extrême-Orient s'arrête là. Les Philippins ne croient ni en Bouddha ni en Confucius. De plus, ils ne sont ni prétentieux ni chauvins. Ils portent des noms de famille espagnols, l'anglais est leur seconde langue maternelle et ils aiment fredonner les derniers tubes de Michael Jackson et de Madonna. En plus, ils chantent juste. Ce talent est apprécié de Singapour à Tokyo, où les boîtes de nuit engagent des chanteurs et des orchestres philippins. C'est vrai, les Philippins savent mettre de l'ambiance. Ils réussissent à communiquer leur éternelle gaieté.

Les Philippins sont des gens trop simples, des benêts, diront certains. Selon moi, ce sont des sages. Ils vivent sur des îles tropicales et sont « cool ». À quoi cela servirait-il de manifester de la mauvaise humeur ? Ils gardent toujours le sourire et restent courtois, même quand ils vous cherchent des ennuis ou essaient de vous dépouiller. Une telle joie de vivre est d'autant plus surprenante que leur président, Ferdinand Marcos, est un dictateur et que leur pays est l'un des plus pauvres du tiers-monde. Il sent le tiers-monde à plein nez, dès que l'on sort de l'aéroport de Manille.

Chaque pays a son odeur, et celle-ci se perçoit immédiatement, bien avant l'architecture des bâtiments ou l'habillement de la population. Il faut quelques heures ou quelques jours pour s'y habituer et ne plus y prêter attention. La France doit également sentir quelque chose, mais ayant grandi dans ce pays, je n'ai jamais perçu son odeur. L'Italie sent le pin, la Thaïlande les poubelles, le poisson séché et les gaz d'échappement, Hong Kong le jasmin et le gingembre, la Chine la fumée de charbon... Les Philippines, elles, empestent les ordures, la sueur, l'ail frit et la viande grillée au barbecue. Un tel mélange « sent bon » la pourriture du tiers-monde, et en arrivant le 20 janvier 1986 à Manille de notre morne France, après une quinzaine d'heures d'avion, je suis tout excité en retrouvant l'odeur caractéristique des Philippines. C'est mon quatrième voyage dans ce supermarché du sexe. Cette fois, pour le compte de l'hebdomadaire *VSD*, je viens enquêter sur les agences matrimoniales qui vendent des Philippinas à des Occidentaux. Je me glisserai dans la peau d'un client et j'essaierai d'acheter une femme.

Les agences matrimoniales ne travaillent pas dans la clandestinité. Elles passent même des annonces publicitaires dans *Bulletin today*, le plus sérieux quotidien des Philippines. L'une d'elles, International Marriages, a son siège dans un building de l'avenue Taft, une artère centrale au-dessus de laquelle court la ligne de métro aérien de Manille. Ornée d'une icône représentant Jésus et la Vierge Marie, l'entrée du bâtiment est gardée par deux vigiles. Un énorme colt pend à leur ceinturon. Je ne m'inquiète pas.

À Manille, la plupart des immeubles de bureaux, les agences de voyages, les banques, les hôtels, les centres commerciaux, les restaurants et même les fast-foods emploient des portiers en uniforme et armés, comme si toutes ces entreprises redoutaient un hold-up ou une prise d'otages, comme si la capitale des Philippines se trouvait en plein Far West. Sur la porte de nombreux établissements, une curieuse pancarte est accrochée à l'intention des clients :

Aucune arme à feu autorisée à l'intérieur.

Ou encore :

Vous êtes le bienvenu,
votre revolver ne l'est pas.

Je n'ai jamais été témoin d'actes de violence à Manille. Je ne crois pas que ce soit une capitale dangereuse ; je sais en revanche avec certitude que le salaire mensuel d'un garde privé ne dépasse pas l'équivalent de quelques centaines de francs. Un patron philippin peut en engager un ou deux sans se ruiner.

Je médite sur ces histoires d'armes à feu pour oublier que je me prépare à acheter une Philippina. J'essaie de calmer mon trac.

International Marriages occupe un appartement au cinquième étage de cet immeuble gardé de Taft Avenue. Me voilà devant le repaire de marchands de femmes. Je dois passer à l'action. J'ai les mains moites et les essuie sur mon pantalon avant de frapper doucement à la porte.

Une femme d'une trentaine d'années m'ouvre. Elle est vêtue d'une robe bon marché, à grosses fleurs roses et bleues, et ses cheveux sont permanentés à la mode afro. Elle me sourit. Elle ne me pose aucune question et m'invite à la suivre et à m'installer dans un fauteuil du salon de réception. Les murs sont tapissés de photos de couples : de gracieuses Asiatiques posent dans les bras de vieux Blancs bedonnants qui ont l'âge d'être leurs pères ou même leurs grands-pères.

– Ces Philippinas et ces étrangers se sont rencontrés grâce à moi, dit la femme. Ils semblent heureux, n'est-ce pas ? Je m'appelle Suzan. Je dirige l'agence avec mon mari Juan. Il arrive à l'instant. Je le laisse prendre soin de vous. À bientôt.

Et Suzan sort tandis que Juan entre dans la pièce. Il s'assied derrière une table couverte de dossiers. Comme Suzan, il est âgé d'une trentaine d'années, il porte une chemisette blanche et un pantalon gris. Une fine moustache lui donne un air autoritaire. Il n'est ni beau ni laid. Rien ne le distingue d'un Philippin ordinaire. J'apprendrai par la suite que Juan a monté son affaire de marchand de femmes en 1981, grâce au pécule qu'il a constitué en travaillant deux ans en Arabie Saoudite pour Thomson. Toujours à la recherche de nouveaux clients occidentaux, il a ouvert une succursale à Sydney. Pour le moment, Juan me sourit. Je me sens obligé de bredouiller quelque chose :

– Voilà... Hum... J'ai vingt-six ans... J'ai lu votre annonce dans le journal *Bulletin today*... Hum... Je cherche une femme.

– Je sais, dit Juan, les Occidentaux qui viennent chez nous viennent tous pour la même chose. Ne vous inquiétez pas. Je peux vous présenter un nombre illimité de femmes pendant un mois. Vous emmènerez celle qui vous plaira le plus.

Notre entretien se déroule en anglais. Je pourrai utiliser cette langue tout au long de mon reportage, car tous les Philippins ayant reçu une éducation secondaire la parlent couramment, même entre eux parfois, dans les couches aisées de la société. Le travail d'un journaliste étranger en est facilité : pas de barrière linguistique, donc pas d'interprète, il peut enquêter en profondeur, sans trop se tromper.

La proposition de Juan semble trop alléchante pour être réaliste. Et puis, je ne m'aime pas dans ma nouvelle peau. J'ai honte de vouloir acheter une femme, comme si j'étais un sous-homme, incapable de séduire. Mais je ne peux pas dire à Juan que je suis en train de le piéger, de mener une enquête sur son trafic d'êtres humains ! J'essaie de lui donner une meilleure image de moi :

– Je suis très difficile. Je suis jeune, je peux facilement trouver une femme. Mais j'en cherche une qui soit à la fois belle et intelligente, qui me plaise sur tous les plans. C'est pour cette raison que je fais appel aux services d'une agence matrimoniale.

Juan hoche la tête d'un air compréhensif, mais je réalise vite qu'il n'a rien compris du tout. J'ai parlé de beauté et d'intelligence ; il me répond docilité féminine :

– Vous, les hommes occidentaux, vous désirez tous la même chose. Vous en avez assez des femmes de chez vous, vous les trouvez trop libérées. J'ai ce qu'il vous faut. Les Philippinas sont soumises, gentilles et fidèles. Vous en serez satisfait. Mes honoraires s'élèveront à 1 200 pesos [2], payables d'avance.

Ce n'est pas cher, mais, dans les pays du tiers-monde, un client qui ne marchande pas passe pour un idiot. Menaçant d'aller m'inscrire dans une autre agence, j'obtiens une ristourne de 200 pesos et je règle Juan. D'ordinaire, les clients d'International Marriages paient l'équivalent de 2 000 à 8 000 francs, en fonction de leur état de solitude. Juan m'explique cela sans aucune gêne. Il ne cache pas qu'il a accepté de me faire un prix parce que je suis jeune. De son point de vue, une femme vaut moins cher pour moi. Je suppose qu'il sous-entend qu'il lui sera plus facile d'imposer à une Philippina de m'épouser. D'habitude, ses clients ont plus de quarante ans, et certains presque le double. La plupart sont australiens.

2. Environ 400 francs français.

Il y a également quelques Allemands, des Américains et des Français. Ils exercent toutes sortes de métiers : employé de bureau, agriculteur, chauffeur de taxi, barman. Nombre d'entre eux sont divorcés. Ne réussissant pas à trouver l'amour dans leur pays, ils se tournent vers le marché de la femme exotique, comme dit Juan.

– Quelle est votre profession ? me demande-t-il.

Je pensais qu'il me poserait cette question. Je décide de ne pas dissimuler que je suis journaliste. La femme que je choisirai d'épouser doit savoir de quelles activités je tire mes revenus. De toute façon, elle le découvrira une fois que nous serons en France. Je préfère ne pas trop mentir. Il suffit de ne pas dire que j'enquête en ce moment sur les agences matrimoniales. Je réponds à Juan que je suis venu aux Philippines pour couvrir les élections présidentielles qui se dérouleront dans deux semaines.

– Vous voyagez beaucoup en tant que reporter. C'est un chouette métier, dit Juan avec une certaine admiration.

Il ouvre un dossier contenant plusieurs dizaines de photos et de fiches de Philippinas à marier et les étale devant moi. Je commence par étudier les visages. Il y en a pour satisfaire tous les goûts. Certaines femmes posent en prenant un air aguicheur, d'autres ont un regard de chien battu, quelques-unes sont en âge d'être grand-mères. La plupart ont une vingtaine d'années et ce petit nez en prise de courant qui caractérise les habitants des Philippines, ces métis de Malais, d'aborigènes *negritos* et d'Européens.

– Regardez celle-là, dis-je à Juan en montrant une fille obèse de vingt-quatre ans. Aucun homme ne voudra d'elle.

– Détrompez-vous, réplique Juan. Les laides ne sont pas les plus difficiles à placer. Je dirais même qu'elles ont presque de la chance de ne pas être jolies. Beaucoup d'hommes désirent que leur épouse n'éveille pas la convoitise.

– C'est absurde ! Si on leur demande pourquoi ils aiment leur femme, ils répondront : « Parce qu'elle est vilaine » ?

Juan sourit et reprend d'une voix très douce :

– Pour nos clients, il est très important d'être sûrs que personne ne leur volera leur femme. Ils désirent qu'elle leur appartienne. Certains ont trop souffert d'avoir été trompés lors d'une précédente relation de couple.

Juan me regarde droit dans les yeux et me donne un conseil :

– Ne vous fiez pas aux photos. Certaines femmes sont photogéniques, mais en réalité elles ne possèdent aucun charme. Croyez-moi. Le mieux est de vous faire une idée en étudiant la fiche de chacune. Ensuite, je vous ferai rencontrer celles qui vous intéressent. Vous pourrez les comparer avant de choisir.

– Êtes-vous certain qu'elle acceptera, elle, de m'épouser ?

– Ne vous préoccupez pas de cela, j'en fais mon affaire. Les Philippinas aiment les Occidentaux. C'est mon job de proposer des épouses dociles qui seront fidèles pour la vie.

Je dois maintenant poser à Juan la question qui me préoccupe : ces femmes seraient-elles des prostituées ? Je ne recherche pas une aventure d'une heure avec une fille. Je veux réellement tenir le rôle d'un client d'agence matrimoniale, et je n'ai aucune envie de partager le reste de ma vie avec une prostituée. Comment être sûr de ne pas tomber dans un piège ?

– N'ayez crainte, dit Juan. Un détective mène une enquête de moralité sur toutes les femmes de notre fichier.

– Sont-elles vierges ?

– Est-ce important pour vous ?

– Oui et non...

Cela n'est pas tout à fait exact, car je n'attache aucune importance à la virginité d'une femme. J'ai répondu à Juan de manière équivoque afin de lui laisser le choix de me mentir ou de me dire la vérité. S'il prétend que toutes les Philippinas de son agence n'ont jamais couché avec un homme, je penserai qu'il me baratine depuis le début.

– Je comprends vos inquiétudes, reprend-il. Ne vous en faites pas. Nous avons de nombreuses vierges à vous proposer. Bien sûr, ce détail n'est pas mentionné sur les fiches. Vous pourrez les interroger vous-même, ou bien, si vous préférez, je le ferai à votre place... Soyez rassuré, les Philippinas sont sérieuses. Vous ne serez pas déçu.

Je commence seulement mon enquête et j'ignore comment fonctionne tout ce trafic de femmes. Néanmoins, Juan m'inspire confiance. Je le crois capable de me procurer une épouse en échange des 1 000 pesos que j'ai réglés. Je ne dois pas avoir peur des mots et me voiler la face : je suis en train d'*acheter une femme*, c'est bien de cela qu'il s'agit. J'ai même accepté de payer d'avance, comme si j'étais sûr de pouvoir me contenter de l'une des esclaves domestiques et sexuelles du fichier d'International Marriages. Que suis-je en train de faire ? Ne devrais-je pas m'en aller et abandonner ce reportage ? Serai-je capable de tenir mon rôle jusqu'au bout ? Après tout, pourquoi pas ? J'ai envie de tomber amoureux aux Philippines, dans ce pays que j'adore et où je me sens à l'aise. Alors, je commence à trier les fiches étalées devant moi, et Juan me laisse seul dans le salon de réception.

Au travail ! J'étudie les fiches de dizaines de Philippinas, et cela me plaît. J'ai l'impression de devenir intime avec ces femmes en apprenant toutes sortes de choses sur elles : leur âge, leur religion, leur niveau d'éducation, leur profession, leur taille, la couleur de leurs yeux et de leur teint, leurs hobbies, mais aussi leurs ambitions dans la vie et le type d'homme qu'elles désirent épouser. La plupart d'entre elles rêvent d'un Occidental de leur âge, de vingt-cinq ou trente ans, qui soit sincère, beau, tendre, intelligent, responsable… Elles n'ont aucune chance d'être achetées par un tel homme. Les clients d'International Marriages pourraient souvent être leurs pères, et s'ils avaient tant de qualités, ils auraient déjà trouvé une épouse dans leur pays. Au bas des fiches, les femmes se décrivent elles-mêmes en quelques mots. Elles prétendent toujours être douces, compréhensives, adorables, intelligentes et sérieuses. Possèdent-elles vraiment toutes ces qualités ?

Je relis leurs fiches. À la rubrique « ambitions personnelles », elles répondent sans originalité : « partir à l'étranger », ou bien « faire un mariage réussi », ou encore « avoir du succès dans tout ce que j'entreprendrai ». Une femme s'est même contentée d'écrire : « Mon ambition est d'atteindre mon but *(sic)*. » Les Philippinas d'International Marriages sont-elles vraiment toutes si intelligentes, et si tendres, et si séduisantes, etc. ? Comment faire mon choix ?

Selon Juan, je ne dois pas me fier aux photos. Cependant, l'étude des fiches me laisse perplexe. Une définition cynique des relations amoureuses me revient en mémoire. Je ne sais plus où je l'ai lue, mais elle résume la situation des hommes et des femmes que Juan assemble : « Des types ordinaires rêvent de femmes extraordinaires, qui, elles-mêmes ordinaires, rêvent de types extraordinaires. » Contracté sur la base d'un tel malentendu, un mariage se solde-t-il par la rancœur ou le divorce ? Je ne suis plus aussi enthousiaste à l'idée de chercher une épouse dans une agence matrimoniale...

Je dois tout de même poursuivre mon enquête. Je décide de sélectionner une vingtaine de Philippinas en fonction de leur âge et de leurs photos. Pour commencer, Juan me présentera à trois d'entre elles. Si aucune ne me plaît, il organisera d'autres rendez-vous.

Le lendemain après-midi, en frappant à la porte de l'agence, j'ai le cœur serré. Je tremble d'émotion. Dans quelques instants, je ferai la connaissance d'une Philippina, puis d'une autre, et encore d'une autre... et je devrai décider si j'ai envie de vivre avec celle-ci ou celle-là jusqu'à ma mort. Juan m'a assuré que mon élue accepterait de m'épouser. Il me l'a répété plusieurs fois hier. Cela signifie que je n'ai pas besoin de plaire à ces femmes. Je ne dois pas m'inquiéter.

Comme prévu, je rencontre Lyn – vingt-six ans –, puis Abi – dix-huit ans –, puis Glenda – vingt-deux ans. J'ai rendez-vous avec chacune d'elles à une heure d'intervalle. C'est trop long ou bien trop court, car, en quelques secondes, je sais si telle ou telle fille me plaît. Nul besoin de réfléchir. Néanmoins, je n'ai pas le courage de les congédier sur-le-champ et je bavarde un quart d'heure de la pluie et du beau temps avec Lyn et Abi. Elles sont mignonnes et gentilles, mais elles ne m'emballent pas. Je trouve leur beauté fade, sans caractère. Et puis je rencontre Glenda. Elle, je l'invite à boire un verre dans un snack-bar.

Disons-le franchement, Glenda me botte. Elle a de très longues jambes et un minois d'adolescente. Elle pétille d'énergie et s'exprime avec humour. Elle aime lire et danser, tout comme moi. Nous passons une heure délicieuse en badinant.

J'apprécie son franc-parler, même si son goût de la dérision la pousse trop souvent à ricaner d'autrui, en premier lieu de ses compatriotes. Quand je lui raconte que je suis journaliste, que j'enquête sur les élections présidentielles aux Philippines, elle sourit :

– Vous, les journalistes étrangers, vous n'avez pas peur d'écrire la vérité. Les journalistes philippins, eux, font de la propagande pour le gouvernement. Dans le *Bulletin today*[3], la seule info qui soit vraie est la date de parution imprimée en première page.

Glenda exagère sans doute quand elle dénigre en bloc tous les journalistes philippins. Elle ne correspond pas au type de femme que je m'attendais à rencontrer dans une agence matrimoniale de Manille : une Philippina soumise, mi-prostituée, mi-sotte. Aux Philippines, on dit des personnes un peu sottes, qu'elles n'ont rien dans la noix de coco. Glenda a dû pousser sur un cocotier vigoureux, car sa tête, sa noix de coco, est bien pleine. Je lui propose de nous revoir dans quelques jours. Je veux réfléchir et rencontrer d'autres Philippinas.

Durant une semaine, je fais la connaissance d'une vingtaine de femmes. Trois d'entre elles m'intéressent. Elles s'appellent Joan, Christie et Glenda bien sûr. Joan m'a époustouflé, mais je ne peux pas l'épouser.

Joan a vingt-cinq ans, un visage et un corps de mannequin, et son père est un riche médecin. Le jour où je la rencontre, elle porte un élégant tailleur rouge sang qui doit coûter plusieurs milliers de pesos. Elle est superbe : une vraie beauté philippina. Pourquoi une jeune et jolie bourgeoise cherche-t-elle à se marier par l'intermédiaire d'une agence matrimoniale, qui plus est avec un Occidental probablement vieux, bedonnant et peu éduqué ? Cette question me turlupine alors que je déjeune au restaurant en sa compagnie. À la fin du repas, je la questionne. Elle reste silencieuse pendant quelques instants et baisse les yeux. Quand elle les relève, elle me regarde en rougissant et murmure :

– Marc, je te trouve sympathique. J'ai rencontré une quinzaine d'hommes par l'intermédiaire de l'agence. Toi, tu es différent. Tu es jeune et séduisant. Je n'ai pas envie de te mentir.

– Qu'est-ce que tu veux dire ?

– J'ai un secret... Tu n'en parleras pas à Juan, n'est-ce pas ?

– D'accord.

Elle se tourne à gauche et à droite pour vérifier que personne n'écoute notre conversation.

3. Cf. p. 192.

– En réalité, reprend-elle, je ne suis pas secrétaire dans une banque. Je suis journaliste comme toi, mais je ne couvre pas les élections présidentielles.

– Tu travailles pour quel journal ?

– Je préfère ne pas le dire. De toute façon, ce détail n'a aucun intérêt pour toi, n'est-ce pas ?

Je hoche la tête, ne sachant trop comment réagir.

– Je ne voudrais pas que tu te fasses d'illusions sur le but de notre rencontre, poursuit-elle. Je ne désire pas me marier. En ce moment, j'enquête sur les agences matrimoniales de Manille. J'ai imaginé de me faire passer pour une de ces filles qui acceptent de se marier avec le premier Occidental qui voudra d'elles. Je veux savoir comment les patrons des agences les traitent. Je veux voir qui sont les hommes qui achètent des Philippinas.

Ça alors, pour une surprise c'est une surprise ! Je reste sidéré. Joan a eu la même idée que moi. Nous enquêtons sur la traite des épouses philippinas en utilisant la même technique de métamorphose. Joan a l'honnêteté de me l'avouer. Que dois-je faire ? Lui dire la vérité moi aussi ? J'hésite un instant, puis y renonce. Ce n'est pas de la lâcheté de ma part. D'abord, Joan s'est glissée dans la peau d'une candidate au mariage sans avoir l'intention de se marier ; ensuite, elle est en train de terminer son reportage, alors que moi je commence le mien. Il est plus prudent de garder mon secret.

Joan et moi, nous pourrions former un sacré couple de journalistes. Imaginez toutes les nouvelles métamorphoses que nous réaliserions ensemble... À propos des agences matrimoniales, en confrontant nos expériences, nous écririons un formidable reportage, j'en suis convaincu. Je vais essayer d'apprendre ce qu'elle a découvert en se glissant dans la peau d'une femme à vendre. D'un air admiratif, je lui dis :

– Tu es courageuse.

Elle sourit. J'ajoute :

– Je suis curieux. Parle-moi de Juan ! Est-ce une espèce de proxénète ?

– Non, pas vraiment.

– Comment réussit-il à recruter des Philippinas pour son agence ?

– Tu sais… les filles viennent s'inscrire d'elles-mêmes. Elles viennent de milieux modestes. Certaines habitent dans les bidonvilles. Elles rêvent d'épouser un Occidental pour connaître une vie aisée. Je ne dirais pas que Juan les force à suivre tel ou tel homme, si laid et si vieux soit-il. Il les manipule. Il leur donne des conseils et modère leurs prétentions. Bien sûr, elles l'écoutent, sinon cela n'aurait aucun sens pour elles de figurer dans le fichier de l'agence. Ces femmes ne sont pas des prostituées, mais elles sont consentantes et prêtes à tout pour être choisies par un étranger. Elles essaient de se vendre du mieux qu'elles peuvent, comprends-tu ?

– C'est-à-dire ?

– Moi, par exemple, j'ai vingt-cinq ans. En remplissant ma fiche, je voulais préciser que je préférais un mari de mon âge. Cela me semblait raisonnable. Eh bien, Juan m'a expliqué que je ne devais pas me montrer si exigeante, car la majorité des clients de l'agence ont plus de quarante ans. Finalement, j'ai écrit sur ma fiche que j'accepterais d'épouser un homme de plus de quarante ans.

– Que se passe-t-il quand un étranger veut épouser une fille à qui il ne plaît pas ?

– Juan sait convaincre la fille. Il lui dira que c'est un homme gentil et assez riche, et qu'il l'aime, qu'il ne faut pas attacher trop d'importance à l'apparence physique ni à l'âge, qu'elle sera certainement heureuse avec lui… Juan demande souvent aux étrangers de faire des cadeaux aux familles des filles. Il cherche à arranger un maximum de mariages. C'est son gagne-pain. Il exige que nous rencontrions tous les hommes qui, comme toi, nous présélectionnent à partir des fiches.

– Et alors ? Comment se déroulent ces rencontres ?

– C'est… ennuyeux… et même désagréable. Ces vieux obsédés sexuels n'ont guère de conversation, alors, pour tuer le temps, leurs yeux te déshabillent, leurs bras t'enlacent et leurs bouches cherchent à t'embrasser. Voilà ce que j'en pense. La majorité des filles se laissent tripoter. Elles désirent vraiment être choisies par un étranger. Moi, il me faut donc jouer la comédie, ne pas trop rabrouer ces obsédés, avoir l'air de m'intéresser à leur vie monotone, à leurs problèmes de santé, aux feuilletons qu'ils aiment regarder à la télé, à leur marque de bière favorite, à la couleur de leur voiture, au nombre d'enfants qu'ils désirent avoir, à leur chien... Juan m'a conseillé, comme aux autres filles, de passer à l'agence tous les dimanches, le jour où viennent beaucoup de clients étrangers, et de m'habiller sexy. Je lui ai demandé ce qu'il entendait par là. Il m'a suggéré de porter un pantalon moulant ou bien une robe légère avec une grosse ceinture très serrée à la taille.

Elle baisse les yeux en riant :

– Tu vois, aujourd'hui, j'ai mis ce tailleur rouge parce que j'avais rendez-vous avec toi. La jupe est très courte, j'ai un peu honte. Juan m'a dit que j'avais de belles jambes, qu'il fallait les montrer si je voulais me vendre. Je ne me doutais pas que je te raconterais toute la vérité. Tu m'as rencontrée pour rien, je t'ai fait perdre ton temps. J'espère que tu ne m'en veux pas trop, hein ?

– Non, je ne t'en veux pas...

Oublions Joan. Je pense à Christie à présent. Je viens de la rencontrer pour la deuxième fois. Elle a vingt-quatre ans et un visage rond et gracieux. Elle ne se maquille pas et la frange qui cache son front lui donne un air sage de femme au foyer. Elle porte des jupes longues et des chemisiers amples qui couvrent une partie de ses bras. Christie ne s'habille pas sexy. Elle est mignonne, n'a l'air ni d'une aguicheuse ni d'une prostituée, et cela la rend à mes yeux d'autant plus attirante et différente des autres Philippinas que j'ai rencontrées. Elle a travaillé comme secrétaire, mais est actuellement au chômage.

J'occupe une chambre chez Mme Arabia, une vieille veuve philippina. Je peux utiliser la cuisine et le salon, et, ce midi, j'ai invité Christie chez moi. Elle nous a préparé une délicieuse soupe de nouilles aux fruits de mer. Après le repas, pour échapper à la présence de Mme Arabia, qui regardait un feuilleton brésilien au salon, j'ai proposé à Christie de nous réfugier dans ma chambre. Elle a accepté sans hésiter, à ma grande surprise. Aux Philippines, pays majoritairement catholique et assez puritain, quand une fille s'enferme dans une chambre avec un garçon, cela signifie qu'elle est disposée à coucher avec lui.

Christie s'est assise à côté de moi sur le lit. Nous sommes restés silencieux et immobiles une ou deux minutes, puis j'ai frôlé sa main et l'ai prise dans la mienne. Ce n'était que la deuxième fois que nous nous rencontrions. Je ne savais pas comment me conduire. Je ne savais même pas ce que je désirais ou ce que j'attendais d'elle. C'est alors qu'elle s'est étendue sur mon lit. Sa main, toujours serrée dans la mienne, était un véritable morceau de braise. Christie était brûlante. Ses yeux brillaient et me fixaient, comme pour m'hypnotiser.

Je ne me suis pas allongé près d'elle. Pourtant, j'avais très envie d'elle. Je ne voulais pas lui donner l'illusion que c'était elle que j'avais choisie. Au bout de quelques minutes, elle s'est redressée et s'est assise sur mes genoux. Je me suis contenté de l'embrasser et de lui caresser les seins au travers de son chemisier. Dans cette position, nous avons agréablement parlé une bonne partie de l'après-midi.

Christie n'est pas vierge. Elle a couché avec un seul homme, un Philippin de son âge, qu'elle a fréquenté il y a deux ans. Il l'a quittée. Elle trouve les Philippins volages et paresseux. Elle leur reproche surtout de manquer d'affection, de s'occuper moins de leurs épouses que de leurs coqs de combat[4]. C'est pourquoi elle désire épouser un Occidental.

Au moment de s'en aller, Christie a proposé que nous passions le week-end prochain ensemble, à la plage. Ainsi nous ferions mieux connaissance et je pourrais peut-être me décider à l'épouser… Elle avait sans doute raison, mais j'ai refusé, de crainte de ne pas pouvoir ensuite la quitter en douceur au cas où elle ne me plairait plus.

Je n'ai donc encore rien *fait* avec Christie parce que je n'arrive pas à choisir entre elle et Glenda. Elles me plaisent toutes les deux et, depuis plusieurs jours, je les rencontre à tour de rôle. Je les invite au cinéma, au restaurant ou à faire du shopping. Je les caresse un peu car elles ne m'indiffèrent pas et je ne suis pas frigide, mais je ne coucherai ni avec l'une ni avec l'autre tant que je n'aurai pas choisi celle que je veux épouser. Que l'on ne se méprenne pas, je ne suis pas un saint. D'habitude, je suis partant quand une « bonne affaire » se présente. Je suis plutôt coureur de jupons, mais, en la circonstance, j'ai des scrupules. Glenda et

4. Christie n'exagère pas vraiment. Aux Philippines, les combats de coqs sont considérés comme une sorte de sport national sur lequel on peut parier de l'argent. Nombre de Philippins élèvent des coqs en vue de ces combats. Chaque jour, ils passent des heures à leur préparer des pâtées hypervitaminées, à les peigner, à les entraîner à se battre.

Christie sont prêtes à tout pour mettre le grappin sur un mari occidental, et elles n'éprouvent pas forcément de réel désir pour moi. Je me trompe peut-être, mais je ne veux pas prendre le risque de leur donner le sentiment que j'ai abusé d'elles le jour où je romprai avec l'une ou avec l'autre. Je voudrais ne pas trop blesser leur amour-propre. Ce problème m'obnubile. Elles, de leur côté, me relancent sans cesse : elles me téléphonent à toute heure, me laissent des petits messages d'amour dans le bureau de l'agence matrimoniale, et j'ai de plus en plus de mal à repousser leurs avances. Pour prendre un peu de recul, je rencontre de nouvelles filles, mais aucune ne m'intéresse autant que Glenda et Christie. Que faire ?

Marcel a la solution.

Marcel, quarante-six ans, à moitié chauve et divorcé, est un cuisinier français installé en Australie. Il a pris un long congé pour venir acheter une nouvelle épouse aux Philippines, et s'est inscrit à International Marriages il y a trois semaines. Depuis, chaque matin, il est au bureau de l'agence dès l'ouverture, épluche le fichier et rencontre des femmes.

Nous ne nous ressemblons guère, mais, entre compatriotes, nous avons sympathisé. Marcel me fait rire. D'une écriture maladroite d'enfant, il note sur un cahier d'écolier l'âge, la coupe de cheveux, le teint, la taille des yeux, du nez et de la bouche, ainsi que les mensurations de chacune des filles qu'il rencontre, le tout suivi d'une appréciation plus subjective : « moche », « pas mal », « bien », « très bien », ou parfois « très très bien ». Marcel s'enorgueillit de se constituer un fichier avec ce qu'il appelle une « rigueur scientifique ». Il adore feuilleter son cahier.

Je préfère rire de Marcel. Je ne veux pas me fâcher avec lui. Il est pathétique... Juan lui a présenté plus de deux cents femmes – deux cents ! – dont deux douzaines ont partagé son lit. Il se doute que je n'approuve pas sa conduite, quoique je ne lui aie jamais fait la moindre remarque. Je dois rester son ami pour mener mon enquête. Je n'oublie pas que je suis un client d'agence matrimoniale, et je ne dois pas jouer les donneurs de leçons – ce serait bizarre ! –, mais il sait que je ne traite pas les filles comme lui. Un jour, il me lance :

– Faut bien essayer la marchandise avant de se décider ! Tu penseras peut-être que je suis un vieux dégueulasse de coucher avec toutes ces gamines, mais, moi, toutes celles qui me le demandent, je les baise. C'est mon principe !

Je ne me permets pas de le sermonner. Je lui demande :

– Après avoir fait l'amour, que fais-tu de ces filles ?

– Je les jette, pardi ! Jusqu'à présent, toutes les filles que j'ai rencontrées étaient soit des putes, soit des boudins.

Je rapporte mot pour mot les propos de Marcel, sans chercher à en atténuer la vulgarité, afin de donner une image fidèle d'un client d'agence matrimoniale. Depuis trois semaines qu'il est là, il n'a pas déniché la perle rare, l'épouse idéale, et n'a plus assez d'argent pour continuer de vivre à l'hôtel. Hier, je l'ai donc présenté à Mme Arabia, ma logeuse. Elle a accepté de lui louer une chambre.

Marcel et moi devenons inséparables – ce que je recherchais pour approfondir mon enquête sur la faune des agences matrimoniales. Il me traite comme son frère cadet, et nous arpentons Manille jour et nuit. J'y reviendrai…

Voici donc la solution que me propose Marcel à propos de Glenda et de Christie :

– Faut pas t'emmerder avec ces gonzesses, mon p'tit pote… Au début, c'est vrai, on se sent gêné de rencontrer et d'éliminer les filles les unes après les autres, car elles semblent bien braves. Mais faut pas prendre de gants. Rassure-toi, toutes ces gonzesses courent plusieurs lièvres à la fois. Elles te font du gringue le matin, et l'après-midi elles en font à un autre client de l'agence. La compétition est rude entre elles. Elles ne laissent passer aucune occasion de ferrer un étranger qui s'intéresse à elles, même si elles flirtent déjà avec un autre. Le premier qui leur proposera de les épouser fera l'affaire. C'est la règle du jeu. Il faut penser à toi avant tout. Baise Glenda ! Et baise Christie ! Tu pourras mieux faire ton choix.

– J'ai des scrupules.

– T'es une poire !

Et Marcel éclate de rire en me tapant sur l'épaule avec affection.

– Glenda et Christie sont consentantes, reprend-il, tu ne les violeras pas, alors paie-toi du bon temps. Y a des filles qui sont vierges et de tempérament réservé, mais pour t'ôter l'envie de coucher avec une concurrente, elles se jettent dans ton lit. Il faut montrer que tu es viril. Être macho, c'est une qualité aux Philippines. Les filles te respectent quand tu prends la situation en main. Elles aiment recevoir des ordres. Je suis sûr que Glenda et Christie te prennent pour une couille molle. Entre elles, elles doivent se foutre de ta gueule.

J'espère que Marcel se trompe. Je l'espère, mais je n'en suis plus si sûr. Pour un client de cette sorte d'agence, la galanterie et les scrupules ne sont pas de mise. Le comportement de Marcel ne choque ni Suzan ni Juan. Mon ami français est loin de passer pour leur client le plus débauché. Chris, un Australien de vingt-huit ans qui en paraît trente-cinq avec sa bedaine de buveur de bière, ne se contente pas des filles de l'agence. Il traîne toutes les nuits dans les bars de Manille. Parfois, Marcel et moi, nous l'accompagnons pour boire un verre, mais nous, nous ne draguons pas. Je poursuis ainsi mon enquête, observant la vie des clients d'une agence matrimoniale de Manille.

Manille !

Manille s'appelle *Manila* en tagalog, la langue locale. Marcel plaisante à ce sujet, dans son habituel langage haut en couleur :

– Manila quoi ? Manie-la ta queue, bon sang ! Y a qu'ça à faire dans ce bled.

Il n'a pas tout à fait tort, puisqu'il n'y a, comme je l'ai dit, rien à visiter à Manille. L'attrait de Manila se trouve à Mabini, le quartier du tourisme sexuel.

Apolinario Mabini est un héros de la première révolution philippina qui chassa les colons espagnols à la fin du XIXe siècle. Qui sait si Mabini était ou non amateur de prostituées... Néanmoins, je ne suis pas convaincu qu'il aurait été fier de donner son nom à l'une des plus grandes concentrations de bordels au monde.

Le quartier de Mabini ne se compare à aucun autre Pigalle du monde, pas même à Patpong, quartier de Bangkok pourtant réputé très chaud. L'atmosphère de Mabini est beaucoup plus festive, dans le style philippin, et non mercantilo-thaïe. Comme la plupart des habitants de Manille, les prostituées de Mabini parlent anglais et peuvent donc converser avec les étrangers, voire se lier d'amitié avec eux. Il n'y a même pas besoin de payer pour s'envoyer en l'air si l'on est assez malin.

Le quartier de Mabini s'étend autour de deux rues parallèles : Mabini Street et Del Pilar Street. Des dizaines de bars s'alignent tout au long de cette dernière rue. Les tubes fluo de leurs enseignes crachent une débauche de couleurs et, par les portes entrouvertes, les haut-parleurs vomissent des torrents de musique disco. La nuit et le silence ne tombent jamais sur Mabini. Vingt-quatre heures sur vingt-quatre, le quartier est envahi de touristes de tous âges, de toutes nationalités et de toutes races, mais aussi de prostituées, de *billy boys*[5], de véritables transsexuels, de nains cireurs de chaussures, de vendeurs de cigarettes et de préservatifs, d'enfants mendiants, de marchandes de roses, de masseuses, de videurs, de flics véreux, de mères maquerelles, de dealers de drogue..., enfin de toutes sortes d'individus décalés auxquels je ne confierais pas la garde d'une gamine de dix ans.

À Mabini, c'est tous les jours carnaval ! Pour qui n'a jamais voyagé hors de la sinistre Europe, il est difficile de se représenter un quartier de prostitution qui ne soit pas glauque. Ici, faire la fête est le mot d'ordre, comme partout dans l'archipel des Philippines. Comme moi, nombre de personnes fréquentent le quartier simplement pour y boire un verre, rire et danser. Les filles ne sont ni dans la rue ni derrière des vitrines. Les bars où elles travaillent abritent d'excellentes discothèques dont l'entrée est même gratuite. Les portiers racolent les passants en leur promettant de trouver dans chaque établissement la bière la plus glacée, la meilleure musique et les plus chouettes *go-go danseuses* de Manille.

Une go-go danseuse est une jeune fille en bikini ou tout autre tenue légère et provocante – minijupe en cuir et brassière par exemple – qui se trémousse sur un podium au rythme d'une musique disco. Chaque bar en emploie une vingtaine, qui dansent par trois ou quatre à tour de rôle. Souvent, elles font leurs numéros sur le comptoir, devant le nez des clients. Ceux-ci peuvent leur offrir un verre, les lutiner un peu, puis les inviter à poursuivre ailleurs la conversation... Ils doivent alors s'acquitter auprès d'une mère maquerelle de ce que l'on appelle pudiquement « l'amende du bar[6] » – sans compter le prix de la passe, négocié directement

5. Expression qui désigne les homosexuels efféminés aux Philippines.

6. En 1986, elle s'élève à 100 pesos, soit une trentaine de francs français. Aucun client ne peut échapper à cette redevance, dont une partie est reversée à la prostituée. En revanche, le prix de la passe varie selon les clients. Pour beaucoup, il s'élève à plusieurs centaines de pesos, mais pour quelques-uns *l'amour* est gratuit,

avec chaque danseuse. La majorité des prostituées de Mabini rencontrent leurs clients en travaillant comme go-go danseuses.

Quand nous sommes en virée à Mabini, Chris, Marcel et moi faisons la navette entre les clubs Blue Hawaï et Fire House. Les filles n'y sont pas plus belles qu'ailleurs, mais elles bougent mieux sur scène. Elles ont appris à danser. Ce ne sont pas de simples beautés à moitié nues en train de se dandiner ou de piétiner plus ou moins en rythme sur une musique disco. Ces sirènes de l'archipel des Philippines envoûtent n'importe quel mâle à peau blanche, jaune ou noire. Sous les projecteurs psychédéliques, leurs corps dessinent des ondulations de plus en plus lascives qui se terminent par d'impressionnants sauts en grand écart. Les chutes sont si brutales que le public frémit, comme s'il craignait quelque terrible déchirure. Mais non, les danseuses sont souriantes. Lentement, très doucement, leurs mains glissent sur leur peau caramel luisante de sueur, effleurent délicatement leur sexe, leurs seins. Ces gestes, ordinairement obscènes, sont ici amenés avec tant de grâce et de naturel qu'on a l'impression que les filles prennent un réel plaisir à travailler au Blue Hawaï et au Fire House.

Et c'est en fait la raison pour laquelle ce sont nos deux bars favoris : nous nous y sentons dégagés de tout sentiment de honte et de culpabilité. Nous ne sommes pas les clients d'une prison pour prostituées esclaves.

Marcel et moi, nous nous contentons de savourer le spectacle et d'oublier notre solitude tout en gardant l'espoir de rencontrer bientôt la femme de notre vie. Chris, lui, drague les go-go danseuses. Chaque nuit, il en ramène une dans sa chambre d'hôtel. On pourrait dire de lui qu'il est un chaud lapin si ce n'est qu'ici, aux Philippines, on dit des Australiens qu'ils sont des « kangourous ». Notre chaud kangourou saute sur tout ce qui a des seins et justifie ainsi sa conduite :

– Dans quelques jours, j'aurai sans doute trouvé une épouse. Je veux enterrer ma vie de garçon en beauté. Y a pas de temps à perdre.

---

surtout en fin de soirée, quand les filles cherchent un endroit où dormir qui soit plus confortable que le dortoir exigu de leur bar : l'appartement ou la chambre d'hôtel d'un étranger fait l'affaire.

Dans la peau d'acheteurs de femmes exotiques, notre vie quotidienne se déroule donc entre les locaux de l'agence matrimoniale et Mabini. Dans une telle ambiance, j'ai un peu changé. Je nourris moins d'illusions sur la sincérité de l'affection que me témoignent Glenda et Christie. Hier, Marcel a surpris Glenda en train de conseiller une fille qui s'inscrivait à l'agence :

– Aussitôt qu'un étranger commence à s'intéresser à toi, il faut saisir cette chance. Il faut l'exciter et accepter de l'épouser. Quel que soit le type !

Il n'y a pas de doute, International Marriages *vend* bien des Philippinas à des Occidentaux. Aucun autre verbe ne décrit mieux cette activité d'entremetteur, même si, contre toute attente, il ne s'apparente pas à la traite d'esclaves : les femmes sont consentantes. Mais cela ne change pas le fait qu'il s'agit bel et bien d'une relation commerciale. En France par exemple, les industriels courtisent les chaînes de grande distribution afin que leurs produits soient référencés et vendus le mieux possible. Les clients des supermarchés sont libres ensuite d'acheter ou non ces articles, et ceci avec le plein accord des fabricants. C'est le principe d'un honnête commerce. International Marriages est un « magasin de femmes exotiques » : les étrangers viennent y acheter non pas des brosses à dents ou des téléviseurs, mais des Philippinas. La différence entre ce commerce et un autre porte sur la marchandise négociée.

Moi, je désespère de rencontrer la Philippina de mes rêves. Marcel aussi. Le 20 février 1986, nous décidons de nous inscrire dans une autre agence matrimoniale. Elle s'appelle *True Love*, « Amour véritable ». Je l'ignore encore, mais ce 20 février sera le jour de ma vie, le jour où j'achèterai Perla…

Perla !
Ma Perla !
Ma perle philippina !

C'est en début d'après-midi que nous nous présentons dans les bureaux de True Love. Le patron est âgé d'une cinquantaine d'années. Il se fait appeler Tonton Pedro et porte une chemise hawaïenne qui lui donne une allure de vieux maquereau. Il nous reçoit en compagnie de ses deux secrétaires. L'une d'elles s'appelle

Perla. Si d'aventure j'étais kidnappé avec elle par des rebelles musulmans[7] dans une île lointaine des Philippines, je ne serais pas du tout pressé que l'on vienne nous délivrer. Comment décrire Perla ? J'ai peur de ne pas trouver les mots dignes d'elle. Perla est belle, trop belle pour moi sans doute. Elle porte une minijupe en jean noir. Elle a de longues jambes qui n'ont pas besoin d'être gainées de collants pour présenter un galbe parfait et un teint de pêche de vigne bien mûre. Elle est à croquer. Ses longs cheveux noués en queue de cheval lui donnent un air de battante. Dans son rôle d'hôtesse de True Love, elle nous adresse un sourire éclatant. Perla rayonne de jeunesse et de santé. Le double pli de ses paupières supérieures surligne l'expression malicieuse de ses yeux en amande. Ce détail est important. Chez les Asiatiques, ce n'est pas la couleur des yeux qui compte – toujours noirs – mais l'aspect des paupières. Une paupière lisse donne aux yeux bridés un aspect globuleux de noyau de fruit, tandis qu'une paupière plissée est un trait de beauté qui enrichit le regard. Le caractère d'une Philippina ou d'une Chinoise se devine aussi dans les plis de ses paupières.

Perla, mon aînée de sept mois, n'est pas seulement belle, elle est, comme je l'apprendrai par la suite, diplômée en comptabilité d'une université de Manille. Je me force à rester calme. J'accepte de feuilleter en sa compagnie un catalogue de femmes que l'on peut acheter pour les épouser. De son côté, Marcel fait de même avec l'autre secrétaire. L'agence True Love a fait imprimer sur papier glacé un catalogue de plusieurs dizaines de femmes, avec leur photo, leur nom, leur âge, leur taille et leur profession. Ces Philippinas ressemblent à celles du fichier d'International Marriages, et je ne remarque rien de particulier. J'ai la tête ailleurs. Je pense à Perla qui n'y figure pas. Je la veux. Elle !

Je tourne la dernière page. Que dois-je dire à Perla ? Elle est sans doute déjà mariée, ou bien elle ne désire pas être vendue à un Occidental. Comme moi, Marcel n'est intéressé par aucune femme du catalogue de True Love, et il propose de partir. Je le prie de patienter une minute. Il est encore temps de déclarer à Perla qu'elle me plaît. J'ai peur qu'elle ne me rie au nez, mais je me dis

7. Dans les années quatre-vingt, des musulmans philippins rançonnent et kidnappent déjà des étrangers.

que je ne dois pas laisser passer cette chance d'ouvrir mon cœur à la plus délicieuse des Philippinas. Me répétant que le ridicule ne tue pas, je décide de me payer de culot. Je feins un air étonné et je dis à Perla :

– Tu[8] n'es pas dans le catalogue. C'est dommage.

Comme je m'en doutais, elle éclate de rire.

– Allons, dit-elle. Il y a des filles plus jeunes et plus jolies que moi dans notre catalogue.

– Non, ce n'est pas vrai. Je rêve d'épouser une femme comme toi. Tu me plais beaucoup. Pourrions-nous…

L'émotion me coupe la parole. Perla ne sourit plus. Elle me dévisage en silence, et je la trouve encore plus ensorcelante. À quoi pense-t-elle ? Se demande-t-elle si je suis une espèce de playboy qui drague toutes les filles qu'il rencontre ?

– Je suis sérieux. Je voudrais mieux te connaître… dans le seul but de t'épouser.

Perla rougit. Elle caresse sa queue de cheval en penchant la tête avec une moue d'adolescente timide.

– D'accord, murmure-t-elle. Mais je dois en parler à Tonton Pedro. Il faudra que tu lui donnes 65 dollars. C'est le tarif minimum quand un étranger choisit une femme chez nous.

Perla va dans le bureau de son patron. Ils en ressortent ensemble au bout de cinq longues minutes. Mon *affaire* peut être conclue. Je suis si heureux que j'oublie de marchander. Sans hésiter, je paie les 65 dollars, soit un peu moins de 500 francs français, et Tonton Pedro me remet la facture de l'achat de Perla. Elle ne travaillera plus chez True Love. Je n'en reviens pas. Je suis devenu le propriétaire d'une Philippina et je ressors de l'agence avec elle.

C'est honteux, c'est terrible, je tremble, je n'ose pas regarder Perla, encore moins lui parler. Elle marche entre Marcel et moi. Dois-je lui prendre la main ? Je m'y risque. Marcel m'adresse un clin d'œil et me lance en français :

8. Je rappelle que la plupart des dialogues de ce récit se déroulent en anglais, en utilisant le pronom personnel *you*. Celui-ci peut se traduire par « tu » aussi bien que par « vous ». Ce serait un artifice d'écriture que de passer par exemple du vouvoiement au tutoiement au cours de ma relation avec Perla, quand nous devenons intimes, puisque cette nuance de langage n'existe pas dans la réalité. En français, il me semble donc approprié de tutoyer Perla dès le début.

– Bien joué, mon p'tit pote ! Tu t'es dégoté une titine de premier choix. Bon, je vais vous laisser roucouler entre amoureux.

Il hèle un taxi, et je reste seul avec Perla. Elle se tourne vers moi et me regarde dans les yeux.

– Où allons-nous ? dit-elle d'une voix douce.

– Je ne sais pas. Nous avons la vie devant nous.

– Oui.

– Marchons un peu.

– Okay.

Je ne lâche pas sa main un instant. Je resserre un peu mon étreinte et elle pose sa tête sur mon épaule. Sans parler, nous nous promenons pendant une heure au pied des gratte-ciel du quartier d'affaires de Makati. Je n'ai pas besoin de lever les yeux pour me sentir dans les nuages. Je plane.

Nous traversons un jardin planté de grands arbres tropicaux, et Perla glisse son bras autour de ma taille. Je suis un peu surpris qu'elle prenne aussi vite une telle initiative. Me joue-t-elle la comédie du coup de foudre ? Est-elle une prostituée ? Je ne le pense pas. Sa main est aussi légère qu'une plume sur mes hanches. Elle m'enlace avec tendresse, comme si déjà nous étions un vieux couple. Elle me regarde à deux reprises et me demande s'il y a longtemps que je suis arrivé à Manille.

– Un peu plus d'un mois, dis-je. C'est mon quatrième voyage aux Philippines. J'adore ce pays.

Perla me dévisage à nouveau, cette fois avec un sourire en coin.

– Vraiment ? poursuit-elle. Tu as dû avoir l'occasion de fréquenter beaucoup de Philippinas !

Je réfléchis avant de répondre et fais non de la tête.

– Oh ! s'étonne Perla. Tu n'as couché avec aucune Philippina ?...

– Je n'ai pas dit cela. Je n'ai pas fréquenté beaucoup de Philippinas, mais j'en ai connu quelques-unes. Juste quelques-unes.

Perla soupire.

– Puis-je te croire ?... Okay, je te fais confiance.

« Okay » est l'une des expressions favorites de Perla. Elle le prononce d'une voix enjouée qui indique un état d'esprit conciliant. Elle ne me demande aucune autre explication. Une Française serait sans doute curieuse de connaître le compte précis de mes aventures, s'il s'agissait ou non de prostituées, etc. Perla semble avoir une autre préoccupation en tête :

– J'espère que tu n'es pas un play-boy, mais je ne voudrais pas davantage d'un puceau comme mari. À ton âge, ce ne serait pas normal, cela m'inquiéterait. Dis-moi, comment trouves-tu les Philippinas ? Ne préférerais-tu pas épouser une femme de ton pays ?

Nous nous connaissons à peine, et Perla me pose des questions indiscrètes sans la moindre gêne. Elle propose de nous asseoir sur un banc, à l'ombre d'une haie de bambous, ce qui me laisse un peu de temps avant de répondre. Je ne veux pas lui dire que je suis en train d'enquêter sur les agences matrimoniales, mais je peux tout de même lui parler de mon attirance pour les femmes asiatiques. Cacher la vérité est moins pénible quand on peut éviter de mentir. Je dis :

– Les femmes blanches ne m'intéressent plus…

– Pourtant, certaines sont très élégantes, me coupe Perla en écarquillant les yeux. Pourquoi préfères-tu les Asiatiques ? Ont-elles quelque chose de spécial ?

Perla m'intimide. Quelle réponse attend-elle de moi ? Pense-t-elle que les pratiques sexuelles varient selon les pays ? Je n'ai pas le courage d'aborder ce sujet. Essayant de dissimuler ma gêne, je dis sur le ton du badinage :

– Tu sais, l'Europe est le continent de la pomme de terre et l'Asie celui du riz. Les femmes blanches me font penser à de grossiers tubercules et les Asiatiques à de délicats grains de riz, avec leurs yeux bridés, leurs traits fins et leurs corps menus. Moi, j'ai mangé trop de pommes de terre. Je n'ai plus d'appétit que pour le riz.

– Toi, me lance-t-elle, tu parles comme un petit voyou.

– Vraiment ? Si j'étais un petit voyou, crois-tu que je te demanderais en mariage ? Crois-tu que je me contenterais de bavarder avec toi en ce moment ?

– Je suppose que non.

Perla m'observe en fronçant les sourcils.

– Que ferais-tu si tu étais un petit voyou ?

Je la regarde à mon tour dans les yeux et je dis en plaisantant :

– Je te violerais.

– Ici ? Dans le parc ? demande Perla plus surprise qu'effrayée.

– Parfaitement, mais je ne suis pas un petit voyou. Je te propose autre chose…

L'idée germe dans mon esprit en un éclair. Je me sens à l'aise, je n'ai plus le trac. C'est le moment idéal avec la fille idéale. Je passe une main sur les épaules de Perla, j'approche ma tête de la sienne et, doucement, je l'embrasse sur la joue puis sur la bouche. Nous restons ainsi une longue minute. Quand nous nous redressons, je me retrouve un peu perdu et emprunté, et c'est Perla qui parle la première :

– Alors ? Mes lèvres ont-elles le goût du riz ?

– Hum... Je crois bien que oui.

Nous éclatons de rire.

– Marc, tu me plais beaucoup. Je ne pensais pas que je rencontrerais un homme aussi séduisant chez True Love.

Je l'embrasse à nouveau, un peu moins longtemps cette fois, car elle se dégage en faisant semblant de frissonner.

– Tu me donnes la chair de poule. Tu vas me rendre folle si tu continues.

Je n'ai pas le temps de lui demander ce qu'elle veut dire, car elle approche ses lèvres des miennes pour aussitôt s'en éloigner en riant :

– J'ai peur de me brûler, dit-elle. Tu es trop beau... Laisse-moi toucher ton nez.

Quelle idée saugrenue et délicieuse ! Je me plie à la volonté de Perla. Elle sourit et tapote mon gros nez d'Européen, puis elle approche son visage, appuie son petit nez contre le mien, le frotte, le mordille soudain. Mon pif, mon tarin, mon blair, cet organe qui a trop poussé à la surface de mon visage, ce nez démesuré est perçu comme un trait de beauté par une Philippina. Sur tous les continents, les hommes apprécient ce qui est exotique. Moi, je raffole des yeux bridés de Perla ; elle, elle adore toucher et bécoter mon gros nez. Nous flirtons ainsi le reste de l'après-midi, puis nous dînons en amoureux sous les lumières tamisées d'un restaurant italien. Dieu, s'il existe, nous a conçus l'un pour l'autre. Nous avons grandi à dix mille kilomètres l'un de l'autre, et nous rions en découvrant que nous avons les mêmes hobbies : la natation, la lecture de romans américains et les virées en discothèques.

Le lendemain, nous avons rendez-vous à dix-sept heures au marché aux fleurs du quartier chinois de Quiapo. A dix-sept heures trente, Perla n'est toujours pas arrivée. M'a-t-elle posé un lapin ? A-t-elle décidé de reprendre sa liberté et de ne plus m'épouser ? L'inquiétude m'envahit. Rien n'est plus angoissant que l'attente de la personne aimée, l'incertitude vous tourmente. Je ne connais même pas son adresse. Je sais juste qu'elle habite non loin de Quiapo. Je n'arriverai jamais à la retrouver. Je traîne devant les étalages des fleuristes, mais je n'ai plus le cœur à acheter les roses rouges que je voulais lui offrir. Elle s'est sans doute moquée de moi hier. Elle doit bien rire.

Je décide de patienter jusqu'à dix-huit heures. Ensuite, je rentrerai chez moi, ou bien j'irai retrouver Marcel à Mabini, et j'oublierai ma déconfiture dans les bras d'une prostituée philippina. Et je renoncerai à poursuivre mon enquête sur les agences matrimoniales. C'est décidé.

Soudain, deux mains se posent sur mes yeux. C'est elle. C'est Perla !

– Excuse-moi, dit-elle en m'embrassant. Heureusement, tu m'as attendue. Allons dans un endroit tranquille. Il faut que je te parle.

Elle se force à sourire. Je le vois bien. Un mauvais pressentiment s'insinue en moi tel un poison. Mes jambes flageolent. Je l'invite à dîner dans le restaurant chinois le plus proche. Devant une table joliment garnie, Perla me révèle la raison de son retard, et ce qu'elle me dit me coupe l'appétit :

– Marc, tu me plais beaucoup. C'est vrai, et je ne veux plus te mentir. Je désire me marier avec toi, mais, avant de te connaître, je fréquentais un homme, un Japonais. Cet après-midi, je suis allée chez lui avec l'intention de rompre. Il habite très loin, dans la banlieue sud de Manille. C'est pour cela que je suis en retard.

– Que s'est-il passé ?

– Il n'était pas là. Sa bonne m'a dit qu'il était en voyage à Bangkok pour plusieurs semaines. Ne t'inquiète pas. Dès qu'il rentrera, je lui dirai que je ne veux plus le voir. Il a quarante-cinq ans, il est trop vieux pour que je l'aime, mais je ne peux pas le quitter sans lui donner d'explication. Il a toujours été gentil avec moi. C'est un diplomate de la Banque asiatique de développement[9]. Il est riche et généreux. Chaque mois, il me donne 2 000 pesos[10] pour m'acheter des vêtements et payer mon loyer. Il est marié à une Japonaise qui vit en Californie avec leurs deux enfants. Il se sent si seul à Manille. Il a besoin de quelqu'un à qui se confier. Nous sommes amis avant tout. Une ou deux fois par mois, il me demande de faire l'amour et je me sens obligée d'accepter. C'est un gentleman, il ne me forcerait jamais à faire quelque chose contre mon gré. Mais ne va pas imaginer que j'y prends plaisir : il est plus ou moins impuissant. Tu vois ce que je veux dire, hein ?

J'ignore pourquoi Perla me donne tous ces détails. Je n'ai pas envie d'écouter le récit de leurs ébats. Je ne suis pas curieux d'apprendre quels sont les qualités et les défauts du Japonais. Ce type ne m'intéresse pas. La différence entre lui et Chris, mon ami kangourou d'International Marriages, c'est que le premier est riche et peut entretenir une maîtresse de luxe qui prétend lui faire l'amour par amitié. Le second fréquente Mabini et s'adonne à la *syphilisation* de masse, avec des prostituées à quelques dollars la passe. Je n'ai pas envie d'en savoir plus.

Je regarde Perla. Elle me surprend. Elle me déçoit un peu. Je ne la considère pas comme une prostituée, mais c'est tout de même une femme entretenue. Il existe des millions de femmes comme elle de par le monde, et leur conduite n'est pas vraiment jugée immorale. Cette idée finit par me rassurer. Et puis, je me rappelle ma propre attitude : moi aussi j'ai acheté le cœur de Perla : 65 dollars cash ! Je n'en suis pas fier. Ai-je le droit de lui faire des reproches ? Je prends sa main et la caresse.

– Je te promets de ne plus jamais coucher avec le Japonais, insiste-t-elle. J'essaierai de le revoir une fois, juste pour rompre. Okay ?

– Oui, dis-je sans enthousiasme. Je suppose que je n'ai pas le choix…

– Ce sera mieux ainsi. Fais-moi confiance. Rappelle-toi que tu es mille fois plus séduisant que lui.

Je me tais. L'être humain est ainsi fait qu'il ne se méfie pas quand

9. Organisation financière internationale créée en 1966 et ayant son siège à Manille.

10. Soit un peu plus de 600 francs.

il aime. Il a tendance à croire qu'un amour réciproque suffit à construire le bonheur d'un couple. Je comprendrai plus tard que je suis en train de sous-estimer les sentiments qui unissent Perla et son Japonais. En ce moment, je me répète que leurs relations ne me concernent pas. Le passé est le passé, et Perla désire tirer un trait dessus. Elle ne m'a pas trompé. Au contraire, elle quitte son riche amant pour moi.

– Je t'en prie, ne parlons plus de lui, dis-je. Demain, c'est samedi. Passons le week-end au bord de la mer, allons à l'île de Mindoro faire de la plongée et apprendre à vivre ensemble.

– Où habiterons-nous ?

– Nous louerons un bungalow au bord de la plage. Je t'emmène deux jours au paradis !

– Hum... Okay, je te suivrai au paradis si nous y avons chacun notre lit.

Je me frotte le menton. Je n'imaginais pas qu'elle se soucierait de rester chaste. A-t-elle peur que j'abuse d'elle ? N'a-t-elle pas envie de faire l'amour ? Ou bien ne veut-elle pas passer pour une femme facile ? Je suis déçu, mais j'attendrai qu'elle se décide.

– Tu n'as rien à craindre, lui dis-je. Nous pourrons partager le même lit. Je te promets de ne pas te toucher.

N'importe quelle fille répondrait qu'elle me fait confiance, tout en espérant, peut-être, que je ne tiendrais pas ma promesse. Mais Perla n'est pas n'importe quelle fille. Elle dit :

– Je te crois... Le problème, c'est moi, je ne suis pas sûre de résister à l'envie de te toucher...

Une fois de plus, Perla me donne le vertige. Elle est si belle et *si chaude*. Je ne pense qu'à l'embrasser. Je le fais. Le reste du monde n'existe plus.

DEUXIÈME PARTIE

Mindoro est l'une des plus grandes îles de l'archipel des Philippines. Elle tire son nom de l'espagnol *mina de oro*, car on y trouve des gisements aurifères. C'est un paradis tropical et sauvage, à seulement une demi-journée de Manille : trois heures de car et deux heures de bateau. C'est pratique. J'y suis déjà allé plusieurs fois pour décompresser quelques jours dans un décor de plages bordées de cocotiers.

Ce samedi matin 22 février, Perla arrive avant moi sur la place Lawton. Elle m'attend devant l'arrêt des cars qui desservent le port de Batangas. De là, nous attraperons l'un des bateaux qui font la navette avec Mindoro.

– Je croyais que tu n'allais pas venir, me reproche Perla en guise de bonjour.

Elle porte un petit sac à dos. Elle a bien emporté de quoi passer le week-end, elle n'a pas changé d'avis. Sans attendre, nous montons dans un car.

Il a l'*air con* ! C'est écrit en grosses lettres rouges sur le pare-brise, et c'est un détail important pour Perla. *Air con* est une abréviation pour « air conditionné », et Perla adore le froid, comme tous les Philippins. Je la comprends : à longueur d'année, elle étouffe dans un pays où il y a trop de soleil, où l'atmosphère est brûlante et poisseuse. Savourant la fraîcheur du car à l'*air con*, Perla se détend et s'endort sur mon épaule.

Nous filons sur une autoroute. Le paysage des bidonvilles qui s'étendent à perte de vue me fait penser à Carlotta, une amie go-go danseuse. Elle vit dans un de ces taudis. Il y a trois mois, lors de mon précédent séjour aux Philippines, j'étais allé chez elle. Elle habite avec son père, sa mère et une foule de frères et sœurs dans une cabane de tôles, de cartons et de sacs en plastique. Une telle maison n'offre même pas le confort d'un bidon, car la pluie pénètre à l'intérieur. On devrait plutôt dire « tôleville » ou « cartonville » ou « sacville » et parfois même « ordureville ». Cela traduirait avec fidélité la misère des bas-fonds de Manille.

En venant enquêter sur les agences matrimoniales, je m'attendais à ce que les Philippinas qui sont vendues aux Occidentaux fussent aussi pauvres que Carlotta. Perla a eu plus de chance. Sa chevelure soyeuse me chatouille le cou et la joue. Elle dort comme une petite fille, comme un ange. Je sais qu'elle a grandi à la campagne, dans une famille de paysans où il y avait tous les jours de quoi manger. Aujourd'hui, à Manille, elle loue une chambre dans une vraie maison, en dur. Je caresse ses cheveux. J'espère qu'elle ne vivra jamais dans une « tôleville » et que nous partirons ensemble en France.

Nous arrivons au port de Batangas vers dix heures et nous grimpons sur le pont du premier rafiot en partance pour Puerto Galera, une rade du nord de l'île de Mindoro. C'est un petit bateau qui ne peut pas transporter de voitures. Les volailles des passagers, en revanche, ont droit à un coin de la cale. En attendant le départ, une nuée de vendeurs ambulants monte, descend, crie et court en tous sens. Certains ont moins de dix ans. Ils sont harnachés de glacières et de paniers de friandises et de cigarettes. Dix fois, vingt fois, trente fois, ils me demandent, ils me prient, ils me supplient d'acheter quelque chose : un soda, une cigarette ou bien un bonbon, juste un ! Si c'était possible, je crois qu'ils accepteraient de me vendre à boire goutte par goutte.

Contrairement à d'autres peuples d'Asie, les Philippins n'ont pas une glorieuse civilisation plurimillénaire, mais leur débrouillardise suscite l'admiration. Tout peut se vendre au détail, à l'unité ou par sachet miniature : les cigarettes, les bonbons, le shampooing, le dentifrice, la lessive, le sucre…, sans oublier les médicaments et les couches pour bébés. Quand un Philippin a la migraine, il peut aller chercher un ou deux cachets d'aspirine chez le pharmacien. Il n'est pas davantage obligé d'acheter l'huile, par exemple, par bouteille. L'épicier verse dans un petit sac en plastique la dose dont son client a besoin, que ce soit l'équivalent de quelques cuillères ou d'un verre. Non seulement cette pratique commerciale rend service aux plus démunis, mais elle facilite la vie quotidienne. Sur les trottoirs de Manille comme sur les routes de campagne, devant les cinémas, les restaurants, les centres commerciaux, et jusque dans les autobus, il y a toujours un petit colporteur qui vend de quoi fumer ou se désaltérer. J'achète mes cigarettes une par une – ce qui me permet de changer chaque fois de marque. Je consomme ce qui me fait plaisir au moment où j'en ai vraiment envie. Ainsi, je bois moins de sodas et je fume moins. Sans me priver, je vis mieux.

Pour l'heure, j'ai envie de me rafraîchir en tirant sur une Philip Morris au menthol. J'en achète une à un des marchands ambulants et j'offre un Coca glacé à Perla. Aux Philippines, les cigarettes mentholées sont si fortes qu'elles brûlent la gorge comme si l'on avalait de l'azote liquide. Un froid polaire glace les poumons, descend dans l'estomac, puis remonte comme une fusée vous éclaircir les idées. Fumer une Philip Morris procure une sensation exquise sur ce pont de bateau matraqué par le soleil des tropiques. Je tire de longues bouffées, et le menthol me fait planer. Le monde est beau. En souriant, j'écoute Perla me raconter son premier amour. Je suis prêt à tout entendre, à tout comprendre. Je me sens sage et lucide.

– Je ne veux pas avoir de secret pour toi, dit Perla. Le premier homme que j'ai aimé était philippin. J'avais vingt ans et lui deux de plus. Ce n'était pas un beau garçon, mais il était gentil. Nous étions fiancés. Il m'a trahie. Tu comprends, Marc ?

Je ne vois pas où elle veut en venir et je me contente de hocher la tête.

– Je n'avais encore jamais couché avec un homme. Eh bien, ce salaud, il m'a volé ma virginité et il est parti travailler en Arabie Saoudite.

– Tu l'aimais vraiment ?

– Je suppose...

– Il t'a fait souffrir, n'est-ce pas ?

– Je me suis surtout sentie humiliée. Il ne valait pas la peine d'être aimé. Je me suis juré de ne plus jamais faire confiance aux hommes.

– Et moi, tu me fais confiance ?

– Je ne sais pas...

Je la serre dans mes bras pour la rassurer. Le bateau a levé l'ancre et file sur une mer d'huile. Des poissons volants sautent hors de l'eau comme pour nous saluer.

– Regarde-les, dit Perla, ils nous souhaitent d'être heureux ensemble. Avant de te rencontrer, je n'ai eu que deux hommes dans ma vie : le Philippin et le Japonais. J'espère que tu ne me décevras pas.

– A quoi ressemble l'homme idéal pour toi ?

– L'âge et la beauté ne sont pas très importants. Pour que j'aime un homme, il faut que je puisse le respecter. Mon mari devra se conduire comme un vrai homme. Il commandera à la maison et sera mon dieu. Je me dévouerai pour lui.

Je suis un Occidental. J'ai été éduqué dans l'idée que les hommes et les femmes sont égaux. Je déteste les machos et je n'ai pas besoin d'une esclave. Je veux me comporter avec Perla comme je le ferais avec une Française ou je ne pourrais pas la respecter, encore moins l'aimer. J'espère ne pas passer pour un faible à ses yeux. Pourtant, je suis venu la chercher aux Philippines, je l'ai achetée… Je devrais peut-être me plier aux coutumes de son pays. Je n'y arriverai jamais. J'aurais trop honte de la traiter mal. Pour la première fois, je m'inquiète du choc de nos deux cultures, mais je refuse de croire que Perla n'appréciera pas d'avoir avec moi une relation d'égal à égal. Elle me respectera comme je la respecte. En réalité, elle ignore tout de l'amour. Il serait injuste de la critiquer, de lui faire remarquer qu'elle confond « respect » et « soumission ». Perla a tant besoin d'affection désintéressée. Je l'embrasse et parle d'autre chose :

– Depuis combien de temps travaillais-tu chez True Love quand je t'ai rencontrée ?

– Depuis trois mois.

– Tu ne trouves pas que le patron, Tonton Pedro, a un air de proxénète ?

– C'est un vieux cochon. Il m'a proposé plusieurs fois de coucher avec lui. Il voulait même me payer, mais j'ai toujours refusé ses avances. En tant que secrétaire de l'agence, j'ai vu défiler pas mal de filles qui se laissaient faire. Elles se montraient gentilles, dans l'espoir qu'il les caserait plus vite auprès d'un étranger. Tonton Pedro pouvait raconter n'importe quel baratin pour convaincre une femme de coucher avec lui. Il prétendait être un grand expert en matière de mariage. Il disait que sa conscience professionnelle lui dictait d'« essayer la marchandise avant de la vendre ». Il parlait comme ça, en se prenant au sérieux, et certaines filles étaient intimidées. Mais il y a pire que lui. Tu te souviens de ma copine Rosa ? Nous étions deux secrétaires chez True Love : Rosa et moi. L'année dernière, Rosa a travaillé dans une autre agence matrimoniale. Un soir, son patron l'a droguée, puis violée avec un vibromasseur. C'est comme ça qu'elle a perdu sa virginité.

Je soupire de dégoût. Je ne sais que dire. J'essaie de chasser le viol de Rosa de mon esprit. Je demande à Perla s'il y avait des prostituées parmi les filles que Tonton Pedro vendait aux étrangers en mal de mariage.

– Comment le saurais-je ?

Je repense à Juan, le patron de l'agence International Marriages. Il m'a assuré qu'un détective menait une enquête de moralité sur chaque femme.

– Vous n'utilisiez donc pas les services d'un détective chez True Love ?

Perla éclate de rire :

– Quoi ! Un détective ? Quelle blague ! Tous les patrons de toutes les agences matrimoniales de Manille te diront qu'ils emploient un détective, mais c'est faux. Ce que tu es naïf !

Accoudée au bastingage, Perla rajuste ses lunettes de soleil. Elle semble sûre de ce qu'elle dit.

– Les patrons des agences matrimoniales se moquent pas mal de marier une prostituée à un étranger, continue Perla. Tout ce qui les intéresse, c'est de faire du chiffre d'affaires. Tonton Pedro est capable de vendre au prix fort une danseuse de Mabini en la faisant passer pour une jeune vierge. Après tout, il n'est pas écrit sur son front qu'elle a couché avec des centaines de types, et c'est bien ainsi. Tout le monde a droit à une seconde chance dans la vie.

– Moi, j'ai payé 65 dollars. À combien s'élève le prix fort ?

– Ça peut aller jusqu'à 1 500 dollars[11]. Si Tonton Pedro flaire le client riche et vraiment mordu pour une fille, il usera de toutes sortes de ruses pour lui soutirer de l'argent. Il réserve les plus belles filles du catalogue aux types les plus âgés, car ce sont les clients les plus généreux et les moins habiles pour se débrouiller avec les formalités administratives de mariage et d'émigration. Tonton Pedro s'en occupe à leur place. Il a des relations dans les consulats étrangers de Manille, ce qui accélère la délivrance de visas aux Philippinas dont il arrange le mariage. Tonton Pedro facture au prix fort ce genre de service. Voilà ce qui rapporte. Les 65 dollars que tu as payés, c'est de la gnognote. Tu sais, avant-hier, quand je suis allée dans son bureau lui dire que tu m'avais choisie, il m'a déconseillé de te suivre. Il te trouvait trop jeune – et donc trop pauvre. Selon lui, je méritais quelqu'un de mieux que toi. Il savait qu'il ne pourrait pas te demander beaucoup d'argent, et cela l'ennuyait de me brader en quelque sorte. Il m'a dit qu'il

11. Environ 10 000 francs.

envisageait de me présenter à un restaurateur australien de passage à Manille le mois prochain. Je n'ai pas voulu en entendre davantage. Tonton Pedro s'est plié à ma volonté. Il s'est contenté de toucher les 65 dollars. Il n'avait guère le choix.

Perla ôte ses lunettes de soleil et se passe la main sur le visage d'un air soucieux.

– Je ne serais pas surprise que Tonton Pedro nous recontacte quand nous rentrerons à Manille. Il nous proposera de s'occuper des formalités de passeport et de visa pour que je puisse t'accompagner en France.

– Je n'ai pas besoin de son aide. Je connais le consul de France à Manille. Nous dirons à Tonton Pedro : *walang pera* !

Walang pera signifie « je n'ai pas d'argent » en tagalog, la langue nationale des Philippines. C'est ce que disent les autochtones quand ils veulent se débarrasser d'un marchand trop collant.

– J'ai déjà payé 65 dollars. Tu vaux sans doute beaucoup plus, mais je n'ai aucune envie d'engraisser ce vieux maquereau de Tonton Pedro.

– Comme tu voudras, soupire Perla.

Le bateau pénètre dans la rade de Puerto Galera vers treize heures, et le paysage en technicolor nous éblouit. Sous le soleil à son zénith, les palmes des cocotiers rutilent comme incrustées d'émeraudes. La végétation des collines est si luxuriante qu'elle forme une muraille qui se reflète à la surface lisse de la mer. Il y a plusieurs siècles déjà, les galions espagnols glissaient sur ce miroir d'un bleu et d'un vert si intenses qu'il brûle les yeux. Ils venaient jeter l'ancre à Puerto Galera pour se mettre à l'abri des typhons et charger l'or de Mindoro. Sans fantasmer, il est amusant de se représenter l'atmosphère d'aventures qui régnait à cette époque. Puerto Galera était alors la capitale de Mindoro. C'était sans doute aussi un repaire d'explorateurs, de contrebandiers, de flibustiers, de navigateurs en tous genres, avinés et bagarreurs. L'eau de la rade n'a pas gardé le souvenir de leur passage, elle est si limpide, si pure. Le paysage reste grandiose et sauvage comme il l'était il y a un million d'années.

De nos jours, Puerto Galera n'est qu'un petit port de quelques milliers d'habitants, dont la plupart vivent du tourisme sexuel. Mindoro, l'île des mines d'or ! La prostitution est une nouvelle mine d'or, et son principal centre d'exploitation se trouve dans le village de Sabang, à quatre kilomètres du bourg de Puerto Galera.

Sabang ! Sabang ! J'ai l'impression de faire une grosse faute d'orthographe en écrivant ce nom. Je le verrais plutôt avec un *d* à la fin, en prononçant *Saband* comme « ça bande », car cela résume bien l'ambiance qui y règne. « Ça bande à Sabang ! » pourrait être la devise de ce paisible hameau de pêcheurs, devenu un lupanar sous les cocotiers. Ce trou perdu le long d'une plage tropicale a connu une véritable « ruée vers le sexe » au début des années quatre-vingt, grâce à la construction simultanée d'une discothèque, d'une demi-douzaine de bars et, pour loger les nombreux nouveaux venus, d'une centaine de bungalows de style traditionnel, en bambou et en palmes. Les touristes étrangers affluèrent en même temps que les prostituées, et tout le monde fut accueilli à bras ouverts par les gens du coin. Pour sûr, ces gens-là savaient ce que signifiait le mot « tolérance », au point de laisser transformer leur Sabang en véritable *village de tolérance*. Aujourd'hui, ils ne sortent plus pêcher en mer. Ils gagnent assez d'argent en louant leurs bungalows et paressent à longueur de journées sous les cocotiers, comme s'ils attendaient que les noix de coco leur tombent toutes décortiquées dans le bec. Ils vivent dans un pays de Cocagne, à la manière du célèbre tableau de Bruegel l'Ancien, peint en 1567, où l'on voit trois gros hommes vautrés sous un arbre d'où tombent toutes sortes de victuailles. Parfois, les hommes de Sabang rassemblent assez de force pour aller jouer au billard dans un bar et vider des canettes de bière. Quelques-uns se la coulent douce tout en travaillant. L'employé du dépôt de pains de glace, par exemple, attend les clients en faisant la sieste au frais. Il serait bien fou de ne pas s'allonger sur sa glace, car, à Sabang, le soleil cogne et fait grimper le thermomètre jusqu'à quarante degrés.

Sabang a conservé le caractère enchanteur d'un hameau indigène de huttes. Ce Pigalle-Plage miniature ne ressemble pas à Pattaya, la grande station balnéaire du tourisme sexuel en Thaïlande. Aucun réseau téléphonique ne dessert Sabang et aucune construction n'atteint plus de deux étages. Sabang ne compte pas un seul hôtel qui risquerait de défigurer le bord de mer, comme partout ailleurs dès que le tourisme se développe. Le centre du village est relié à Puerto Galera par une piste non goudronnée et boueuse. Seules des Jeeps l'empruntent, quand le temps est sec.

J'ai prévu que Perla et moi logerions à Sabang. Nous pourrons nous y aimer en Robinson tout en sortant la nuit dans des discothèques, si le cœur nous en dit. Pour l'instant, je n'ai pas le temps de décrire plus longuement Sabang et son petit monde interlope. J'ai une autre préoccupation en descendant du bateau. Il a plu hier et la piste de Puerto Galera à Sabang est impraticable. Les Jeeps ne circulent pas. Nous cherchons donc un autre moyen de locomotion. Nous sommes contraints de rallier Sabang par la mer, en pirogue-taxi. On me fait payer dix fois plus cher qu'à un Philippin. Ce genre d'arnaque m'exaspère, mais je préfère ne pas y penser : je ne veux pas me laisser aller à être de mauvaise humeur. Nous sommes venus passer un week-end en amoureux. Savourons-le !

Arrivés sur la plage de Sabang, nous louons une hutte en palmes de cocotier, avec un balcon face à la mer, un W.-C., une douche et une chambre meublée d'un grand lit double.

Il n'y a qu'un lit !

Perla n'a pas reparlé de dormir chacun de notre côté, et je n'ai pas évoqué non plus la question. Elle sait, et je sais, que, cette nuit, elle sera obligée de s'allonger près de moi. Je deviendrai un gros nounours qui aura bien du mal à résister à la gourmandise. Peut-être prendra-t-elle les devants ? À Manille, n'a-t-elle pas insinué qu'elle me violerait si je ne me décidais pas à la toucher ? Cette nuit, nous deviendrons amants. Cela ne fait plus de doute.

Je patiente tout l'après-midi dans un état d'excitation, mais je crois que Perla ne s'en rend pas compte. Nous lisons un peu sur notre balcon, puis nous sortons nous promener. À la tombée du jour, nous allons dans un petit restaurant situé non loin de notre hutte. Après le dîner, elle me dit qu'elle se sent fatiguée et propose de rentrer nous coucher. J'accepte sans faire de remarque.

Il n'est que vingt heures. Je suis allongé en short sur le lit et j'écoute Perla chantonner sous la douche. Quelques minutes plus tard, elle sort du cabinet de toilettes en chemise de nuit. Sans me regarder, elle éteint la lumière, puis me rejoint en tirant la moustiquaire au-dessus du lit. Nous ne parlons pas. Je comprends qu'il n'y a plus qu'une seule chose à faire, alors je me décide…

C'est ainsi que Perla et moi devenons amants à Sabang.

Après avoir accompli ce qui était devenu inéluctable, nous restons enlacés, haletants et ruisselants de sueur, d'une bonne sueur qui permet à deux personnes qui s'aiment de se sentir soudées l'une à l'autre, comme si elles ne formaient plus qu'un seul être. Au bout d'un long silence, Perla me murmure à l'oreille :

– Merci, Marc.

– Pourquoi ?

– J'ignore si tu as vraiment l'intention de m'épouser, mais aucun homme ne m'a rendue aussi heureuse que toi ce soir. Merci.

– Je t'épouserai. Ne t'inquiète pas. Jusqu'à notre mort, nous dormirons ainsi, dans les bras l'un de l'autre.

Le lendemain, nous sommes réveillés à l'aube par le bruit des vagues qui se brisent contre les pilotis de la hutte. C'est la marée haute. Nous sortons sur le balcon et restons un moment à savourer les odeurs d'iode et d'algues du grand large. Je crois que je ne me suis jamais senti aussi en forme. Perla me caresse la main, et son visage rayonne d'une douceur presque maternelle. La journée commence bien.

Nous prenons le petit déjeuner dans une gargote en nous régalant de crêpes et de tranches de papaye juteuses, puis nous louons des masques et des tubas dans une petite boutique de plage et partons à la nage explorer le récif corallien de Sabang.

Les forêts tropicales, telles celles qui entourent Sabang, grouillent de vie, c'est bien connu, mais une faune et une flore encore plus exubérantes se cachent sous la surface des mers chaudes. À Sabang, le paysage est avant tout sous-marin. Je tiens à montrer à Perla le spectacle aquatique que nous offre la nature à une trentaine de mètres du rivage. Pour qui n'a jamais fait de plongée, il est difficile d'imaginer à quoi ressemble le monde sous quelques mètres d'eau. Quand un homme plonge pour la toute première fois, il reçoit plus qu'un baptême. Il découvre un univers complet, extraterrestre en quelque sorte. Il a la révélation d'une autre dimension de l'existence. Il ne porte plus ensuite le même regard sur les mers, les lacs et les rivières, et n'a plus qu'une idée en tête : plonger à nouveau. Aucun film de Cousteau, aucun aquarium ne peuvent donner une idée de la sensation que l'on éprouve à nager parmi des milliers et des milliers de poissons. C'est en quelque sorte comme les romans érotiques : les lire, si réussis soient-ils, ne procure pas les sensations, vertigineuses, de l'amour physique. On parle de « plongée sous-marine », mais en réalité, cette activité élève le corps et l'esprit. Il s'agit plutôt de voler en compagnie des poissons, car dans l'eau un homme ne pèse rien. Si l'on est assez bon nageur, on se sent libre, et c'est notre cas, à Perla et à moi.

Nous planons ainsi toute la matinée dans une eau à trente degrés, émerveillés, surpris, ravis, éblouis par le rouge, le rose, le jaune, le vert, le bleu des jardins sous-marins. Parfois, quand nous approchons la main d'un corail, des petits poissons noirs à rayures jaunes sortent de leur nid et nous attaquent. Ils nous chatouillent en nous mordillant les doigts. Ils se prennent au sérieux, et nous nous amusons à les provoquer. Ils n'ont aucun humour. J'ignore quel est leur nom, mais ce ne sont vraiment pas des poissons-clowns. Les poissons dits clowns sont zébrés de blanc et de rouge, comme des bouffons. Ils habitent par couple dans les tentacules des grandes anémones de mer.

Nous observons des dizaines et des dizaines d'espèces de poissons, de formes et de couleurs si variées que les plongeurs ont trouvé plus simple pour les désigner d'accoler au mot « poisson » le nom de l'animal, de l'objet ou du métier auquel chacun d'eux fait penser. Il y a le poisson-écureuil, le poisson-trompette, le poisson-pipe, le poisson-papillon, le poisson-perroquet, le poisson-chirurgien, le poisson-épée, le poisson-globe…

Les deux derniers sont les plus insolites. La rencontre de poissons-épées glace le sang. Ces poissons vivent par bancs et peuvent paniquer en présence d'un nageur. Il vaut mieux les fuir. Nous ne voulons pas courir le risque d'être empalés sur le dard d'une quarantaine de centimètres qui prolonge la tête des poissons-épées. Le poisson-globe, lui, est un inoffensif solitaire qui passe son temps à brouter les coraux. C'est l'animal le plus mignon et à la fois le plus ridicule que j'aie vu de ma vie. Je préfère le surnommer « poisson-hélicoptère à tête de chien ». Son gros corps marron en forme de ballon est tacheté de pois blancs, et il se déplace à l'aide de minuscules nageoires qui tournent comme des pales d'hélicoptère. Il a une gueule prognathe et des yeux brillants et exorbités. Il nous regarde avec une expression de gentil toutou.

L'après-midi, nous paressons dans notre bungalow. Nous n'avons pas la force d'aller nous promener. Il fait si chaud que je voudrais m'arracher la peau, comme pour me débarrasser d'un habit étouffant. Je suis ruisselant de sueur. J'ai l'impression que je vais mourir d'une minute à l'autre si je ne réussis pas à me rafraîchir un peu. Je me douche une fois, deux fois, trois fois... Je pourrais passer l'après-midi sous la douche !

Perla m'observe avec amusement. Elle a chaud elle aussi, mais ne transpire pas. Elle a appris à supporter cette chaleur, à l'accumuler en elle, et son corps est sec et brûlant, comme en feu. Elle tourne autour de moi, en me caressant, en m'embrassant. Elle semble me désirer à un tel point qu'elle louche en me souriant.

Les Philippinas doivent avoir un métabolisme différent du mien. Depuis le début de mon enquête, leur appétit sexuel me sidère. La canicule agit-elle comme un aphrodisiaque sur ces femmes ? Je sors pour la quatrième fois de la douche, et Perla me tire par le bras en direction du lit.

– Viens, dit-elle. Une petite sieste nous détendra.

Perla a prononcé le mot magique : « sieste ». Je me laisse tenter sans me faire prier. Je ne connais rien de meilleur dans la vie que de passer un après-midi dans les bras de la femme que j'aime. C'est un plaisir simple et dont je ne me lasse jamais. À mon avis, un « câlin » l'après-midi vaut bien dix nuits de sommeil et d'amour. Perla a les mêmes goûts que moi, j'ai de la chance de l'avoir rencontrée. J'ai de la chance d'avoir acheté une telle femme. Vraiment.

Nous ne sortons du bungalow qu'après le coucher du soleil. Perla a envie d'aller danser, mais le Sunset, la discothèque de Sabang, n'ouvre pas avant vingt heures. En attendant, nous grignotons quelques brochettes de porc laqué avec du riz à l'ail dans une gargote. À une marchande ambulante, j'achète un *balot* pour Perla. Perla les adore.

Aux Philippines, un *balot* – il faut prononcer « baloute » – n'est pas un homme idiot. C'est une friandise : un œuf de cane couvé qui se mange bouilli, en l'écalant comme un œuf dur et chaud. À l'intérieur, à la place du jaune et du blanc, il y a une boule de chair gluante, sanguinolente et couverte de duvet. Elle ressemble bien à un caneton immature en position fœtale. Le *balot* est un aliment très énergétique, selon les Philippins, et ils le consomment le soir, quand l'air se rafraîchit un peu. Moi, je n'en suis pas amateur. Je regarde Perla lécher ses doigts couverts de mucosités et de sang et je m'efforce de ne pas faire de grimaces de dégoût, lorsqu'un vrai ballot – avec deux *l* – me tape sur l'épaule. C'est Marcel, mon « ami » français de Manille ! Une jolie Philippina d'une vingtaine d'années se cramponne à son bras. Elle s'appelle Liz et elle sourit d'un air timide. Marcel explique qu'il l'a rencontrée chez International Marriages, il y a deux jours.

– Mon vieux, continue-t-il en français afin que je sois le seul à le comprendre, j'ai eu le coup de foudre pour cette gonzesse. Je la ramènerai en Australie et je l'épouserai si tout se passe bien entre nous. Je lui ai parlé de toi et de Perla. Je lui ai proposé de venir vous rejoindre. Nous sommes arrivés ce midi à Sabang.

Il s'interrompt un instant et lance un regard vers Perla.

– Et toi, avec ta titine, reprend-il, ça gaze ? As-tu fait le bon choix ?

– Oui, nous sommes heureux.

– Mon vieux, je suis content de t'avoir retrouvé. Je me sens rajeunir ce soir. On va faire une de ces bringues tous les quatre ! Où allons-nous ?

Marcel vient à Sabang pour la première fois. Puis-je refuser de lui servir de guide ? Je préférerais rester seul avec Perla et oublier tout ce qui me rappelle que j'ai acheté ma femme, mais justement je me souviens que je suis censé enquêter sur le « marché de la femme exotique ». Marcel est un des personnages de mon papier. Ma conscience professionnelle me commande de l'accompagner pour peaufiner le portrait de ce client d'agence matrimoniale en goguette un soir à Sabang. Faisons-le dans la bonne humeur !

Je ne suis pas surpris que Marcel se sente rajeunir ce soir à Sabang. Le jour, le soleil matraque les habitants, et le village semble mort. Seuls quelques « fous » s'adonnent comme Perla et moi à la plongée sous-marine. Mais chaque nuit, Sabang ressuscite. Sabang devient Sabang *by night* : le vrai Sabang de « ça bande à Sabang », celui qui est devenu célèbre parmi les touristes sexuels. Et ce n'est pas très joli !

Dès le crépuscule, tels des papillons de nuit, des Allemands, des Français, des Américains, des Australiens, des Britanniques, des Japonais… envahissent les ruelles et les bars. Ces hommes ont au moins une quarantaine d'années, et la plupart sont escortés de jeunes Philippinas. Ceux qui se promènent seuls sont « en chasse ». Ils ne rentreront pas bredouilles dans leur bungalow, car Sabang abonde en « gibier sexuel ». Comment distinguent-ils les prostituées des autres femmes ?

Les *business girls* – les gens de Sabang surnomment ainsi les filles qui vendent leurs charmes – sont maquillées et court vêtues bien sûr, mais beaucoup de jeunes Philippinas se font belles de la sorte sans pour autant se prostituer. Comment ne pas se méprendre alors ? C'est très simple. Même Marcel, qui n'est guère finaud, apprend en une heure à reconnaître les *business girls* : la beauté, c'est un gagne-pain, et elles se baladent avec un peigne ou une brosse à la main pour se recoiffer à tout moment. C'est leur signe distinctif. Cette différence est si négligeable que les touristes sexuels de Sabang peuvent oublier qu'ils ont affaire à des prostituées. Ils pensent même qu'ils doivent jouer les séducteurs. Avant de sortir de leur bungalow, ils se parfument et enfilent chemise et short colorés. Voilà pourquoi ils semblent rajeunis, comme Marcel qui ne choque personne en se promenant au bras de Liz. Pourtant, il pourrait être son père. À Sabang, une telle relation n'est ni inconvenante ni décadente.

Qu'est-ce que la décadence ? C'est à Sabang que j'ai découvert ce que c'était. La vraie décadence, ce n'est pas qu'un quadragénaire aime une Philippina qui pourrait être sa fille ; ce n'est pas non plus qu'un papy se paie une prostituée qui pourrait être sa petite-fille ; non, la vraie décadence, c'est qu'un arrière-grand-père, un homme de plus de soixante-dix ans, couche avec une jeune fille de quinze ans. De telles relations se nouent tous les soirs à Sabang. Je pense avoir l'esprit assez ouvert en matière de tourisme sexuel, mais j'ai du mal à supporter le spectacle d'une adolescente à peine pubère se laissant caresser par un vieillard au visage tout ridé et aux jambes boursouflées de cordons variqueux. Ça, c'est complètement décadent !

Suis-je en train de faire de la discrimination ? Pourquoi, devenus vieux, les hommes n'auraient-ils pas le droit, eux aussi, de faire l'amour avec de belles et jeunes Philippinas ? Le spectacle d'un vieil homme blanc et d'une gamine philippina se promenant en public main dans la main, ou sirotant, enlacés, des bières dans un bar, n'est pas très plaisant. Et que dire de l'idée qu'ils s'accouplent. Mais dois-je les condamner ?

Je ne sais plus que penser après un mois d'enquête sur le « marché de la femme exotique ». Je réalise que Marcel n'est pas le plus vilain des pervers. Il a quarante-six ans – seulement ! – et il se contente d'acheter une Philippina qui pourrait être sa fille. Ce soir, à Sabang, je commence à le respecter. Marcel est un brave bougre si je le compare à Raymond et à Mike, deux vieilles connaissances qui s'approchent pour me saluer au comptoir du bar Parasol. Perla, Liz, Marcel et moi y prenons un verre. Je préférerais que Perla ne sache pas que j'ai fréquenté des types comme eux lors de mes précédents séjours à Sabang. Que va-t-elle penser de moi ? Que j'ai fricoté comme Raymond et Mike avec toutes les *business girls* du coin ? Comment convaincre Perla que j'accompagnais ces deux lascars dans leurs tournées des bars par curiosité, pour étudier la prostitution et la personnalité des touristes sexuels ?

Raymond et Mike s'installent près de nous, et je suis obligé de leur serrer la main. Ils engagent la conversation.

Qui sont Raymond et Mike ? Chaque année, ces deux retraités septuagénaires séjournent d'octobre à avril à Sabang, loin de la froidure de l'hiver européen. Raymond est corse et Mike suisse. Raymond a une femme de son âge, qui l'attend à Bastia ; Mike a épousé une Philippina dont il est aujourd'hui séparé, mais non divorcé. Si on lui demande de parler d'elle, il crache par terre en guise de réponse et répète à qui veut l'entendre que les Philippinas sont « des feignasses, des putains et des emmerdeuses », mais chaque hiver, à Sabang, il engage une fille d'une vingtaine d'années pour lui faire la cuisine, le ménage et l'amour. Jamais, bien sûr, elle ne l'accompagne dans ses virées nocturnes.

Mike et Raymond font équipe pour « chasser la femelle », comme ils disent, car ils traquent tous deux le même gibier : les moins de dix-huit ans. Mike paie les filles, alors que Raymond met un point d'honneur à ne jamais débourser un peso. Que de fois j'ai vu Raymond draguer une gamine dans un bar et réussir à la convaincre de le raccompagner dans son bungalow gratuitement ! Une adolescente peut-elle trouver du charme à cet arrière-grand-père ? Les jeunes prostituées, encore novices, sont-elles curieuses, comme l'affirme Raymond lui-même, de coucher avec un vieillard qui prétend être le meilleur amant de Sabang ? Une chose est sûre : Raymond ne les paie pas, je peux en témoigner.

Pourquoi Mike n'essaie-t-il pas lui aussi de séduire les filles ? C'est qu'il est au bout du rouleau et traîne sa grande carcasse squelettique derrière Raymond. Il souffre d'un double cancer, des poumons et du foie, ce qui ne l'empêche pas de fumer et de boire de la bière à longueur de journée. Quelle fille, si perverse soit-elle, pourrait avoir envie de ce cadavre vivant, au teint grisâtre, aux dents cassées et à l'haleine de chien ? Mike n'est pas méchant de nature, mais il ne dessoûle jamais. Il met en pratique ce dicton populaire aux Philippines : « Restez ivres, vous éviterez ainsi la gueule de bois. » Mais l'alcool ne lui réussit guère : il insulte les gens pour un oui, pour un non. Résultat : une ou deux fois par semaine il se fait rosser. Son visage est presque en permanence couvert de pansements. Il touche une grosse pension de Suisse et, comme il est généreux, il offre des tournées à tous ceux qui acceptent de trinquer avec lui. Les prostituées savent qu'il paie sans compter, alors elles le courtisent. Mike n'en viole aucune : il n'a que l'embarras du choix quand il veut s'amuser avec une adolescente. Mike est répugnant, mais il me fait pitié. Je ne peux pas oublier qu'il a le cancer et qu'il veut profiter des derniers mois qui lui restent à vivre. D'ailleurs, pourquoi le juger ? Il est irrécupérable et se moque de savoir ce que l'on pense de lui.

– Dis à Marcel le nom qu'on me donne à Sabang, me lance soudain Raymond.

– On t'appelle « Play-boy number one ».

– Pourquoi ? demande Marcel d'un air très intéressé.

– Parce que je baise à l'œil ! s'exclame Raymond en bombant son torse où pend un lourd collier en or de frimeur. Je suis peut-être un vieux schnock, mais, croyez-moi, je ne laisse jamais une fille insatisfaite. Et ce genre de trucs, elles aiment se le raconter entre elles. Elles ont toutes envie de m'essayer au lit.

Marcel ouvre de grands yeux admiratifs. A-t-il l'impression d'avoir trouvé un maître en la personne de Raymond ? Ils sympathisent tout de suite. Sans rougir, ils entament un dialogue sur leur sujet favori :

– Les Philippinas sont plus étroites que les Françaises, affirme Raymond d'un ton péremptoire. Moi, je n'arrive pas à les pénétrer si je ne m'enduis pas la queue de vaseline. Et encore... Souvent, il faut s'y reprendre à plusieurs fois si tu ne veux pas les déchirer.

Nom d'une bite de nom d'une bite ! Y a des gamines, elles ont un étau en guise de chatte.

– T'as raison, dit Marcel en trinquant avec Raymond. En plus, elles ont le vagin court. Tu touches le fond. Si tu ne fais pas gaffe, tu peux te casser la bite.

Je ne veux pas édulcorer leurs propos, mais je ne rapporterai pas la suite de leur conversation. Raymond et Marcel m'écœurent. Je me demande si en France ils oseraient parler des femmes avec une telle obscénité. Considèrent-ils les Philippinas comme des sous-femmes, comme du bétail sexuel ? Ils manquent du minimum de respect pour ces femmes qui les font tant jouir. Pourtant, Marcel a l'intention d'en épouser une et il ne couche jamais avec des adolescentes. Je sais qu'il n'est pas aussi dépravé que Raymond. Peut-être veut-il faire le malin ce soir… Ainsi se comportent les hommes occidentaux que rencontrent d'ordinaire les Philippinas. Se doutent-elles qu'elles sont considérées avec tant de grossièreté ? Je préfère que Perla ne le sache jamais et je suis content que Raymond et Marcel bavardent en français.

Accoudé au comptoir, un peu à l'écart, Mike tète sa canette de bière. De temps à autre, il lève les yeux et aboie une obscénité du genre : « Enculés ! » ou « Putains de leur race ! ». C'est sa façon de participer à la conversation, et personne n'y prête attention.

Perla s'ennuie. Moi aussi. Nous laissons nos « amis » pour filer à la discothèque Sunset. Nous dansons pendant une heure, mais je n'y prends aucun plaisir. J'évite de trop regarder les go-go danseuses, car Perla me surveille. C'est la première fois que je viens avec elle dans un lieu de prostitution. Elle ne cesse de critiquer les danseuses : une telle a des jambes comme des jambons, une telle a la peau trop foncée, une telle ne sait pas suivre le rythme de la musique…

– Elles sont toutes moches, elles ne sourient même pas.

Je ne sais que répondre. D'habitude, les go-go danseuses s'amusent sur scène, mais, ce soir, elles semblent s'ennuyer. Perla a raison. On a parlé de la solitude, véritablement transcendante, du gardien de but au moment du penalty. Celle de la go-go danseuse qui s'exhibe devant de vieux Européens en rut est insondable. Le regard des hommes sur la danseuse est avilissant si elle n'y prend pas de plaisir. Certaines filles se dopent en buvant du sirop antitussif à la codéine avant de monter sur scène. Consommé à forte dose, ce médicament bon marché devient une drogue aussi efficace que l'opium. La codéine plonge dans un état de béatitude et d'insouciance pendant plusieurs heures. Ce soir, les danseuses ne se sont peut-être pas droguées...

Je me sens coupable de les violer du regard, et les réflexions de Perla me donnent en outre la désagréable impression que je ne sais pas apprécier la beauté féminine. Aucune danseuse ne trouve grâce à ses yeux. Pourquoi s'acharne-t-elle à critiquer ces prostituées ?

– Rentrons chez nous, dis-je à Perla.

Je la prends par le bras et nous sortons. Nous marchons en silence le long de la plage. En arrivant sur le balcon de notre bungalow, Perla se plante devant moi et serre mes mains dans les siennes.

– Marc, murmure-t-elle, j'ai eu très peur dans la discothèque. Je n'aime pas que tu regardes d'autres femmes. Promets-moi de ne jamais m'abandonner.

C'est donc ça ! Perla a critiqué les danseuses pour que je me désintéresse d'elles.

– Ne t'inquiète pas, dis-je, aucune autre femme n'est aussi attirante que toi.

– Pourquoi regardais-tu ces danseuses ?

– Je ne sais pas... Je suis un homme et je ne suis pas aveugle. C'est sans doute plus fort que moi, je ne peux pas m'empêcher de regarder les femmes. Cela ne signifie pas que j'ai envie d'elles. Ne sois pas jalouse.

Sur le moment, je ne réalise pas que Perla a besoin d'entendre une autre explication, même si celle-ci ne correspond pas exactement à la vérité. Je n'ai qu'un souci : ne pas lui mentir. Je n'attache pas assez d'importance aux mésaventures qu'elle a connues avec les hommes. Avant tout, elle a besoin d'être rassurée. Elle esquisse une moue sceptique.

– Marc, dis-moi encore que tu ne me quitteras jamais !

– Je ne te quitterai jamais.

– Dis-le plus fort !

– Je te le promets !

Perla lâche mes mains et passe ses doigts dans mes cheveux.

– Marc, mon chéri, *mahal kita*.

En tagalog, *mahal kita* signifie « je t'aime ». Perla me le dit dans sa langue maternelle. Je comprends parfaitement le sens de l'expression, mais j'hésite avant de lui répondre que je l'aime. J'ai trop souvent prononcé ces mots en français ou en anglais sans vraiment les penser. Je les trouve un peu artificiels et ridicules. Ils ne peuvent pas exprimer ma soif d'aimer Perla, ma perle rare. Je la serre dans mes bras et, soudain, en la couvrant de baisers, j'ai une illumination. Je n'ai jamais éprouvé un tel bonheur auprès d'une femme, jamais je n'ai dit ces mots : *mahal kita* ; alors je le fais :

– Perla, *mahal kita* !

Je suis amoureux fou d'une Philippina. Je finis par oublier que je l'ai achetée 65 dollars.

De retour à Manille, je retrouve mon logement chez Mme Arabia, et Perla conserve le sien. Nous nous rencontrons chaque jour pour préparer notre départ des Philippines. J'accompagne Perla au bureau des passeports et, dans l'espoir d'accélérer les formalités, nous glissons quelques billets à un fonctionnaire. Je prends également contact avec la représentation diplomatique de Taiwan. À la fin de cette enquête sur les agences matrimoniales, je dois aller travailler un mois à Taiwan comme envoyé spécial de *VSD* et je refuse d'être séparé de Perla. Je veux l'emmener avec moi en reportage. Après Taiwan, nous nous rendrons sans doute à Hong Kong et en Chine populaire. Nous rentrerons ensuite en France pour nous marier. Perla se réjouit à l'idée de parcourir le monde.

Les journées qui suivent notre retour de Sabang demeurent inoubliables. Alors que nous préparons notre départ, nous vivons en direct la révolution qui chasse le président Ferdinand Marcos du pouvoir. Nous assistons aux manifestations de rues, nous nous mêlons à la foule en liesse qui barre la route aux tanks des soldats fidèles à Marcos. C'est la première fois que j'assiste à une révolution, et pourtant ce ne sont pas ces événements qui seront une date importante pour Perla et moi, mais le dimanche 2 mars… Ce jour-là, Perla m'annonce qu'elle va s'absenter quelques jours. Elle veut rendre visite à ses parents, qui habitent un village à deux cents kilomètres de Manille. Elle leur apprendra que nous avons l'intention de nous marier. Je lui propose de l'accompagner.

– Non, mon chéri. Il vaut mieux que j'y aille d'abord seule. Je te présenterai à mes parents une fois qu'ils auront accepté l'idée que je vais épouser un étranger.

– Y a-t-il un problème ? dis-je, inquiet.

– Non. Je suis majeure. Je n'ai pas besoin de leur permission, mais je préfère leur présenter les choses en douceur. Sois tranquille, je leur désobéirai s'il le faut. Je t'aime, tu ne dois jamais l'oublier.

Je ne suis pas enthousiaste à l'idée d'être séparé de Perla, mais je ne peux pas l'empêcher d'aller voir ses parents. Un jour ou l'autre, il faudra bien qu'ils apprennent mon existence. Le plus tôt est sans doute le mieux, et je ne me méfie pas un seul instant de Perla. Elle, en revanche, me donne l'impression de douter une fois de plus de mon attachement. Elle est si jalouse, si possessive ; cela la rend même perverse.

– Marc, pendant mon absence, tu peux rencontrer d'autres femmes, dit-elle. Je te donne la permission de coucher avec elles si cela te fait plaisir. Je veux que tu sois heureux, mon chéri. Tu es un homme, tu as des besoins. Je te pardonnerai. Je te demande seulement de ne pas tomber amoureux. Si tu me trahis, si tu me fais souffrir, je me vengerai. Je te le ferai payer très cher.

Perla me regarde en serrant les dents. Ce qu'elle vient de proposer me déroute. Est-ce une preuve de son amour ? Pourquoi envisage-t-elle que je ne lui resterai pas fidèle pendant quelques jours ? Me prend-elle pour un obsédé sexuel ? Considère-t-elle que tous les hommes blancs ressemblent à Marcel et à Raymond ?

Je m'interroge sans trouver de réponse, mais je ne me pose pas la question qu'il faudrait : Perla doute-t-elle de moi parce qu'elle a elle-même l'intention de me tromper ? Ce dimanche 2 mars, je commets la bêtise de ma vie en croyant bien faire, en laissant Perla s'éloigner de moi pendant quelques jours. Je m'en rendrai compte un mois plus tard ...

Comme promis, Perla rentre donc à Manille au bout de trois jours, porteuse d'une excellente nouvelle : ses parents acceptent qu'elle devienne ma femme. Désormais, il ne semble plus exister un seul obstacle à notre amour.

Nous devons partir à Taiwan au début du mois d'avril. En attendant, ni Perla ni moi n'avons envie de continuer à vivre séparément. D'ailleurs, j'en ai assez de Manille, de ses embouteillages, de ses discothèques, de ses touristes obsédés. Je propose à Perla de passer quelques semaines sur l'île de Boracay. Je pense que nous y serons tranquilles.

Je ne suis jamais allé à Boracay, mais j'ai beaucoup entendu parler de cet îlot de sept kilomètres de long, perdu au milieu de l'archipel des Philippines. Le sable y serait si fin et si blanc et l'eau si claire et si chaude que la plage de la côte ouest serait l'une des meilleures du monde.

Si Boracay est un paradis tropical, la « route » qui y mène est une sorte de purgatoire. Nous arrivons à Boracay après un pénible voyage d'une journée : nous avons été transbahutés en avion, en Jeep et en pirogue, car il n'existe aucun transport direct au départ de Manille. Il faut transiter par un petit aérodrome et un port situés sur la grande île voisine de Panay.

Boracay est bien un paradis d'un genre tout différent de celui de Sabang. Sans bars ni prostitution. Un paradis… paradisiaque ! À Boracay, il n'y a ni routes, ni automobiles, ni électricité, ni téléphone, ni réseau de distribution d'eau, ni poste, ni banque, ni supermarché : rien qui rappelle la civilisation moderne. Qu'y a-t-il alors à Boracay ? Il y a la mer, toujours à une trentaine de degrés ; il y a le sable, vraiment plus fin et plus blanc que du sucre en poudre ; il y a les coquillages nacrés et bigarrés, que Perla et moi ramassons sur la plage pour en faire des colliers ; il y a les cocotiers, sous lesquels nous faisons la sieste dans un hamac ; il y a les fleurs aux mille couleurs qui embaument l'air ; et il y a quelques centaines d'habitants, dont la moitié sont d'authentiques aborigènes *negritos* qui vivent de la cueillette, de la pêche et de la chasse[12].

12. De nos jours, au XXIe siècle, je ne conseillerai à personne de passer des vacances à Boracay. Le paradis où j'ai vécu avec Perla a été bétonné par les promoteurs immobiliers. Des routes ont été construites, et les camions et les motos y circulent dans un vacarme de klaxons. Avec l'installation du téléphone et de l'électricité, des complexes hôteliers quatre étoiles, des supermarchés, des banques, des agences de voyage ont poussé à perte de vue. On a également trouvé la place d'aménager un terrain de golf. Il a suffi d'une dizaine d'années pour transformer Boracay en un Saint-Tropez asiatique, connecté par Internet au reste du monde. Même la plage a souffert du boom touristique. Le sable est devenu grisâtre à cause de la pollution et, le long des côtes, le fond sous-marin ressemble à un cimetière de coraux morts quand ce n'est pas à une décharge publique.

Nous logeons dans une hutte en bambou, sans aucun confort. Pour nous laver, nous plongeons dans la mer et nous nous rinçons avec l'eau d'un puits ; le soir, nous allumons une lampe à pétrole ; Perla prépare nos repas sur un braséro en terre, comme les autochtones. N'importe quel homme aimerait vivre avec une femme comme Perla. Ce n'est pas seulement la plus belle et la plus excitante des Philippinas, c'est aussi une fée du logis, qui me traite comme un roi, comme son prince charmant. Elle refuse que je participe, par exemple en faisant la vaisselle. Elle prétend qu'un *vrai* homme ne doit pas s'abaisser à faire des travaux de femme. Elle se montre intransigeante sur cette question et je n'insiste plus. Je succombe à cette mentalité phallocrate, si déplaisante en France mais si estimée aux Philippines. J'ai le sentiment que Perla finirait par me mépriser si je la forçais à accepter mon aide.

Chaque matin, je paresse dans une chaise longue en regardant Perla faire le ménage. Elle nettoie les meubles, aère et fait notre lit ; elle balaie l'intérieur de la hutte, puis le balcon et la cour devant chez nous. Elle s'offre alors une minute de repos pour venir m'embrasser, me caresser la tête et appuyer son petit nez contre le mien. Puis, comme si ce moment de tendresse l'avait revitalisée, elle repart travailler en chantonnant. Et elle lave notre linge, l'essore, l'étend avec soin sur une corde en le retournant. Vers onze heures, elle commence à préparer le déjeuner. À ce moment-là, je n'arrive plus à rester sur ma chaise longue. Les fumets de cuisine me mettent l'eau à la bouche. Je prends prétexte d'aller bécoter Perla dans le cou pour qu'elle m'autorise à me lever, et j'espionne par-dessus son épaule ce qu'elle nous mijote. Perla est un cordon-bleu. Je n'ai jamais rien mangé d'aussi exquis que son curry de crabe au lait de noix de coco et son lapu-lapu à la vapeur. Le lapu-lapu est un poisson de mer carnassier de la famille des mérous ; c'est aussi le nom du chef de la tribu indigène qui tua Magellan[13] en 1521. Une blague circule aux Philippines à propos du lapu-lapu :

13. Pour le compte de l'Espagne, ce navigateur portugais découvrit les Philippines en recherchant une nouvelle route vers les Indes orientales (l'Indonésie actuelle). Il arriva ainsi de l'est et non de l'ouest, après avoir trouvé un passage au sud du continent américain (le détroit dit « de Magellan ») et après avoir réussi la traversée de l'océan Pacifique.

> Lapu-lapu a tué Magellan. Mais savez-vous qui a tué lapu-lapu ? Ce sont les Chinois… dans leurs restaurants, car ils raffolent de ce poisson.

Perla me traite comme un roi, mais elle ne montre aucune servilité. Au contraire, c'est elle qui porte la culotte dans notre couple. Elle décide de l'heure à laquelle nous allons nous baigner ou dormir ou manger, elle choisit les vêtements que je dois porter et ne me laisse même pas allumer mes cigarettes. Si le vent se lève alors que je somnole dans ma chaise longue, elle s'empresse de m'apporter une chemise et m'oblige à l'enfiler. J'ai compris que je ne pouvais pas lui désobéir. D'ailleurs, je n'ai pas envie de résister à la dévotion qu'elle me témoigne. C'est sa manière de m'aimer, et c'est très agréable de se sentir ainsi prisonnier.

Nous avons nos habitudes quotidiennes. Peu avant la tombée du jour, Perla me demande de l'emmener sur la plage. Étendus sur le sable encore tiède, nous nous retrouvons seuls devant le soleil qui descend et fond dans la mer. Existe-t-il un couple plus heureux que nous sur terre ? La réponse m'est donnée vers la fin de notre séjour à Boracay, un soir que nous osons faire l'amour sur la plage. Non, aucun couple n'est plus heureux que nous. Il est impossible de se sentir plus ivre de plaisir et de liberté que nous le sommes au moment où, perdant toute pudeur et oubliant le reste du monde, nous nous unissons sous les milliers d'étoiles. Ce soir-là, Perla et moi avons perdu conscience, comme engloutis dans la nuit et le cosmos.

– Ma chérie, dis-je à Perla en rouvrant les yeux, ma chérie…

– Chut. Ne dis rien. Laisse-moi te regarder. Tu es un ange.

– Perla, je t'aime… Nous sommes si bien ici. Je n'ai pas envie de rentrer à Manille.

– Et ton travail ? Ne devons-nous pas aller à Taiwan ?

– À quoi cela nous servira-t-il de parcourir le monde ? J'ai assez d'argent pour nous permettre de vivre plusieurs années à Boracay sans travailler.

– Nous finirons par nous ennuyer.

– Non, nous serons heureux tant que nous nous aimerons. As-tu peur d'être pauvre ?

– Marc, l'argent ne m'intéresse pas. Je continuerais de t'aimer même si tu devenais un clochard. Je t'aimerais même si tu n'avais rien à te mettre sur le dos… comme en ce moment.

Perla sourit. Elle se redresse et appuie sa tête contre ma poitrine nue.

– Mon chou, murmure-t-elle, tu ne peux pas gâcher ta vie en te retirant à Boracay. Tu n'as pas un tempérament d'ermite. Je ne veux pas que tu sacrifies ta carrière de journaliste à cause de notre couple. Je m'en voudrais jusqu'à ma mort. Nous irons à Taiwan, puis en Chine, puis en France. Nous irons là où ton journal t'enverra. Près de toi, je serai heureuse partout. Et toi, m'aimeras-tu encore dans cinq ans, dans vingt ans ? Peux-tu le jurer ?

Que puis-je répondre à une telle question ? J'aime Perla comme un fou, *je l'ai dans la peau*, j'ai envie de vieillir auprès d'elle, mais je ne peux pas jurer que j'éprouverai toujours les mêmes sentiments. En toute honnêteté, je dis à Perla :

– Je t'aimerai tant que tu m'aimeras.

Perla m'embrasse à pleine bouche. Je n'ai pas le temps de lui expliquer que je ne nourris aucun projet de carrière. Je désire juste être heureux et expérimenter des choses inoubliables. Voilà la ligne de vie que j'essaie de me tracer. Je pense que cela est possible à Boracay en compagnie de Perla. Je voudrais lui dire, par exemple, qu'il n'est nullement nécessaire de courir le monde pour vivre des aventures. Je voudrais lui parler de Xavier de Maistre. À la fin du XVIIIe siècle, cet officier savoyard écrivit *Voyage autour de ma chambre* : récit haletant des pérégrinations qu'il effectua pendant six semaines de réclusion forcée dans sa chambre. À quoi bon discuter avec Perla ? Elle a déjà décidé que je devais continuer de travailler comme journaliste. Elle ne changera jamais d'avis.

Cette discussion me rappelle la raison de ma présence aux Philippines. Je me sers de Perla pour réaliser mon enquête et je me sens une fois de plus coupable. Le moment est-il venu de lui avouer la vérité ?

Si je ne m'étais pas glissé dans la peau d'un client d'agence matrimoniale, je n'aurais pas pu acheter Perla et nous ne serions jamais devenus amants. Devrais-je renoncer à faire publier mon reportage à présent ? Non. J'ai pris un engagement avec François Siégel, le directeur de *VSD*, et celui-ci m'a justement donné les moyens financiers de rencontrer Perla. Je respecterai mon contrat, ne serait-ce que pour manifester ma gratitude à François Siégel. J'irai jusqu'au bout : j'écrirai mon papier et j'épouserai Perla. D'ailleurs, je ne gagnerai pas un sou sans en faire profiter Perla. Nous vivrons avec les 15 000 francs que *VSD* me paiera à la parution de mon article. Dans quelques mois, quand nous serons installés en France, je trouverai le courage de tout lui dire. Elle pourra considérer notre rencontre avec recul. J'espère qu'elle me comprendra, qu'elle me pardonnera. J'ai si peur qu'elle ne m'aime plus.

Perla écrase sa bouche contre la mienne avec une telle ardeur que j'ai du mal à respirer. Je suis obligé de reculer un peu mon visage pour reprendre mon souffle. Comment peut-elle aimer avec autant de passion un type aussi ordinaire que moi ? Une idée me vient : l'idée angoissante qu'elle cache elle aussi quelque chose. J'ai acheté Perla, ce n'est pas elle qui m'a choisi. Serait-elle capable d'offrir autant de tendresse à n'importe quel étranger ? Ne pense-t-elle qu'à quitter les Philippines et à mener une vie confortable en Occident ? Est-ce pour cette raison qu'elle refuse de s'installer avec moi à Boracay ? Soudain, les pièces du puzzle de notre amour commencent à s'ordonner dans ma tête, et mon cœur s'emballe. Boum, boum, boum… Non, je ne peux supporter ce bruit et toute cette méfiance qui résonnent au fond de moi. Je dois retrouver la raison. Je sais bien que Perla m'aime, je suis un imbécile de la soupçonner. Je l'embrasse si fort que je lui mords les lèvres.

Nous rentrons à Manille à la fin du mois de mars. Nous achetons des billets d'avion pour Taiwan et réglons les dernières formalités de passeports et de visas, puis, comme prévu, j'accompagne Perla chez ses parents. Ils me reçoivent avec froideur, et je préfère ne pas m'étendre sur les deux exécrables journées passées dans leur ferme. Sans mentir, je ne pourrais dire que du mal de ces paysans philippins qui ont sans doute peur de voir leur fille s'envoler à l'autre bout du monde au bras d'un Blanc. Ce serait vain et ne jetterait aucune lumière nouvelle sur ma relation avec Perla : ils ne sont en rien responsables de l'épreuve qui m'attend.

C'est la veille de notre départ pour Taiwan, le soir, en préparant nos valises, que Perla m'apprend *la nouvelle* :

– Marc, il faut que je te parle.

Elle baisse les yeux et devient pâle.

– Marc... Je suis enceinte.

Je ne dis rien. Je ne comprends pas. Nous avons toujours utilisé des préservatifs.

– Je n'ai pas eu mes règles depuis que nous sommes ensemble. Ce matin, j'ai fait un test de grossesse. Il est positif. Je suis enceinte d'un mois. Il n'y a aucun doute.

– Comment est-ce possible ?

Elle ne répond pas et éclate en sanglots.

– Ne pleure pas, dis-je en la serrant dans mes bras.

– Tu ne comprends pas... Je vais te perdre.

– Mais non, je t'aime. Il faut refaire un test. Nous avons toujours pris nos précautions, tu ne peux pas être enceinte.

D'une caresse j'essuie ses larmes et je l'embrasse. Mais aussitôt elle se dégage, comme si je lui répugnais.

– J'ai fait une grosse bêtise, murmure-t-elle. Pourras-tu me pardonner ?

– Qu'y a-t-il ?

– Mon chéri... Cet enfant qui est dans mon ventre... n'est pas de toi. Te souviens-tu du diplomate japonais dont je t'ai parlé le deuxième soir où nous sommes sortis ensemble ? C'est le père de mon bébé.

Je suis trop secoué pour réagir. J'avais oublié l'existence du Japonais. J'essaie de me rappeler ma deuxième rencontre avec Perla, le lendemain du jour où je l'ai achetée. C'est le jour où elle était arrivée en retard à notre rendez-vous. Elle avait voulu quitter son amant japonais, mais il était en déplacement professionnel en Thaïlande. Je me souviens que Perla m'avait demandé la permission de le revoir à son retour de voyage, une seule fois, pour rompre. Il me semblait que je n'avais aucune raison de me plaindre. Elle m'avait promis de ne plus coucher avec lui, alors je ne m'étais plus inquiété.

Perla doit penser que les promesses n'engagent que ceux qui les croient. Elle a une drôle de moralité. Peut-être n'en a-t-elle même pas du tout... Je suis effondré. J'ai les larmes aux yeux. Je m'entends dire :

– Comment as-tu pu trahir ma confiance ?

– J'ai vraiment voulu couper les ponts avec le Japonais. Début mars, je suis allée chez mes parents, te rappelles-tu ? Je suis rentrée à Manille un jour plus tôt que prévu et je suis allée le voir. Je voulais lui dire que tout était fini entre lui et moi. Il m'a suppliée de ne pas rompre. Il s'est agenouillé devant moi, il s'est mis à pleurer comme un enfant, il m'a demandé de faire l'amour une dernière fois avec lui. Je n'ai pas pu le lui refuser : il a toujours été très généreux avec moi. Voilà, tu sais tout à présent.

– Pourquoi ne m'as-tu rien dit ?

– Oh ! mon chéri... Je ne voulais pas te briser le cœur. Je ne pensais pas tomber enceinte.

– Tu m'as trompé, tu m'as trahi.

– Non, je n'aime pas le Japonais. Je ne pensais qu'à toi en couchant avec lui.

– Pourquoi as-tu fait ça alors ?

– J'ai eu pitié de lui. J'ai juste voulu le réconforter. J'ai eu un moment de faiblesse. Pardonne-moi, je t'en prie.

J'aime encore Perla. Je ne pourrais pas vivre sans elle, mais je n'ai aucune envie d'adopter l'enfant du Japonais. Et puis, je ne me vois pas en train de parcourir Taiwan et la Chine avec une femme enceinte. Sa santé pourrait en pâtir en cas de grossesse pathologique. Je dis tout cela à Perla. Je me sens si las. Je me force à sourire et ajoute :

– Perla, je te remercie de m'avoir au moins dit la vérité avant notre départ. Tout va s'arranger. Nous allons retarder notre voyage et tu te feras avorter.

– Tu me pardonnes ?

– Je n'ai pas le choix, je t'aime...

– Je t'aime, moi aussi.

Quelqu'un frappe à la porte de ma chambre. C'est Marcel, mon colocataire. Il doit s'envoler dans quinze jours pour l'Australie avec Liz, la jeune Philippina qu'il a achetée chez International Marriages. Ils se marieront là-bas. Marcel entre dans la chambre. Depuis ce matin, il souffre d'une rage de dents, et j'ai proposé de l'accompagner chez un dentiste que je lui ai recommandé. Il a rendez-vous dans une demi-heure. Je n'y pensais plus.

– Tu viens ? me lance Marcel. On va être en retard. Putain, j'ai la mâchoire en feu. Grouille-toi !

J'enlace Perla et lui glisse à l'oreille :

– Je serai de retour vers dix-huit heures. Ne bouge pas. Tout va s'arranger. Je t'aime.

– Je t'attendrai ici. Je te le promets.

Une fois de plus, je crois Perla et, une fois de plus, j'ai tort. Quand je rentre à la maison, elle n'est pas là. Je pense qu'elle s'est absentée pour aller faire des courses, puis je découvre la lettre qu'elle a laissée sur le lit :

> Mon cher Marc,
> Merci de m'avoir pardonnée.
> J'ai bien réfléchi. Je ne me ferai pas avorter. Je veux garder mon bébé et je ne peux pas t'imposer de l'adopter. J'ai téléphoné au Japonais. Il accepte de reconnaître son enfant. Je pars vivre chez lui. Il est déjà marié, je sais, mais sa femme habite aux États-Unis.
> Je t'en supplie, mon chéri, n'essaie pas de me retrouver. Je ne veux pas me faire avorter et j'ai en même temps peur de finir par te céder si je te revois. Je t'aime trop. Je ne veux plus te faire souffrir.
> Adieu, mon amour.
> Ta petite Perla qui pensera toujours à toi.

Je m'assieds sur le lit en tremblant. Je suis seul au monde. Je pleure.

Perla m'a abandonné.

VI

1986

Dans la peau d'un faussaire

Faux-r-mose, paradis de la contrefaçon

En 1986, je suis installé en Extrême-Orient, où je travaille pour l'hebdomadaire VSD. *Une sorte de routine s'est installée dans l'exercice de mon métier de journaliste. Je n'hésite plus à me métamorphoser pour réaliser mes reportages, comme si c'était une technique normale, indispensable même. À Taiwan, j'enquête sur la contrefaçon des produits industriels occidentaux. Ma recherche de l'information et de la vérité sur le paradis des faussaires finit par me faire recourir une fois encore à un masque. L'info, c'est* l'un-faux, *et vice versa. Je me travestis en importateur français. Je deviens moi-même un faux chez les faussaires pour mieux les approcher et comprendre comment ils travaillent.*

Voici le récit de ma nouvelle vie dans la peau d'Alexis Gaulois...

*

Dans l'océan Pacifique, il existe une île revendiquée depuis le XVIIe siècle par les Chinois[1]. Les explorateurs portugais d'autrefois l'ont baptisée Formosa, c'est-à-dire « la Belle », et les Chinois l'appellent Taiwan, ce qui signifierait « Terrasse de la baie ». En français, on continue souvent de dire Formose, mais, moi, je préfère utiliser son nom chinois. Il correspond mieux à la réalité géopolitique, à la colonisation actuelle de cette île.

1. Ce n'est qu'en 1683 que la Chine – sous l'empire mandchou des Qing – annexa pour la première fois l'île de Taiwan, encore peuplée de nombreuses tribus aborigènes du Pacifique. De nos jours, les « non-Chinois » ne représentent pas plus de 2 % de la population.

Taiwan est-elle semblable à ces îles paradisiaques du Pacifique ? pourrait-on se demander. Eh bien, oui et non. Par exemple, on y compte les années selon un calendrier particulier. Celui-ci débute en 1912, l'année de la fondation de la Première République chinoise, qui marque l'avènement d'une ère nouvelle après la chute du dernier empereur. Sur les vingt millions de Taiwanais, près de la moitié sont issus de familles de « réfugiés politiques » chinois. En 1949, cinq cent mille soldats de l'armée de Chiang Kai-shek et un million six cent mille civils ont été chassés du continent par les maoïstes. Ces fugitifs ont colonisé Taiwan et y ont imposé leur dictature nationaliste. Cependant, ils ne désespèrent pas de reconquérir un jour leur immense patrie d'origine et de la libérer du joug communiste. Comme ils ne renoncent pas à leur souveraineté sur la Chine, les députés de l'Assemblée nationale taiwanaise prétendent toujours représenter ces provinces du continent, où ils n'exercent plus aucun pouvoir. Est-ce cela un gouvernement fantoche ?

Taiwan est un lieu unique. Ancrée au nord de l'archipel des Philippines et à l'ouest des Mariannes, l'île détonne dans le décor de l'océan Pacifique. À Formose la belle, le ciel est le plus souvent gris et humide, les routes express et les complexes industriels enlaidissent les campagnes, et Taipei [2] est la capitale la plus laide qu'on puisse imaginer. Une laideur à faire fuir. Elle n'offre au voyageur aucun des paysages enchanteurs des îles des antipodes : pas de cocotiers, pas de plages de sable blanc, pas de lagons bleus, pas d'autochtones souriants portant des chemisettes hawaïennes à fleurs, pas de paillotes où siroter des cocktails glacés. Taipei ressemble à une vilaine banlieue de l'Europe du Nord, avec ses grands immeubles aux façades sans couleur et salies par la pollution, ses feux rouges et ses embouteillages automobiles, ses habitants pressés et vêtus à l'occidentale, ses enchevêtrements de câbles électriques qui pendent au-dessus de nombreux trottoirs et témoignent d'un développement économique et technologique si frénétique qu'il en devient anarchique, car Taipei est bien la capitale d'un paradis moderne, celui de la contrefaçon.

Ici, dans les magasins comme auprès des camelots installés sur

2. Taipei compte plus de deux millions d'habitants. Si l'on prend également en considération les banlieues de Taipei, on atteint le chiffre de sept millions, soit plus du tiers de la population totale de l'île.

les trottoirs, vous pouvez acheter une montre de luxe Rolex ou Cartier pour l'équivalent d'une centaine de francs français, des lunettes Ray Ban pour 20 francs, des chaussures Cardin pour 170 francs, un polo Lacoste pour 20 francs, une ceinture Yves Saint Laurent pour 10 francs, un flacon de parfum français Cacharel ou Chanel pour 25 francs, un ordinateur compatible Apple pour 2 000 francs, une bouteille de whisky Johnnie Walker Black Label pour 30 francs, une cassette de Madonna ou de Stevie Wonder pour 14 francs, etc. Vendus à des prix aussi bas, tous ces objets sont des faux, bien sûr, mais leur commerce n'est pas clandestin, ni même déshonorant. Souvent, ces faux sont parfaits et semblent vrais, aussi vrais que, comme le dit un proverbe local, « le bleu extrait de l'indigo est plus bleu que l'indigo ».

Les Taiwanais, les Chinois en général, sont doués pour l'imitation. C'est une tradition chez eux ; cela remplace même l'art. L'obéissance, la soumission à un modèle, est considérée comme une vertu, car la créativité risque d'engendrer le chaos. Confucius a dit : « Je transmets l'enseignement des Anciens, sans rien créer de nouveau, car il me semble digne de foi et d'adhésion[3]. » Le bon peintre est celui qui sait copier les tableaux classiques, le bon élève est celui qui apprend d'abord par cœur plutôt que celui qui réfléchit… Les gens de Taiwan vénèrent Confucius, et l'artisan qui contrefait les meilleurs produits industriels du monde ne se sent pas coupable d'un délit.

Il a bien raison !

Ces faussaires taiwanais sont des sortes de révolutionnaires et non de vulgaires escrocs. Sans le savoir, ils travaillent à la disparition des classes sociales. Ils démocratisent le luxe, ils mettent à la portée de toutes les bourses des objets destinés aux riches. Je les trouve, pour ma part, fort sympathiques. Parfois, même la loi devrait les encourager. En ce milieu des années quatre-vingt, ils sont accusés de produire des contrefaçons d'ordinateurs IBM et Apple. Pour conserver leur monopole mondial sur la micro-informatique, ces deux multinationales américaines font saisir et détruire les ordinateurs taiwanais. Je n'entrerai pas dans les détails tech-

3. Cf. *Entretiens de Confucius*, VII-1, traduction française d'Anne Cheng, Paris, Éd. du Seuil, 1981.

niques, mais je partage le point de vue des Taiwanais. N'importe quel industriel a bien le droit de fabriquer n'importe quel appareil électroménager. Prenons l'exemple des téléviseurs. Sans être appelées des contrefaçons, ces machines, quelle que soit leur marque, fonctionnent toutes selon une technologie commune, et elles peuvent donc recevoir les mêmes programmes. Pourquoi les Taiwanais n'auraient-ils pas le droit d'assembler des machines informatiques capables de lire les mêmes logiciels que celles d'IBM ou d'Apple ? Gageons que dans quelques années les ordinateurs taiwanais, compatibles avec ceux d'IBM ou d'Apple, ne seront plus considérés comme des contrefaçons [4].

La police taiwanaise ne fait pas la chasse aux faussaires, car Taiwan n'adhère pas aux conventions internationales en matière de droits d'auteur et de marques de fabrique. Pour avoir le droit d'intenter une action en justice, les sociétés étrangères dont les produits sont piratés doivent avoir déposé un brevet à Taiwan. Ces dernières années, les grandes entreprises occidentales ont tout de même obligé le gouvernement taiwanais à réviser les lois sur les droits d'auteur et à durcir les peines encourues par les faussaires : de trois à cinq ans de prison. Autant vaut *se gratter la jambe à travers une botte* ; les fausses marchandises continuent de se vendre dans les rues et les magasins. Taiwan reste le paradis de la contrefaçon, une activité trop enracinée dans les mœurs chinoises.

Je l'ai écrit, je ressens beaucoup de sympathie pour les faussaires taiwanais. Au cours de cette enquête, j'en rencontre plusieurs *œuvrant* dans l'informatique et l'horlogerie, et j'interviewe également des avocats et des représentants de marques occidentales piratées, telles que Lacoste et IBM. À présent, je désire approcher les faussaires en me faisant passer pour l'un d'eux. Je veux observer de l'intérieur comment ils travaillent, comment ils se débrouillent avec les nouvelles lois. En continuant de me présenter comme un journaliste, je ne réussirai pas à entrer dans leurs secrets.

J'ai fait imprimer un lot de cartes de visite au nom d'Alexis Gaulois.

4. Ce qui est le cas au XXIe siècle. Les mots *PC* et *compatible IBM* sont devenus des standards. L'ordinateur lui-même, la machine, ce que l'on appelle le *hard-ware*, est juste considéré comme de la quincaillerie, comme un assemblage de pièces électroniques, au même titre qu'un magnétoscope. Seuls les programmes informatiques, c'est-à-dire le *soft-ware*, sont protégés par des droits d'auteur et sont susceptibles d'être qualifiés de contrefaçon.

C'est ma nouvelle identité. Je n'ai pas trouvé de nom de famille qui sonne plus français. Je souhaite inspirer confiance. Je suis censé être le directeur général de la Compagnie internationale de distribution, une prétendue société d'import-export ayant son siège 12, avenue des Champs-Élysées à Paris.

Ce matin de mai 1986, il pleut sur Taipei, comme d'habitude, mais pour moi cette journée ne ressemble à aucune autre. Je viens de naître dans la peau d'Alexis Gaulois vêtu d'un complet occidental et d'une cravate. À l'idée de jouer dans quelques minutes ce rôle de *vrai-faux* faussaire, de tricheur chez les tricheurs, j'ai le ventre noué. J'ai rendez-vous avec Mme Tchao, la patronne de QH Cosmetics, un fabricant taiwanais de parfums que j'ai choisi au hasard dans l'annuaire du téléphone. Je veux essayer de lui passer commande de plusieurs caisses de faux parfum français. Mme Tchao acceptera-t-elle de conclure ce marché avec l'inconnu que je suis ? Me prendra-t-elle au sérieux ?

L'usine de QH Cosmetics est installée en province, mais Mme Tchao me reçoit dans son bureau de Taipei, au rez-de-chaussée d'un petit immeuble gris et anonyme de quatre étages, dans un quartier résidentiel de l'est de la capitale. De la rue, aucune enseigne commerciale ne signale le siège de QH Cosmetics.

Mme Tchao a une trentaine d'années et elle est à l'image de Taipei. Cette Chinoise n'est pas belle ; son maquillage outrancier lui donne un air de vieille peau, ou plus exactement de *po xie* (« vieille chaussure »), comme disent les Chinois en parlant des femmes qui ressemblent à des prostituées décaties. Mme Tchao abuse des cosmétiques que fabrique son entreprise, elle utilise son visage en guise de palette de démonstration. Sur elle, tant de produits de beauté deviennent des produits de laideur. Je me force à lui sourire.

Nous échangeons nos cartes de visite et commençons à parler affaires, assis face à face dans des fauteuils, au milieu d'un salon aux murs blancs et nus. Nous discutons en anglais, car je prétends ne pas connaître la langue chinoise. C'est plus prudent. Un homme d'affaires occidental n'a aucune raison d'être également sinologue. Je risquerais d'étonner Mme Tchao, de la perturber même, en m'exprimant en chinois. Cela pourrait éveiller sa méfiance. Comme l'exigent les traditions chinoises d'hospitalité, elle m'offre du thé. J'accepte et j'expose le but de ma visite :

– Voilà, ma société exporte du parfum en Afrique noire. Du parfum français...

Mme Tchao me considère avec courtoisie, en cillant de ses paupières fardées. Puis-je lui demander tout de go de contrefaire pour mon compte un célèbre parfum français ? Non, je n'ai pas cette audace, même si tout le monde sait que Taiwan est le paradis de la contrefaçon. Je crains qu'elle ne flaire un piège. Comment les vrais faussaires traitent-ils donc leurs affaires ? À la chinoise, je préfère tourner un peu autour du pot. Je ravale ma salive.

– Hum... Je recherche un fabricant pour un parfum très bon marché. Peu importe la qualité. Ce qu'il faut, c'est que l'emballage présente bien. Ce produit est destiné à l'Afrique, comprenez-vous ?

– Je comprends, dit-elle avec un sourire de connivence. Avez-vous apporté un modèle ?

Mme Tchao a répondu sans hésiter. Je me souviens alors que les Chinois méprisent les Africains. La peau noire leur fait horreur. Mais je ne suis pas venu pour condamner le racisme de Mme Tchao. Je la sens en confiance avec moi. J'hésite un instant, puis je sors d'une poche de mon veston une bouteille de vrai parfum Anaïs de la marque Cacharel. Je la lui montre.

– Voici mon modèle.

– Non, non ! s'exclame-t-elle. Je ne peux pas fabriquer ce parfum. Notre entreprise travaille dans la parfumerie depuis trente ans, nous employons cinquante ouvriers et nous jouissons d'une excellente réputation. QH Cosmetics ne peut prendre le risque de faire des contrefaçons.

Le refus de Mme Tchao me surprend un peu. Ai-je été trop direct ? Ai-je frappé à la mauvaise porte en choisissant QH Cosmetics ? Dois-je m'en aller ? Soudain, une motocyclette passe en vrombissant dans la rue. Assourdis, Mme Tchao et moi-même nous nous dévisageons en silence pendant quelques instants. Je profite de cette interruption pour faire rebondir notre discussion, comme si je n'avais pas entendu son refus :

– Je peux immédiatement passer commande de dix mille flacons de parfum. Je paierai comptant.

– Non, vraiment, c'est impossible, réplique Mme Tchao.

– Vraiment ?

– Oui.

Bon, je renonce à soudoyer Mme Tchao. J'ai échoué. Je suis déçu. Feignant l'indifférence, je porte ma tasse de thé à mes lèvres et bois une gorgée. Mme Tchao remarque mon abattement. Sans aucun encouragement de ma part, elle s'empresse de renouer le dialogue avec le client potentiel que je représente :

– Si vous le désirez, je peux dans un premier temps faire fabriquer les flacons et les remplir de parfum. Ensuite, je ferai imprimer les étiquettes. Ainsi, je vous expédierai les flacons et les étiquettes séparément.

Où veut-elle en venir ? Je dois réfléchir plusieurs secondes avant de comprendre ce qu'elle me propose, et il me faut un autre moment pour réaliser comment les grandes entreprises, tel QH Cosmetics, s'ingénient à contourner la nouvelle loi sur les contrefaçons. À Taiwan, il est interdit de contrefaire un objet en entier, mais la reproduction de chacun de ses composants serait tolérée. Comme le dit un proverbe chinois : « Tu as peut-être ton plan pour fermer la porte, mais moi j'ai un moyen de passer par-dessus le mur. » Un industriel pourrait ainsi fabriquer des sacs, des chaussures, des polos... auxquels des grossistes ou des détaillants apposeraient le logo de la marque contrefaite au dernier moment. Le fabricant, lui, ne serait coupable d'aucun délit de contrefaçon.

Je ne suis pas habitué aux ruses des milieux d'affaires et j'ai mis du temps à saisir le sens de la proposition de Mme Tchao. Le devinant à présent, je prétends ne plus rien comprendre. Il s'agit de l'inciter à m'expliquer elle-même toute sa combine.

– De cette manière, dit Mme Tchao avec le sourire niais du commerçant malhonnête, en fabriquant le parfum et les étiquettes séparément, QH Cosmetics n'enfreindra pas la loi. Nous pourrons travailler et exporter en toute tranquillité. Vous, vous vous occuperez de faire coller les étiquettes en Afrique. C'est votre affaire. C'est ainsi que procèdent tous nos clients.

Coller les étiquettes un peu plus tôt ou un peu plus tard, cela ne fait pas beaucoup de différence, en tout cas pas pour moi. En revanche, pour Mme Tchao, cela change bien tout. Elle me fixe droit dans les yeux. Attend-elle ma réponse ? Peut-être m'imagine-t-elle déjà en train de coller des étiquettes Anaïs quelque part en Afrique, puis, suant à grosses gouttes, faire l'article à une foule de

« sauvages noirs » pour leur vendre mes parfums de Paris. Cette idée d'escroquer plus pauvre que moi me déplaît, mais je ne laisse rien paraître devant Mme Tchao. Je lui dis :

– C'est parfait.

Et nous discutons du prix auquel elle me vendra son faux Anaïs. Elle propose 1 dollar américain et 60 *cents*[5] par flacon de trente millilitres, plus 6 *cents* par étiquette, soit un coût total huit fois moins cher que celui du vrai Anaïs. C'est trop bon marché. Je rappelle à Mme Tchao que ce parfum doit ressembler au vrai :

– Sinon, je n'en veux pas. Avant que je ne passe ma commande, pourriez-vous me préparer un échantillon du produit, du flacon et de l'étiquette ?

– Bien sûr. Revenez à la fin de la semaine. Vos échantillons seront prêts. Ne vous inquiétez pas.

Trois jours plus tard. Comme prévu, il pleut encore sur Taipei et, comme convenu, Mme Tchao a préparé mes échantillons.

– Les voici ! dit-elle. Nous avons reproduit chaque détail du modèle que vous avez fourni.

Mme Tchao dit vrai. Le flacon a bien la forme de celui du vrai Anaïs, le parfum a la même odeur de fleurs, et l'étiquette ne diffère en rien de l'original. La contrefaçon est parfaite. L'air satisfait, elle me roule des yeux de biche. Elle attend ma commande. Je dois trouver une échappatoire. Le mieux est de commencer par la féliciter.

– Beau travail, dis-je. Vous savez... j'ai envie de passer une commande plus importante. Laissez-moi réfléchir quelques jours, le temps de prendre contact avec mon service marketing en France.

– D'accord.

En quittant le bureau de Mme Tchao, je me demande soudain quelle valeur d'exemple possède l'imposture que je viens de réaliser. Le choix d'un autre parfumeur que QH Cosmetics aurait-il conduit mon enquête vers une conclusion différente ? Je ne sais pas. Je vous livre mon expérience, telle quelle, sans aucune prétention.

5. Environ 10 francs français.

À présent, dans la peau d'Alexis Gaulois, une carrière de négociant en faux parfums français s'ouvre devant moi. Je pourrais parcourir l'Afrique dans une camionnette et vivre confortablement en vendant ma camelote à tous les gogos. Je suivrais l'exemple de Jack Thieuloy : il y a une quinzaine d'années, ce truculent écrivain français a sillonné l'Inde en vendant des bouteilles d'alcool remplies de son « pissat », comme il l'a raconté dans son livre [6].

Eh bien, non ! Ma ligne de vie n'empruntera pas les grands chemins de l'Afrique. Je n'ai pas l'âme d'un vrai tricheur. Tromper les gens ne constitue pas une fin pour moi. Si je me masque, c'est pour mieux découvrir la vérité sur tel ou tel problème de société. La métamorphose est juste une technique d'enquête. Je suis un faux Alexis Gaulois, un *faux faussaire*, mais un vrai journaliste.

6. Jack Thieuloy, *L'Inde des grands chemins*, Paris, Gallimard, 1971.

VII

1986

Dans la peau d'un voyou

Le soleil éternel de Pékin

Dans la Chine communiste des années quatre-vingt, la délinquance se développe au rythme de la croissance économique et de la libéralisation politique. Il est difficile d'enquêter sérieusement sur ce sujet et de recueillir des témoignages. Les hors-la-loi chinois en liberté n'accordent bien sûr aucune interview ; ils préfèrent garder le secret à propos de leurs activités. En juin 1986, j'ai de la chance. Une rencontre fortuite m'amène à sympathiser avec des voyous pékinois. Ignorant que je suis journaliste, ils m'offrent de devenir membre de leur bande. Je ne laisse pas passer cette occasion d'étudier la délinquance chinoise de l'intérieur. En outre, j'ai envie de me lancer dans une métamorphose que je n'ai pas préparée à l'avance. Je dois improviser un rôle de voyou et je n'ai aucune idée de ce que je vais découvrir et vivre. C'est grisant de travailler ainsi, d'enquêter en se laissant porter par l'action et le sujet.

Cette aventure « dans la peau d'un voyou » se déroule juste avant ma seconde[1] *métamorphose en Chinois et mon mariage avec Gloire, une Pékinoise de vingt et un ans.*

*

En 1986, à Pékin, les taxis sont rares dans les rues ; il faut s'armer de patience pour en arrêter un qui soit libre. Il est souvent plus simple et plus rapide de se déplacer en bus ou en métro, mais ce dimanche 1er juin, en sortant de mon hôtel en fin de matinée, je ne suis pas pressé. Je viens de terminer pour *VSD* un reportage sur

1. Cf. p. 155 et mon livre *Dans la peau d'un Chinois*.

la mode chinoise et je me sens en vacances. Je n'ai pas envie d'être bousculé dans les transports en commun. Ils sont bondés à toute heure chaque jour de l'année.

Sur le trottoir, deux Chinois d'une vingtaine d'années guettent comme moi le passage d'un taxi. Nous attendons ainsi pendant une demi-heure. Quand un taxi finit par s'arrêter devant nous, l'un des Chinois me lance en mandarin[2] :

– Où vas-tu ? Monte avec nous. Je te déposerai où tu veux et je paierai la course...

Sans me laisser le temps de répondre, les deux Chinois s'installent sur la banquette arrière du taxi et me font signe de m'asseoir à l'avant, à côté du chauffeur. J'obéis.

Ces deux hommes m'intriguent : après tout, ils ne sont peut-être pas chinois. En effet, ils commencent à parler en coréen. J'ai étudié cette langue en France et en Corée du Sud et je ne résiste pas à l'envie de la pratiquer un peu.

– Bonjour, dis-je en coréen en me tournant vers mes deux compagnons de voyage.

Stupéfaits, ils me dévisagent comme s'ils entendaient pour la première fois un Européen s'exprimer dans leur langue. Je leur explique que j'ai appris le coréen à l'université, puis je leur demande s'ils sont originaires de Corée du Nord ou du Sud. Ma curiosité ne semble pas les gêner. Ils me serrent la main, me félicitent de parler si bien leur langue et se présentent.

Ils sont originaires de Corée du Nord, de ce pays stalinien qui n'entretient pas de relations diplomatiques avec la France. Ils portent des prénoms typiquement sino-coréens, qui ont un sens et peuvent se traduire par « Soleil Éternel » et « Grand Courage ». Avec son léger embonpoint, Soleil Éternel a une vraie carrure de chef ; il monopolise la parole, et Grand Courage se contente d'acquiescer par des hochements de tête.

Soleil Éternel a quitté la Corée du Nord avec ses parents il y a une vingtaine d'années. Il a grandi en Chine et ne garde aucun souvenir de son pays natal. Grand Courage, en revanche, est un *vrai* Nord-Coréen. Il a obtenu une bourse gouvernementale en 1984 pour venir étudier la physique dans une université de Pékin.

2. La langue chinoise standard. Elle est issue des dialectes du nord de la Chine.

Soleil Éternel me fixe soudain dans les yeux, comme s'il réalisait qu'il ne sait rien de moi et qu'il parle trop.

– Qui es-tu ? me demande-t-il d'un ton autoritaire. Quelle est ta nationalité ?

– Je suis français. Je m'appelle Philippe.

Je préfère cacher ma véritable identité. Ces deux Nord-Coréens ne sont pas des citoyens ordinaires. Ils sont habillés à la mode occidentale : jeans et polo. Ils doivent être assez riches pour voyager en taxi ; ils ont même offert de payer ma course. J'ai l'impression qu'ils me cachent quelque chose. Peut-être travaillent-ils en réalité pour un service d'espionnage ? Je ne veux surtout pas leur dire que je suis journaliste, car je ne bénéficie pas d'une accréditation officielle en Chine. Je travaille clandestinement, avec un visa de touriste. Je ne veux pas courir le risque d'être repéré par la police de la dictature communiste chinoise. Mieux vaut brouiller les pistes.

– Tu travailles en Chine ? reprend Soleil Éternel.

– Non, je suis venu faire du tourisme.

– Et en France, quel est ton métier ?

– Je suis dans les affaires.

– Quel genre ?

– Toutes celles qui rapportent... Tu es bien curieux.

Soleil Éternel me sourit.

– Pardonne-moi, dit-il. C'est la première fois que je rencontre un étranger qui parle coréen. Moi aussi, je suis dans les affaires, dans toutes celles qui rapportent, comme tu dis. Maintenant, tu vas venir avec moi, je veux te présenter à mes amis. Nous allons déjeuner tous ensemble au restaurant. Ne t'inquiète pas, c'est moi qui paierai. Je vais prendre soin de toi. Tu pourras nous donner un coup de main pour changer des devises au noir. Tu verras, ce n'est pas compliqué...

Soleil Éternel dirige donc une bande de trafiquants, et mon flair de journaliste me conseille d'accepter sa proposition. Sans doute devrai-je commettre des actes contraires à la loi et à la morale, mais je ne veux pas laisser passer cette chance d'enquêter de l'intérieur sur la délinquance en Chine.

– D'accord, dis-je. Je viens avec vous.

C'est ainsi que je deviens le sixième membre d'une petite bande de voyous pékinois, tous âgés comme moi d'une vingtaine d'années. Fleur d'Or est la seule fille de l'équipe. Son rôle consiste à tenir une espèce de comptabilité de nos divers trafics. Cette Chinoise a une bouche sensuelle en forme de cerise et de longs cheveux légèrement frisés. Elle porte toujours d'élégants tailleurs. Son père est officier supérieur dans l'armée chinoise, et elle s'exprime en utilisant un vocabulaire précieux pour montrer qu'elle a du savoir-vivre, qu'elle appartient à la nomenklatura de la Chine communiste. Elle ne prononce jamais de jurons. Ce n'est pas le cas d'Honneur, un gros Chinois qui seconde Soleil Éternel dans le commandement de notre bande.

Honneur dit cent fois par jour le mot *cao*[3]. Il l'utilise comme une interjection, pour ponctuer ses phrases, à la manière de certains Français qui profèrent à tout propos des « putain ! » ou des « merde ! », sans y penser. *Cao* est un verbe populaire et obscène qui signifie littéralement « niquer ». Il s'écrit en composant l'idéogramme du verbe « entrer dans » avec celui du nom « viande ». « Entrer dans la viande », voilà la conception chinoise de l'acte sexuel. On ne peut pas être plus terre à terre.

Le membre de la bande que je préfère s'appelle Fleuve. J'aime sa débrouillardise. Fleuve est chinois, mais il possède une fausse pièce d'identité certifiant qu'il a la nationalité américaine. Elle lui permet d'entrer dans le Magasin de l'amitié, un centre commercial réservé aux étrangers. Fleuve y achète des marchandises introuvables dans les boutiques ordinaires de Pékin et Honneur se charge de les revendre sur le marché noir.

Il existe deux sortes de monnaie chinoise, toutes deux exprimées en yuans et d'égale valeur, du moins en théorie : le *renminbi* (« argent du peuple ») et les *FEC*, *Foreign Exchange Certificates* (« certificats de change étranger »)[4]. Les banques officielles délivrent ces *FEC* aux étrangers quand ils échangent leurs dollars, leurs francs ou leurs marks. La plupart des produits vendus dans le Magasin de l'amitié doivent être payés en *FEC*, et mon travail consiste à approvisionner notre bande en *FEC* afin que Fleuve puisse faire ses « emplettes ».

En Chine populaire, la Banque centrale d'État s'appelle logiquement la Banque populaire de Chine, mais cette institution est au service exclusif de la dictature communiste. Notre bande, elle, remplit

3. Se prononce « tsao ».
4. Le système des *FEC* sera supprimé dans les années quatre-vingt-dix. Comme les Chinois, les étrangers utiliseront alors les *renminbi*.

la fonction d'une vraie banque du peuple, dans l'intérêt de tous. Je racole des touristes et des hommes d'affaires occidentaux dans la cafétéria qui jouxte le Magasin de l'amitié. Je leur offre d'échanger leurs *FEC* contre une somme plus importante de *renminbi*. S'ils sont intéressés, je les présente à Soleil Éternel, qui est attablé au fond de la salle en compagnie de Grand Courage et de Fleur d'Or. Soleil Éternel sort ses liasses de *renminbi* et il conclut la transaction.

Soleil Éternel m'a confié cette mission d'intermédiaire, car j'inspire confiance aux étrangers. Ils voient tout de suite que je ne suis pas chinois et ne me soupçonnent donc pas d'être un policier en civil essayant de les piéger. De plus, en Chine, les étrangers se sentent proches les uns des autres, tels des compatriotes d'un même ghetto international, car le gouvernement communiste les oblige à vivre à l'écart de la population autochtone. En tant que Français, je peux m'asseoir à la table d'un Américain, d'un Allemand ou d'un Japonais et engager la conversation sans paraître importun. Je commence par demander à mon « client » depuis combien de temps il séjourne en Chine. Ensuite, je lui dis que je suis français, que je m'appelle Philippe, et il se sent obligé de se présenter à son tour. À ce moment-là, je lui serre la main, comme si nous étions devenus amis. Nous échangeons pendant quelques minutes des banalités sur la vie en Chine et je veille à m'adresser à mon client en prononçant le plus souvent possible son prénom. Les gens apprécient d'être appelés par leur prénom : cela crée une véritable intimité. Je me risque alors à lui proposer de changer ses *FEC* au noir.

Soleil Éternel m'a donné des consignes : je dois commencer par offrir un taux de change de 150 *renminbi* pour 100 *FEC*. C'est un cours ridicule, car 100 *FEC* valent 180 *renminbi* en réalité. Beaucoup d'étrangers le savent et marchandent. Je ne dois pas céder trop vite. Je cherche juste à acheter le moins cher possible. Je ne vois aucun mal à cela.

Conseil de professionnel du marché noir : si, de passage à Pékin, vous voulez changer vos devises, ne prenez pas le risque de le faire avec n'importe qui. Venez me trouver à la cafétéria du Magasin de l'amitié. Je vous présenterai à Soleil Éternel. Rassurez-vous, il ne vous escroquera pas. Nous conviendrons d'un taux de conversion, et Soleil Éternel vous paiera votre dû au centime près. En Chine, certains trafiquants de devises refilent des faux *renminbi* ou bien trompent le client sur le nombre de billets échangés. Une arnaque classique consiste à glisser des billets pliés en deux au milieu d'une liasse, et vous avez l'illusion de compter par exemple cent coupures alors qu'il n'y en a que quatre-vingt-seize. Avec Soleil Éternel, vous n'avez rien à craindre. C'est un voyou honnête. Il a trop de classe pour s'abaisser à vous estamper de quelques dizaines de *renminbi*[5], même si cette somme représente plusieurs journées de salaire pour un Chinois. D'ailleurs, notre bande ne cherche pas à s'enrichir en traficotant sur les monnaies ; elle a juste besoin de *FEC* pour faire des affaires.

En Chine, il existe une pénurie de nombreuses marchandises dans le circuit commercial ordinaire. Tant mieux ! Comme ça, notre bande peut gagner une fortune en les achetant avec des *FEC* dans le Magasin de l'amitié et en les revendant au marché noir contre des *renminbi*. Nous nous intéressons en particulier aux réfrigérateurs, aux téléviseurs et aux bicyclettes de grandes marques, aux cigarettes et aux alcools chinois célèbres, ainsi qu'à certains médicaments miracle traditionnels, tels que les toniques de jouvence et les préparations contre la calvitie. Fleuve surveille l'arrivage de ces produits dans le Magasin de l'amitié, car ils sont tous vendus dans l'heure qui suit leur mise en rayon. Ils sont souvent rationnés, et Fleuve ne peut pas acheter par exemple plus de cinq bouteilles d'un même alcool à la fois. Il nous appelle alors à la rescousse, Grand Courage et moi. En tant qu'étrangers, nous avons également droit à cinq bouteilles d'alcool chacun. Notre bande peut ainsi se procurer quinze bouteilles au total. Honneur les revend le jour même à des restaurants ou à des épiceries privées de Pékin. Les deux marques d'alcool les plus recherchées sont le Maotai et le Wuliangye. Avec quinze bouteilles, nous pouvons réaliser une plus-value de 1 000 yuans, soit l'équivalent d'une année de salaire moyen. Pas mal, non ? Un lot de réfrigérateurs ou de téléviseurs rapporte encore davantage, mais c'est un peu plus long à fourguer, et Fleuve doit donner un coup de main à Honneur.

5. En 1986, le *renminbi* – ou plus exactement le yuan chinois en monnaie *renminbi* – équivaut environ à 1 franc français au marché noir.

Moi, je ne m'occupe jamais de la revente de nos marchandises, car je n'ai aucun contact utile dans la population pékinoise. Je travaille sous les ordres directs de Soleil Éternel, je l'escorte à longueur de journée en compagnie de Fleur d'Or. Grand Courage vient avec nous quand il ne suit pas de cours à l'université.

Nous ne passons guère plus de deux ou trois heures par jour dans la cafétéria du Magasin de l'amitié. Nous effectuons des allers et retours entre ce centre commercial et le domicile de Soleil Éternel, une masure en brique du quartier populaire de Dongdan, à deux pas de la gare centrale de Pékin. Soleil Éternel est un gros dormeur : dès qu'il a un moment libre, il veut rentrer chez lui pour faire la sieste. Il ne m'invite pas à entrer dans sa maison. Je reste dehors avec Fleur d'Or à attendre dans un taxi, toujours le même. Les affaires marchent si fort que Soleil Éternel s'est décidé à en louer un à la semaine. Ce véhicule est devenu ma seconde chambre d'hôtel.

Ne croyez pas que je me réjouisse de me trouver en tête à tête avec Fleur d'Or sur une banquette de voiture. Cette fille me rend marteau. Elle est belle et intelligente, mais elle a un foutu caractère. Moi aussi, d'ailleurs. Nous entretenons une relation orageuse depuis que Soleil Éternel s'est mis dans la tête de nous mettre ensemble.

Je crois qu'il veut me faire plaisir en essayant de me coller Fleur d'Or dans les pattes. C'est sa manière de rétribuer « en nature » les services que je lui rends, car je refuse d'être payé. J'ignore comment sont partagés les gains entre les différents membres de la bande, mais, pour ma part, je ne veux pas toucher à l'argent que nos trafics nous rapportent. Ce n'est pas une question de moralité, c'est juste que quelques milliers de yuans ou de francs en plus ne représentent pas grand-chose pour l'Occidental que je suis. Mes amis pékinois ont beaucoup plus besoin d'argent que moi. Moi, je suis heureux d'être accepté dans leur bande ; je suis déjà payé par la chance de pouvoir mener une enquête sur le milieu des trafiquants chinois. Je rends des services, tout le monde y trouve son compte, et j'en suis content. Je n'ai rien à ajouter.

Par contre, j'ai quelque chose à dire à propos de Fleur d'Or. Notre relation illustre les mœurs dissolues des voyous chinois. J'aime bien Fleur d'Or et je pense que je ne la laisse pas indifférente. Chaque jour, nous nous bécotons à l'arrière du taxi. Il est vrai que nous n'avons rien d'autre à faire en attendant le réveil de Soleil

Éternel, qui nous a d'ailleurs *ordonné* de nous amuser ensemble, Fleur d'Or et moi. De son côté, le chauffeur lit le journal ou écoute la radio et ne prête aucune attention à nos ébats. N'empêche, la présence de ce type me porte sur les nerfs quand je deviens trop excité. Je le prie alors de sortir et d'aller se promener, et il obéit.

Fleur d'Or et moi restons seuls dans le taxi, ce qui nous amène toujours à nous disputer. Elle commence par se rapprocher de moi et je devine qu'elle a envie que je lui caresse les seins. Comme la plupart des jeunes Chinoises, elle porte un soutien-gorge rembourré. Je suis un peu déçu en glissant la main à l'intérieur : j'ai l'impression de caresser la poitrine d'un garçon. Je pose alors mon regard sur ses cuisses, je retrousse sa jupe, et mes doigts partent à l'assaut de sa culotte.

On raconte que les femmes qui ont une petite bouche ont le vagin étroit. Je n'arrive jamais à vérifier si cela est vrai chez Fleur d'Or, qui a une minuscule bouche en forme de cerise, car à peine ai-je effleuré ses poils pubiens, qu'elle resserre les jambes. Elle immobilise ma main dans cet étau et me lance :

– Qu'est-ce que tu cherches là ?

– Je veux te toucher.

– D'accord !

Elle ouvre les cuisses juste le temps de me laisser sentir qu'elle est humide de désir, puis aussitôt elle referme l'étau.

– Que fais-tu ? me demande-t-elle à nouveau.

– Je te touche.

– Ça, je m'en rends compte.

Elle entrouvre à nouveau les jambes pendant quelques secondes, les resserre, les réentrouvre…, ainsi de suite pendant une dizaine de minutes. Je finis par lui dire :

– À quoi joues-tu ?

– C'est plutôt toi qui es en train de jouer avec ma culotte, réplique-t-elle. Je ne t'ai rien demandé.

– Bien sûr que si. Pourquoi te laisses-tu faire ?

– Justement, je ne me laisse pas faire.

– As-tu peur de moi ? Je ne vais pas te violer dans la voiture. On peut se caresser un peu. Il n'y a pas de mal à ça.

– Je n'ai pas peur de toi, lâche Fleur d'Or d'un ton cassant.

Elle me regarde en serrant les dents, puis ajoute :

– Tu n'es qu'un vicieux.

– Toi, tu n'es qu'une allumeuse.

– Laisse-moi tranquille !

Nous nous querellons ainsi pendant un moment avant de retrouver notre calme et de recommencer à nous embrasser. Fleur d'Or et moi n'échangeons aucun mot tendre. Il ne faut pas s'en étonner : nous utilisons le langage cru des voyous pékinois. Nous sommes des voyous.

Quand Soleil Éternel vient nous rejoindre après sa sieste, il n'oublie jamais de nous lancer un clin d'œil en montant à l'avant du taxi.

– Alors, ça avance vous deux ? me demande-t-il.

– Non, réponds-je. Fleur d'Or me repousse.

– Ne t'inquiète pas. Je t'assure que tu lui plais. Fais-moi plaisir, insiste ! Il faut quand même que tu réussisses à la niquer un de ces jours.

Je ne sais que répondre, car je ne comprends rien au jeu de Fleur d'Or. Je la regarde et elle me sourit en me donnant un coup de coude complice dans les côtes. Bon sang, cette fille m'exaspère ! Se paie-t-elle ma tête ? Pourquoi ? Parce que je suis le premier homme blanc qu'elle fréquente ? En tant que Chinoise fière de sa race – à juste titre, je l'admets – cherche-t-elle à me dominer ? Une chose est sûre : ce n'est pas le fait de fricoter dans une automobile qui la gêne. Un soir, elle a accepté de me suivre dans ma chambre d'hôtel. Eh bien, nous avons passé la nuit à nous chamailler, comme dans le taxi. Je ne veux pas la contraindre par la force ; la brutalité est, selon moi, un comportement ignoble, même entre voyous. Sans être torturé par ma conscience, je peux faire du marché noir, je pourrais commettre des vols en cas de besoin, mais je refuse de me montrer violent, du moins tant que je ne suis pas en situation d'avoir à me défendre.

Un jour, Fleuve m'a laissé entendre que Soleil Éternel était l'amant de Fleur d'Or et qu'il cherchait à se débarrasser d'elle en me la refilant. Fleur d'Or tarabusterait Soleil Éternel pour qu'il l'épouse. Je veux bien aider Soleil Éternel une fois de plus, mais je suppose que Fleur d'Or n'est pas pressée de s'acoquiner pour de bon avec un sous-fifre tel que moi. Elle est tout sauf idiote.

Telles sont les relations entre les membres de notre bande. J'en ai assez de jouer avec Fleur d'Or. À partir de la mi-juin, je décide de ne plus rester avec elle pendant les siestes de Soleil Éternel. Je préfère passer mes après-midi à bronzer sur les bords de la piscine du Club international. Je retrouve Soleil Éternel et le reste de la bande vers dix-huit heures dans la cafétéria du Magasin de l'amitié. Nous réglons nos affaires de marché noir en une heure ou deux, nous échangeons quelques informations sur les arrivages de marchandises avec des copains qui traficotent comme nous, puis nous allons faire la fête.

Les Chinois font un calembour à partir des mots « argent » et « devant » qui tous deux se prononcent *qian*. Ils disent : « Ce n'est qu'en regardant l'argent que l'on peut regarder devant. » L'argent est fait pour être dépensé et, chaque soir, nous dînons dans les meilleurs restaurants de Pékin. C'est toujours Soleil Éternel, notre chef, qui paie l'addition.

Grand Courage a un appétit d'ogre. Honneur s'amuse à l'humilier devant nous. Il nous rappelle que Grand Courage n'est pas un Chinois, mais un « misérable » Nord-Coréen.

– Vous avez vu, nous lance-t-il, ces Nord-Coréens n'ont vraiment aucun savoir-vivre... Hé ! Grand Courage ! Tu fais des réserves avant de retourner dans ton paradis communiste de crève-la-faim ?

Grand Courage proteste entre deux bouchées :

– Tu te trompes. En Corée du Nord, nous sommes plus riches que vous autres en Chine.

– *Fang pi* ! ricane Honneur.

Fang pi est une expression d'argot qui signifie « lâcher un pet ». Honneur l'utilise pour dire à Grand Courage que ce qu'il dit n'a pas plus de valeur qu'un pet. Tout le monde sait que la Corée du Nord est beaucoup plus pauvre que la Chine. Ses habitants vivent sous une dictature sanguinaire et héréditaire ; ils doivent vénérer leur président Kim Il-sung comme un dieu.

– Vous, les Nord-Coréens, reprend Honneur, vous vivez comme nous vivions en Chine pendant la Grande Révolution culturelle. Vous avez vingt ans de retard. Quand est-ce que vous allez ouvrir votre pays sur l'Occident ? Parle-nous un peu de Kim Il-sung, votre Grand Dirigeant bien-aimé, votre Soleil de la nation, votre Génie de la révolution, comme vous dites. C'est ton dieu, hein ? Je suis sûr que tu fais des prières pour lui.

– Je t'inderdis de parler ainsi de notre Grand Dirigeant bien-aimé, dit Grand Courage en rougissant de colère.

Grand Courage est un voyou. Il se livre au marché noir, il aime la vie facile et il a un esprit ouvert. Nous pouvons plaisanter avec lui sur tous les sujets, sauf sur Kim Il-sung. Je ne crois pas que Grand Courage ait peur de critiquer le pouvoir nord-coréen. Il semble sincère quand il appelle Kim Il-sung « le Grand Dirigeant bien-aimé ». L'amour de son pays le rend aveugle. Pour ma part, j'ai renoncé à lui demander de me parler de la vie quotidienne en Corée du Nord.

Soleil Éternel, lui aussi d'origine nord-coréenne, n'éprouve aucun attachement pour Kim Il-sung, sans doute parce qu'il a grandi en Chine et qu'il ne garde aucun souvenir de la Corée du Nord. Il ne se préoccupe que de maintenir une ambiance amicale dans notre bande. Il ne veut pas que Grand Courage devienne une tête de Turc.

– Fous-lui la paix ! finit-il par ordonner à Honneur.

Une ou deux fois par semaine, Soleil Éternel nous emmène dans une gargote coréenne. Il tient à nous faire goûter les spécialités de son pays natal. Nous y mangeons de la salade de chou au piment rouge, du bœuf au barbecue et de la soupe de nouilles au chien, dont je ne raffole guère, car je n'aime pas le chien : cette viande est trop coriace et elle sent fort.

Après le dîner, nous allons souvent jouer au bowling à l'hôtel Lido qui appartient à la chaîne américaine Holiday Inn. Un soir, en sortant du bowling, Soleil Éternel nous fait signe, à Grand Courage et à moi, de ne pas monter dans notre taxi avec les autres membres de la bande. Sans aucune explication, il demande au chauffeur de reconduire Fleur d'Or, Fleuve et Honneur chez eux.

– Laissons ces gosses rentrer à la maison, me glisse-t-il en aparté. Nous, nous allons prendre un autre taxi. J'ai un petit programme pour nous trois. On va passer prendre une fille près de chez moi.

– Quelle fille ? dis-je, surpris.

– Une fille qui aime *ça* !

Et Soleil Éternel lève la main droite et me montre avec un large sourire ce qu'il entend par *ça* : il fait aller et venir son pouce entre son index et son majeur pour symboliser à la chinoise l'acte sexuel.

– Crois-tu qu'elle acceptera de faire *ça* avec nous trois ? dis-je, incrédule et curieux à la fois de savoir à quel point Soleil Éternel pousse le vice.

– Ne t'inquiète pas ! Je la paierai. On a de l'argent. Autant en profiter.

En chinois, un voyou s'appelle un *liumang*. Ce nom s'applique à un homme qui enfreint les lois, en volant, en trichant, en trafiquant, mais aussi en vivant dans la débauche. La morale communiste et le Code pénal chinois interdisent la prostitution. Les relations sexuelles en dehors du mariage, même entre adultes consentants, sont également illicites. Celui qui est pris par la police en train de faire l'amour illégalement peut être jeté en prison ou envoyé dans un camp de rééducation par le travail. Ce soir, je n'ai pas envie de courir un tel risque, surtout avec une femme pour laquelle je n'éprouve aucun sentiment. Mais puis-je refuser l'invitation de Soleil Éternel sans le décevoir, sans éveiller ses soupçons sur mon personnage de voyou ?

Je dois les accompagner afin d'observer les mœurs des voyous pékinois. Si j'y renonçais, mon reportage resterait incomplet.

Soleil Éternel hèle donc un taxi, et nous voilà partis pour une folle virée nocturne. Dans le quartier de Dongdan, nous embarquons une jeune Chinoise aux cheveux très courts qui, debout devant sa porte, attendait visiblement un client. Nous nous rendons ensuite près du Magasin de l'amitié, dans une cité HLM où habitent deux amis de Soleil Éternel. Il est plus de minuit, et Soleil Éternel monte seul les réveiller. Il ne réussit pas à les convaincre de nous louer une chambre pour quelques heures. Où pouvons-nous aller ? À Pékin, les hôtels sont surveillés par la police. En prenant une chambre d'hôtel au milieu de la nuit, trois garçons accompagnés d'une fille ne manqueraient pas d'attirer l'attention.

– Alors, que fait-on ? demande Grand Courage.

– Je ne sais pas, dit Soleil Éternel. On n'a qu'à s'amuser avec la fille dans le taxi.

Le chauffeur, un Chinois boutonneux d'une quarantaine d'années, a entendu Soleil Éternel. Il se tourne vers nous :

– Pas question. Vous allez salir ma banquette arrière. Et puis, je ne veux pas avoir d'ennuis avec la police. Je veux bien vous conduire où vous voulez, mais vous descendrez de mon taxi pour vous amuser avec la fille…

La fille, elle, ne dit rien. Nous ne connaissons même pas son nom. Nous nous adressons à elle en l'appelant *guniang*, ce qui signifie « la fille ». Elle est assise sur les genoux de Soleil Éternel et elle lui caresse les cheveux en souriant.

– Ça va, n'ayez pas peur, ronchonne Soleil Éternel en fixant le chauffeur. Conduisez-nous à Yongdingmen, on se débrouillera là-bas.

Soleil Éternel a toujours des idées plein la tête. C'est pour cette raison qu'il est le chef de notre bande. Yongdingmen est un faubourg au sud de Pékin, que traverse une rivière bordée de saules et de peupliers. Soleil Éternel pense que nous trouverons un coin tranquille sur les berges.

L'idée paraît bonne, mais quand nous arrivons à Yongdingmen, la fille dit soudain qu'il ne fait pas assez sombre sur les berges pour faire l'amour. Soleil Éternel garde son calme. Il l'embrasse dans le cou, lui chuchote quelque chose, puis il se glisse avec elle entre les branches tombantes d'un saule pleureur et la plaque contre le tronc. Grand Courage et moi restons en arrière, à une dizaine de mètres. Nous regardons en silence la fille se débattre. Soleil Éternel ne réussit pas à l'immobiliser. Sans doute n'a-t-il pas envie de la frapper…

– Viens, me lance-t-il en s'écartant de la fille. J'en ai marre de cette pute. Tu es étranger. Avec toi, elle se laissera peut-être faire.

La jeune Chinoise me fait pitié. Je n'éprouve aucun désir sexuel, mais je n'ose pas désobéir à Soleil Éternel. Mon cœur bat dans ma poitrine. Je me dégoûte d'être un voyou. Je m'approche de la fille, je lui caresse le front et les joues du bout des doigts, puis je me force à poser ma bouche sur la sienne. La fille me rend un baiser froid. Ses lèvres sont glacées.

– Touche son *dou*, ça va la détendre ! me crie Soleil Éternel.

Je me passerais bien des conseils de Soleil Éternel. *Dou*, le « haricot » en chinois, désigne aussi le clitoris dans l'argot de Pékin. Je ne sais que faire.

– Vas-y ! Chauffe-la un peu !

Je ne pense à rien. Je perds toute pudeur. Je glisse une main sous la jupe de la fille et je baisse sa culotte. Elle a le sexe rasé et sec. Elle me repousse d'un coup de genou. Je me sens honteux et sali. Je voudrais fuir au bout du monde et oublier cette nuit sordide sur les bords d'une rivière chinoise. Soleil Éternel ne me laisse aucune chance, il s'empresse de me harceler. Il s'énerve, il s'exprime en coréen, afin que la fille ne le comprenne pas :

– Qu'est-ce qui se passe ?

– Elle ne veut pas de moi.

– Tu en es sûr ?

– Oui.
– Tu as touché si elle mouillait ?
– Laisse tomber...
– D'accord. On va quand même pas violer une pute. Allez, on rentre à la maison.

Soleil Éternel saisit la fille par le bras et, à ma grande surprise, il lui tend quelques billets de 10 yuans, puis il se tourne vers Grand Courage et moi :

– Je me fous de l'argent. Je ne veux pas que cette fille fasse d'histoires.

Soleil Éternel a raison. L'argent, ça va, ça vient... et plus il y en a, moins il faut y attacher d'importance. Surtout en Chine. Payer une putain qui joue les effarouchées et refuse de vous satisfaire est d'une grande sagesse. Si elle fait un esclandre, les flics peuvent rappliquer et vous coffrer. Soleil Éternel est malin. Il a de la classe et il aime la liberté plus que tout. Il ne faut pas le mépriser parce qu'il est un voyou. L'écrivain suisse Robert Walser a écrit dans son roman *L'Institut Benjamenta*[6] :

> S'il n'y avait pas les vices et les défauts, le monde manquerait de chaleur, de richesse, d'attrait. La moitié du monde, et au fond peut-être la plus belle, mourrait avec les négligences et les faiblesses.

Soleil Éternel porte bien son nom. Le souvenir de mon ami voyou brillera à jamais dans ma mémoire.

6. Robert Walser, *L'Institut Benjamenta*, traduit de l'allemand par Marthe Robert, Paris, Grasset, 1960, réédité chez Gallimard.

VIII

1991

Huitième métamorphose

Dans la peau d'un musulman

Le ramdam du ramadan

Il est plus de vingt-trois heures, ce samedi soir 16 mars 1991, lorsque la sonnerie du téléphone me réveille en sursaut. Qui peut m'appeler si tard ? Je décroche le combiné et reconnais à l'autre bout du fil la voix de Jean-François Bizot, le directeur du mensuel Actuel. *Sans détour, il me lance :*

– Salut ! Tu es en forme ? Tu as suffisamment mangé ces jours derniers ?

Je reste muet quelques secondes. Pourquoi Jean-François Bizot se préoccupe-t-il de mon alimentation à cette heure tardive ? Qu'est-ce qui lui prend ? Me joue-t-il une blague ? Pourtant, nous ne sommes pas des intimes. Comme pigiste, je travaille de temps à autre pour Actuel, *mais c'est la première fois que le patron de ce magazine m'appelle chez moi. Imaginez un instant que vous receviez en pleine nuit un coup de téléphone de François Mitterrand lui-même, vous demandant si vous vous êtes brossé les dents avant d'aller vous coucher… Vous seriez sans doute perturbé. Je me sens un peu dans cet état. À la fois intimidé et inquiet, je réponds :*

– Merci, j'ai mangé… Comme tout le monde.

– Tu as bien fait d'en profiter.

Et Jean-François Bizot éclate de rire.

– Que se passe-t-il ? dis-je.

– Tu vas faire le ramadan pour Actuel.

– Le ramadan ?

– Le mois de ramadan commence demain. Tu te rends compte, il y a un milliard de musulmans dans le monde… Si un journaliste

désirait raconter ce qu'ils vivent et ressentent vraiment pendant le ramadan, il faudrait qu'il se glisse dans la peau de l'un d'eux et qu'il jeûne lui aussi. J'ai pensé à toi pour réaliser cette enquête... Es-tu d'accord ?

Comment ne pas être tenté par une telle proposition ? D'habitude, je n'aime pas travailler sur des sujets de commande seulement pour gagner de l'argent, mais cette métamorphose en musulman m'excite. Elle correspond exactement à la manière dont je souhaite exercer mon métier de journaliste, en racontant les « choses » de l'intérieur, en vivant une aventure qui me fera réfléchir à nouveau sur mon identité de Français moyen. Jean-François Bizot a eu l'idée de ce sujet le premier et il a eu la gentillesse de m'en faire cadeau. Je le remercie, et nous discutons de détails techniques concernant cette métamorphose dans la peau d'un musulman.

J'aime trop voyager, je ne peux pas me contenter de faire le ramadan en France. Je souhaiterais donner une dimension internationale à mon reportage. Je négocie avec Jean-François Bizot un petit budget pour aller vivre une semaine de ramadan dans un pays musulman.

Soudain, une inquiétude me vient : et si je ne réussissais pas à me métamorphoser en musulman. J'avoue à Jean-François Bizot que j'ignore presque tout de l'islam. À ma grande surprise, il me répond sur un ton malicieux :

– Justement, je veux que ce papier soit écrit par quelqu'un qui ne soit pas un spécialiste de l'islam. Je ne veux pas de quelqu'un qui enquêterait avec des idées préconçues, qu'elles soient positives ou négatives. Je veux voir comment un Français ordinaire réagirait en se pliant aux règles du ramadan.

Cette utilisation à contre-emploi des compétences du journaliste me séduit et me fait penser à Henri Michaux. Celui-ci affirmait[1]*, à propos de l'étude des civilisations orientales par les Occidentaux, que certains spécialistes connaissent si bien l'Asie qu'ils ne savent plus trop quoi en penser, qu'« ils ne sont pas les plus à même d'en garder une vision centrée et qu'un passant aux yeux naïfs peut parfois mettre le doigt sur le centre » d'un problème. Faire le*

1. Cf. *Un barbare en Asie*, Paris, Gallimard, 1933.

ramadan alors que je ne possède aucune attache avec les musulmans, voilà bien l'occasion pour moi de vivre une huitième et excitante métamorphose.

*

Dimanche 17 mars 1991, le matin du premier jour de ramadan. Il est quatre heures et quart. Je viens de me lever pour prendre un dernier repas avant l'aube. Je n'ai pas faim, mais je me fais réchauffer un reste de chili con carne. J'espère que ce plat mexicain de haricots rouges à la viande me calera l'estomac jusqu'au coucher du soleil, heure à laquelle je pourrai à nouveau avaler quelque chose.

Un milliard d'hommes sur terre professent la religion musulmane. Ils sont censés jeûner tous ensemble une fois par an, pendant le mois lunaire[2] du ramadan. J'ai décidé de les imiter pour comprendre ce qu'ils ressentent. Le jeûne du ramadan – l'un des cinq piliers de l'islam avec l'acte de foi, la prière, l'impôt religieux et le pèlerinage à La Mecque – a une dimension à la fois physique et spirituelle. Entre l'aube et le coucher du soleil, il ne faut ni manger, ni boire, ni fumer, ni faire l'amour. Cette ascèse est censée purifier le corps et l'âme. En nous obligeant à dominer nos désirs, elle nous permettrait de nous consacrer à la prière. En récompense, Allah nous pardonnerait tous nos péchés, si bien que, le ramadan fini, nous serions aussi purs que le jour où notre mère nous a mis au monde. Cette suite de jours de jeûne, c'est-à-dire de privations par obéissance à Dieu, fonctionnerait comme une sorte de train à crémaillère qui hisse les croyants vers la rédemption et le paradis. Allah récompense ceux qui font le ramadan comme un patron paie ses ouvriers. Le salaire du ramadan, c'est le pardon des péchés et le droit d'accéder au paradis après la mort.

Les règles du ramadan sont si strictes qu'il est même interdit de boire un verre d'eau. Toutefois, si j'avale sans le vouloir une goutte de pluie ou un moucheron, ma journée de jeûne restera comptabilisée par Allah pour le rachat de mes péchés. J'écris tout cela très

2. Le calendrier musulman est lunaire et les mois comptent vingt-neuf ou trente jours. Le ramadan est le neuvième mois de l'année musulmane.

sérieusement, en m'efforçant de ne porter aucun jugement hâtif... Je veux essayer de comprendre les musulmans et, ce matin, pour m'informer, je commence par aller rendre visite à M. Omar, un responsable de la Grande Mosquée de Paris. Il a une cinquantaine d'années et un embonpoint qui inspire confiance. Selon lui, certains musulmans considèrent le ramadan comme un marathon de la faim et de la soif ; d'autres jeûnent pour maigrir. Tous se trompent.

– Allah aime les êtres humains, m'explique M. Omar. Il ne nous a pas ordonné de jeûner juste pour nous faire souffrir ou nous faire perdre du poids. Le jeûne doit nous rendre meilleurs. Il nous permet par exemple de connaître la souffrance de ceux qui n'ont pas assez à manger. Ainsi, nous pouvons nous rapprocher des pauvres et mieux les aider.

C'est sans doute stupide de ma part, mais le discours de M. Omar me surprend. Les musulmans sont donc humanistes. Je les imaginais sévères, vieux jeu et même un peu ridicules avec leur ramadan. Après tout, autrefois les chrétiens pratiquaient aussi le carême, qui se résume aujourd'hui à ne pas manger de viande le vendredi saint. Musulmans et chrétiens seraient-ils plus proches qu'on ne le croit ? Partageraient-ils les mêmes valeurs ?

Il est onze heures. Mon estomac commence à gargouiller. Je n'ai pas vraiment envie de manger, mais je m'inquiète pour les heures à venir, quand la faim et la soif se feront plus pressantes. En marchant dans les rues, je regarde les vitrines des épiceries et des boulangeries. L'eau me vient à la bouche. Dans ma tête, je dresse des listes imaginaires d'aliments qui me feraient plaisir. J'ai peur de manquer de nourriture ce soir, quand j'aurai à nouveau le droit de manger. Et puis, il y a tous ces Français ordinaires que je croise, qui ne font pas le ramadan et qui me semblent soudain étrangers. Ils peuvent manger, boire et fumer, mais je ne les jalouse pas. Je me sens juste différent, un peu supérieur à eux, je l'avoue, car moi je jeûne, je contrôle mes désirs. Je me demande si les vrais musulmans ressentent ce sentiment de fierté pendant le ramadan.

À quatorze heures trente, je résiste toujours à la tentation de grignoter quelque chose. Mais vers seize heures, je commence à ressentir un gros creux à l'estomac. Un goût acide me remplit la bouche. Cela reste supportable. Dans trois petites heures, je pourrai manger, et cette certitude me remonte le moral. Contrairement aux populations affamées des pays du tiers-monde, ce soir à Paris, à dix-neuf heures et une minute précises, les jeûneurs du ramadan pourront se ruer sur leur frigo. Ils seront même tenus de le faire. Le prophète Mahomet a recommandé de ne pas traîner pour rompre le jeûne. Selon *Le Jeûne du ramadan*, un opuscule que j'ai acheté dans la Grande Mosquée de Paris,

> c'est Allah qui nous offre cette nourriture bien méritée [après une journée de privations], et Allah aime en effet que l'on s'empresse vers ce qu'Il offre… C'est une façon de Le remercier et de L'adorer.

Montre en main, à dix-neuf heures et une minute, quand j'interromps le jeûne de cette première journée de ramadan en savourant une poignée de cacahuètes, puis en grillant une cigarette blonde – délicieuse, sublime, parfaite… –, je trouve soudain que la chose a été assez facile. Toutes les privations que j'ai endurées depuis l'aube sont oubliées. Et je mange – je dévore de la viande, des légumes, du pain, des laitages. Me voilà rassasié, je suis heureux et détendu.

Le deuxième jour de ramadan se déroule sur le même rythme que le premier. J'éprouve les mêmes frustrations devant les gens qui sirotent un verre à la terrasse des cafés. Je les regarde avec envie passer la langue sur leurs lèvres après chaque gorgée. Je me promène dans les rues et mes narines frémissent à la moindre odeur de friture et de pâtisserie. J'ai les crocs. Je crois que je pourrais avaler un poulet tout cru, avec ses plumes.

Au fil des heures, je me rends compte qu'il existe en fait une grosse différence entre hier et aujourd'hui : la faim qui me tenaille absorbe toute mon énergie, la lutte pour ne pas succomber à la plus petite tentation accapare toutes mes pensées. J'ai le cœur en cuisine. À la maison, je ne parviens pas à me concentrer sur le roman auquel je travaille en ce moment. Je me sens impuissant. J'ai l'impression que mon corps, en puisant dans ses réserves, m'oblige à me ménager.

Après l'heure du déjeuner, j'oublie que j'ai faim. Est-ce parce que les odeurs de cuisine ne remplissent plus la cage d'escalier de mon immeuble ? Je décide de ressortir. Je n'ai rien d'autre à faire que de jeûner, et je me balade sans but précis. Rue de Charonne, j'aborde trois Africains d'une quarantaine d'années qui papotent devant un foyer d'immigrés. Ils portent la calotte sur la tête, ils croient en Allah. Sans détour, je leur explique que je fais le ramadan afin de me rapprocher de mes frères musulmans. Ils me félicitent et m'embrassent. Ils sont maliens et sénégalais. Ils m'invitent à venir dans leur foyer après la tombée du jour, pour rompre le jeûne en leur compagnie.

Le soir, nous sommes une dizaine de jeûneurs réunis dans la chambre de l'imam de cette résidence HLM pour travailleurs étrangers. Il n'y a que des hommes. Mes nouveaux amis viennent tous d'Afrique noire. Ils ont entre trente et quarante ans. Certains parlent mal le français, bien qu'ils vivent à Paris depuis une dizaine d'années. Ils font leur prière en s'agenouillant dans la direction de La Mecque, puis nous dînons, les uns debout, les autres assis sur le lit de l'imam. Nous n'utilisons aucun couvert, nous piochons à tour de rôle avec la main droite dans une marmite installée sur une petite table. Elle contient des kilos de poulet au riz pilaf et aux carottes. C'est rudement bon. Après une journée de jeûne, cette nourriture remplit l'estomac en douceur. Ni trop grasse, ni trop épicée, ni trop sèche, elle agit comme une caresse intérieure. Je me régale. Aucun doute, le frère qui a mitonné ce plat africain possède un don inestimable de cuisinier. Je n'ose pas demander lequel c'est, pour le complimenter. Je crains de passer pour quelqu'un qui attache trop d'importance à la nourriture, car personne ne fait de commentaire sur notre repas.

Je bavarde avec Tambo, un éboueur sénégalais. Comme moi, il trouve que les matinées de ramadan passent plus lentement que les après-midi. Pour lui aussi, l'heure du déjeuner est le cap le plus difficile à passer. Pourtant, il ne se plaint pas. Aucun des musulmans réunis dans la pièce ne critique le ramadan. Au contraire, ils prétendent que la faim leur donne la possibilité de se rapprocher d'Allah. Ils sourient en disant cela. Ils travaillent tous comme éboueurs ou balayeurs dans le métro.

– Nos boulots ne sont pas trop fatigants, dit Tambo. Le ramadan ne nous empêche pas de bosser au même rythme que d'habitude. Par contre, dans les métiers du bâtiment et dans les usines Renault, il y a des frères qui ne jeûnent pas. Ils ne pourraient pas suivre les cadences avec l'estomac vide. Il faudrait qu'ils puissent bénéficier d'horaires aménagés.

Troisième jour de ramadan. Ce matin, j'ai failli ne pas me réveiller avant l'aube pour manger. Il faudra que j'achète un réveil. Cet objet ne me servait à rien dans la vie indépendante que je menais encore il y a peu. Je pouvais faire ce qui me plaisait. C'est fini. Devenir musulman implique de se plier à des règles rigides, même en cette fin de XXe siècle. Est-ce pour cette raison que le mot *islam* signifie « soumission » ? Soumission à Dieu, certes, mais surtout soumission à une discipline.

Comme il est difficile de se lever à quatre heures, dans le silence de la nuit, et d'avaler un repas sans appétit, seul, alors que sa propre famille et Paris dorment encore ! Je commence à me lasser. Mon rôle de jeûneur musulman ne m'excite plus. Il a perdu l'attrait de la nouveauté.

Quelques jours s'écoulent ainsi, pendant lesquels je me fais à la routine du ramadan. Je pense davantage à la faim. Le jeûne capte toute mon énergie intellectuelle. Rien ne m'intéresse. Privé d'inspiration pour travailler à mon roman, je tue le temps en m'offrant des siestes, comme le recommandait[3] d'ailleurs le prophète Mahomet. Je me sens inutile. Je deviens irascible.

Mes amis et mes collègues d'*Actuel* se moquent de moi, de la rigueur avec laquelle j'observe le ramadan. Je serre les dents pour ne pas leur répondre avec agressivité. Ils ne cessent de me provoquer. Ils sont diaboliques : ils allument des cigarettes sous mon nez, ils mangent du chocolat, ils m'en offrent. Je refuse, bien sûr. Ils insistent et jurent de n'en parler à personne si j'accepte d'avaler ou de fumer ce qu'ils me tendent. Ils prétendent qu'ils veulent m'aider. Ils ricanent et me demandent si je ne m'alimente pas en cachette.

Je les hais quand ils me soupçonnent de tricher. Pour qui me prennent-ils ? Je jeûne comme un vrai musulman. Mon honneur m'interdit de mentir, et puis, tout de même, faire abstinence pen-

3. Afin de prendre des forces pour veiller et prier la nuit.

dant une dizaine d'heures ne relève pas de l'exploit. Je ne fais en cela qu'imiter des centaines de millions de musulmans de par le monde. Y a-t-il de quoi mettre en doute ma parole ? Les gens font-ils si peu confiance aux journalistes ?

À demi convaincus, mes amis et mes collègues continuent de penser que je souffre le martyre en les voyant manger et fumer. Comme ils se méprennent ! Ils ne me font plus saliver. Mon cœur de jeûneur ne saurait se satisfaire des carrés de chocolat qu'ils grignotent, ni de la fumée qu'ils expirent pour se détendre. Je rêve de faire des orgies.

Le jeûne procure des sensations étranges. Je me sens inutile, paresseux et querelleur, mais je ne suis pas mal dans ma peau. Au contraire, le jeûne me plonge dans une douce ivresse. La satisfaction de réussir à maîtriser ma faim me rend heureux. J'ai appris à être patient dans l'inaction. Je m'en contente et me sens léger, comme flottant sur un nuage. Je regrette seulement d'être devenu irritable dans les rapports humains. Cette modification du caractère est bien connue chez les jeûneurs du ramadan. Il existe des prières pour demander à Allah de nous aider à la surmonter. Mais je ne suis pas croyant. Prier ne me servirait à rien. Les gens qui ont le ventre plein comprennent-ils mon irritabilité ? J'espère qu'ils me la pardonnent.

À présent, je sais organiser mon jeûne. Le matin, je ne fais plus un vrai repas. Je bois un demi-litre de chocolat chaud très sucré. C'est facile à préparer et ça me tient au corps jusque vers treize heures. Le soir, je prends le temps de savourer ce que je mange. Je commence par m'offrir quelques dattes et un verre d'eau. J'ignore si, comme le dit le Prophète, « les dattes sont bénédiction et l'eau purification pour rompre le jeûne », mais, en tout cas, après quatorze heures d'abstinence, elles sont pour moi un délice. Autrefois, je n'aimais pas ces fruits secs, je les trouvais trop sucrés et farineux. Le ramadan a modifié mes goûts. Ce jeûne répété n'est pas du tout un marathon de la faim. Chaque soir, il me permet de vivre des expériences gastronomiques, car je déguste le moindre aliment comme s'il s'agissait d'un mets raffiné.

En décidant de faire le ramadan, je redoutais que les Arabes ne me considèrent avec méfiance, comme une belette qui vient souhaiter la bonne année aux poules. Je me trompais. L'ascèse à laquelle je me plie pour me rapprocher des musulmans m'attire leur sympathie. Un jour sur deux, je suis invité à dîner dans une famille maghrébine. Pendant ce mois de ramadan, dont chaque soirée est l'occasion de festoyer après une journée de privations, les musulmans dépensent sans compter pour acheter de la nourriture et ils consomment de la viande en quantité. Ils apprécient les côtelettes, le cœur, la cervelle et les boulettes de mouton. Une atmosphère fébrile règne à l'intérieur des cuisines de ces vilains HLM où habitent la majorité des immigrés. Les maîtresses de maison y exercent tous leurs talents pour préparer des mets indispensables aux repas de ramadan : des pâtisseries orientales[4] et des soupes appelées *chorba* chez les Algériens et les Tunisiens, et *harira* chez les Marocains. Ces potages épais, agrémentés de petits morceaux de viande et de légumes, ouvrent chaque festin. Tel un cataplasme, le liquide velouté apaise l'estomac mis à rude épreuve pendant la journée.

– Trente jours de ramadan, c'est trente jours de *chorba* ! plaisante Mohamed, un Algérien d'une quarantaine d'années qui m'a invité à dîner chez lui.

Mohamed est employé de bureau dans la Seine-Saint-Denis. Il est arrivé en France en 1968. Pendant une quinzaine d'années, il n'a pas fait le ramadan. Il a recommencé à jeûner à l'époque où il a acquis la nationalité française. Cette coïncidence me trouble. Ce renouveau de la pratique religieuse s'explique-t-il par l'âge, par l'approche de la mort et la peur de l'enfer ou par la montée de l'intégrisme musulman ?

Mohamed n'est pas un cas isolé. Après avoir goûté à l'alcool et au mode de vie sans contrainte des Occidentaux, la plupart des Maghrébins de quarante ou cinquante ans que je rencontre ont un soudain regain d'intérêt pour l'islam. Une fois réussie leur intégration dans la société française, ont-ils besoin de renouer avec leurs racines culturelles ? Toutefois, la moitié de ces musulmans « reconvertis » suivent à leur guise les enseignements du Prophète. Ils font le ramadan sans effectuer les cinq prières quotidiennes obligatoires, et le mois fini, ils consomment à nouveau de l'alcool.

Pour comprendre ce qu'est l'islam, je lis le Coran, cette somme de cinq cents pages où sont rapportés les messages transmis par

4. Kadaïfs, baklavas, zlabiyas, cornes de gazelle…

l'archange Gabriel au prophète Mahomet, à propos de Dieu, de la prière, du paradis, de la nourriture, des femmes, de l'héritage, de la guerre, des châtiments, des juifs, des idolâtres, des pauvres, de l'hygiène sexuelle, du prêt à intérêt... L'islam n'est pas une religion qui fait appel à la « bonne » conscience personnelle. Il invoque de stricts concepts juridiques et sociaux auxquels il faut se soumettre bon gré mal gré. Il est aussi codifié qu'une loi civile et constitue un contrat spirituel et matériel entre Dieu et les hommes.

L'islam se présente historiquement et culturellement comme une évolution du judéo-christianisme. Les musulmans ne rejettent point la Bible, mais le *Coran* – mot qui signifie « lecture » en arabe – est leur livre le plus sacré. Ils croient qu'il est descendu du ciel pendant le mois de ramadan de l'an 609 de l'ère chrétienne. Un verset du deuxième chapitre stipule :

> Le mois de ramadan, durant lequel le Coran est descendu du ciel, pour être le guide, la lumière des hommes, et la règle de leurs devoirs, est le temps destiné à l'abstinence. Quiconque verra ce mois devra observer le précepte.

Mon édition[5] du Coran est accompagnée d'une biographie de Mahomet et de passionnantes informations sur l'islam. Une note de bas de page explique que *ramadan* viendrait du mot arabe *ramad*, c'est-à-dire « brûlant », car ce mois correspondait à la saison des plus grandes chaleurs dans le calendrier solaire des Arabes de l'Antiquité. Le ramadan prend alors tout son sens de mois pendant lequel Allah « brûle » et efface tous les péchés de ses fidèles pour les récompenser de leur jeûne.

Je n'envisage pas de me convertir à l'islam. Néanmoins, en me glissant dans la peau d'un musulman, je désire pénétrer dans des lieux de culte que les non-croyants n'ont aucune raison de fréquenter. J'espère étudier comment les fidèles du Prophète prient et se conduisent entre eux, à huis clos. Si je veux passer inaperçu, je dois essayer de modifier mon allure de jeune Européen moyen.

Ma métamorphose n'est pas seulement intérieure ; je me laisse pousser la moustache. En cette deuxième semaine de ramadan, elle est assez épaisse. J'ose entrer dans les mosquées de quartier.

5. Cf. *Le Coran*, traduit par Savary, Paris, Éd. Garnier, 1960.

Je me glisse incognito dans les rangs des fidèles et je prie avec eux au coucher du soleil. Les Arabes me prennent pour l'un d'eux et me parlent en arabe. Les Turcs, victimes de la même méprise, s'adressent à moi en turc. Je leur réponds par des signes de tête. Mieux vaut me taire que d'éveiller les soupçons. Je ne suis pas très rassuré, mais prétendre être un musulman est la seule solution pour savoir comment se déroule la rupture du jeûne de ramadan dans une mosquée. D'ailleurs, je viens en ami et non en voyeur. Je n'ai aucun problème de conscience.

Ce vendredi soir 29 mars, au sous-sol du 53, rue Polonceau, dans le quartier de Barbès, la salle de prière accueille une centaine de personnes, dont moi. Il n'y a là que des hommes. Nous nous sommes déchaussés avant d'entrer. Nous nous accroupissons dans la direction de La Mecque, comme des centaines de millions de musulmans de par le monde. Ce mouvement à l'unisson me donne le vertige. Il est dix-neuf heures moins dix. Dans neuf minutes très précisément, notre assemblée rompra le jeûne. Des gamins africains apportent des plateaux de nourriture. Ils circulent parmi les fidèles, distribuant gratuitement des dattes, des gâteaux au miel et du pain.

Soudain, c'est l'heure, et tout le monde s'empresse d'avaler quelques dattes ou une bouchée de gâteau. Voilà, le jeûne est rompu ! Plus personne ne touche à la nourriture, car, sans attendre, une séance de prière collective commence. Je ne peux pas m'y soustraire.

La célébration d'un office musulman est une activité très complexe pour un non-initié, mais je ne m'inquiète pas trop. J'ai potassé des manuels. Je ne dois pas m'adresser à Allah en effectuant n'importe quel geste, ni en prononçant n'importe quelle parole, aussi respectueuse soit-elle. Il existe des phrases clés à réciter en arabe et, à certains moments de l'office, il faut se mettre debout, élever ses mains à la hauteur des oreilles, s'incliner, s'agenouiller, se prosterner front contre terre, remuer l'index de la main droite et, pour finir, tourner la tête à droite puis à gauche. Seul, je n'arriverais jamais à exécuter tout cela dans l'ordre, mais je me trouve au sein d'une assemblée et je n'ai qu'à imiter mes voisins. Comme eux, je récite en arabe, ou du moins je bouge les lèvres pour essayer de prononcer ces prières qui signifient en français :

Dieu est le plus grand...
Louange à Dieu, le souverain de tous les mondes, le très miséricordieux, le maître du jour du jugement. Nous t'adorons Seigneur, et nous implorons ton secours. Dirige-nous dans le droit chemin, dans le chemin de ceux que tu as comblés de bienfaits, et non de ceux qui ont mérité ta colère et se sont égarés. Amen...
Gloire à mon Seigneur, le très grand...
Gloire à mon Seigneur, le très haut...

L'office ne dure que cinq minutes. Je n'ai pas le temps de m'ennuyer. Je prie ainsi deux soirs de suite, à Barbès, puis à Saint-Denis, dans la mosquée d'un foyer Sonacotra. Personne ne prête attention à moi. Tant mieux.

À Belleville, dans les locaux de l'association Accueil et Promotion, je rencontre une dizaine d'Algériens âgés de trente à cinquante ans. Ces femmes et ces hommes, tous chômeurs, viennent suivre des cours d'alphabétisation. Ils font tous le ramadan. Selon eux, rares sont en France les musulmans qui trichent et mangent en cachette.

– À Paris, tu es libre, explique Abdul. Si tu n'as pas envie de faire le ramadan, tu ne le fais pas. Ce n'est pas comme au Maghreb. Là-bas, au bled, tu es obligé de te conduire comme tout le monde.

En bavardant, les langues se délient. J'apprends ainsi quelques ruses qu'on utilise dans les pays musulmans pour tricher sur le jeûne. Nadia me cite l'exemple d'un de ses cousins qui boit de l'eau en faisant ses ablutions avant de prier. Mohamed connaît un vieillard qui chique tout en jeûnant. Mustapha avoue qu'à l'époque où il était maçon en Algérie, il s'est fait mettre plusieurs fois en congé de maladie pendant le ramadan. Il lui était trop pénible de travailler sur les chantiers avec l'estomac vide, il préférait se reposer chez lui. Il ajoute que d'autres Arabes essaient de prendre leurs vacances pendant ce mois.

Ces Algériens répondent à mes questions avec beaucoup de spontanéité. Ils me racontent les plaisirs simples des soirées de ramadan, de ces véritables fêtes solitaires ou collectives, parfois si bruyantes qu'elles ont inspiré aux Français le mot *ramdam* pour signifier « vacarme », « tapage ».

– Je romps le jeûne avec des dattes et un bol de *chorba*[6], dit Mustapha. Ensuite, j'allume une cigarette, je mange de la viande et je sors au café jusqu'à quatre ou cinq heures du matin. Je ne prie pas.

– Je romps le jeûne avec de la *chorba* et deux tartines beurrées, poursuit Mohamed. J'aime bien les tartines beurrées. Après, je fais la prière, je fume, je regarde la télé, puis je mange des boulettes d'agneau, du couscous…

– Moi, enchaîne Abdul, j'attaque avec trois dattes. Après, direct à la gamelle. Pas de prière. Ça suffit déjà d'avoir jeûné une journée. Ensuite, je bois un peu de thé et je fume.

Abdul dit les choses comme elles lui viennent. À présent, il dénonce les nombreux commerçants musulmans, qui, à Paris comme au Maghreb, augmentent leurs prix durant le ramadan. Ils s'enrichissent en profitant de la gourmandise saisonnière des consommateurs. Abdul les compare à des vampires. Ils profitent du mois sacré pour saigner leurs frères. Les autres élèves de l'association Accueil et Promotion approuvent. Pour me prouver qu'il n'exagère rien, Abdul sort deux tickets de caisse de son portefeuille :

– Regarde ! Début mars, avant le ramadan, dans une boucherie islamique du boulevard de Belleville, le kilo de cœur d'agneau coûtait 29,90 francs. Le 24, j'en ai racheté et je l'ai payé 50 francs. De même, le kilo de poitrine de mouton est passé de 14 à 19 francs. Tous les ans, c'est pareil. Les prix flambent pendant le ramadan.

En sortant des locaux d'Accueil et Promotion, je file vérifier l'information. La boucherie est située à deux pas. Feignant de m'étonner de la hausse des prix, j'interroge le caissier. Il m'affirme que le prix du cœur d'agneau n'a pas été changé depuis le début du mois.

– En êtes-vous sûr ?

– Absolument ! soutient-il en me regardant sans baisser les yeux.

Le menteur ! En plein mois sacré de ramadan !

6. Une soupe orientale ; cf. p. 283.

J'insiste et je prétends que j'ai conservé des tickets de caisse du début mars. Le caissier finit par reconnaître :

– Bah... De toute façon, dans les abattoirs, le cours de l'agneau a grimpé ces dernières semaines. Nous n'y pouvons rien.

L'escroc ! En plein ramadan !

Je poursuis mon enquête dans les cafés musulmans. En France, pendant le carême musulman, leur chiffre d'affaires baisse-t-il ?

– Le jour, il y a moins de clients, m'explique Mouloud, un Algérien d'une trentaine d'années qui tient un bistrot à Saint-Denis. Et le soir, ce n'est pas comme au bled. Ici, les gens sortent peu. Par contre, au Maghreb, les cafés réalisent entre le quart et la moitié de leur chiffre d'affaires annuel durant le ramadan, et cela bien qu'ils soient fermés de l'aube au coucher du soleil. Ils ne désemplissent pas dès la tombée du jour. De plus, ils ne vendent pas d'alcool pendant le ramadan.

Mouloud me sourit avec tristesse. Il observe le jeûne, mais il ne prie pas. Cela ne le gêne pas de servir à boire et à manger tout en jeûnant lui-même. Il continue de proposer de l'alcool et des sandwiches au porc (jambon, saucisson) aux clients musulmans comme aux autres.

– J'incite mes frères à commettre des péchés, et c'est une faute aggravée pendant le ramadan... Mais si je refuse de servir de l'alcool, je n'ai qu'à mettre la clé sous la porte. Tu m'imagines en train de dire à un Français : « Je ne vous sers pas de Ricard, car je fais le ramadan » ?

Les cafés arabes de Paris bénéficient d'une dérogation spéciale pour rester ouverts toute la nuit pendant le ramadan. Je suis devenu ami avec Mustapha de l'association Accueil et Promotion. Un soir, je l'accompagne pour faire la tournée des bars algériens qu'il fréquente derrière la place de la Nation.

Mustapha ressemble un peu à l'acteur italien Gian Maria Volonte. J'apprécie sa sérénité. Il ne se plaint jamais de sa condition d'immigré. À quoi bon le faire en ma présence ? Il sait d'avance que je ne dispose d'aucun pouvoir pour changer l'ordre du monde. Il parle avec douceur et prend les choses comme elles viennent. Il se laisse porter par la vie. Son occupation favorite consiste à traîner pendant des heures au comptoir de La Chope de Montreuil, un petit café sans aucune décoration intérieure.

Seul, je n'aurais jamais eu l'idée de boire un verre dans ce lieu. C'est sans doute stupide de ma part, mais j'aurais même eu peur d'y pénétrer. Les murs de la salle sont nus et jaunis. Au comptoir, une quinzaine d'Arabes sirotent du thé à la menthe. Assis autour de deux tables, d'autres clients boivent des canettes de Kronenbourg en jouant au poker. Les jeux de hasard sont interdits par le Coran[7], au même titre que la consommation d'alcool ou la possession de sculptures[8]. Selon Mustapha, ces hommes ne font pas le ramadan. Il m'explique cela d'un ton neutre, sans porter de jugement.

Les joueurs commencent par miser des pièces, mais vers une heure du matin, ils parient avec des billets de 100 francs. Deux « beurettes », une fausse blonde et une brune au nez cassé, leur servent à boire. Leurs rires résonnent dans la salle. L'atmosphère est décontractée, si tranquille qu'elle finit par devenir pesante vers trois heures du matin, quand le besoin de sommeil alourdit les paupières et les gestes de chaque client.

Combien de musulmans font le ramadan en France ? Il n'existe aucune statistique fiable, mais, selon Arezki Dahmani, le président de l'association laïque France Plus, qui s'occupe de l'intégration des immigrés, 75 % des musulmans de la première génération et 25 % de ceux de la seconde font le ramadan. Cela représenterait un million sept cent mille personnes, soit 3 % de la population française. 3 % tout de même ! Selon une amie marocaine qui habite le Val-d'Oise, nombre de jeunes beurs de sa banlieue auraient décidé de faire le ramadan pour la première fois suite à la guerre du Golfe[9]. Ils désiraient affirmer leur identité arabe et exprimer leur solidarité avec les Irakiens en lutte contre l'Occident.

Je rencontre Arezki Dahmani dans son bureau de France Plus,

7. Cf. le Coran, versets 5-92 et 93.
8. Car cela incite à l'idolâtrie.
9. Guerre sous l'égide des Nations unies, durant l'hiver 1991. Elle oppose les pays occidentaux à l'Irak, envahisseur du Koweït en août 1990. Elle se termine moins d'un mois avant le début du ramadan auquel je consacre ce reportage. Tout le monde en parle à l'époque.

près de la Gare de l'Est. Il ne croit pas que la guerre du Golfe ait réveillé la foi chez les musulmans :

– Pour les jeunes des banlieues, le regain d'intérêt pour l'islam naît du terreau de la misère, sur lequel sèment les intégristes, comme le fait de son côté le Front national.

Âgé d'une quarantaine d'années, vêtu d'un costume sombre, Arezki Dahmani s'exprime comme un politicien, avec des métaphores choisies. Il doit répéter les mêmes à tous ses interlocuteurs. Cela ne l'empêche pas de paraître sincère.

– Il y a un million sept cent mille jeûneurs en France, lui dis-je. Quelles sont les conséquences économiques du ramadan ?

– Il n'existe aucune étude chiffrée concernant la France. Néanmoins, on peut affirmer que certains secteurs sont touchés par la fatigue de cette main-d'œuvre musulmane, qui jeûne le jour et veille la nuit : le bâtiment, l'industrie automobile, les services de nettoyage, la restauration et l'agriculture. En Corse, par exemple, pendant le ramadan, on sait que les paysans d'origine maghrébine font la sieste dans les champs, en cachette.

– Quelle est la situation dans les pays arabes ?

– Le ramadan a des effets catastrophiques pour l'économie, m'assure Arezki Dahmani. C'est un fait connu. Les entreprises ne travaillent que quelques heures par jour dans une ambiance nonchalante, et leur productivité chute de 80 %. Il faut également parler de la malnutrition de la population durant ce mois de jeûne. Prendre un repas copieux avant l'aube afin de pouvoir mieux sauter le déjeuner, cela nuit à la santé.

Tous les imams que je rencontre depuis le début de ce reportage prétendent que le jeûne fait un grand bien au corps humain. J'en doute. Le docteur Habib, un Tunisien marié à une Française convertie à l'islam, m'a invité à passer deux jours chez lui, dans un pavillon coquet d'une ville de province. J'en profite pour lui demander son point de vue de médecin musulman sur le jeûne.

– Chaque jour du mois de ramadan, m'explique-t-il, nous ne consommons rien pendant quatorze heures. Notre corps en vient à manquer de sucres, de graisses, de protéines, alors il puise dans ses réserves. Notre cerveau envoie des messages à chaque glande de notre organisme pour l'inviter à produire davantage d'hormones, lesquelles stimulent la libération des protéines stockées dans notre corps. Ces hormones sécrétées en excès réussissent également à éliminer les toxines fixées dans le foie, dans le cerveau, dans les reins. À la fin du ramadan, les organes ainsi purifiés fonctionnent mieux. Un alcoolique, par exemple, sortirait de ce jeûne d'un mois avec un foie nettoyé, un foie presque neuf ! Toutefois, le ramadan n'est bénéfique que si l'on respecte l'esprit d'ascèse de ce mois sacré, si l'on ne se goinfre pas dès le coucher du soleil.

– Un médecin non musulman cautionnerait-il le ramadan ?

– Sans doute le condamnerait-il... Le jeûne crée aussi des malaises, des hypoglycémies et, surtout, un stress chronique. Il peut aussi déclencher un diabète chez un sujet prédisposé, et puis l'acide chlorhydrique sécrété dans l'estomac vide aggrave les ulcères. D'autre part, le déficit en glucose peut entraîner des pertes de mémoire et une difficulté à se concentrer...

– Alors, pourquoi conseillez-vous de jeûner ?

– Pour moi, le ramadan est une école de la vie. Il nous apprend l'endurance et la maîtrise de soi. Malgré ses effets secondaires négatifs, il doit être bénéfique à notre âme et à notre corps, car je ne peux pas envisager que Dieu ait imposé aux hommes de faire quelque chose de mauvais pour leur santé.

Je me sens à l'aise pendant la troisième semaine de ramadan. Je viens de passer deux jours à la campagne, chez mes parents. Je me suis épuisé en bêchant le jardin, mais le temps a filé sans que je souffre du moindre stress. À présent, je crois les intellectuels arabes, comme mon ami le psychanalyste Malek Chebel[10], quand ils affirment que le ramadan est moins pénible pour les travailleurs manuels. Ces derniers, en effet, ont l'esprit absorbé par leurs activités physiques.

Mon appétit s'est adapté à ma nouvelle existence. Le jeûne ne me torture plus, sauf en fin d'après-midi, quand je réalise que

10. Il a écrit notamment *Le Corps dans la tradition du Maghreb*, Paris, PUF, 1984.

l'heure de manger approche. Chaque minute dure alors un siècle. Ce n'est pas la faim mais l'attente de la délivrance qui me ronge. Toutefois, je ne me plains pas. Cette souffrance n'a rien de comparable à celle des affamés que j'ai rencontrés dans les pays du tiers-monde. Eux ne savent pas à l'avance quand ils trouveront de quoi apaiser leur faim. Peut-être ce soir, peut-être demain... Moi, je ne m'en inquiète pas, et je me demande si le jeûne du ramadan permet *vraiment* de ressentir l'angoisse des hommes qui ne mangent pas à leur faim.

En cette troisième semaine de jeûne, je décide de me rendre au Maroc pour voir comment se déroule le ramadan en terre musulmane. À Casablanca, à Tanger, à Oujda, à Fès, les rues sont désertes le jour et envahies la nuit. Le ramadan bouleverse le rythme de vie de la population. J'ignore s'il faut parler, comme Arezki Dahmani, de catastrophe économique, mais je note que les usines, les administrations et les bureaux aménagent leurs horaires en journées continues. Leurs employés sont tous censés jeûner et ils ne travaillent que de neuf à quinze heures. Ils se lèvent plus tard et récupèrent de leurs veillées de ramadan. Ils ne perdent pas de temps en marquant une pause déjeuner devenue inutile. En quittant leur travail, au début de l'après-midi, ils peuvent rentrer chez eux faire une sieste, puis ressortir pour faire des courses et préparer la cuisine en vue de la rupture du jeûne, entre dix-huit et dix-neuf heures, selon les régions.

Les Marocains considèrent le ramadan comme le meilleur mois de l'année, avec ses vingt-neuf ou trente nuits[11] de fête. Chaque jour, une heure avant le crépuscule et la rupture du jeûne, le pays est pris de frénésie. Les piétons courent chez eux, les automobilistes grillent les feux rouges. Lorsque le muezzin chante pour annoncer le coucher du soleil, les rues se vident. Les Marocains sont attablés en famille à la maison. Certains préfèrent se retrouver entre amis à la terrasse des cafés, assis en ligne devant des bols de soupe, chacun tenant une datte dans la main droite. C'est un spectacle stupéfiant de voir tous ces hommes attendre en silence que la sirène de la mosquée de leur quartier donne le signal qui mettra fin au jeûne. À cet instant, les visages crispés par une journée d'abstinence sourient béatement. Tout le monde devient beau.

11. Cf. note 2, p. 277.

Le ramadan est également le meilleur mois de l'année pour aller à la rencontre des Marocains. En apprenant que j'observe le ramadan, ils me traitent en frère, tout comme le faisaient les musulmans de France. Chaque soir, je suis invité à rompre le jeûne chez des gens différents. Les vedettes du show-business elles-mêmes s'intéressent à ma métamorphose. À Casablanca, j'aime dîner chez Omar Sayed, le leader de Nass El Ghiwane. Les concerts en plein air de ce célèbre groupe de « blues arabe » attirent jusqu'à quarante mille spectateurs. Tous les Marocains connaissent la musique de Nass El Ghiwane. Mais Omar Sayed est également un gastronome d'exception. Il m'initie à la dégustation des produits du terroir berbère.

En fait, dans la plupart des familles, je retrouve la même convivialité et les mêmes aliments de base pour rompre le jeûne à la marocaine : dattes, jus d'orange, soupe *harira*, crêpes, œufs, pains au chocolat, gâteaux au miel et café au lait. Après le repas, mes hôtes et moi, nous digérons un peu en regardant la télévision. De nombreuses fictions sont diffusées pendant le mois de ramadan, pour le plus grand plaisir du public. Ensuite, j'accompagne mes amis marocains quand ils décident d'aller se promener en ville. Les femmes ont également le droit de prendre l'air. Le reste de l'année, elles ne peuvent pas sortir de leur maison après dix-neuf heures, sous peine d'être considérées comme des filles faciles. Pendant le mois sacré de ramadan, le jeûne crée selon les Arabes un climat de sécurité publique. Les hommes connaissent un véritable état de sagesse. Les Marocaines ne « risqueraient » rien en sortant. Je ne sais pas si c'est vrai, mais, chaque soir, il y a foule dans les rues et les cafés. Je croise des jeunes filles souriantes en djellaba, d'autres en minijupe et bas résille. Seuls, quelques intégristes musulmans critiquent ces jeunes filles à « moitié nues ». Les nuits de ramadan, nous avons le droit de manger, de boire, de fumer et même d'aimer. Il fait si bon vivre la nuit. En cette troisième semaine de ramadan, je voudrais que le soleil ne se relève jamais.

Des pensées érotiques m'habitent, et cela constitue un péché aggravé durant le ramadan. Je ne peux me contrôler. À Oujda, une grande ville frontière où les contrebandiers algériens troquent de l'essence et des denrées alimentaires contre des vêtements et des appareils électroménagers, je discute de mes pulsions avec Abdullah, un imam barbu et fondamentaliste d'une trentaine d'années. Je loge chez lui pendant trente-six heures sans jamais apercevoir ni son épouse, ni celle de son frère, ni leur jeune sœur. Quand je dois me déplacer d'une pièce à une autre de la maison, par exemple pour aller tenir une conférence avec moi-même dans les toilettes, je demande la permission à Abdullah. Il s'absente alors pendant un instant. Je l'entends ordonner aux femmes de rester cachées dans leur chambre ou dans la cuisine afin que je ne les croise pas au milieu d'un couloir. Dois-je le remercier ? Il prétend agir dans mon propre intérêt...

– Voir une femme dans la rue, m'explique-t-il en ouvrant de grands yeux d'illuminé, ce n'est pas vraiment une faute. Par contre, il est défendu de jeter une seconde fois un regard sur elle, même sans éprouver de désir. Cela risque de te pousser à commettre un petit péché : un baiser ou un attouchement, sans parler du grand péché que constitue une éjaculation illicite... C'est pourquoi les femmes doivent être correctement vêtues et porter le voile en public. Il ne faut pas qu'elles incitent les hommes à fauter. Surtout pendant le saint ramadan !

Invité d'Abdullah, je ne me permettrais pas de le contredire. D'ailleurs, je dois admettre qu'il a partiellement raison : chez lui, je ne nourris aucune « mauvaise pensée ». Je n'en ai pas l'occasion, mais je n'aime pas ce style de vie monacale. Quand l'atmosphère devient trop pesante, je sors me promener en ville. Aussitôt, je revis. Je ne peux m'abstenir de rêver en croisant de jolies femmes dans les rues. Elles me semblent si belles, à moi qui viens d'être cloîtré chez Abdullah. Je scrute leurs visages et leurs formes, de la même manière que je savoure le goût du moindre aliment à l'heure de la rupture du jeûne. Le mois de ramadan décuple les sensations.

Oui, les Marocaines sont belles. Comme le dit le proverbe, le ton fait la chanson, et je m'imagine en train de déshabiller telle ou telle fille que j'aperçois dans une ruelle du bazar. Je peux oublier ma faim de nourriture, mais non l'attirance que j'éprouve pour les femmes.

Cheb Mimoun est une vedette du raï[12]. Il habite Oujda, et je le rencontre dans son studio de répétition. La célébrité ne lui tourne

12. Une sorte de rock arabe très populaire, originaire d'Algérie et de l'est du Maroc (notamment de la ville d'Oujda).

pas la tête. Il me parle comme à un copain de longue date. Les rêveries érotiques sont la seule chose dont Cheb Mimoun ne parvient pas, lui non plus, à s'abstenir pendant le ramadan. Cheb Mimoun chante des ballades modernes, des histoires d'hommes où il est question d'amitié, d'amour, de désespoir, et même d'alcool dans la chanson *Barman* :

> Barman, j'espère que tu ne m'as pas oublié.
> Sers-moi ! Remplis mon verre.
> J'ai vraiment très mal, et mon médicament c'est l'alcool.
> Je m'en fous si je tombe par terre, j'ai juré de boire jusqu'au bout [...]
> Sers-moi du rouge, car j'en ai assez du pastis.
> Je veux une couleur différente.

Cheb Mimoun aime boire. Pourtant, il croit en Dieu. Pendant le ramadan, il jeûne le jour et ne touche pas à l'alcool la nuit. Lui aussi, il accorderait donc crédit à cette histoire de rachat des péchés qui nous ouvrirait les portes du paradis d'Allah.

Les Marocains font-ils tous le ramadan ? Me disent-ils la vérité ? Je ne sais pas davantage s'ils sont sincères dans leur désir de se rapprocher de Dieu.

Trois jours avant mon retour en France, je rencontre deux Marocains qui avouent ne pas faire le ramadan. Ils insistent pour garder l'anonymat dans mon reportage. Si je publie leurs noms en écrivant qu'ils consomment de l'alcool pendant le ramadan, ils risquent d'être punis d'une peine d'un an de prison. Le premier, disons Karim, est écrivain, et le second, appelons-le Mourad, est professeur et poète. Ils sont amis. Le jour où je les interviewe, Karim reçoit chez lui la visite de Mourad. C'est dommage de devoir taire l'identité de Karim, car je ne pourrai pas rendre hommage à son talent. Son œuvre littéraire choque et bouleverse autant que celle d'un Jean Genet. Elle est traduite en plusieurs langues, car il s'agit bien de celle d'un écrivain majeur. Croyez-moi, je suis ému en bavardant avec lui, mais je n'ai pas le droit d'en dire plus sur son écriture d'écorché vif. Est-ce déjà trop ? Je ne vous parlerai que de la vie de Karim et de Mourad pendant le ramadan.

Karim habite un petit appartement où il faut se frayer un chemin au milieu de montagnes de livres. Treize heures, en plein mois de ramadan. Sur la table du salon, deux verres à moitié remplis de vin rouge. Karim et Mourad devaient les siroter avant mon arrivée. Je m'installe à côté de Mourad, tandis que Karim apporte une bouteille de gin, une autre de whisky et un sachet de Crackers. Il me propose à boire. Je refuse d'un geste de la main. J'explique que je fais sérieusement le ramadan.

– Tant pis pour toi, dit Karim en souriant. Nous, nous avons soif.

Et ils se versent chacun trois doigts d'alcool. Puis ils picolent en grignotant les biscuits salés et en fumant. Ils ne se gênent pas pour moi. Ils ont raison, mais ils me font envie. Depuis le début du ramadan, c'est la première fois que je salive en voyant quelqu'un boire ou manger. Karim et Mourad, eux, ont de la classe quand ils prennent l'apéritif. On dirait qu'ils communient à la messe de l'amitié. Je me sens un peu ridicule à me priver de ce plaisir, mais je résiste à la tentation de les imiter.

– Cela fait plus de vingt ans que je ne jeûne pas, dit Karim.

Au cours d'un ramadan du début des années quatre-vingt, Karim s'est même risqué à commander de l'alcool dans un Club Méditerranée du Maroc. Il s'imaginait être en France. Les barmen l'ont servi, puis ils l'ont dénoncé à la police. Il a été emprisonné pendant trois jours, avant d'être relâché sans poursuites grâce à l'intervention d'amis influents.

– Pour moi aussi, le ramadan est un mois de carême, explique Karim. Je suis un homme qui vit dehors, mais comme les bars ne vendent pas d'alcool pendant le ramadan, je reste chez moi. J'ai des réserves d'alcool et je peux boire et écrire. Ainsi, je ne sors pas, je bois moins et je travaille plus pendant le ramadan.

Mourad a une quarantaine d'années. Il ne jeûne plus depuis cinq ans. Avant, il était dévot et fréquentait les mosquées.

– J'ai eu un déclic, dit-il. Soudain, j'ai perçu toutes les contradictions à l'intérieur du Coran, toutes les intrigues dans l'histoire de l'islam. Je ne crois plus au paradis, ni à l'enfer, ni à Mahomet en tant que prophète. Ce sont des concepts inventés par les hommes. Je pense simplement qu'il existe une puissance diffuse, positive et transcendante à la vie terrestre.

Mourad ne discute pas de religion avec les membres de sa famille toujours croyants. Ils savent juste qu'il ne va plus prier dans les mosquées. Mourad leur assure qu'il fait le ramadan, mais sa femme se doute qu'il mange et boit en cachette.

– L'autre jour, en rentrant du travail, elle a remarqué qu'il manquait deux œufs sur les six qu'il y avait le matin dans le réfrigérateur, me raconte Mourad. C'est moi qui les avais mangés pendant son absence, mais je lui ai dit que j'ignorais qui les avait pris. Elle n'a pas cherché à approfondir. C'est comme ça, chez nous. Et c'est mieux ainsi, cela nous évite des querelles inutiles. Il faut savoir se respecter mutuellement. Par exemple, depuis le début du ramadan, c'est-à-dire depuis vingt-trois jours, je n'ai touché ma femme qu'une seule fois. Faire l'amour est permis entre le coucher du soleil et l'aube, mais cela ennuie ma femme de se relever la nuit pour se laver après nos rapports. Il faut être propre pour prier[13], et, pendant le ramadan, ma femme tient à suivre toutes les règles de l'islam. Elle refuse de faire l'amour comme d'habitude, trois ou quatre fois par semaine. Alors, je me plie à sa volonté.

Mourad est-il à plaindre ? Apparemment pas, car il sourit en s'exprimant. Je lui demande s'il attend avec impatience la fin du ramadan.

– Non, pas vraiment, dit-il. J'ai une copine et un petit studio où je peux recevoir des amis pour faire la fête… Mais cela, ma femme l'ignore.

Je rentre à Paris le 11 avril. Le ramadan ressemble bien à une course de fond. Pendant les premiers jours, j'ai cherché mon rythme, puis j'ai continué à jeûner sur ma lancée, sans trop souffrir. La quatrième et dernière semaine est la plus longue à tirer. Je me sens dans la peau d'un marathonien qui effectue le dernier tour de stade. Je suis vidé, je n'apprends plus rien sur mes frères musulmans, mais je dois tenir jusqu'au bout. C'est une question de fierté, et puis, si je craque dans la dernière ligne droite, toute mon ascèse aura été vaine. Le compte à rebours avant la délivrance finale de

13. La première des cinq prières obligatoires quotidiennes des musulmans doit être effectuée à l'aube.

l'*Aïd el fitr*[14] accapare mes pensées. Je dois encore jeûner trois ou quatre jours. Comme tous les musulmans, je vis dans cette incertitude, car la date de la fin du ramadan n'est pas déterminée à l'avance. Dimanche soir 14 avril, nous saurons si des « témoins dignes de foi » auront observé dans le ciel le nouveau croissant de lune qui indiquera le début du mois islamique suivant celui du ramadan. En France, sous l'égide de la Grande Mosquée de Paris, les sages d'une dizaine d'organisations musulmanes, en liaison avec l'Observatoire de Paris, rendront leur verdict.

Ce dimanche soir, des nuages voilent le ciel de l'Île-de-France. Je scrute la nuit et je n'aperçois aucun croissant de lune. Mon cœur se serre. Le ramadan est-il fini ? Tous les musulmans attendent une réponse à cette question, car le jour de l'*Aïd el fitr*, il est interdit de jeûner.

Au milieu de la soirée, en écoutant les radios de la communauté maghrébine, j'apprends que les sages de la Grande Mosquée de Paris n'ont pas aperçu la nouvelle lune. Le ramadan se terminera donc demain, car un mois lunaire ne peut pas compter plus de trente jours. Il faudra encore jeûner pendant une journée.

Ça y est, le ramadan est fini. Il est vingt heures et quarante-quatre minutes, ce lundi 15 avril 1991. Je suis délivré et je regrette en même temps de devoir penser à cette expérience au passé. L'obligation de jeûner m'offrait l'occasion de me surpasser.

Pendant quatre semaines, mes amis non musulmans se sont imaginé que je souffrais le martyre sans en retirer de satisfaction. Comme ils se trompaient ! Ils ne comprenaient rien. Ces jours derniers, ils n'ont cessé de me demander :

– Tu as dû perdre cinq kilos pendant le ramadan, n'est-ce pas ?

Erreur ! J'ai pris deux kilos. Les gens qui n'ont jamais fait le ramadan ne peuvent pas percevoir la nature ambivalente de ce mois, à la fois ascétique et festive. En bref, le ramadan est une souffrance qui fait du bien.

14. Ce qui signifie « Fête de la rupture du jeûne ». Celle-ci est célébrée le lendemain du dernier jour de ramadan.

Le lendemain, je choisis de célébrer l'*Aïd el fitr* chez des amis derviches tourneurs de l'association Mevlana. Celle-ci regroupe des Turcs, des Arabes et des Français convertis. Il est dix heures du matin. Nous sommes une quarantaine – femmes, hommes et enfants – réunis dans un local de Montreuil. Comme les chrétiens le jour de Pâques à l'issue du carême, les musulmans portent aujourd'hui leurs plus beaux habits. Selon la tradition, les parents ont acheté à leurs enfants des vêtements neufs. Mes amis derviches viennent de faire une prière et de danser pour rencontrer Dieu. Ils exultent. Ils se distribuent des cadeaux, puis nous passons à table. Une quinzaine de pâtisseries orientales différentes sont servies. La femme de Noureddine, un derviche marocain, les confectionne depuis deux jours pour célébrer la fin du ramadan avec des montagnes de sucreries, comme au Maghreb. L'*Aïd el fitr* est le jour des douceurs.

– C'est pour sucrer nos bouches et nos cœurs après le carême, dit Kudsi, le sheh, le chef spirituel de l'association Mevlana.

L'heure de la récompense finale est bien arrivée…

IX

1991

Dans la peau d'un millionnaire

Affaires à faire en Absurdistan

La métamorphose qui suit est motivée par une double série d'interrogations.

Tout d'abord, plus de dix ans après l'ouverture de la Chine sur l'Occident, est-il vraiment rentable de faire des affaires dans ce pays communiste ? Est-ce un nouvel Eldorado pour les capitalistes ? Est-ce un « nouveau dragon économique », comme le prétend la presse occidentale ?

D'autre part, quelle est la vie quotidienne de l'un de ces hommes d'affaires américains, français ou japonais qui se bousculent aux portes de la Chine pour conquérir ce gigantesque marché d'un milliard d'individus ? Comment sont-ils accueillis ? Comment sont-ils amenés à considérer les Chinois ?

Pour répondre à ces questions, je pars en Chine, déguisé en riche investisseur occidental. N'est-ce pas la meilleure solution ?

Pour une fois, je tiens un rôle de « rêve ». Je jouis d'une existence matérielle supérieure à celle du vrai Marc Boulet, et cette métamorphose constitue en elle-même ce que j'appelle « le sujet dans le sujet » du reportage. Elle modifie et enrichit ma perception des hommes et de la société. Elle trace un peu plus loin ma ligne de vie, jusque dans ce monde des affaires où je mets les pieds pour la première fois.

Encore une petite explication. En 1986, j'ai épousé une Chinoise de Pékin. Elle s'appelle Lin Yu, c'est-à-dire « Gloire Lin » en français[1].

1. Lire le récit de notre amour et de nos aventures dans nos livres respectifs, dont celui de Lin Yu, *Une Chinoise à Paris*, Paris, Éd. Bernard Barrault, 1991.

Pour paraître crédible dans la peau d'un homme d'affaires, ma métamorphose personnelle – physique et psychique – n'est pas suffisante. J'ai besoin d'être accompagné d'une secrétaire. Lin Yu accepte de jouer ce rôle. Je dédie ce reportage à ma « chère chérie » qui me suivrait jusqu'en enfer.

*

Je m'appelle Marc Boulet. J'ai trente et un ans. Je porte un costume bleu foncé, une chemise rayée et une cravate en soie assortie, une ceinture Yves Saint Laurent, des souliers cirés en cuir, ainsi qu'une montre suisse Rolex en or sertie de diamants d'une valeur de 150 000 francs[2]. Pour me vieillir, je me suis laissé poussé la moustache. Des lunettes pourvues de verres sans correction me durcissent le visage. Je suis douché, rasé de près et parfumé avec du Chanel. Je ne me reconnais pas dans la glace, je me sens un peu guindé, mais je suppose que cette allure sévère me confère un air de respectabilité. De la tête aux pieds, je suis le directeur général d'Alphée Productions, une prétendue société internationale d'investissement et de commerce ayant son siège à Paris. Je loue une chambre dans l'hôtel d'Orient de Canton, un prestigieux palace abritant quarante-cinq restaurants, une piscine, un bowling, un court de tennis, un parcours de minigolf... Y transitent les ministres et les princes du monde entier. Giscard, Thatcher et Sihanouk y ont séjourné avant moi. Aujourd'hui, on peut y croiser le Premier ministre de la Namibie.

Lin Yu, mon épouse pékinoise, m'accompagne. Elle me servira de secrétaire et d'interprète, car je veux cacher à mes futurs interlocuteurs que je comprends le chinois. Je souhaite qu'ils s'expriment sans trop de réserves en ma présence. Je suis venu jouer le rôle d'un riche capitaliste qui cherche à investir en Chine. J'ai choisi de réaliser cette expérience dans la ville de Canton, la dynamique porte méridionale de l'empire communiste chinois.

Les sanglants événements de la place Tiananmen[3] de Pékin se

2. En réalité, ma Rolex est une contrefaçon parfaite. Je l'ai achetée pour 30 dollars américains en 1986 à Taiwan, quand je réalisais ma métamorphose *Dans la peau d'un faussaire*; cf. *supra*, p. 245.

3. Les manifestations étudiantes du printemps 1989 qui furent réprimées par les tanks de l'Armée populaire de libération.

sont déroulés il y a deux ans à peine, mais les Chinois n'en parlent plus. Ils ne pensent qu'à s'enrichir, et l'équipe gouvernementale de l'empereur révisionniste Deng Xiaoping poursuit sa politique de réformes économiques et d'ouverture vers l'Occident. L'inflation galopante des prix est enrayée, et les biens de consommation abondent dans les magasins. Toutefois, les activités culturelles et politiques restent muselées. Voilà en quelques mots quelle est la situation en Chine.

Je me demande comment les cadres des grandes entreprises d'État et les nouveaux hommes d'affaires du secteur privé recevront mes propositions d'investissement. Je dois prétendre que je souhaite participer à la modernisation de la Chine et à la glorieuse construction du socialisme dans laquelle ce pays s'entête. Je souhaite ainsi renforcer la longue et indestructible amitié sino-française. Ce discours, je l'ai appris par cœur afin de le ressortir sans hésitation devant mes futurs partenaires. À quoi ressembleront-ils ? Porteront-ils des costumes Mao ou des complets occidentaux ? Seront-ils soucieux ou non de la rentabilité de leurs entreprises ? Seront-ils corrompus ? Et puis, le fabuleux marché du milliard de Chinois offre-t-il de réelles opportunités d'investissement ?

En s'implantant en Chine, les étrangers rêvent de faire de fulgurants profits. Ils s'empressent de construire des usines ou des complexes hôteliers, puis ils déchantent. Ils se plaignent toujours de la bureaucratie rouge et de la main-d'œuvre incompétente et indolente. Ils avouent à mots couverts qu'ils réalisent peu de bénéfices. Souvent même, ils perdent de l'argent. Par exemple, le restaurant Maxim's, que Pierre Cardin a ouvert à Pékin, attire peu de clients. Trop cher pour la majorité des Chinois, il n'est plus à la mode dans la communauté des étrangers expatriés. J'y ai déjeuné plusieurs fois. Au fil des ans, la nourriture et le service ne se sont pas « maximisés ». Au contraire. Les serveurs portent des vestes de plus en plus maculées de taches et ils somnolent contre un pilier quand ils ne fument pas sous le regard des quatre ou cinq clients présents dans la salle. Quant aux plats, ils sont insipides, trop cuits, un peu comme dans une cantine. En 1986, trois ans après l'ouverture de l'établissement, j'ai sympathisé avec son chef, qui était français. Il regrettait d'être venu travailler en Chine, il ne réussissait pas à y utiliser son savoir-faire, il semblait découragé. Il m'a expliqué que ses assistants chinois refusaient de suivre ses directives. Ils cuisinaient *français* à leur guise. Ils refusaient les ordres. Ils ne voulaient pas perdre la face en courbant l'échine devant un étranger, celui-ci fût-il leur contremaître.

Les Occidentaux perdraient-ils leur temps et leur argent en Chine ? Sont-ils trop sûrs d'eux ou trop naïfs, ce qui revient au même ? S'y prennent-ils correctement pour investir ? Pour ma part, je ne veux pas m'en remettre aux organismes gouvernementaux qui promènent les investisseurs étrangers à travers le dédale de la bureaucratie communiste chinoise. Sans perdre de temps, je désire entrer en contact avec tous les milieux d'affaires. Dans *Le Quotidien de Canton*, je ferai publier en chinois cette petite annonce :

> Alphée Productions, importante société française de financement et de commerce internationaux, cherche à établir des contacts avec des sociétés et des hommes d'affaires chinois, du secteur public ou privé, pour investir à Canton dans les domaines industriels, agricoles, immobiliers, commerciaux, alimentaires, médicaux et des transports. M. Boulet, ami de la Chine et directeur général d'Alphée Productions, est de passage à Canton du 9 au 19 septembre 1991. Il étudiera toutes propositions de tous projets, grands et petits.
> Soyez les bienvenus. Téléphonez ou venez demander des informations (vous pouvez parler en chinois) à l'hôtel d'Orient, chambre 1633, téléphone 669900.

Ma femme finit de mettre au propre la version chinoise de ce texte. Je vérifie qu'elle n'a pas oublié de mentionner que tout le monde sera le bienvenu. C'est la vérité et c'est important.

Chaque matin, *Le Quotidien de Canton* se vend à 400 000 exemplaires. La ville de Canton compte 3,5 millions d'habitants. Combien de personnes liront mon annonce ? Quel effet produira-t-elle ? Attirera-t-elle sur moi l'attention de la police, qui contrôle tout dans ce pays ? Que se passera-t-il s'ils découvrent que je suis un imposteur ? Serai-je expulsé ? Serai-je arrêté, puis jugé ? Et Lin Yu, ma femme et ma complice, sera-t-elle accusée d'avoir déshonoré ou même trahi sa patrie ? Sera-t-elle condamnée à plusieurs années de rééducation dans un camp de travail forcé ? La justice chinoise est sans pitié pour qui tombe entre ses griffes. Pour mieux punir, elle n'hésite pas à fabriquer des éléments d'inculpation. Nombre de jeunes Chinoises ont été condamnées pour prostitution parce qu'elles avaient flirté avec un étranger. Nombre de dissidents ont été jugés pour trahison parce qu'ils avaient participé à des manifestations ou donné des interviews à des journalistes occidentaux. Lin Yu et moi sommes conscients du danger qui nous menace. Mieux vaut l'oublier, sinon nous renoncerions à faire ce reportage.

Nous nous rendons au siège du *Quotidien de Canton*. Un cadre du service publicitaire nous reçoit. Il ne sourcille pas en lisant le texte de ma petite annonce. Mais il ne peut pas la publier sans l'autorisation, difficile à obtenir selon lui, de la Chambre municipale de commerce. Nous y filons.

Deux officiels, en short et sandales, nous reçoivent dans un minuscule bureau meublé d'armoires en contreplaqué. L'air est étouffant. Nous échangeons nos cartes de visite, nous sirotons du thé, et Lin Yu explique quelles sont les activités d'Alphée Productions : une usine de chaussures en Inde, une fabrique de meubles aux Philippines, une conserverie de tomates au Maroc et la gestion d'un parc immobilier en France.

– À présent, continue Lin Yu, M. Boulet, le directeur général d'Alphée Productions, souhaite investir en Chine.

Les deux fonctionnaires de la Chambre de commerce semblent croire à ce discours. Ils sourient. Tout baigne. C'est bien le cas de le dire. À l'étroit dans mon costume-cravate, je transpire comme un porc dans un sauna. Je me demande si tous les hommes d'affaires vivent ce calvaire quand ils travaillent. En cette saison, à Canton, la température se maintient à trente-quatre degrés avec 80 % d'humidité. Je m'éponge le front, mais cela ne sert pas à grand-chose. Des ruisseaux de sueur coulent dans mon dos. Je me rappelle que les Chinois considèrent que les Blancs ont une nature animale, qu'ils suent et puent comme des bêtes. Ces deux officiels vont-ils me mépriser parce que je suis en nage, parce que je n'ai pas eu la sagesse de me mettre en short ? Tout compte fait, je suis rassuré en remarquant comment ils louchent sur ma montre en or. Mon déguisement doit leur en imposer. L'un d'eux déclare :

– Vous n'avez pas besoin d'obtenir notre autorisation. Pour faire paraître votre annonce, il vous suffit d'utiliser les services de notre agence de publicité.

Nous sautons dans un taxi et déboulons dans ladite agence vers onze heures trente. C'est une très mauvaise heure pour aller déranger des Chinois, mais nous sommes impatients de savoir si nous réussirons à passer notre annonce. À cette heure, dans le HLM vétuste qui abrite l'agence de pub, comme dans la plupart des unités de travail chinoises, les employés courent en tous sens une gamelle à la main. Ils ne pensent qu'à déjeuner, seul ou entre collègues, dans un coin calme si possible. Rien d'autre ne les intéresse. Chaque fois que j'assiste à une telle scène, je ne peux m'empêcher de me demander en souriant si les innombrables famines qu'a connues la Chine ne sont pas inscrites dans les gènes de ses habitants, créant ainsi une sorte de phobie de sauter un repas.

M. Yang Chongyuan, le directeur, accepte de ranger sa gamelle pour nous recevoir. Ses yeux luisent, et je crois y lire le sigle du dollar américain chaque fois qu'il me regarde. Il étudie le texte de mon annonce sans faire de remarque. Il désire examiner les papiers d'inscription d'Alphée Productions au Registre du commerce de Paris.

– Ils sont en France dans un coffre, répond Lin Yu sans hésiter. Néanmoins, M. Boulet a emporté avec lui le tampon de sa société.

Je le montre à M. Yang. Il se frotte les mains d'un air rassuré. En Chine, le tampon est l'outil le plus précieux des bureaucrates. Le plus souvent, ils le conservent dans un tiroir fermé à clé. Dans chaque unité de travail, les décisions sont censées être prises au nom de la collectivité et elles sont validées par un coup de tampon, et non par la signature de tel ou tel responsable. Si j'ai le droit d'emporter jusqu'en Chine le cachet d'Alphée Productions, cela prouve bien que je suis le dirigeant de cette entreprise. Je suppose que M. Yang raisonne ainsi. Et puis, je ne suis pas habillé comme lui d'un tee-shirt et d'un short. En Chine, l'habit fait vraiment le moine, et M. Yang doit m'imaginer à la tête d'une grosse société. À présent, il n'ose plus me regarder dans les yeux. Il rougit. Je suis gêné pour lui, mais je ne laisse rien paraître.

Je lui tends un paquet de Marlboro et une boîte d'allumettes de l'hôtel d'Orient, histoire de lui indiquer discrètement que je loge dans ce palace. Un paquet de Marlboro coûte l'équivalent d'une journée de salaire chinois. M. Yang ne refuse pas le plaisir d'en fumer une. Il savoure une longue bouffée, puis il dit :

– D'accord. Nous pouvons faire publier votre annonce dans *Le Quotidien de Canton*, dans trois jours, dans le numéro du 12 septembre.

Il présente à Lin Yu un tarif destiné aux étrangers. Un encadré publicitaire d'un vingt-quatrième de page me coûtera 3 380 yuans[4], soit le triple du prix qui serait facturé à une entreprise chinoise. Je ne tique pas. Je paie M. Yang avec une liasse de billets, puis nous le saluons, le laissant s'occuper au plus vite de sa gamelle qui refroidit.

12 septembre 1991. Mon annonce paraît en page 7 du *Quotidien de Canton*. Le résultat est immédiat. À partir de neuf heures du matin, le téléphone sonne toutes les dix minutes dans ma chambre d'hôtel. Lin Yu répond. Ce sont des Chinois qui sollicitent une entrevue avec M. Boulet, le directeur général d'Alphée Productions. Lin Yu leur propose des rendez-vous à une heure d'intervalle, pour aujourd'hui et demain. Je les recevrai dans le coin salon de ma luxueuse chambre.

Il est dix heures. Je suis prêt à travailler – costumé, cravaté et « lunetté ». Mon premier rendez-vous entre dans la chambre et, sans dire un mot, se rue dans les toilettes. À en juger par le bruit de l'eau qui coule, cet homme doit se laver les mains. Veut-il être parfaitement propre avant de me rencontrer ? Est-ce pour me faire bonne impression ? Pour l'instant, ce sans-gêne me déplaît. L'homme ressort et me serre vigoureusement la main. Il se force à me sourire. Il a une cinquantaine d'années et porte un pantalon vert de policier. J'échange un regard inquiet avec Lin Yu, puis j'invite mon étrange visiteur à s'installer, selon la coutume chinoise, dans un fauteuil à côté de moi et non en face. Nous échangeons nos cartes de visite, et Lin Yu nous sert d'interprète.

Je reçois bien un homme d'affaires. M. Zhao Zhenxin travaille pour un promoteur immobilier de Zhuhai, le paradis fiscal chinois implanté en bordure de la frontière de la colonie portugaise de Macao, à une centaine de kilomètres au sud de Canton.

– Voilà ! s'exclame M. Zhao. Écoutez bien ! Je vais tout vous expliquer. Notre société possède de nombreuses relations dans la

4. À cette époque, 1 yuan vaut environ 1 franc.

municipalité de Zhuhai, et celle-ci peut nous vendre à un prix préférentiel un terrain de dix hectares. Nous souhaitons nous associer avec vous pour l'acquérir et y construire des immeubles. Je peux vous garantir une plus-value de 20 %. C'est une opération valable, n'est-ce pas ?

– Sans doute, dis-je en réajustant mes lunettes, d'un air hautain.

M. Zhao remonte son pantalon jusqu'aux genoux et se gratte les mollets. Les Chinois ont l'habitude de se mettre ainsi à leur aise, ce n'est pas vraiment un manque de politesse.

– Le terrain, reprend-il, ne coûte que 300 yuans le mètre carré. Pour construire un immeuble de six étages, il suffit d'investir 5 millions de yuans. Ensuite, nous revendrons 1 000 yuans le mètre carré de propriété bâtie sur chaque étage. C'est une opération valable, n'est-ce pas ?

Je fais un rapide calcul mental. Le mètre carré d'appartement reviendrait à 1 500 yuans, mais nous ne le vendrions que 1 000 yuans. L'affaire de M. Zhao n'est pas du tout rentable. Je le lui dis.

– Attendez, réplique-t-il en calculant à son tour. Un instant... Je me suis trompé. Le prix du mètre carré pour les logements atteint actuellement 1 600 à 1 700 yuans. Et il va encore monter !

Je lui promets de réfléchir à sa proposition et le remercie d'être venu. Il me semble inutile de poursuivre cet entretien. M. Zhao ne connaît pas ses dossiers, ou bien c'est un escroc, ou peut-être les deux. Il me fait perdre mon temps, et puis Lin Yu doit répondre au téléphone qui sonne à présent toutes les deux ou trois minutes. Les gens appellent pour m'offrir d'investir dans une source d'eau minérale, dans la commercialisation de médicaments miracles, dans une raffinerie de sucre, dans un chantier naval, dans la mise au point d'un combustible révolutionnaire, dans la production de films, dans l'immobilier, dans le renflouement d'usines... Merci et au revoir, monsieur Zhao-les-mains-propres ! En sortant de la chambre, il lance à Lin Yu :

– Étudiez bien toutes les propositions, mais faites attention. À Canton, il y a beaucoup d'escrocs.

Onze heures. Je reçois M. Chang Hongwen. La soixantaine bedonnante, visage poupin, il a l'air d'un bon vivant. Il porte une chemisette et un pantalon repassés. Une petite Chinoise d'une cinquantaine d'années l'accompagne. C'est Mme Zhao Jing, son médecin conseil.

Nous procédons à l'échange rituel de nos cartes de visite. M. Chang dirige une société privée d'ingénierie médicale. En 1989, ses inventions auraient remporté une médaille de bronze au concours Lépine de Paris.

Il sort d'un sac une espèce de poire en plastique montée sur ressort au bout d'un long manche en bois et commence à s'en frapper le dos et les bras.

– Autrefois, explique-t-il, les mandarins se faisaient masser par leurs bonnes avec de petits coups de poing. Aujourd'hui, grâce à mon maillet, les pauvres pourront jouir de ce plaisir… On l'utilise aussi, comme en acupuncture, pour soulager toutes sortes de maux en frappant sur les méridiens et les endroits douloureux. Au bureau, on peut par exemple se taper sur le crâne. Cela stimule le cerveau et on travaille plus vite.

M. Chang se martèle la tête et sourit, comme pour me prouver que cela lui fait un grand bien.

– À Canton, ajoute Mme Zhao, les femmes ont de petites poitrines. Notre maillet peut servir à faire pousser les seins ; il suffit de taper dessus. Le traitement est efficace chez les femmes de tous âges.

J'ai envie de pouffer, d'autant que M. Chang, imperturbable, continue de se marteler le crâne, les mollets, le dos, les bras, le ventre…

– Toutes les personnes âgées souffrent de douleurs musculaires, dit-il. La Chine compte cent millions de vieillards à qui mon maillet procurerait de grands soulagements. J'ai fait une étude de marché. Je peux vendre un minimum de cinq cent mille maillets par an. Leur fabrication revient à 4 yuans la pièce. Si je les commercialise au prix de 9 yuans[5], tout le monde pourra en acheter. Faites le calcul, mes maillets rapporteront une fortune. Et cela, sans compter que cette invention a une infinité d'usages et touchera toute la population. Les vieillards les utiliseront par

5. Soit un peu plus d'une journée de salaire moyen à Canton, soit le prix d'un paquet et demi de cigarettes étrangères, soit 9 francs.

exemple le soir, mais dans la journée, les enfants pourront jouer avec.

M. Chang a lancé la production de son maillet il y a trois mois. Il en a déjà fait assembler vingt mille dans un petit atelier de menuiserie. Il cherche des fonds pour monter une vraie usine de maillets. Il rêve de les fabriquer en grande série, afin de pouvoir approvisionner toutes les familles de Chine et même du monde. Il dit cela sans plaisanter. De combien d'argent a-t-il besoin ?

– 50 000 dollars américains suffiraient.

Rien que ça ! M. Chang nous explique qu'il n'est pas cantonais. Il a quitté sa Mandchourie natale il y a quelques mois. Il redoutait que, dans cette région conservatrice (ce qui signifie communiste orthodoxe en Chine), ses brevets ne soient confisqués par l'État. Pour exploiter lui-même ses inventions, il est venu s'installer à Canton, la métropole du Sud à l'avant-garde de la libéralisation économique. Il veut toucher les dividendes de sa créativité. Je le comprends. Néanmoins, je doute de l'efficacité de son maillet à faire pousser les seins.

Il me propose d'investir dans trois autres inventions. Tout d'abord, il me montre un rouleau à aiguilles qui permet de se gratter la peau et de stimuler les points d'acupuncture.

– Cet objet est vraiment indispensable pour les Chinois, insiste-t-il en voyant ma moue sceptique. Les Chinois sont sales. Ils se douchent une fois par mois en ville et ils ont toujours des démangeaisons.

Je ne suis toujours pas convaincu, alors il me tend une pastille désinfectante à coller sur l'écouteur et le microphone des combinés téléphoniques.

– Grâce à cette invention, je pourrais aseptiser tous les téléphones de Chine.

Nouveau soupir de scepticisme.

M. Chang n'est pas découragé. Il me dévoile sa toute dernière trouvaille : une grosse seringue que l'on doit s'enfoncer dans l'anus pour y injecter un liquide contre les hémorroïdes.

– Avez-vous essayé sur vous cette invention ? dis-je.

– Non... Mais des amis l'ont fait. Au bout d'un mois, leurs hémorroïdes se sont résorbées.

Je n'ose lui demander si cette seringue a elle aussi de multiples usages, si elle peut faire fonction de godemiché ou de pistolet à eau pour les enfants. Je suis prêt à exploser de rire. Lin Yu aussi. Nous ne tiendrons plus longtemps notre sérieux. Je dois congédier M. Chang. Je lui promets d'étudier ses propositions et je le raccompagne à la porte.

Le téléphone n'a pas cessé de sonner pendant que je recevais M. Chang et Mme Zhao. Ils n'en revenaient pas que je fusse si demandé. Cela devient un problème. Lin Yu ne peut pas à la fois répondre au téléphone et me servir d'interprète. Nous décidons de ne plus décrocher le combiné en présence de visiteurs, afin de leur consacrer toute notre attention. Dois-je engager une standardiste ? Je n'ai pas le temps de réfléchir au coût de cette solution, car quelqu'un sonne. Dans son rôle de secrétaire, Lin Yu s'empresse d'aller ouvrir.

Un jeune homme aux cheveux ondulés apparaît dans l'embrasure de la porte. Il exige de rencontrer M. Boulet. Il n'a pas pris rendez-vous, mais il a un projet sensationnel à me proposer. J'accepte de le recevoir. Bien sûr !

Ce M. Zhang Zinyang, surnommé « Kissinger » sur sa carte de visite en anglais, serait le représentant à Canton de la GM Capital Resources Limited, une compagnie d'import-export basée à Hong Kong. Je n'ai jamais entendu parler de cette entreprise, mais cela ne prouve rien. Il existe des milliers et des milliers de sociétés de commerce international à Hong Kong.

M. Zhang m'offre rien de moins que de financer la production de mécanismes révolutionnaires qui augmentent la précision des missiles. Cette invention s'inspirerait d'une pièce d'un bombardier américain U 2 que les Chinois auraient abattu en 1956. J'émets quelques doutes polis quant à la nouveauté d'une technologie datant de la Guerre froide, surtout pour un usage militaire. M. Zhang m'assure que ce mécanisme peut être également utilisé dans l'aviation civile. Il me montre des plans et des feuilles de calculs. Tout cela est trop compliqué pour moi, mais je n'en dis rien. D'un air intéressé, je demande :

– Avez-vous besoin de beaucoup d'argent ?

– Non, répond-il. 5 millions de dollars suffiront en ce qui concerne votre part. Elle représentera 45 % de l'investissement.

5 millions de dollars ! Seulement ! En tant que millionnaire occi-

dental, je dois cacher le vertige dans lequel me plonge ce chiffre. Je regarde M. Zhang dans les yeux et lui dis :

– Ma société refuse d'investir dans des projets où elle ne détiendrait pas la majorité des parts.

M. Zhang me propose alors de racheter une usine pharmaceutique de Singapour. Je lui rappelle aussitôt que je désire investir en Chine.

– Dans ce cas, reprend-il, je peux vous présenter plusieurs possibilités de collaboration dans le secteur de la microbiologie.

– Les Chinois ne sont pas en avance dans ce domaine.

– Vous vous trompez.

Je lui rappelle en souriant que la Chine, en retard sur le plan de la recherche scientifique, ouvre précisément ses portes pour acquérir la haute technologie des Occidentaux. M. Zhang grince des dents. En vérité, je cherche à le décourager de me faire des propositions. Je voudrais qu'il s'en aille, car les trois hommes qui avaient rendez-vous avec moi à midi patientent depuis vingt minutes, assis à quelques pas sur le bord de mon lit. M. Zhang ne s'avoue pas vaincu, il me lance :

– Si vous restez suffisamment longtemps ici, je vous prouverai que la Chine dispose d'une technologie aussi avancée que celle des autres pays.

– Merci. Je ne suis que de passage à Canton. Au revoir.

Il se lève enfin et sort. Je ne le regretterai pas.

Lin Yu et moi n'avons pas le temps de souffler. Nous invitons les trois Chinois du rendez-vous de midi à s'installer dans des fauteuils. M. Zheng Pingshi, le directeur d'une société privée d'investissements, est venu avec ses deux associés pour me proposer diverses affaires, juteuses selon lui. Avec une révérence, il me tend son curriculum vitæ en chinois. Lin Yu parcourt le texte et m'apprend que M. Zheng est membre du Parti communiste. En se courbant à nouveau, il me remet une lettre dactylographiée que Lin Yu traduit ainsi :

> Respectés directeur d'Alphée Productions et son épouse,
> Votre société travaille attentivement avec la Chine, sans passer par les instances gouvernementales, directement, face aux clients et avec les entreprises privées. Vous êtes la première société étrangère

> à agir ainsi et nous vous admirons. Votre style de travail éveille l'attention du monde entier, et, convaincus de votre réussite, nous vous souhaitons beaucoup de succès.
> Je vous remercie, monsieur le directeur, de nous recevoir…

Je suis ému, mais je ne laisse rien paraître. Depuis l'ouverture de la Chine en 1979, parmi les trente-quatre mille sociétés étrangères qui ont investi au total 50 milliards de dollars américains dans ce pays, Alphée Productions serait donc la première à avoir eu l'idée de passer une petite annonce pour prospecter le marché chinois. Voilà pourquoi le téléphone sonne sans arrêt. M. Zheng souhaite devenir mon agent à Canton. Il serait rétribué à la commission : 1,5 % du montant de mon investissement, plus 5 % de mes bénéfices. Il remet à Lin Yu une pile de dossiers à financer.

Nous les feuilletons. Je ne suis pas convaincu par ce médicament miracle contre les hépatites A et B, efficace à 95 % et 90 % respectivement. Je rejette de même le plan de production industrielle d'un nouveau type de machine à laver. Le prix de revient, entre 2 000 et 3 000 francs l'unité, me semble trop élevé. Le projet suivant concerne un antidote contre certaines substances toxiques présentes dans les peintures et qui provoqueraient des cancers, des hépatites et même le sida. M. Zheng se moque-t-il de moi ? Pas du tout. Il répète à Lin Yu de suggérer à M. Boulet de prêter une attention particulière à chaque proposition.

– Nous avons déjà préparé toutes les démarches administratives, dit-il. D'ordinaire, pour investir en Chine, les étrangers doivent patienter un an. En vous associant à nous, trois mois suffiront. Toutes mes offres vous garantissent un minimum de 30 à 50 % de bénéfices.

À présent, il désire me faire entrer dans le capital d'une importante société nationale d'import-export. Pour quoi faire ? Pour construire des immeubles ! Cela me rapporterait 200 % de profits. Est-ce vraiment possible ?

À force de refuser chaque projet, je ne voudrais pas sembler être un coq de fer auquel on ne peut arracher aucune plume. Je demande à M. Zheng la permission de réfléchir à sa dernière proposition.

– C'est normal, dit-il, mais vous n'avez plus besoin de recevoir d'autres personnes. Ma société vous a présenté les meilleurs projets. Conservez nos dossiers. Étudiez-les. Ils sont parfaitement au point, vous le verrez.

Chacun de mes visiteurs prend vraiment ses oies pour des cygnes.

Il est quatorze heures. Le téléphone continue de sonner en permanence. Mme Wu Xiaoyun et M. Liu Zhihong entrent dans ma chambre. Ils ont une trentaine d'années et ce n'est pas leur caractéristique la plus remarquable. Oh non ! Ils sont drôles, ils sont même… poilants. En effet, leur pilosité est tout à fait surprenante pour des Chinois. La femme, dont le joli prénom signifie « Nuage de l'aube », a les jambes velues comme celles d'une guenon. Elle porte une jupe courte, et je suis sûr qu'elle s'habille de même en hiver. Sa fourrure naturelle doit la protéger du froid. Lui, il a de longs poils qui jaillissent de son nez comme des touffes de chiendent. Oui, ils sont « poilants » et, de plus, ils rient sans raison tout en me parlant. Ils travaillent pour une entreprise cinématographique d'État. Ils me proposent de participer à la production de films historiques retraçant la vie de Bouddha ou celle de Jiang Qing, la veuve de Mao. Ils pensent également à moi pour financer un long métrage de fiction sur la mort de Lin Biao, ce dauphin de Mao qui disparut en 1971 dans un mystérieux accident d'avion. Je ne m'ennuie pas en écoutant Mme Wu et M. Liu. De combien d'argent ont-ils besoin pour tourner leurs péplums ?

– 6 millions de yuans pour l'histoire de Jiang Qing, dit Mme Wu ; 4 pour celle de Lin Biao et 12 et demi pour Bouddha.

– J'y réfléchirai.

Quelqu'un sonne à la porte. Une surprise m'attend. Le crâne encore coiffé d'un casque de moto, un coursier chinois m'apporte ce mot d'un certain Michel Gelenine, conseiller commercial du consulat de France à Canton :

> J'ai lu votre annonce dans le journal et serais intéressé à vous rencontrer. Pourriez-vous me téléphoner afin que nous convenions d'un rendez-vous ? Merci.

Cela ne me plaît pas du tout que les diplomates français se mêlent de mon imposture. Il n'est pas question de prendre le risque de les rencontrer et d'être démasqué.

Pour sûr, mon annonce a trop d'impact. Dois-je m'inquiéter de problèmes à venir avec la police ? M. Liang Yancheng, mon rendez-vous de quinze heures, ne me rassure pas quand il me déclare en échangeant sa carte de visite contre la mienne :

– Votre annonce fait du bruit à Canton.

Il me dit cela comme un compliment. S'il apprenait que je suis un faux millionnaire, il regretterait de m'avoir fait tant de courbettes afin de me soutirer 2 millions de yuans destinés à construire des silos à céréales.

Désormais, Lin Yu me prend des rendez-vous toutes les demi-heures jusqu'à après-demain. Pour réaliser mon reportage, je veux rencontrer un maximum de personnes. Je dois les utiliser et les laisser tenter leur chance auprès du directeur d'Alphée Productions, même si personne n'a jamais pu tirer du sang d'une pierre. Je ne suis pas fier de ma conduite. Qu'y puis-je ? Le journalisme est un métier qui a sa dureté. Il faut parfois ruser, piéger et tricher pour découvrir la vérité ou plus exactement la réalité d'une situation.

Sans état d'âme, je reçois un nouveau visiteur. C'est un gros homme plutôt propret en costume-cravate. Une fille sexy l'escorte. Elle s'assied en face de moi, me roule des yeux de biche et remonte légèrement sa courte jupe, offrant à ma vue des cuisses gainées de bas résille. Elle me donne chaud et j'essaie de ne pas trop la regarder.

Ce n'est pas si facile, car le gros m'ennuie à mourir avec sa proposition de renflouer une usine sino-hongkongaise de vêtements destinés à l'export. L'un des associés chinois de cette entreprise désire vendre ses parts. Pourquoi ? Le gros marmonne une réponse confuse. Il me demande 500 000 yuans. Je dois lui répondre quelque chose. Je dis à tout hasard :

– Dans les pays occidentaux, il existe des quotas pour importer des vêtements de Chine. Ils sont déjà dépassés. Comment pourrons-nous développer notre chiffre d'affaires ?

– Il n'y a aucun problème, réplique-t-il. Nous étiquetterons nos produits comme s'ils étaient fabriqués à Hong Kong, à Taiwan ou en Corée.

Il ne manque pas d'air, celui-là !

Sans hésiter, il me parle de tricher. N'éprouve-t-il aucune honte de sa malhonnêteté ? Un doute me vient. En Chine, la tromperie serait-elle une pratique commerciale ordinaire, de bonne guerre ?

À présent, je rencontre M. Xu. Il m'offre de recycler les déchets d'une raffinerie de sucre située en Mongolie-Intérieure. Je pourrais les transformer en levure. Je ne suis pas intéressé. J'ai des dizaines d'autres projets à étudier. La sonnerie du téléphone ne cesse pas une minute, et mes rendez-vous s'enchaînent tous les quarts d'heure à cause des visiteurs qui surgissent à l'improviste.

Cet après-midi, on me propose encore de monter un atelier de photogravure pour 3 millions de yuans, de fabriquer un parfum « français » à Canton, de construire une usine de pâte à papier pour 100 millions de yuans, d'investir dans une laiterie, etc. Au moins, les hommes d'affaires chinois ne manquent pas de projets.

Il est dix-neuf heures trente. Le soir tombe. D'un pas décidé, mon dernier rendez-vous entre dans ma chambre. C'est M. Fu Anping. Il a une vingtaine d'années. Il ne me laisse pas le temps de lui dire que je suis fourbu, que je préférerais remettre notre entretien à demain. Il s'assied dans un fauteuil et étale des plans et des dessins sur la table de travail. Il me propose d'investir 28 millions de yuans sur l'île d'Ersha, non loin du centre de Canton. Il veut y construire le « meilleur restaurant du monde ». Je lui demande de préciser ce que recouvre ce concept ambitieux.

– La cuisine chinoise est la meilleure du monde, explique-t-il, mais sa mise en valeur économique est au point mort. Notre restaurant préparerait les mets les plus fins des quatre cuisines régionales chinoises[6], en les mariant à des spécialités occidentales telles que les salades. Par exemple, le homard à la vapeur cantonais serait servi avec une salade de pommes, de jambon fumé et de laitue.

6. Celles du Shandong, de Yangzhou, du Sichuan et de Canton. À propos de la cuisine chinoise, lire mon livre *Le Ventre de la Chine*, Paris, Éd. Bernard Barrault, 1990.

Il me donne faim. Je le laisse parler et rêver à haute voix. Il s'imagine déjà en train de poser la première pierre de son « meilleur restaurant du monde ».

– Nous n'aurons aucun problème pour obtenir le permis de construire, m'assure-t-il. Je connais M. Wang Zhigao, un cadre militaire de Canton, et M. Yang Dezhong, le vice-directeur de la Commission des relations économiques avec l'étranger. Ils nous aideront. Nous achèterons le terrain 1 000 yuans le mètre carré au lieu de 3 000.

Lui aussi, il finit par me parler de combines et de pots-de-vin. Est-ce une étape indispensable pour faire des affaires en Chine populaire ? Les deux mots *corruption* et *communisme* seraient-ils devenus synonymes ?

Ma première journée dans la peau d'un millionnaire est finie, mais le téléphone continue de sonner, même après minuit. Épuisée de fatigue, Lin Yu ne répond plus. Elle demande au standard de l'hôtel de suspendre notre ligne pour la nuit. Nous arriverons peut-être à nous reposer, enfin ! Le quotidien d'un vrai homme d'affaires est-il aussi éprouvant ? Mon téléphone a sonné plus de deux cents fois dans la journée. Comment peut-on supporter un tel stress ?

Nous dormons peu. Dès sept heures trente, le lendemain, le téléphone nous réveille. Un Chinois s'offre à devenir mon agent à Canton. Cinq minutes plus tard, nouvelle sonnerie. Cette fois, on me propose d'investir dans une usine d'ordinateurs. Et voilà, c'est reparti !

Je reçois mon premier rendez-vous à dix heures. J'ai remarqué que tous mes visiteurs faisaient preuve d'une grande ponctualité, ce qui n'est pas une habitude chinoise dans la vie privée.

M. Yang Weitung est le directeur d'une compagnie d'État qui possède, à Shiji, à vingt-quatre kilomètres au sud de Canton, soixante hectares de terrains, sur lesquels il me propose de construire des logements et des usines. Refusant de chiffrer le coût de l'opération, il se contente de me répéter :

– Je veux vous inviter à Shiji. Vous déciderez vous-même du montant de votre investissement. Venez à Shiji.

J'ai envie d'accepter. Une balade à la campagne me délasserait. Et puis, je suis certain qu'il y aurait un festin à la clé. Les bureaucrates chinois sont des gens qui profitent de toutes les occasions pour faire ripaille aux frais de l'État. Les Chinois ont un naturel de bons vivants, et ce n'est pas moi qui le leur reprocherai.

M. Yang me laisse quelques photos de ses terrains. Je lui promets de songer à son invitation. La semaine prochaine peut-être, si j'ai un moment libre. Pour une fois, je ne mens pas. Je joue mon rôle de millionnaire avec sincérité. Suis-je en train de me prendre au sérieux, de devenir un nouveau Marc Boulet ? Lin Yu se plaint que je me montre plus autoritaire avec elle, même en privé. J'avoue que je ne m'en rends pas compte ; je perds un peu le sens des réalités en entendant parler de millions à longueur de journée.

Comme hier, les fonctionnaires et les entrepreneurs privés de Canton se suivent dans ma chambre pour me soumettre leurs projets. Ils me parlent d'usines de robinetterie, d'aimants, de scooters, de chaussures, d'attachés-cases..., sans compter deux entreprises de décoration, un atelier de maroquinerie, une fabrique d'objets religieux, une agence de publicité, une société de leasing... Pour lancer ou renflouer chacune de ces affaires, je dois débourser de un à plusieurs millions de francs. Investir en Chine coûte cher. Les hommes d'affaires chinois semblent croire que j'ai emporté une planche à billets dans mes valises. Irrité de ce que je refuse ses propositions, l'un d'eux me déclare :

– Si vous donnez de l'argent aux autres personnes, vous ne pouvez pas m'oublier.

Que s'imagine-t-il ? Pense-t-il vraiment que le richissime directeur d'Alphée Productions est venu à Canton pour distribuer des billets de banque à la population comme on jette des miettes de pain aux pigeons ?

Dans les grandes villes, les Chinois gagnent un salaire mensuel d'environ 200 yuans, soit 200 francs. Ils sont pauvres. Même leurs hommes d'affaires semblent avoir du mal à apprécier la valeur de l'argent dès qu'il s'agit de sommes à plus de cinq chiffres. Pour un même genre d'affaire, ils peuvent me réclamer du simple au décuple. Dans leur esprit, obtenir 1 ou 10 millions de francs, c'est du pareil au même, cela représente une fortune, et ce sera de toute façon suffisant pour réaliser leur projet.

Ma ligne téléphonique étant encombrée et ma chambre ne désemplissant pas, certaines personnes se résignent à me joindre par courrier. Jusqu'à mon départ de Canton, le 20 septembre, je recevrai chaque soir trois ou quatre lettres.

M. Quan Yingping m'écrit en utilisant une formule de politesse destinée aux ministres étrangers :

> Milord Boulet, personne de valeur et très occupée,
> Je n'ai pas réussi à le rencontrer…
> Je lui propose une affaire qui rapportera à vie dix mille fois. Il s'agit de construire une ligne de chemin de fer entre Zhanjiang et Haian, en face de l'île de Hainan… Ces cent quatre-vingts kilomètres de voie ferrée coûteront un milliard de yuans, à investir ou à prêter, en totalité si possible afin de réaliser un maximum de bénéfices…

Il me demande l'équivalent de 100 milliards d'anciens francs. Bon sang ! Pour qui me prend-il ?

Il me déconseille de traiter directement avec l'État, afin de ne pas subir toutes sortes de tracasseries bureaucratiques. Bien sûr, il me suggère de le prendre comme intermédiaire. Il conclut en citant un dicton chinois :

> Avec de l'argent, on peut faire moudre le grain par les fantômes. Le miracle ne dépend que de vous.

Le courrier de Mlle Zheng Jinyou attire également mon attention. Elle a vingt-sept ans et prétend être jolie. Elle joint à sa lettre une carte de visite parfumée et un exemplaire du mensuel *Temps dorés*[7], où un article fait l'éloge de sa beauté et de son dynamisme. Mlle Zheng me demande de financer un élevage de grenouilles et de lapins.

7. Dans ce numéro de novembre 1990, un autre article présente les Français comme étant un peuple de voleurs : seize mille huit cents marteaux et huit cent mille draps volés chaque année à la SNCF, rosbifs cachés sous les chapeaux des clients dans les supermarchés, fauche dans les magasins de la FNAC et du BHV…

Toutes les propositions que j'ai reçues commencent à se mélanger dans ma tête. Ce samedi après-midi, 14 septembre, je dois encore rencontrer une dizaine de personnes. Ce seront les derniers rendez-vous que j'accorderai. J'ai l'impression de participer au sprint final d'une course d'endurance : mes visiteurs m'offrent des affaires de plus en plus surprenantes...

Il est seize heures trente. Je repense à la journaliste du quotidien d'affaires *Informations sur la province de Canton et sur Hong Kong*, qui m'a interviewé ce matin. De nombreux lecteurs téléphonent à son journal pour prendre des renseignements sur Alphée Productions, alors elle est venue voir à l'improviste à quoi je ressemblais. Je l'ai reçue et lui ai expliqué que ma société rachetait des usines en difficulté aux quatre coins du monde. Elle m'a écouté en prenant des kilomètres de notes.

Dire qu'elle va écrire un article à propos de mes activités de financier international ! J'en ris encore, lorsqu'un vieux nain m'aborde en se déhanchant. Je ne sais pas d'où il sort, ni qui l'a fait entrer. Est-ce un lutin ou un djinn chinois venu pour me punir ? Ignorant la présence de Lin Yu, il se plante devant moi, me tend à deux mains sa carte de visite, puis se courbe en deux une dizaine de fois, en répétant d'une petite voix suraiguë :

– Bonjour ! Bonjour !...

Je me retiens de sourire. Je me rappelle le proverbe chinois : « Un homme ne se juge pas à son apparence, tout comme la mer ne se mesure avec un baquet. »

Il s'appelle Li Zhong et dirige une joaillerie d'État. Je l'invite à s'installer dans un fauteuil à côté de moi. Il y pose ses fesses, resserre ses jambes et réajuste les boutons de sa chemisette gris sale.

Comme celui de ses prédécesseurs dans ce siège, son visage s'illumine. Bavarder en tête à tête avec M. Boulet suffit à lui procurer un immense plaisir. Soudain, je comprends ce qu'il peut ressentir. Je me revois en France, chaque fois que je rencontre un éditeur ou un directeur de presse. Être reçu par de tels personnages me donne un sentiment d'importance. Je ne suis jamais le premier à mettre fin à nos entretiens. Je suis trop fasciné...

Revenons à M. Li. Il désire me vendre un lot de neuf statuettes de jade. Je ne suis pas expert en pierres fines, mais je sais que les jades de Birmanie sont très estimés. Pour faire durer un peu le plaisir de M. Li, je lui demande si ces statuettes sont en jade de Birmanie.

– Bien sûr, répond-il sans hésiter.

– Quel est le prix du lot ?

– 200 000 yuans.

Je lui promets de transmettre son offre à un bijoutier français. Pour me saluer, il serre ses poings l'un sur l'autre et il effectue une dizaine de révérences chinoises traditionnelles tout en sortant de la chambre à reculons.

M. Huang Zhirong entre. Il a une vingtaine d'années. Il porte des sandales et des habits maculés de boue. Il parle fort, avec un accent paysan. Il vient m'entretenir d'une source de longévité, située à Yunfu, à cent quatre-vingts kilomètres de Canton. Soudain, il commence à trembler dans son fauteuil. Que se passe-t-il ? Rencontrer le directeur d'Alphée Productions l'impressionne-t-il à ce point ? A-t-il un malaise, une crise de tétanie ? Faut-il appeler un médecin ? Lin Yu ne réussit pas à comprendre ce qu'il bégaie.

– Je ne me sens pas bien, parvient-il à articuler au bout d'un long moment. J'ai soif.

Et il me regarde du coin de l'œil.

Lin Yu lui prépare une tasse de thé. Il engloutit d'un trait le liquide brûlant. Cela doit le secouer, car il s'arrête de trembler et de bégayer.

– Voilà ! fait-il, les gens qui boivent l'eau de la source dont je vous parle vivent jusqu'à quatre-vingt-dix et même cent ans… Les paysans de ma région sont les seuls à connaître son emplacement. C'est un terrain qui appartient à l'État. Je propose de vous aider à obtenir l'autorisation de mettre cette eau en bouteilles.

– Combien d'argent faut-il investir ?

– 2 millions de dollars, c'est le minimum.

Je lui promets d'y réfléchir. Au revoir.

Mon client suivant a un projet encore plus coûteux. Vice-directeur d'une entreprise privée d'investissement, M. Han Xiao veut tout simplement me faire acheter quatre avions Tupolev de deux cents places chacun pour la somme de 400 millions de yuans. La Compagnie (d'État) de l'aviation civile du Sichuan[8] a besoin de

8. Avec ses cent dix millions d'habitants, c'est la province chinoise la plus peuplée.

ces appareils pour ouvrir de nouvelles lignes aériennes. M. Han joue les intermédiaires. Comment récupérerai-je mes 400 millions de yuans ?

– Si vous investissez en tant qu'associé, répond-il, vous participerez aux bénéfices. Si vous nous prêtez l'argent, nous vous verserons des intérêts.

– À quel taux ?

– Nous pouvons en discuter... Nous vous paierons selon les règles internationales en vigueur.

Incroyable ! Cet homme vient m'emprunter près d'un demi-milliard de yuans et n'a aucune idée de la manière dont il me les remboursera. Pourtant, il ne semble ni escroc ni fou. Comme l'attestent les certificats qu'il présente, il est bien mandaté par la Compagnie de l'aviation civile du Sichuan.

L'affaire que l'on me propose ensuite est encore plus révélatrice du chaos économique chinois. M. Zhong Jianfeng se présente, accompagné de son banquier, lequel est censé me persuader d'accorder à son client le prêt qu'il lui refuse. Je ne comprends rien, mais ils vont m'expliquer...

C'est la première fois qu'ils lisent une petite annonce comme la mienne. Elle a attiré leur attention, car ils se disent désespérés. M. Zhong dirige une entreprise sino-taiwanaise. Sur les 12 millions de dollars dont il a besoin pour lancer la production d'une matière textile révolutionnaire, il lui en manque 2. Fabriqué avec des feuilles d'ananas, ce tissu serait très résistant et agréable à porter. Le banquier, un homme d'une trentaine d'années, s'appelle Zhang Xiaozhou. Vêtu d'un short et d'une chemisette, il est cadre dans une succursale de la Banque d'investissements de Chine. Sa tâche est donc de me convaincre de prêter les 2 millions de dollars manquants. Que cache cette mise en scène ? Y a-t-il serpent dans l'herbe ?

– Ce projet de tissu en feuilles d'ananas est excellent, dit le banquier en short, mais nous ne prêtons plus d'argent jusqu'à l'année prochaine. L'État nous alloue une somme annuelle à investir. Pour 1991, nous avons déjà tout utilisé. Nous ne pouvons rien prêter à M. Zhong. C'est juste une question d'agenda.

Je sais que les unités de travail chinoises fonctionnent selon des plans et des normes à remplir sur une période déterminée. Pourtant quelque chose me chiffonne. Est-il possible que les caisses d'une grande banque chinoise restent vides du 14 septembre au 31 décembre ? Ce serait consternant… Un ami sinologue a inventé un mot fort juste à propos de la Chine communiste, en la rebaptisant du joli nom oriental d'*Absurdistan*. Oui, la Chine s'appelle l'*Absurdistan* en vérité.

M. Zhong et son banquier attendent ma réponse. Je dois dire quelque chose. Je leur demande si mes 2 millions de dollars correspondent en réalité à une augmentation de capital ou à un simple prêt. Le banquier se penche vers son client et lui murmure quelque chose à l'oreille. Lin Yu ne parvient pas à tout comprendre, mais elle me chuchote à son tour que le banquier a dit en parlant de moi : « Ça se voit qu'il s'y connaît en affaires… »

Les conciliabules sont finis. M. Zhong répond à ma question :

– Nous souhaitons plutôt augmenter notre capital.

Évidemment ! Ainsi, il n'aura jamais à me rembourser. Je lui promets d'étudier son offre.

Je reçois mon dernier rendez-vous. M. Lei Yusheng, directeur des Chantiers navals d'État de Zhuhai, me propose de construire des aéroglisseurs de quatre-vingts places. En fait, il s'agirait de copies à moitié prix d'un modèle de la marque Boeing. Chaque appareil coûterait tout de même 7 millions de dollars. Combien dois-je investir ?

– Moins d'un million de dollars, m'explique M. Lei, juste pour lancer le projet. Ensuite, nous nous autofinancerons grâce aux options d'achat prises par les compagnies maritimes. Le marché des aéroglisseurs est immense en Chine et en Indonésie. Les commandes afflueront. Le gouvernement chinois soutient ce projet afin de développer les communications entre Hong Kong et Macao, ainsi que dans le reste du delta de la rivières des Perles [9].

Ce projet d'aéroglisseur me séduit. Le montant de l'investissement est raisonnable et, en même temps, il devrait rapporter des sommes colossales. Les Chantiers navals de Zhuhai appartiennent à l'État. Pourquoi ont-ils besoin de s'associer avec un capitaliste étranger ? Les caisses des banques chinoises – toutes publiques –

9. La rivière des Perles traverse la ville de Canton, avant de se jeter dans la mer entre les territoires de Hong Kong et de Macao, situés respectivement à l'est et à l'ouest.

sont-elles vides même pour les affaires d'intérêt général les plus prometteuses ? Y a-t-il trop de projets à financer en Chine ? Les Chinois auraient-ils beaucoup trop d'idées ?

En l'espace de trois jours, j'ai assuré soixante-trois rendez-vous. Les propositions d'investissement se ressemblent souvent, et je ne veux plus recevoir personne. Néanmoins, les gens continuent de me téléphoner, même le dimanche. Lin Yu leur répond poliment que je suis trop occupé pour leur accorder un entretien. L'un d'eux, déçu, raccroche en nous insultant en anglais...

À présent, je désire réexaminer quelques projets. Je suis curieux d'aller voir sur place à quoi ressemblent certaines entreprises et certains terrains dans lesquels on m'a proposé d'investir.

Le 16 septembre, toujours accompagné de Lin Yu, je commence par me rendre au siège de la Compagnie de tricots et de tissus de Canton, l'une des trois plus importantes entreprises textiles de Chine. C'est une ruche de dix-neuf étages, avec ses enfilades de bureaux, ses entrepôts, ses salles d'exposition... et un directeur qui rêve d'augmenter toujours plus son chiffre d'affaires. Il cherche à s'associer à un investisseur étranger afin de pouvoir conquérir de nouveaux marchés à l'exportation. Pour tromper les douanes occidentales et contourner le problème des quotas, il est prêt lui aussi à faire étiqueter ses produits comme s'ils étaient confectionnés à Hong Kong ou à Taiwan. Il fait fabriquer plus de trois mille sortes d'articles, parmi lesquels il faut citer un slip anti-odeurs breveté. La majorité de ces articles sont en fibres synthétiques.

Le 17 septembre, le docteur Hu Fusheng, directeur du Centre national de recherche contre la lèpre, me conduit en voiture à son institut, situé dans un parc de huit hectares, à Pingzhou, une banlieue au sud de Canton. Il me propose d'y faire construire un hôtel de luxe, un centre commercial et un parc d'attractions dont les bénéfices seraient en partie réinvestis dans la recherche sur la lèpre. Cet alibi humanitaire faciliterait l'obtention des permis de construire.

Je visite les laboratoires et les cliniques de l'institut. Sur des lits rouillés, somnolent une dizaine de lépreux en guenilles. Avec leurs moignons de bras et de jambes, ils ressemblent à de grosses larves qui attendent leur métamorphose. Ils espèrent que des médecins leur fixeront des prothèses, dans un mois, dans un an peut-être... Les locaux sont également lépreux. Les sols sont jonchés de détritus, les murs couverts de moisissures. Quelques travailleurs en blouse blanche errent dans les couloirs. Pour sûr, je ne visite pas le service des urgences d'un hôpital parisien. Un tel laisser-aller est courant dans les entreprises d'État chinoises, même quand il s'agit d'unités de recherche scientifique.

Chaque année, cet institut reçoit 3 millions de dollars de subventions internationales. Comment sont-ils gaspillés ? Je ne suis pas convaincu que les profits du futur complexe touristique permettraient au docteur Hu de faire nettoyer les lieux et de dynamiser son équipe.

À présent, nous nous promenons dans le parc de la léproserie, où je suis censé faire construire le Disneyland chinois. Heureusement, de grands manguiers bouchent la vue du côté du dortoir des malades. La végétation luxuriante descend vers un étang bordé de pavillons chinois.

– D'ici deux ans, m'explique le docteur Hu, l'autoroute qui reliera Hong Kong à Macao passera au bout de ce terrain. C'est un emplacement idéal. Chaque jour, des milliers de routiers et d'automobilistes s'arrêteront dans notre complexe... Des hommes d'affaires de Taiwan m'ont offert d'investir 1 million de yuans dans ce projet. C'est trop peu. Je veux bâtir quelque chose de grandiose. Avec 1 million, on peut tout au plus construire un restaurant. Mais cela ne rapporterait presque rien et ça occuperait une parcelle du terrain précieuse pour la réalisation finale de notre grand projet. Il faut construire un hôtel, un centre commercial et un parc d'attractions. Voilà ce qui rapporterait ! Et puis, on pourrait transformer notre étang en une immense piscine et en une aire de canotage.

– De combien d'argent avez-vous besoin ?

– De 10 millions de dollars américains.

Investir l'équivalent de 6 milliards d'anciens francs pour ouvrir un parc d'attractions au cœur d'une léproserie : l'idée aurait enthousiasmé les surréalistes. En tant qu'homme d'affaires, je ne risquerais pas un centime dans ce projet. Mais peut-être que je me trompe... Peut-être que les gamins de Canton adoreraient sucer des glaces et faire des tours de manèges en regardant des lépreux. Après tout, les trains fantômes font recette dans le monde entier. Le docteur Hu est sans doute très malin, il sait que les gens sont prêts à payer pour avoir peur.

Le lendemain, je me rends sur le parking de l'Assemblée populaire de la province de Canton[10]. M. Zhang Maoyu, la cinquantaine, communiste et néanmoins directeur d'une grosse société privée de marketing et de promotion immobilière, m'accompagne. Il me présente à un administrateur de l'Assemblée.

Tous deux me proposent de construire, pour 30 millions de yuans, une tour de vingt-cinq étages sur l'emplacement du parking. Je n'aurais pas besoin d'acheter le terrain, mais, en compensation, j'offrirais la moitié des logements aux députés et à leurs familles. Jolie magouille !

– Une belle affaire ! répète M. Zhang. Le mètre carré de logement revient à 1 500 yuans et se revend six à dix fois plus cher. De plus, en tant que société internationale, vous pourrez vendre directement à des étrangers et toucher une partie du prix de vente à Hong Kong, sous la table, sans payer de taxes sur les plus-values.

M. Zhang prétend que le mètre carré de logement coûte entre 10 000 et 15 000 francs à Canton. Ce serait aussi cher qu'à Paris. Tout communiste qu'il est, en bon agent immobilier M. Zhang doit essayer de m'embobiner...

Le 19 septembre – mon dernier jour dans la peau du directeur d'Alphée Productions –, je rencontre M. Liao Yesong, la trentaine et déjà à la tête de l'Entreprise publique d'investissement immobilier de Canton, qui m'assure que, dans cette ville, le mètre carré du logement le plus cher ne coûte pas plus de 8 000 francs.

10. Cette province chinoise compte soixante-trois millions d'habitants en 1991. Elle est plus peuplée que la France.

Il me reçoit dans son bureau, au sommet d'un immeuble de huit étages qui appartient à sa société. Comme moi, il porte un costume-cravate, une montre Rolex en or (fausse ou vraie, allez savoir !), et il fleure bon le parfum français. Il travaille sur une dizaine de projets de centres commerciaux et de logements de catégorie moyenne. Il ne rencontre aucune difficulté pour les vendre sur plan. Ainsi, il peut construire sans avoir besoin d'emprunter auprès d'une banque.

Il m'emmène voir sa dernière réalisation : un coquet ensemble d'immeubles d'habitation et de commerces, situé derrière la gare de chemins de fer. Les travaux ne sont pas terminés, mais une grande pancarte indique que tous les lots sont déjà vendus au prix de 1 900 yuans le mètre carré. M. Liao ne me mentait pas.

Il désire s'associer avec moi pour édifier un gratte-ciel de trente étages dans le centre de Canton, près du parc du Peuple. Il a déjà dépensé 14 millions de yuans pour acheter le terrain et démolir les bâtiments qui s'y trouvaient. Nous nous rendons sur place. C'est vrai, cette parcelle est idéalement située en bordure de la rue Sun-Yatsen, la longue artère commerçante de Canton.

– J'ai besoin de 15 millions de yuans pour ouvrir le chantier, dit M. Liao. Alors, nous pourrons vendre les appartements sur plan, ce qui autofinancera la poursuite des travaux. Nous construirons environ quatre-vingt-dix mille mètres carrés d'appartements à 2 400 yuans de prix de revient. Nous pourrons les revendre à 3 000 yuans. Votre investissement sera amorti en trois ans et vous dégagerez un bénéfice de 40 millions de yuans…

Il se tait un instant et me regarde dans les yeux.

– En vérité, reprend-il, ce n'est pas votre argent qui m'intéresse le plus. Je cherche à m'associer avec un étranger, parce que les sociétés sino-étrangères bénéficient d'une fiscalité allégée.

J'apprécie sa franchise et son approche réaliste des affaires. Et puis, M. Liao n'exige pas une réponse aujourd'hui même. Il n'est pas pressé. Il a d'autres projets en route.

Si je possédais des millions, je crois que je me laisserais tenter par la proposition de M. Liao. Ma petite annonce n'aurait pas été inutile pour explorer les opportunités d'investissements à Canton. J'ai reçu un millier de coups de téléphone et une trentaine de lettres, j'ai assuré une soixantaine de rendez-vous, et j'ai trouvé une affaire honnête, peu risquée, mais très rentable. Du moins, je le pense…

Ma métamorphose dans la peau du directeur d'Alphée Productions est finie. Demain, je quitterai Canton. Me dépouillant de mon costume-cravate, je sors avec Lin Yu me promener dans la rue. La foule me bouscule à nouveau. C'est une situation banale en Chine. J'y suis habitué, et pourtant, à présent, cela me surprend. Quand je portais mon complet, il y a encore moins d'une heure, les gens s'écartaient sur mon passage et on me servait en priorité dans les magasins et les restaurants. Tout passe…

Il y a plus grave. Ce soir, les gens nous lancent des regards méchants, à Lin Yu et à moi. Je sais ce qu'ils pensent car j'ai souffert du racisme chinois pendant des années. Ils voient une jeune et jolie Chinoise en compagnie d'un Blanc habillé comme eux – en pantalon et chemisette ordinaires –, ils se disent que je suis pauvre, donc un raté, car la seule qualité que peut posséder un barbare réside dans son argent. Quant à Lin Yu, ils la considèrent comme une prostituée sans classe, qui déshonore la Chine. Comme nous arrivons à l'hôtel d'Orient, près du porche, quatre jeunes types avec qui nous refusons de changer des devises au noir insultent soudain ma femme :

– Va sauter ta mère ! Vagin puant !

Durant dix jours, dans la peau d'un millionnaire, j'ai vécu sur un nuage. J'ai découvert une Chine policée. Quel est donc le vrai visage des Chinois ? Est-ce celui, rustre, hospitalier, ripailleur et fier tout à la fois, qui m'a fasciné, amusé et parfois révolté depuis dix ans, comme je l'ai raconté dans mes précédents livres ? Ou bien, est-ce celui, obséquieux, lettré et malhonnête, que connaissent les hommes d'affaires occidentaux de passage en *Absurdistan* ?

Peu importe, en fait. J'aime les Chinois avec tous leurs défauts et toutes leurs qualités. C'est un amour inconditionnel qui grandit de jour en jour.

X

1992

Dans la peau d'un intouchable

L'homme le plus pauvre
et le plus méprisé du monde

Dans la peau d'un intouchable *est ma dixième et dernière métamorphose*[1]*. Pour la réaliser, j'apprends l'hindi, je me fais foncer la peau et je me mêle pendant plusieurs semaines aux intouchables de Bénarès, en Inde. Je choisis en outre de mendier afin de vivre au degré zéro de la misère humaine. Je deviens un pur objet de mépris, une poussière anonyme dans la multitude humaine.*

Dans le présent recueil de métamorphoses, je choisis de raconter ma naissance et mes premières journées d'existence dans cette nouvelle peau d'intouchable. Celles-ci sont un véritable tremplin sur ma ligne de vie. J'apprends à devenir cet intouchable qui porte le nom de Râm Mundâ et je plonge dans la société des parias. Cette aventure sera si éprouvante qu'elle transformera à jamais ma vision du monde.

*

27 octobre 1992, à Bénarès

Hier, je me suis enduit les bras, les jambes et le visage de teinture capillaire. Cela m'a pris la matinée et l'après-midi. Ce fut plus compliqué que je ne l'imaginais car il faut appliquer le colorant uniformément et ne pas laisser de traînées sur la peau. Pour le

1. Le récit intégral de cette aventure est publié dans mon livre *Dans la peau d'un intouchable*, Paris, Éd. du Seuil, 1994.

visage, Gloire[2] m'a aidé. Tout seul, je n'aurais pas réussi à me badigeonner les paupières, la nuque et les oreilles. J'ai bien bruni et, ce matin, je me fonce et donne du velouté, de l'épaisseur à mon teint avec une solution au nitrate d'argent en concentration double de celle prescrite par un ami dermatologue.

Je ferme les volets de la salle à manger et je me passe le nitrate d'argent dans la pénombre. Ça me laisse le temps de m'enduire minutieusement, avant que la réaction photochimique ne se déclenche. Ma femme m'aide pour le visage et les doigts. C'est difficile de ne pas déborder sur les ongles. Puis, je m'expose au soleil sur le balcon et, au bout de cinq minutes, je vois mes bras et mes jambes qui commencent à foncer. C'est fascinant. Cette métamorphose s'accomplit sous mes yeux et dure une demi-heure.

Trente minutes de stupeur pendant lesquelles mes membres deviennent chocolat.

Je ne sais que dire. Je reste bouche bée et, pour préserver le suspense, je décide de ne pas me regarder dans une glace avant d'être vêtu en Indien. Gloire affirme que je suis noir. J'espère qu'elle dit vrai, car il faut que ma métamorphose soit parfaite.

Comme les Indiens, j'huile soigneusement mes cheveux, puis je m'habille. Je suis prêt et je m'avance face au grand miroir mural que j'ai fixé dans la salle à manger pour contrôler ma métamorphose. Je n'ose y plonger les yeux, je tremble. J'ai choisi de m'appeler Râm Mundâ dans ma nouvelle existence de paria. Je veux me faire passer pour un membre de la tribu des Mundâ, une caste d'intouchables aborigènes. Je ne résiste plus à la curiosité de savoir quelle allure a ce Râm Mundâ. Je *le* regarde, je *me* regarde dans le miroir.

Un Indien à la peau noir chocolat vêtu d'un *lungi*[3] et d'une chemise sales avec un foulard pisseux autour du cou et des cheveux de jais hirsutes me dévisage. Il ne sourit pas, il semble triste et fatigué. Je ne le reconnais pas. Comment croire que c'est moi ?

Je touche mon visage. Je sens mes doigts le caresser mais, dans le miroir, je les vois courir sur une peau bistrée. C'est la mienne.

2. Gloire Lin, ma femme, s'appelle aussi Lin Yu en chinois (cf. p. 303 et ma précédente métamorphose en millionnaire). Elle m'accompagne en Inde. Dans ce récit, j'utilise son nom français.

3. Sorte de pagne que portent les hommes indiens.

Qui suis-je ? Cet Indien noir me regarde avec des yeux immobiles sertis de blanc éclatant. Il n'a pas l'air amical et je ne le trouve ni beau ni laid. Il est trop bizarre et je n'éprouve aucune affinité avec lui. Je suis bouleversé. Il ne subsiste rien de Marc Boulet.

Je me demande si je vais transpirer de la même façon dans ce corps indien, si je conserverai mon odorat, si mes goûts dans la bouche changeront, si j'apprécierai toujours la même musique et les mêmes films. Cet individu qui me regarde dans le miroir, ce Râm Mundâ, semble être indien depuis toujours. Il est si sombre, si sale, et des poils noirs foisonnent dans ses oreilles. C'est si laid. La teinture a révélé le duvet invisible qui couvrait mon corps. Qui était Marc Boulet ? Soudain, j'ai le sentiment d'avoir perdu mon passé. Personne ne me croira si je raconte que j'ai grandi à Paris dans la peau d'un Blanc, avec une éducation européenne. La métamorphose est trop parfaite, et une grande tristesse m'envahit, comme si Marc Boulet était mort. Comme si ses actions, ses souffrances, ses amours ne vivaient plus que dans le souvenir de sa famille et de ses amis. Ils ne me reconnaîtraient pas dans la peau de Râm Mundâ.

Je n'existe plus. À trente-deux ans, je viens de renaître comme un être virtuel. Il me faudra sans doute plusieurs jours pour m'organiser une vie, une mémoire, une personnalité qui m'amèneront à la perception d'une identité réelle.

Comment vais-je plonger dans la société indienne ? J'ai décidé de risquer une première sortie ce soir. Profitant de l'obscurité, je me glisserai hors de l'immeuble sans que les voisins m'aperçoivent. J'irai me promener quelques heures dans le centre ville de Bénarès, dans des lieux où je suis allé cent fois, puis je rentrerai dormir chez moi. Avant de m'immerger pour de bon dans la peau d'un intouchable mendiant, je veux vérifier si ma nouvelle apparence est crédible et méconnaissable. J'ai peur d'attirer l'attention ou d'être reconnu par des amis ou des commerçants. Je dois absolument retourner sur les lieux que je fréquentais dans la peau de Marc Boulet.

Je suis très nerveux tout l'après-midi. J'essaie de dormir en attendant le crépuscule pour jouer mon va-tout. Je n'y parviens pas. Je dois me décontracter et je me sers un grand verre de whisky indien avec quelques cubes de glace. Je le sirote au lit en grillant cigarette sur cigarette. Impossible de m'assoupir. Je ressasse mon angoisse. Mon déguisement est-il crédible ? Suis-je méconnaissable ? Comment vais-je manger, dormir dans la peau de Râm Mundâ ? Ces questions me nouent l'estomac. Je n'exagère pas. J'ai vraiment la trouille. Cette attente du crépuscule est trop pénible et j'avale un comprimé de somnifère.

Je me réveille vers dix-huit heures trente. Il fait nuit. Je ne peux plus reculer. J'ai un goût exécrable dans la bouche, peut-être celui de la frousse qui remonte de mes tripes. Je fume une dernière cigarette puis je noue mon *lungi*, j'enfile mon tee-shirt et ma chemise de mendiant, je jette mon foulard autour du cou. Ce soir, je ne prends ni ma musette ni mon matériel de couchage, je n'en ai pas besoin. Dans la poche de ma chemise, je glisse une trentaine de roupies[4] en petites coupures ; et, au cas où il m'arriverait un gros pépin, je cache aussi 1 000 roupies dans une poche secrète que Gloire a cousue sur mon caleçon. En revanche, je n'emporte pas mon passeport, ce serait trop compromettant si quelqu'un me fouillait. Je ne veux plus réfléchir à ma métamorphose ni en recalculer les risques, je désire sortir dans la rue au plus vite.

Il est dix-neuf heures, et je quitte mon appartement. Le visage caché sous mon foulard, je passe en courant devant le logement de la famille Agravâl et je pousse la grille d'entrée de mon immeuble. Personne ne m'a vu.

Ça y est, je suis sur l'avenue Ravindrapuri. Aucun lampadaire ne fonctionne. C'est au poil. Nuit et silence. Le quartier semble désert.

Gloire m'a accompagné. Il faut nous séparer, je ne dois pas traîner ici. Si jamais un voisin arrive, s'il aperçoit ma femme avec l'Indien noir que j'incarne, il risque de venir voir de près de quoi il retourne. De même, je ne peux l'embrasser, ça attirerait l'attention. Le cœur serré, je lui fais un petit signe de la main et je pars.

Je garde mon foulard sur les cheveux pour dissimuler un peu ma tête et je ne prends pas le chemin habituel en remontant Ravindrapuri. Je ne veux pas risquer de croiser Râjâ Râm, Sitâ Râm ou

4. L'équivalent d'une demi-journée de salaire moyen pour un Indien. Une roupie vaut environ 20 centimes français.

d'autres amis. Je tourne à droite dans un lacis de ruelles et de masures qui longe un cimetière musulman et aboutit près du temple Tulsi Mânas sur la grande rue du Bassin de Durgâ.

Il n'y a aucun éclairage. Ni public ni privé. Mais on distingue les silhouettes et les visages dans l'obscurité. Et si quelqu'un me reconnaissait ? Et alors ? Je n'y peux plus rien. Je m'enfonce dans le dédale. À l'entrée, devant leurs masures, trois femmes préparent leur dîner sur un braséro en terre où brûlent des bouses séchées. Ça pue la friture rance et le piment en train de cramer. Je passe ; les femmes ne me prêtent aucune attention. Plus loin, je croise un groupe d'hommes en train de se quereller ; ils ne me regardent pas non plus. Suis-je invisible ? Au cours des trois derniers mois, j'ai traversé plusieurs fois par semaine ce quartier et les habitants m'ont toujours dévisagé. Même la nuit. Sur mon passage, les têtes se tournaient et les conversations s'interrompaient quelques secondes. Ce soir, rien. Ça me rassure, et l'étreinte qui me nouait l'estomac se relâche.

Je débouche sur la rue du Bassin de Durgâ. Je plonge dans un flot de lumières et un trafic incessant de cyclo-pousses, de voitures, de scooters et de vélos. Des centaines de piétons y zigzaguent. Je me laisse porter par le courant en direction du centre ville. Je remonte un peu le bas du foulard sur mon menton pour être moins reconnaissable. Les Indiens font ainsi pour se protéger du froid. Mon cœur bat à cent cinquante pulsations par minute – au moins. J'ai les mains moites.

Les autres Indiens vont et viennent autour de moi, personne ne me regarde. Quand je traverse la rue, les véhicules foncent sur moi. C'est à moi de stopper, d'attendre. Avant-hier encore, quand je suis passé ici en Occidental vêtu d'un short et d'un tee-shirt, on ralentissait devant moi. Mon short – seuls les Occidentaux portent ce vêtement en public – servait de feu rouge.

Ce soir, pour la première fois en Inde, je suis anonyme. Je me fonds dans le décor. Rien dans mes habits, dans mon teint, ne me différencie dans la fourmilière humaine qui grouille sur cette rue. Je suis un homme sans visage.

D'habitude, les cyclo-pousses me collent au train, mais ce soir, c'est à moi de les chercher. Je veux quitter ce secteur au plus vite, car Râjâ Râm et d'autres amis travaillent tout près. Un premier pousse garé devant le temple de Durgâ se vautre tel un contorsionniste sur sa brouette. Il refuse de me conduire dans le centre ville.

Dix mètres plus loin, un second pousse se tient appuyé sur le guidon. Il accepte de me conduire pour 8 roupies. Le tarif normal est de 5 ou 6 roupies. Je pensais que les pousses ne truandaient que les étrangers. Ce pousse voit bien que je suis indien et que je suis pauvre, vêtu ainsi. Je fais la moue, il reprend :

– 6 roupies, et on y va !

– D'accord.

Je grimpe sur sa charrette et il démarre. Il a une vingtaine d'années et porte un *lungi* aussi sale que le mien. Il pédale vite mais, à trois reprises, la chaîne de transmission saute du pignon arrière. Il bondit à terre et repose la chaîne. Ça prend deux ou trois minutes et ça paraît long car je suis à l'affût de tous les regards qui pourraient se poser sur moi et mon pousse en panne. Je ne rouspète pas, je ne lui demande pas s'il a besoin d'aide, je ne lui ordonne pas de réparer plus vite. J'ignore ce qu'un Indien dirait dans cette situation et je préfère me taire.

En fait, je m'inquiète pour rien car personne ne me regarde. C'est si bizarre. Je scrute les autres et, eux, ils ne me voient pas.

Le trajet dure vingt minutes. Nous traversons un quartier musulman après le carrefour de Bhelupur. Une procession d'une cinquantaine de personnes avec, à leur tête, des tambours, bloque la route quelques instants. Puis elle s'engouffre dans une ruelle éclairée sous une tonnelle de tubes fluo. Est-ce un mariage ? Hindou ou musulman ? C'est sans doute idiot mais, dans ce quartier, je me sens mal à l'aise. Les musulmans en surnombre ici pourraient profiter de cette interruption de la circulation pour agresser les voyageurs hindous coincés sur la route. Dans les quartiers pauvres, un musulman et un hindou se distinguent souvent au port du *lungi* et de la barbe. Inutile de vérifier si l'homme est circoncis pour savoir s'il croit en Mahomet ou Shiv. Il y a régulièrement des heurts entre musulmans et hindous dans ce secteur de Bénarès, champ de guerre religieuse plusieurs fois par an sous couvre-feu. Je suis déguisé en hindou. Si jamais une bagarre éclate, on me prendra pour un hindou. Gare à ma peau ! Ça me donne pour la première fois la sensation d'appartenir à la communauté hindoue et ça me rassure un peu en calculant qu'elle compte sept cents millions d'individus.

Le pousse me lâche dans le centre de Bénarès, au carrefour de Godhauliâ. Je le paie, et, comme il traîne avant de se garer sur le bas-côté, un flic lui assène un grand coup de bâton sur les reins en le traitant de *bosharivâlâ*. Cette injure signifie littéralement « né d'un vagin ». Elle s'utilise un peu comme « enculé » en français. Le pousse ne proteste pas et il dégage. Je souhaite oublier cette scène révoltante. Je décide de descendre vers le Gange.

Voici donc Godhauliâ et la vieille ville ! Un labyrinthe de venelles et de culs-de-sac, fendu par la rue Dashâshvamedh. Cet axe large de quinze mètres et long de cinq cents conduit au *ghât* le plus sacré du Gange. Les *ghât* sont ces grandioses escaliers de pierre qui plongent dans le fleuve et constituent ses berges. Chaque jour, des milliers de pèlerins et de bigots convergent sur le *ghât* Dashâshvamedh pour prendre leur bain purificateur.

Godhauliâ ! Je préférerais ne pas mentionner ce lieu. Des milliers de commerces, une centaines d'hôtels à prix minimum-confort minimum et des dizaines de temples attirent les touristes et avec eux la faune la plus gluante du nord de l'Inde. L'étranger ne peut se promener sans être arrêté tous les cinquante mètres par un mendiant, un trafiquant, un gosse morveux, un colporteur, un fou, un peloteur pour les femmes, un véritable artiste peintre, un sage hindou, un chien ou une vache… C'est le zoo. Le zoo urbain. Un marais infesté de sangsues.

Des types vous accostent en anglais, en français, en italien avec un grand sourire comme s'ils offraient leur amitié. Polyglottes et sympas. Ils vous aiment et ils vendent de tout, à prix d'ami, spécialement pour vous, dans un magasin tenu par leur frère. Ne sommes-nous pas tous frères ? Ils vous proposent : une chambre d'hôtel, de la soie, du patchouli, des tapis, de la drogue, des sitars, etc. Et puis ils changent au noir les dollars. Ça ne vous intéresse pas ? Alors ils ont un autre frère qui fabrique des statues de marbre. Vous cherchez de l'encens, des bijoux ou le schmilblick ? Ils peuvent vous faire visiter l'usine d'un cousin. « Aucune obligation d'achat ! »

Plus loin, en approchant du Gange, d'autres hommes veulent vous promener en barque, vous raser, vous masser, vous dire la bonne aventure. Les prêtres hindous sur les berges offrent même de vous bénir.

Tous ces tapeurs m'ont harcelé chaque fois que Marc Boulet passait à Godhauliâ. Ce soir, comment serai-je accueilli dans la peau de Râm Mundâ ?

À l'entrée de la rue Dashâshvamedh, je reconnais cet Indien d'une quarantaine d'années aux cheveux ondulés et vêtu d'un pantalon marron en acrylique. Il a une tête qui fait peur, osseuse et blafarde, très antipathique avec son museau de fouine vissé sous ses yeux pétillants. Il se débrouille en anglais et traîne chaque jour dans le secteur pour proposer aux étrangers ses services de courtier en n'importe quoi. Je l'ai rembarré à trois reprises en hindi et il se souvient du visage de Marc Boulet car nous avons échangé ensuite des mots que je n'ose pas traduire ici. C'est une sangsue particulièrement tenace, gluante et susceptible. Ce soir, il chicane deux touristes occidentales d'une vingtaine d'années. Une blonde et une brune. Des visages de poupon, des seins généreux pas désagréables à imaginer sous leur tee-shirt et un accent britannique quand elles répondent à la sangsue. Une foule d'Indiens encerclent les trois protagonistes. J'approche. Réflexe de curieux. Et puis je veux savoir si la sangsue me reconnaîtra, si les autres Indiens me dévisageront. Personne ne me remarque. Je me plante en face de la sangsue. Rien à faire, elle ne m'identifie pas. Je dois être absolument quelconque. L'Indien lambda.

Je me sens indien. Je le dis non seulement parce que les autres me voient ainsi, mais aussi parce que le sort de ces étrangères m'amuse. Je me sens plus proche de la sangsue, je la comprends. Si elle racole les touristes, les importune et les arnaque, ce n'est pas pour s'amuser. C'est son gagne-pain et puis ces étrangers sont tous si riches. Comment les plaindre s'ils se font escroquer de quelques roupies ?

La fille brune crie :

– C'est mon premier voyage en Inde... J'y reviendrai pas. Laissez-nous tranquilles ! Me touchez pas !... On n'a pas besoin de vous. Vous êtes sourd ?...

Et cetera, et cetera. Les filles se dégagent de notre foule et la sangsue leur colle au train. Nous emboîtons le mouvement. En désespoir de cause, les deux filles vont se plaindre à trois flics qui papotent devant une pharmacie. La peur de l'uniforme est grande car la foule se disperse sans attendre. Je m'éloigne aussi et continue ma descente vers le Gange. Je n'ai plus peur. Je me sens bien.

Personne ne m'accoste. Incroyable. Jadis, on m'aurait déjà harcelé vingt fois. Je suis invisible. Un élément de Godhauliâ que les touristes photographient pour se rappeler, de retour chez eux, comment c'était Bénarès et ses habitants. Je n'ai plus l'estomac noué.

Je vais encore tester la vraisemblance de mon déguisement dans une échoppe où j'avais l'habitude d'acheter mes cigarettes. Ce soir, je m'offrirai un sachet de noix d'arec parfumées. J'aime bien en chiquer, c'est plus amer que de la suie et de la bile mélangées mais ça détend l'esprit et le ventre. Ici encore, le marchand ne me reconnaît pas. Il me tend la marchandise sans bavarder et rend la monnaie dans ma main.

Il m'a touché ! Suis-je encore trop propre ? Comment pourrait-il deviner mon identité d'intouchable ? Comment l'indiquer ? La noirceur de mon teint ne suffit donc pas.

Je descends sur le *ghât* Dashâshvamedh. Les lépreux, les mendiants, les bateliers, les barbiers y interpellent chaque étranger. Ce soir, ils m'ignorent et j'arpente seul cette berge du Gange. Impression bizarre.

Des dizaines d'estrades en bois plantées de parasols de palmes tressées s'alignent au bord du fleuve. Dans la journée, des prêtres brahmanes y bénissent les baigneurs pour quelques roupies et les badauds se reposent sur celles que les religieux n'occupent pas. À cette heure tardive, la plupart des estrades sont libres mais je m'assieds, exprès pour rompre ma solitude, à côté de quatre Indiens. Derrière nous, sur une autre estrade, un couple de jeunes Allemands discutent de l'hindouisme avec un Indien BCBG en polo, pantalon propre un peu bouffant et chaussures de basket en cuir. Le chic indien dans le style Anil Kapur, le super-héros du cinéma hindi.

Les quatre Indiens assis à mes côtés observent comme moi le va-et-vient d'une cinquantaine de promeneurs ; quelques vaches et des chiens arpentent aussi le *ghât*. Entre nous cinq, serrés sur cette estrade de quatre mètres carrés, aucune communication. Silence. Chacun tue la soirée dans son coin, dans sa tête.

Je me suis fixé pour règle de ne pas engager de conversation le premier et d'imiter le comportement des Indiens que je rencontrerai. Le but de ma métamorphose est de vivre en Indien ordinaire et non de me singulariser, de susciter des réactions ou des amitiés. Si mes voisins ne sont pas causants, cela fait partie de leur caractère et ce n'est pas à moi de les dérider.

Je m'offre une pincée de noix d'arec et je la chique en solitaire. Je me sens très seul. Les Indiens me laissent tranquille et les étrangers ne me regardent plus. En Inde, les étrangers s'échangent des sourires quand ils se croisent dans la rue. Comme pour se dire : « Salut, mon frère ! Ça fait plaisir de te voir. Je sais ce que ce bled te fait endurer. Les arnaques, la chaleur, les moustiques, les diarrhées, la nourriture épicée, les chambres crasseuses... J'en souffre moi aussi. Nous sommes égaux, nous venons d'ailleurs, nous sommes différents de ces va-nu-pieds d'Indiens... » Souvent, une jolie étrangère me lançait une œillade. Je la lui retournais et ça nous procurait du plaisir à tous les deux, je crois.

Ce soir, les Européennes ne manquent pas sur le *ghât* et leur ballet s'avère une attraction appréciée à en juger par la façon dont la tête des badauds indigènes pivote sur leur passage. Moi aussi, je mate. En vain. Ces belles à peau laiteuse ne croisent jamais mes yeux. C'est comme si elles ne me voyaient pas, ou comme si elles évitaient mon regard d'autochtone phallo et collant, ou bien les deux ensemble. Je suis dans le gris. Gris d'Indien. La foule. La masse.

Je vais voir ailleurs si les gens ne sont pas plus communicatifs. Je m'assieds sur d'autres estrades, j'achète des *biri*[5], des cacahuètes grillées. Jamais quelqu'un n'engage la conversation avec moi. Je n'intéresse personne. À un moment, je tombe nez à nez avec mon « pote » le vendeur de flûtes. J'ai peur. Mais, lui aussi, il me regarde sans me voir. Il ne me sourit pas, ne me reconnaît pas. Comme toujours, il est en train de harceler des étrangers pour leur vendre ses pipeaux en roseau. C'est un type tenace, il peut vous suivre pendant cinq cents mètres. Avec sa tête de gargouille aplatie et son dos tordu, sa présence m'exaspérait quand il suivait Marc Boulet.

À l'entrée de la rue Dashâshvamedh, l'hôtel Kumar est ouvert. En Inde, le mot *hotel*, prononcez « hoteul », désigne aussi les gargotes. Le « restaurant » est un établissement de bouche plus grand

5. Sorte de cigarette roulée dans une feuille d'eucalyptus, cinq fois moins chère que les vraies cigarettes et consommée par la majorité de la population.

et de standing supérieur. Je commande le menu ordinaire à 10 roupies. Il inclut un curry de patates, un autre d'aubergines, du riz, deux galettes de pain et de la purée de lentilles – l'indispensable plat du pauvre en Inde. Là encore, personne ne me prête attention.

J'entreprends une ultime tentative pour ne pas rester seul et je m'assieds dans la rue sur le comptoir d'une échoppe fermée. Sur cette planche de un mètre cinquante de long, nous sommes trois hommes et nous resterons là pendant quarante-cinq minutes sans nous parler. Je suis au milieu et j'essaie de chercher le regard de mes voisins. Peine perdue, ils n'ont d'yeux que pour la circulation sur la rue Dashâshvamedh. Toujours regarder sans voir. Ils restent muets, balançant leurs jambes dans le vide et rien au monde ne leur ferait tourner la tête vers moi. Nous sommes serrés les uns contre les autres mais quinze mille années-lumière nous séparent. Finalement, ils se lèvent et je décide de rentrer à pied à la maison. Je pourrais rester sur ce comptoir toute la nuit, personne ne viendrait me parler.

Ou me casser les pieds, au moins.

28 octobre

Cette nuit, j'ai dormi tranquille.

Au réveil, je découvre que mon visage est un peu moins foncé. Le visage transpire plus que les bras ou les jambes et la teinture accroche moins dessus. Ce n'est pas dramatique, je suis encore sépia et, pour sortir la nuit, ça ira. Par contre, je me demande si la coloration tiendra une semaine comme prévu.

Après la tombée du jour, je me baladerai à nouveau dans Godhauliâ puis je rentrerai chez moi. Il serait dangereux de dormir dehors ; si la teinture s'atténuait encore sur mon visage pendant la nuit, je me réveillerais demain en public avec une peau plus claire. Cela me trahirait.

Je quitte la maison vers dix-huit heures et je cherche un cyclo-pousse devant le temple Durgâ. Un premier refuse de me conduire et me regarde avec dédain. Je hèle un second pousse qui roule en direction de Godhauliâ. Il ralentit et me lance que le voyage coûtera 5 roupies. C'est la première fois qu'un pousse m'annonce son tarif de but en blanc sans que je demande quoi que ce soit. Veut-il me prévenir que ce sera cher, trop cher pour moi ? Est-ce pour cette raison qu'il ne s'arrête pas pour me parler, persuadé que je ne le prendrai pas ? Il se trompe. 5 roupies (1 franc), c'est un prix honnête et qui convient aux critères européens avec lesquels je raisonne. Je ne le montre pas, je joue mon rôle de pauvre, je trottine derrière le pousse et je lui dis : « 5 roupies ! Tant pis, c'est d'accord. Je dois être vite à Godhauliâ ! »

M'y voilà ! Rien n'a changé par rapport à hier. Personne ne me remarque. Je suis invisible, insignifiant.

Au bord du Gange, six Français marchandent le prix d'une balade en barque avec des bateliers. Une dizaine d'Indiens les regardent. J'en fais partie. Deux gars à côté de moi parlent des Français et, pour les désigner, ils utilisent le mot *bosharivâlâ* qui, je le rappelle, peut se traduire par « enculé ». Ils commentent : « Ces enculés font ci… Ces enculés disent ça… »

Ce soir, ça ne me gêne pas qu'on appelle les Français des enculés. Je ne me sens aucun lien, aucune ressemblance avec eux. Ces étrangers portent juste un short avec une chemisette ou un tee-shirt. Ils semblent à moitié nus et ils font sourire d'oser se balader ainsi en public. N'éprouvent-ils aucun respect d'eux-mêmes ?

C'est vrai, il y a encore trois jours, je me promenais moi aussi en short. Cette tenue me semble lointaine, telle une erreur de jeunesse qui pourrait remonter à une existence antérieure, dans un monde disparu. Je me rappelle que je trouvais les Indiens ridicules dans leurs pagnes-*lungi*. Et puis, leurs chemises, leurs nippes crasseuses et trouées les rendaient repoussants. J'avais tort. Ce *lungi* que je porte ce soir est plus habillé qu'un short riquiqui, il enveloppe davantage le corps et je me trouve à l'aise dedans.

À propos de l'hygiène, je me sens propre comme je suis et je me situe dans la moyenne des Indiens. Je ne me pose pas la question de savoir si les habits des étrangers que je croise sont moins tachés, moins troués. C'est secondaire. Ce qui saute aux yeux comme une mouche dans un bol de lait, c'est que ces barbares occidentaux portent des habits d'intérieur, des sous-vêtements, pour sortir dans la rue. Comme des gosses. Et puis, certains ont des têtes bizarres. De quoi passionner les anthropologues. Les étrangers, on en rencontre qui ont les yeux bleus, les yeux verts, les cheveux jaunes, les cheveux rouges, la peau rose laiteux, parfois presque rouge clair et criblée de taches de rousseur. Ceux-là sont les plus laids et ils méritent bien le surnom de « singe rouge » dont les Indiens affublent les Européens en référence aux anciens colons anglais souvent rouquins. Un détail amusant : le concept européen d'yeux bridés et de peau jaune à propos des Asiatiques mongoloïdes n'existe pas en Inde, et Gloire, ma femme, chinoise, se fait également traiter de « singe rouge » dans les rues de Bénarès.

En fait, il ne faut pas en vouloir aux Indiens s'ils insultent les étrangers. Vous êtes trop drôles. Et puis, vos coutumes alimentaires et hygiéniques répugnent aux Indiens. Râm Singh, mon professeur d'hindi, m'avait raconté qu'il jetterait, ou mettrait de côté, la vaisselle qui aurait servi pour recevoir un étranger à dîner. Vous rendez impur ce que vous touchez. Ce n'est pas nouveau et je n'excuse pas Râm Singh. Le racisme comme le castéisme restent inacceptables. Mais ce soir, je perçois la laideur des Européens et cela me déplaît de penser que j'appartenais à ce groupe barbare. Je n'ai pas envie de redevenir Marc Boulet.

De retour chez moi, je me regarde dans le miroir. Oui, Râm Mundâ me fixe. Mais un truc cloche. Sous la lampe, des traces de gras et de sueur noircies par la teinture apparaissent sur mon visage. Je décide de le laver au savon pour rendre mon teint uniforme. Et tant pis si ça enlève toute la coloration. Elle est si fragile à porter par cette chaleur. Et surtout inutile. Ce soir, des mendiants sur le *ghât* Dashâshvamedh et un adolescent intouchable qui ramassait des vieux papiers et des plastiques dans la rue avaient le teint clair. En revanche, ils étaient très sales et vêtus de haillons. En fait, je suis trop propre pour incarner un mendiant intouchable.

Je savonne mon visage avec un gant. Une teinte de fond, caramel foncé, subsiste. Je n'ai plus de traînées noires et rouges sur les joues, le front et le nez. Demain, j'abîmerai mes habits, puis je plongerai définitivement dans ma nouvelle vie.

29 octobre

Je passe la matinée à salir mes habits.

Je les barbouille de graisse, de rimmel, puis je les macule de plaques de nitrate d'argent pour figurer des taches plus denses de cambouis ou de sauces. Maintenant, ils ressemblent à des torchons sur lesquels un garagiste se serait essuyé les mains pendant un mois. Je peaufine le *lungi* et la chemise. J'y pratique des trous avec une cigarette et je défais la couture de la chemise au niveau d'une épaule et des deux manchettes. Je fabrique aussi avec des ciseaux deux déchirures par-devant et je taille et j'effiloche tout l'intérieur et le sommet du col. C'est parfait ! De vraies loques.

Je quitterai la maison cette nuit, et j'irai tenter ma chance à la gare ferroviaire. Ce doit être un excellent lieu pour faire la manche, car il abrite avec le *ghât* Dashâshvamedh la plus forte concentration de mendiants à Bénarès. À vue d'œil, ils sont des dizaines, peut-être une centaine dans chaque endroit.

Vingt-deux heures. J'ai enfilé mes habits sales de mendiant, et ma musette contient un drap, une couverture et un minuscule oreiller pour dormir à la belle étoile, une écuelle pour quêter, un petit miroir, un rasoir, un crayon et aussi du papier pour noter des informations essentielles. Je suis prêt, j'embrasse ma femme une dernière fois et je sors sur l'avenue Ravindrapuri noire et vide.

La gare se trouve à cinq kilomètres, mais il n'est plus question de prendre un des rares pousses qui circulent encore à cette heure. Je dois vivre comme un mendiant. Je marche : le sport des pauvres. Je passe Bhelupur, le populaire Kerala Coffee House en train de baisser son rideau de fer et les deux magasins d'alcools occidentaux déjà fermés. Seules quelques échoppes qui servent de cabines téléphoniques sont ouvertes. Rues désertes. Je ne rencontre que des meutes de chiens galeux qui se coursent et aboient sur mon passage. Je les dérange. La nuit, Bénarès leur appartient. Aux carrefours, des vaches efflanquées fouillent du mufle des tas d'ordures. Elles mâchouillent de vieux papiers et des sacs plastique déchirés. Par endroits, il n'y a aucun éclairage public et la rue est plongée dans une obscurité totale. J'avance à tâtons. Une sueur froide me fait frissonner ; si je marche sur un chien, il va me sauter dessus ; si un homme m'agresse avec un couteau, je ne pourrai le voir, ni l'esquiver avant de sentir la lame rentrer dans mon ventre… C'est absurde : qui voudrait attaquer un loqueteux comme moi ?

La physionomie de Bénarès change à chaque kilomètre. Après le vieux quartier de Bhelupur aux maisons basses, lézardées, après les enclaves musulmanes, je traverse Sigrâ. La rue ne serpente plus. Elle s'élargit et devient une chaussée à quatre voies. Je dépasse une station d'essence, une église chrétienne et des grands magasins de motos en forme de hangars cubiques. Ville moderne. Je longe le marché de légumes en gros de Chanduâ Shatti. Toujours personne. Mais les trognons, les déchets de légumes attirent des dizaines de vaches. La horde sacrée nettoie cette esplanade et, en face de ces tas d'ordures végétales, le vaste temple de la Mère Inde se dessine dans la pénombre. Hare[6] Krishna ! Krishna, dieu des laitiers, est notre salut. J'en ai marre. La poussière colle sous les lanières de mes tongs. Elle m'arrache la peau des pieds et ça me fait boiter. Je n'atteins la gare que vers minuit.

La vie humaine réapparaît. Tout d'abord quelques gargotes dans les rues alentour qui servent du thé ou des omelettes, puis les lumières de la gare et des régiments de pauvres couchés côte à côte sur l'asphalte de son parvis de plusieurs hectares.

La gare ferroviaire de Bénarès est le centre du monde. Ce n'est pas une figure de rhétorique. Tout du moins pour les hindous[7]. Cette longue bâtisse crème flanquée de deux tours coniques, qui rappellent le dôme du célèbre Temple d'or derrière Godhauliâ, est le point de transit vers le paradis pour tous les pèlerins qui débarquent du train à Bénarès.

Au centre du parvis, une cinquantaine de personnes écoutent trois musiciens qui jouent des odes à Krishna. Ils sont assis par terre sous une bâche tendue sur des piquets en bambou, tout contre un petit sanctuaire dédié à Hanumân, le roi des singes. J'écoute un peu les chants, puis je décide de chercher un coin tranquille où dormir. Personne ne prête attention à moi et je me balade incognito.

6. S'écrit et se prononce *Are* en hindi. Cette interjection signifie : « Ô ! Oh ! Salut ! »

7. Pour les bouddhistes aussi. La grande horloge centrale est installée dans une roue, celle de la Loi, le symbole de la doctrine que Bouddha prêcha pour la première fois à Sârnâth, dans la banlieue nord de Bénarès, il y a plus de deux mille ans.

Sous le hall de la gare et juste devant, deux centaines d'êtres humains sont couchés. La lumière crue de l'intérieur du bâtiment les éclaire, ça doit gêner le sommeil. En fait, ces gens avec leurs valises et leurs baluchons semblent être des voyageurs en attente d'une correspondance. Beaucoup sont mieux habillés que moi et je réalise que ma place n'est pas parmi eux. Ce ne sont pas de vrais sans-logis, encore moins des mendiants.

Je sors de la gare et je me dirige vers l'armée de miséreux qui campent en permanence dans le coin droit du parvis. Chaque fois que je venais à la gare, je les apercevais avec leurs gamelles cabossées en alu, leurs fripes, des cartons et du bois, tout un bric-à-brac empilé sur l'asphalte. Les plaques de crasse couvrant leur visage, leurs mains et leurs pieds me répugnaient et je contournais ce secteur du parvis, comme s'ils souffraient d'une maladie contagieuse.

Ce soir, en fait, je distingue deux groupes dans cette armée. Le premier, une cinquantaine d'individus qui se serrent sur une bande de trottoir, avec des couettes, des caisses et même quelques bâches qui servent de tentes. Le second, cent à deux cents personnes, squatte, sans aucun abri, le vaste parking qui commence au pied du trottoir. Je choisis de m'installer dans ce dernier groupe : il y a plus d'espace. Sur le trottoir, les corps se pelotonnent les uns contre les autres, et c'est un lieu surélevé, délimité, exclusif où j'ai peur de me faire jeter si j'essaie d'y nicher.

Minuit passé. Deux lampadaires au sodium éclairent faiblement le parking. En approchant, je découvre que ce second groupe n'est pas endormi. Il est constitué de familles de quatre ou cinq membres. Ils s'activent autour de tas de feuilles de *mahuâ*. Ces feuilles vertes, luisantes et larges comme une main, sont utilisées en guise d'assiettes jetables ou pour emballer des amuse-gueule. Les tas mesurent un mètre cube et doivent contenir des milliers de feuilles. Les familles les trient, les mettent en liasse de quinze centimètres d'épaisseur et nouent le tout avec une paille. Un boulot dingue au cœur de la nuit, dans la pénombre.

Ce travail indique sans ambiguïté l'origine de ces gens. Ce sont des cueilleurs de feuilles de *mahuâ*, c'est-à-dire des *musahar*, une caste très méprisée d'intouchables de souche aborigène. Leur nom signifie « chasseur de rats », et je suis étonné de les rencontrer sur un parvis de gare. Les *musahar* vivent dans la jungle et se nourrissent de tout ce qu'ils peuvent dénicher. Un article paru dans le magazine *India Today* de début octobre expliquait comment cette communauté misérable, poussée par la famine dans l'État du Bihâr, enfume toujours les trous de rats pour faire sortir ces bêtes, les capturer et les consommer rôtis. À Bénarès, les *musahar* ont la réputation de manger les grenouilles et les coquillages, ce qui les rend répugnants et intouchables pour les autres hindous, mais sympathiques à mes yeux car je raffole de ces animaux.

Derrière le campus de l'Université hindoue de Bénarès, le village de Chhittupur abrite un îlot *musahar* d'une vingtaine de huttes en terre d'un mètre de hauteur et couvertes de paille. En août, je suis allé y jeter un œil mais, en apercevant l'extrême dénuement de telles habitations, je n'ai pas osé m'approcher.

Ce soir, je n'ai ni peur ni honte de pénétrer en territoire *musahar*. Je me sens proche d'eux, et s'ils me demandent ce que je viens faire sur ce parking, eh bien, je leur dirai : « Je suis Râm Mundâ. Un aborigène. Un frère. J'aimerais dormir près de vous car les coutumes de ma caste sont semblables aux vôtres. » Je raconterai ensuite que j'effectue un pèlerinage à Bénarès – ce qui est anodin – et que je vis de l'aumône.

Souci inutile ! Je me faufile entre les *musahar*, mais personne ne me remarque. Je reste invisible.

Chaque famille compte au moins deux adultes et autant de gosses à moitié nus qui, dès l'âge de trois-quatre ans, trient aussi les feuilles. Les hommes portent comme moi un *lungi* et une chemise sales et troués. Les femmes sont drapées dans des saris déchirés et grisâtres. Elles fument comme les hommes, ce qui choque toujours en Inde et indique un statut d'intouchable ou d'élite occidentalisée. Derrière les tas de feuilles, des feux de bois se meurent et des pots vides en alu noirs de suie traînent à côté. Le dîner est terminé et j'ignore s'ils ont mangé du rat ou des grenouilles. En fait, je m'en fous. Je n'ai pas le cœur moqueur, je veux me reposer et me faire des amis.

Au milieu du parking, je repère un espace libre et j'y déballe mon drap, ma couverture et mon mini-oreiller. L'asphalte est couvert de gravillons, il y a aussi des reliefs de nourriture, un peu de farine et des cendres. Tant pis ! Je ne peux pas faire de chichis et me nettoyer une place, ce qui attirerait l'attention. Je fais le vide dans ma tête et je m'allonge. Le drap sous moi en guise de tapis de sol, la couverture par-dessus et l'oreiller sous mon crâne. Personne ne m'a regardé, personne ne m'a rien demandé.

Je suis étendu sur le dos et c'est inconfortable. Dans la rue, les Indiens dorment ainsi ou en chien de fusil. Rarement sur le ventre. Moi, j'aime dormir sur le ventre, mais c'est moins prudent : on est sans défense contre un éventuel agresseur et, à trente-deux ans, je dois apprendre à dormir sur le dos. Cette position fait partie de ma nouvelle existence.

Je ne suis pas à l'aise et les gravillons me labourent le dos. Pourtant, les *musahar* les supportent et ce ne sont pas des fakirs. Je dois, moi aussi, m'habituer aux gravillons. Ce qui m'inquiète vraiment, ce sont les maladies, les parasites, les puces, la gale, les araignées, les scorpions... Y en a sûrement ici. À nouveau, tant pis !

À mes pieds, sur ma droite et à ma tête, trois familles sont en train de trier trois tas de feuilles. Sur ma gauche, un couple ronfle. La femme et l'homme se blottissent sous une couette éventrée qui laisse paraître sa bourre grise de coton écru. Je les envie, je voudrais m'assoupir.

Je regarde les familles à mes pieds et à droite. Elles comptent chacune une dizaine de membres. Les femmes et les fillettes trient les feuilles, leurs hommes les regardent et leur font la causette. Pas à voix basse. Ils gueulent pour discuter et le tohu-bohu de leurs caquetages se mêle à la musique des dévots de Krishna et aux coups de klaxon des autocars et des camions qui foncent le long du parvis, sur la route nationale Delhi-Calcutta. Hare Krishna ! Tut tut ! Vroum vroum ! Impossible de fermer l'œil. Je n'avais jamais imaginé combien le bruit pouvait rendre nerveux.

Je plonge le regard dans la nuit. Elle est magnifique. Des milliers d'étoiles scintillent dans le ciel. Cela semble un cliché, mais tous ces points lumineux qui témoignent de l'immensité de l'univers me réchauffent le cœur. J'en ai besoin.

L'horloge de la gare indique une heure trente ; les familles se sont couchées, la musique de Krishna et la circulation routière s'interrompent enfin. Ce n'est pas un répit car les conversations des quelques *musahar* qui restent éveillés deviennent alors plus stridentes dans le silence. Ils crient, ils se disputent pour une histoire de 10 roupies (2 francs). Aucun égard pour la masse qui cherche le sommeil. Ils ne sont que trois : un type, la trentaine, le teint clair, vêtu d'un *lungi* bleu délavé et d'une chemise crème boutonnée de travers, un petit gars noir d'une vingtaine d'années mesurant un mètre cinquante, et un barbu immense en chemise et pantalon blancs. Ils circulent entre les dormeurs. Le petit et le barbu marchent derrière le visage pâle qui réveille à présent les hommes de chaque famille, l'un après l'autre. Il parle d'une voix traînante :

– Y a un mec parmi vous qu'a bouffé mes médicaments. Bande d'enfoirés ! Réveillez-vous ! J'ai soif. C'que j'ai soif ! *(Il secoue un dormeur.)* Eh, debout toi ! T'as pas à boire ?... Tu vas me donner de l'argent pour acheter un sachet [d'alcool] et pis on va le boire ensemble. T'entends ?... *(Pas de réponse. Il réveille un autre type.)* Toi, j'te connais pas. J'te préviens, ici c'est moi le chef. Ici, partout. T'as compris ? Tu dois m'obéir. Tu vas me donner une liasse de feuilles et moi, j'te protégerai. *(Le type se redresse, sans doute pour ne pas chercher d'histoires, il tire une liasse de feuilles de sous une bâche et la lui remet.)* Alors, si t'as un problème, j'm'en occupe. D'accord ?... Eh ! T'as pas à boire ? *(Le type dit « non » et le prétendu chef se remet à gueuler au parking tout entier :)* C'est pas croyable, y en a pas un qu'a à boire. Enfoirés !

Mes voisins de gauche remuent sous leur couette, puis l'homme soupire :

– C'est encore une histoire d'alcool !

Le chef et ses deux acolytes approchent de mon secteur et continuent de réveiller les hommes. J'ai peur et je me cache le visage sous la couverture. J'ai bien fait, ils m'oublient et vont plus loin. Soudain, j'entends un grognement rauque près de ma tête. J'écarte ma couverture et mon regard tombe sur un porcelet rose en train de me renifler l'épaule gauche. En me voyant bouger la couverture, il pousse un cri aigu et s'enfuit. Un porc me flairait ! Je n'intéresse qu'un porc !

30 octobre

La grande horloge de la gare indiquait trois heures quand je l'ai vue pour la dernière fois. Ensuite, j'ai réussi à m'endormir.

Mon sommeil est court.

À trois heures trente, le froid me réveille. À l'entrée du parking, le chef et ses deux sbires réclament toujours à boire et, à quatre heures, le chef hurle soudain en passant entre les dormeurs :

– Quatre heures ! Debout ! Debout !

Nuit noire. Mais les trois quarts des *musahar* se lèvent et, sur la nationale Delhi-Calcutta, j'entends les camions vrombir et klaxonner de nouveau. Je reste couché, c'est plus sage pour surveiller l'action sur le parking, et puis je n'ai pas envie d'aller me balader en ville à quatre heures du matin, je n'y suis pas habitué. Les *musahar* recommencent à ranger leurs feuilles. Ceux qui ont fini emballent les liasses – une cinquantaine par famille – dans un carré d'étoffe. Puis ils appellent un pousse. Il y en a toujours sur le parvis de la gare. Ils jettent l'énorme baluchon de plusieurs mètres cubes sur le siège, grimpent par-dessus à deux ou trois personnes, et le pousse, chargé comme un baudet, démarre. Vas-y, déhanche-toi sur le cycle ! Manque juste le fouet. Vas-y, pédale ! Direction Nâi Sarak, les puces situées avant Godhauliâ, à trois kilomètres d'ici. Les conversations des *musahar* m'apprennent qu'ils y vendent leurs feuilles.

Le froid piquant qui annonce l'aube me glace les côtes. Mes voisins sont partis glaner du bois mort, des cartons, des plastiques, et ils allument des feux avec leurs trouvailles. Leurs familles se serrent autour et se chauffent les mains. Les adultes tirent sur une *biri* ou chiquent une pincée de tabac. Un nouveau jour commence et ça semble délicieux dans leur bouche. Ils me donnent envie mais je n'ai pas de *biri* sur moi.

Des marchands de thé arpentent le parking avec leur théière fumante et des tasses en terre jetables. Quelques *musahar* en achètent. Je gèle. J'ai hâte que le soleil se lève. Ce sera un peu avant six heures. Encore une heure trente de nuit froide à endurer, et puis je m'en irai. Le plastique en train de brûler sur les feux empuantit l'atmosphère, mais ça ne semble gêner personne. Sauf moi. Je profite des odeurs sans la chaleur. J'aimerais me joindre à l'un de ces feux, m'y réchauffer. Mais comment m'introduire dans une famille ? Alors, je regarde de loin. Misérable. Qui ça ? Moi !

Putain, j'ai vraiment envie de fumer ou de siroter un thé ! Ça me réchaufferait le corps et ça m'occuperait l'esprit pendant cinq minutes. Mais je n'ai pas emporté de *biri* avec moi et serait-il raisonnable de démarrer ma première journée de mendiant intouchable en m'offrant un thé ? Un vrai mendiant peut-il se payer ce genre de petit luxe ? Les 1 000 roupies (200 francs) que j'ai cachées dans mon caleçon et la trentaine de roupies dans la poche de ma chemise, je veux les conserver en cas de coup dur. Je vais essayer de vivre avec les aumônes que je recevrai. Pour l'instant, je n'ai rien gagné, donc je n'ai droit à rien. Je ne suis pas masochiste mais je dois suivre cette règle si je veux découvrir les sensations d'un mendiant indien.

Six heures moins le quart. À l'est du parvis, dans la direction du Gange, une lueur métallique, brillante et rosée, illumine le ciel. Dans un moment, le puissant soleil tropical explosera de tous ses feux. La plupart des *musahar* sont partis. Avec leurs liasses de feuilles, leur vaisselle et leurs couvertures. Quelques femmes sont restées et continuent de trier les feuilles ou pétrissent de la pâte à pain. Je me lève. Je range ma couverture et mon drap de sol dans mon sac, puis je me dissimule un peu sous mon foulard et je me regarde dans le petit miroir que j'ai emporté pour me raser et vérifier mon teint. Ma coloration est encore un peu partie, mais avec la poussière qui s'est collée sur ma peau en dormant par terre, mon visage a pris la teinte grise du parvis. Je n'ai jamais possédé une mine aussi triste, cette expression lugubre, désœuvrée, fatiguée qu'affichent souvent les Indiens. Je n'ai jamais semblé plus indien et je n'aime pas ce visage.

Sur le côté du parking, il y a des urinoirs publics. Tout simples, juste trois murs fins sans toiture et grands ouverts vers la chaussée. J'ai une envie, j'y vais. L'endroit est crasseux. Le sol est jonché d'étrons, et ces matières bouchent aussi la rigole d'évacuation. Dix centimètres de hauteur d'urine jaune dorée y stagnent. Après tout, urinoir se dit « maison de l'urine » en hindi. Ce qui ne signifie pas « maison du caca » et les *musahar* qui ont oublié leur grosse commission ici doivent s'en moquer. C'est répugnant d'y pénétrer. Je pisse comme tout le monde depuis l'extérieur et le jet d'urine en tombant sur le sol crotté éclabousse mes pieds nus. Ça m'écœure. Je regarde mes pieds. Noirs de poussière, ils sont maintenant mouillés d'urine. Si je les lave, je deviendrai trop propre, et puis la teinture risque aussi de fondre. Aucune solution ! Sinon m'accepter ainsi.

Je ne traîne pas dans ces urinoirs car je suis incapable d'y aller à la selle. Inquiétude. Pour les sans-logis comme moi, existe-t-il, en dehors du bas-côté des rues, des W.-C. publics moins sales ? Ne plus soulager ses besoins dans un lieu décent et privé, cela fait-il partie de ma nouvelle existence ?

Je file dans la gare. Même chose. Une eau fangeuse inonde les urinoirs et les cabinets individuels attenants à la salle d'attente. Il faudrait chausser des bottes pour y accéder. En plus, un gardien réclame une roupie pour déféquer. Tout ça me coupe l'envie de faire et je laisse tomber.

Dans les deux halls d'entrée où se vendent les billets, les dormeurs de la veille ont levé le camp. Je passe sur le quai en repérage.

La lumière diffuse du soleil rasant baigne les quatre plateformes de la station. Deux passerelles métalliques les relient entre elles. Je passe de quai à quai. Il n'y a pas de train en gare, et je ne remarque aucun mendiant ni sur les quais ni sur les passerelles. Est-ce trop tôt ? Autrefois, quand je venais à la gare dans la journée, j'y voyais toujours des gosses, des vieux en guenilles, un ou deux lépreux et un unijambiste faire la manche. Ils imploraient les voyageurs en répétant : « *Bâbu* ! *Bâbu* ! » *Bâbu*, littéralement « seigneur », est une formule de politesse pour « monsieur ».

Quelques voyageurs arpentent les plateformes devant des valises, des baluchons. Des colporteurs de cigarettes, de pommes et de journaux les interpellent. Il fait doux et une agréable odeur d'humus se mélange à celle de la fumée des locomotives à vapeur qui chauffent sur les voies d'évitement. L'air sent bon la gare, le départ, une nouvelle existence où tous les espoirs sont permis. Je délire ! À ce propos, le 16 juillet, deux jours avant de quitter Paris, j'ai eu une conversation avec Jean-Claude Guillebaud, mon éditeur. Il me demandait si j'avais peur de partir.

– Oui, lui avais-je répondu. Mais une nouvelle vie m'attend. Pas seulement pour en tirer un livre. Je vais recommencer ma vie à zéro, en Indien intouchable. Et la fortune me sourira peut-être sous cette nouvelle identité. Je deviendrai peut-être ministre comme Jagjivan Râm[8] ? Qui sait ?

8. Célèbre politicien indien issu de la caste intouchable des cordonniers.

Je disais ça pour plaisanter mais je rêvais également et je me persuadais que rien n'est impossible.

Je ne crois plus aux vertus transformatrices de ce voyage. Dans la peau de Marc Boulet ou de Râm Mundâ, je reste un homme ordinaire, sans génie, sans idées pour réussir dans la société humaine. Cela n'a rien à voir avec ma nationalité. Et puis, les intouchables que j'ai rencontrés jusqu'à présent restent plus indigents que la moyenne de la population malgré l'abolition constitutionnelle de l'intouchabilité, il y a presque un demi-siècle. Ce 19 août, le Parlement a élu Kocheril Raman Narayanan, un intouchable membre d'une caste méridionale de cueilleurs de noix de coco, au poste de vice-président de l'Inde. Enfin ! L'Inde n'a jamais eu un président[9], un vice-président ou un Premier ministre intouchable alors qu'un Indien sur quatre appartient à cette classe. Mais la nomination de K. R. Narayanan à ce poste honorifique de coupeur de ruban ne signifie pas que le castéisme est mort. Juste de la poudre aux yeux. Consultez la liste des hauts fonctionnaires, celle des chefs de partis politiques, étudiez leurs noms ! Le pouvoir central appartient toujours aux hautes castes. Une aristocratie. Je le sais, j'aurais statistiquement plus de chances de briller dans la peau d'un brahmane (d'un Dikshit ou d'un Sharmâ, par exemple) que dans celle d'un Mundâ naissant sur un parvis de gare parmi des *musahar*.

Je m'assieds sur un banc au bout du quai numéro trois et je savoure le calme. Je suis seul. Le soleil me caresse, je veux repousser le moment où je vais commencer à mendier sur une plateforme ou une passerelle. Soudain, je me rappelle la trentaine de roupies qui gonflent la poche de ma chemise et je les range dans mon sac. Personne ne doit savoir que j'ai un peu d'argent sur moi. J'ai le trac.

Une rame d'une dizaine de wagons se forme au quai numéro un. J'y vais. En Inde, les fenêtres des trains sont munies de barreaux de fer, leurs vitres restent ouvertes en général et les quais sont surélevés, un peu comme dans le métro parisien, ce qui permet aux mendiants de tendre la main à l'intérieur de chaque compartiment

9. En 1997, cinq ans après ma métamorphose en intouchable, K. R. Narayanan sera élu président de l'Inde.

en marchant le long des wagons. Je vais mendier ainsi en longeant le train.

Pourquoi attendre ?

L'action s'enchaîne très vite et c'est mieux ainsi. Si je prenais le temps de réfléchir, je reculerais. Qu'est-ce que je ressens tout à coup ? Mon cœur cogne dans ma poitrine, mon pouls me cisaille les tempes. Ça ne va pas. J'ai trop honte et le trac me serre la gorge. Mais je suis fou. J'allonge ma main droite devant une première fenêtre au milieu de la rame. Je murmure les yeux fixés, immobiles, sur un voyageur d'une cinquantaine d'années :

– *Bâbu*, donnez-moi de l'argent !

J'ai entendu les mendiants quêter ainsi. Sans me regarder, cet homme balance la tête pour m'indiquer avec mépris de dégager.

Je me présente devant la fenêtre voisine. Et les cinq qui suivent. Sans succès. Les voyageurs m'ignorent et je bouge de moi-même, ou bien ils me font signe de la main ou de la tête d'aller me faire pendre ailleurs. L'un d'eux ajoute :

– Va plus loin !

Je sais, merci. Je suis déçu mais pas trop surpris que personne ne me donne rien. Il y a un million et demi de mendiants en Inde. Ils ne suscitent plus la pitié. Pourtant, ils doivent vivre de l'aumône, sinon ils changeraient de métier. Est-ce que je m'y prends mal ?

Je ne médite pas sur cette question. Je continue de faire la manche, je passe à un autre wagon. Cela semblerait bizarre pour les voyageurs que j'ai dérangés si je m'arrêtais. Je décide d'insister devant un homme de quarante-cinq ans, propret, en polo noir et portant des lunettes fines, il semble assez aisé. Je reste planté face à sa fenêtre, la main tendue, le regard implorant presque mouillé, répétant sur un ton las :

– *Bâbu*...

Quel comédien je fais ! Le voyageur me dévisage avec des yeux de poisson mort. Tout le monde a déjà vu un poisson crevé. Ça ne sourit pas. La scène dure une minute. J'en ai marre et j'ajoute toujours à mi-voix :

– J'ai faim.

– Va voir plus loin, me répond l'homme. J'ai rien pour toi.

Menteur !

Le voyageur de la fenêtre voisine, lui, me fait la morale. Comme s'il ne croyait pas que j'ose lui demander de l'argent, il me lance d'un ton agressif :

– Que veux-tu ?

– De l'argent.

– Quoi ?

– De l'argent.

– Pour quoi faire ?

– Pour manger, j'ai faim.

Et je mets la main gauche sur mon estomac. Le type rétorque :

– T'es jeune. Travaille !

Je ne sais quoi répondre et, sans espoir, je quête devant la fenêtre suivante.

Surprise. À peine ai-je allongé la main que ce grand type de quarante ans fouille dans sa poche. Je rêve ! Cherche-t-il du fric pour moi ? Oui, c'est ça. Il sort une pièce de 20 centimes et la pose dans ma paume. Je porte ce sou à mon front en signe de respect, comme si c'était un don divin. Je suis si heureux, vous ne pouvez pas imaginer.

Mendier, ça marche. Ce premier sou ne représente que 4 centimes en francs français, mais il me procure une sensation de béatitude comparable à la plénitude du plaisir pendant un orgasme. Je n'exagère pas. Je devine soudain que je pourrai vivre dans la peau de Râm Mundâ…

Table des métamorphoses

RÉALISATION : PAO ÉDITIONS DU SEUIL
IMPRESSION : FIRMIN-DIDOT S.A. AU MESNIL-SUR-L'ESTRÉE (EURE)
DÉPÔT LÉGAL : JUIN 2001. N° 38072 (55672)